Bruma de medianoche

Bruma de medianoche

Lara Adrian

Traducción de Violeta Lambert

TERCIOPELO

Título original: *Veil of Midnight*

© 2008 by Lara Adrian, LLC

Primera edición en este formato: noviembre de 2012

© de la traducción: Violeta Lambert
© de esta edición: Roca Editorial de Libros, S. L.
Av. Marquès de l'Argentera, 17, pral.
08003 Barcelona
info@rocabolsillo.com
www.rocabolsillo.com

© de la fotografía de cubierta: Getty Images

Impreso por Liberdúplex, S.L.U.
Crta. BV-2249, km 7,4, Pol. Ind. Torrentfondo
Sant Llorenç d'Hortons (Barcelona)

ISBN: 978-84-15410-36-2
Depósito legal: B-27.326-2012
Código IBIC: FRD

Para Lindsey, magnolia de acero
con un sólido corazón de oro.
Este libro es para ti, con la esperanza
de días mejores y más luminosos.

Capítulo uno

$\mathcal{E}$n el cavernoso escenario de un club de jazz subterráneo de Montreal, una cantante con los labios color carmesí arrastraba las palabras ante el micrófono hablando de la crueldad del amor. Aunque su voz seductora resultaba bastante agradable y la letra que hablaba de sangre, dolor y placer transmitía verdadero sentimiento, Nikolai no estaba escuchando. Se preguntaba si ella sabría... si alguien entre las docenas de seres humanos que estaban metidos en aquel profundo club sabría que estaba compartiendo el espacio vital con vampiros.

Las dos jóvenes que bebían sus martinis color rosa en el oscuro reservado de un rincón sin duda lo ignoraban.

Se hallaban apretujadas entre cuatro individuos de ese tipo, un grupo de hábiles machos vestidos de cuero que les daban conversación, sin mucho éxito, y trataban de actuar como si sus ojos sedientos de sangre no hubieran estado permanentemente fijos en las yugulares de las mujeres durante los últimos quince minutos. Aunque era evidente que los vampiros se esforzaban para que las humanas salieran del club con ellos, no estaban haciendo demasiados progresos con sus respectivas huéspedes de sangre.

Nikolai resopló por lo bajo.

Aficionados.

Pagó la cerveza que había dejado intacta en la barra y se dirigió con paso relajado hacia la mesa de la esquina. Al acercarse, observó que las dos mujeres se escabullían con pasos vacilantes. Soltando risitas tontas, se dirigieron dando tumbos hacia los aseos y desaparecieron a través del oscuro y concurrido pasillo del salón principal.

Nikolai se sentó ante la mesa con una pose descuidada.

—Buenas noches, damas.

Los cuatro vampiros lo miraron en silencio, reconociendo al instante a uno de su misma raza. Niko levantó uno de los vasos de martini manchados de lápiz de labios a la altura de su nariz y olisqueó el afrutado brebaje.

—Humanos —masculló en voz baja—. ¿Cómo pueden tragarse esta porquería?

Un precavido silencio reinó en la mesa mientras Nikolai recorría con la mirada a aquellos machos de la estirpe evidentemente jóvenes y evidentemente civilizados. El más grande de los cuatro carraspeó mientras miraba a Niko, sin duda advirtiendo instintivamente el hecho de que no era de la zona y estaba por otra parte muy lejos de ser civilizado.

El joven adoptó una expresión que probablemente consideraba dura e hizo un gesto con la barbilla hacia los lavabos del pasillo.

—Nosotros las vimos primero —murmuró—. Las mujeres. Las hemos visto primero. —Se aclaró de nuevo la garganta, como si esperara que su trío de superhéroes lo respaldara. Ninguno lo hizo—. Hemos llegado primero, amigo. Cuando las mujeres vuelvan a la mesa vendrán con nosotros.

Nikolai soltó una risita ante el tembloroso intento del joven por marcar su territorio.

—¿De verdad crees que habría algún tipo de contienda si quisiera cazar tus presas? Relájate. No es eso lo que me interesa. Estoy buscando información.

Ya había soltado una cancioncilla similar dos veces antes esa misma noche en otros clubes, indagando en los lugares donde los miembros de la estirpe suelen reunirse al acecho de sangre, en busca de alguien que pudiera ponerlo sobre la pista de un viejo vampiro llamado Sergei Yakut.

No era fácil encontrar a alguien que no quería ser encontrado, especialmente tratándose de un individuo nómada y reservado como Yakut. Se hallaba en Montreal, de eso Nikolai estaba seguro. Había hablado con el solitario vampiro por teléfono hacía apenas un par de semanas, cuando lo localizó para informarle de la amenaza que parecía perseguir a los más poderosos de la estirpe, los menos comunes de sus miembros: unos veinte individuos aún vivos nacidos de la primera generación.

Alguien tenía como objetivo exterminar a esa primera generación. Varios habían sido asesinados en el último mes, y para Niko y los hermanos de armas que había dejado atrás en Boston —un pequeño cuadro de guerreros con un entrenamiento de elite y altamente letales conocido como la Orden—, la empresa de descubrir y eliminar a los escurridizos asesinos de miembros de la primera generación era una misión crítica. Por eso la Orden había decidido contactar con todos los sobrevivientes de la primera generación conocidos entre la población de la estirpe y conseguir su cooperación.

Sergei Yakut había mostrado muy poco entusiasmo ante la idea de involucrarse. No temía a nadie y tenía su propio clan personal para estar protegido. Rehusó la invitación de la Orden para acudir a Boston y hablar del tema, así que Nikolai había sido enviado a Montreal para persuadirlo. En cuanto Yakut fuera consciente del alcance de la actual amenaza —esa escalofriante realidad contra la cual la Orden y toda la estirpe estaban luchando—, Nikolai tenía la certeza de que el vampiro de la primera generación se implicaría.

Pero lo primero que tenía que hacer era encontrar a ese escurridizo cabrón.

Hasta el momento sus investigaciones en la ciudad no habían dado ningún resultado. La paciencia no era precisamente su punto fuerte, pero tenía toda la noche, y seguiría buscando. Tarde o temprano alguien lo pondría sobre la pista; tal vez si hacía las suficientes preguntas, el propio Sergei Yakut saldría en su búsqueda.

—Necesito encontrar a alguien —dijo Nikolai a los cuatro vampiros jóvenes—. Un vampiro de fuera de Rusia. De Siberia, para ser exactos.

—¿De allí eres tú? —preguntó el portavoz del grupo. Evidentemente había captado el ligero acento que Nikolai no había perdido a pesar de los años que llevaba viviendo con la Orden en Estados Unidos.

Niko dejó que sus glaciales ojos azules delataran su origen.

—¿Conoces a ese tipo?

—No, amigo. No lo conozco.

Otros dos negaron con la cabeza inmediatamente, pero el último de los cuatro jóvenes, el malhumorado que estaba sentado con la espalda encorvada, dirigió una mirada ansiosa a Nikolai a través de la mesa.

Niko captó la mirada significativa y la sostuvo.

—¿Y tú qué me dices? ¿Sabes de quién estoy hablando?

Al principio no creyó que el vampiro fuera a responder. Unos ojos de matón le sostuvieron la mirada en silencio, luego, finalmente el chico se encogió de hombros y dejó escapar un insulto.

—Sergei Yakut —murmuró.

El nombre fue apenas audible, pero Nikolai lo oyó. Y de reojo advirtió que una mujer de pelo negro azabache sentada cerca en la barra también lo había oído. Lo supo por la repentina rigidez de su columna, que se adivinaba por debajo del top negro de largas mangas, y por la forma en que volvió la cabeza al oír aquel nombre.

—¿Lo conoces? —preguntó Nikolai al macho de la estirpe, sin perder de vista a la morena de la barra.

—He oído hablar de él, eso es todo. No vive en los Refugios Oscuros —dijo el joven, refiriéndose a las comunidades seguras que albergaban a la mayoría de la población civilizada de la estirpe en toda América del Norte y en Europa—. Ese tío, por lo que he oído, es de lo peor.

Sí, lo era, admitió Nikolai en su interior.

—¿Alguna idea de dónde puedo encontrarlo?

—No.

—¿Estás seguro? —preguntó Niko, observando que la mujer de la barra recogía sus cosas y se preparaba para salir. Todavía le quedaba más de medio cóctel en la copa, pero ante la mera mención del nombre de Yakut parecía tener de repente mucha prisa por abandonar el lugar.

El joven de la estirpe negó con la cabeza.

—No sé dónde encontrar a ese tío, y tampoco sé por qué alguien querría encontrarlo, a menos que tenga alguna intención de morir.

Nikolai vio por encima del hombro que la mujer morena de impresionante altura se abría camino entre la multitud reunida junto a la barra. En un impulso, ella se volvió para mirarlo, clavando en él unos ojos verde jade orlados de espesas y oscuras pestañas y agitando su elegante y brillante melena a la altura de la barbilla. Había una nota de temor en sus ojos, un miedo desnudo que ni siquiera intentó disimular.

—Maldita sea —murmuró Niko.

Ella sabía algo acerca de Sergei Yakut.

Y sospechaba que se trataba de algo más que un dato pasajero. Eso era lo que sugería su aspecto sobresaltado y asustado al volverse y buscar el modo de escapar de allí.

Nikolai fue tras ella. Se abrió paso a través de la espesa corriente de humanos que llenaban el club, con los ojos clavados en el sedoso cabello negro de su presa. La mujer era rápida, tan flexible y ágil como una gacela. Sus ropas y su cabello oscuro prácticamente la volvían invisible entre la multitud.

Pero Niko era de la estirpe, y no existía un solo ser humano que pudiera dejar atrás a los de su raza. Ella alcanzó la puerta del club y salió precipitadamente a la calle. Nikolai la siguió. Ella debió de notar que le pisaba los talones, pues volvió la cabeza para calcular la distancia que la separaba de su perseguidor y sus claros ojos verdes se clavaron en él como rayos láser.

Aceleró su carrera, girando por una esquina al final de la manzana. Dos segundos después, Niko ya estaba allí. Sonrió al verla a unos pocos metros. El callejón por el que se metía, entre dos grandes edificios de ladrillo, era estrecho y oscuro, y la salida estaba bloqueada por un contenedor de metal abollado y una valla que se alzaba más de tres metros del suelo.

La mujer dio vueltas a su alrededor sobre sus botas negras de punta y con tacones, jadeante, con los ojos clavados en él, atenta a cada movimiento.

Nikolai se adentró unos pocos pasos en el oscuro callejón, y luego se detuvo, sosteniendo las manos a los lados con actitud benevolente.

—No pasa nada —le dijo—. No tienes por qué correr. Sólo quiero hablar contigo.

Ella lo observaba en silencio.

—Quiero preguntarte sobre Sergei Yakut.

Ella tragó saliva, era evidente por la forma en que se tensó su cuello blanco.

—Lo conoces, ¿verdad?

Las comisuras de sus labios se curvaron por una fracción de segundo, pero era suficiente para saber que él estaba en lo cierto: tenía alguna relación de confianza con el solitario vampiro de la primera generación. Si sería capaz de conducir a Niko hasta él era otra cuestión. Pero por el momento ella era su mejor y única esperanza.

—Dime dónde está. Necesito encontrarlo.

Las manos de ella se cerraron en dos puños y sus pies se separaron ligeramente como si se preparara para saltar. Niko la vio mirar de reojo una abollada puerta a su izquierda.

Y a continuación se abalanzó hacia ella.

Niko soltó una maldición y corrió tras ella a toda velocidad. Cuando la chica logró abrir la puerta de bisagras quejumbrosas, Nikolai ya se hallaba frente a ella en el umbral, impidiéndole el paso hacia la oscuridad del otro lado. Soltó una risita por lo fácil que había sido.

—Te dije que no era necesario correr —le dijo, encogiéndose ligeramente de hombros mientras la morena daba un paso atrás. Dejó que la puerta se cerrara tras él y la acompañó mientras ella retrocedía lentamente hacia el callejón.

Dios, su belleza cortaba el aliento. Apenas la había visto de reojo en el club, pero ahora, de pie tan sólo a unos pocos pasos de la mujer, se daba cuenta de que era absolutamente arrebatadora. Alta y delgada, con un traje negro a medida que la hacía aún más esbelta, la piel de un blanco inmaculado y unos luminosos ojos almendrados. Su rostro transmitía una fascinante combinación de fuerza y suavidad; su belleza tenía algo luminoso y a la vez una parte oscura. Nikolai era consciente de que se había quedado boquiabierto, pero no sabía cómo evitarlo.

—Háblame —le dijo—. Dime tu nombre.

Se acercó un poco a ella, con un débil movimiento de la mano nada amenazante. Notó el chute de adrenalina que eso provocó en la corriente sanguínea de la mujer —podía sentir en el aire el aroma cítrico—, pero no vio venir la patada hasta que sintió el afilado tacón de su bota justo en el pecho.

«Maldición.»

Retrocedió, más por la sorpresa que por el dolor.

Era lo que ella necesitaba. La mujer saltó de nuevo hacia la puerta y esta vez consiguió desaparecer en la oscuridad del edificio antes de que Niko pudiera reaccionar y detenerla. La persiguió, yendo tras ella con la fuerza de un trueno.

El lugar estaba vacío, sólo había cemento bajo sus pies, ladrillos desnudos y vigas expuestas a su alrededor. Algún fugaz presentimiento le erizó el vello de la nuca mientras se adentraba más profundamente en la oscuridad, pero la mayor parte de su atención estaba concentrada en la mujer que se hallaba de pie en el centro de aquel espacio vacío. Lo observaba mientras él se acercaba, con cada músculo de su delgado cuerpo preparado para atacar.

Nikolai le sostuvo esa dura mirada mientras se detenía frente a ella.

—No voy a hacerte daño.

—Lo sé. —Ella sonrió muy ligeramente—. No tendrás esa oportunidad.

Su voz tenía una suavidad aterciopelada, pero el brillo de sus ojos adquirió un matiz helado. Sin previo aviso, Nikolai sintió una devastadora tirantez en la cabeza. Un sonido de alta frecuencia estalló en sus oídos, mucho más alto de lo que podía soportar. Y luego más alto todavía. Notó que las piernas no le respondían. Cayó de rodillas y se le nubló la vista, mientras sentía la cabeza a punto de explotar.

En la lejanía, registró el sonido de varios pares de botas que se acercaban hacia él. Pertenecían a machos de gran tamaño, todos ellos vampiros. Distinguió a su alrededor el sonido de voces sordas mientras sufría las consecuencias de aquel repentino y debilitante asalto.

Era una trampa.

Aquella perra lo había llevado hasta allí deliberadamente, sabiendo que la seguía.

—Es suficiente, Renata —dijo uno de los machos de la estirpe que había entrado en la habitación—. Ya puedes soltarlo.

Algo del dolor en la cabeza de Niko cedió como consecuencia de esa orden. Alzó la mirada a tiempo para descubrir el bello rostro de su atacante observándolo mientras él yacía en el suelo a sus pies.

—Quitadle las armas —dijo ella a sus compañeros—. Tenemos que sacarlo de aquí antes de que recupere las fuerzas.

Nikolai quiso escupirle algunos insultos, pero la voz le quedó estrangulada en la garganta, y Renata ya se alejaba, con las finas puntas de sus tacones repiqueteando sobre el frío suelo de cemento que él sentía bajo la espalda.

Capítulo dos

*R*enata no consiguió salir del almacén lo bastante rápido. Tenía el estómago revuelto y un sudor frío le caía desde las sienes y a lo largo de la nuca. Ansiaba el aire fresco de la noche como si fuera a dar su último aliento, pero se mantuvo fuerte y caminó con calma. Los puños rígidos a ambos lados eran la única señal capaz de indicar que no estaba en absoluto relajada y tranquila.

Siempre le ocurría lo mismo... éstas eran las consecuencias cada vez que usaba el poder devastador de su mente.

Ya al aire libre, en el callejón solitario, tragó saliva e inspiró varias bocanadas de aire. La ráfaga de oxígeno enfrió su garganta ardiente, pero eso fue todo lo que pudo hacer para no doblarse y caer al suelo ante el lacerante dolor que corría como un río de fuego a través de sus miembros y hasta el centro de su ser.

—Maldita sea —murmuró en la vacía oscuridad, balanceándose un poco sobre sus altos tacones. Inspiró profundamente varias veces más y contempló el pavimento negro bajo sus pies, concentrándose únicamente en mantenerse erguida.

Sintió tras ella las rápidas y fuertes pisadas de unas botas saliendo del almacén. El ruido le hizo levantar la cabeza bruscamente. Se esforzó por dar a su rostro tenso un aire de fría indiferencia.

—Cuidado con él —dijo, lanzando una mirada al enorme bulto laxo y semiinconsciente en que había quedado convertido el hombre que ella había dejado incapacitado y que ahora era transportado como una presa herida por los cuatro guardias que trabajaban con ella—. ¿Dónde están sus armas?

—Las hemos cogido.

Un macuto de cuero negro le fue enviado a través del aire sin ningún aviso por Alexei, el líder encargado de los detalles de la noche. A ella no le pasó inadvertida la sonrisa de su rostro delgado cuando el pesado macuto lleno de metal le dio en el pecho. El impacto fue como el de una paliza con miles de clavos para su piel y sus sensibles músculos, pero cogió el bolso y se puso la larga correa en el hombro sin expresar ni un gruñido de malestar.

Pero Lex la conocía. Conocía su debilidad y nunca le permitiría olvidarla.

A diferencia de ella, Alexei y los otros compañeros eran vampiros, todos ellos de la estirpe. En cuanto a su cautivo, Renata no tenía ninguna duda. Lo advirtió desde que lo vio por primera vez en el club, y la sospecha se había visto confirmada por el simple hecho de que había sido capaz de doblegarlo con el poder de su mente. Su habilidad psíquica era formidable, pero tenía sus límites. Sólo funcionaba con los de la estirpe; los cerebros de los mortales, de células más simples, no se veían afectados por la carga de alta frecuencia que ella era capaz de proyectar mentalmente con un simple momento de concentración.

Ella era humana, aunque había nacido algo distinta al resto de *Homo sapiens* normales. Para Lex y los de su raza, ella era considerada una compañera de sangre, una de las pocas mujeres humanas que nacen con una habilidad extrasensorial única y con la capacidad, todavía más extraña, de poder reproducirse con los de la estirpe. A las mujeres como Renata, ingerir sangre de un macho de la estirpe les proporcionaba una enorme fuerza. Y también la longevidad. Una compañera de sangre podría vivir durante varios cientos de años alimentándose regularmente de los nutrientes procurados por las venas de un vampiro.

Dos años atrás, Renata no tenía ni idea de por qué era diferente de los demás, e ignoraba a qué lugar pertenecía. Cuando su camino se cruzó con el de Sergei Yakut tuvo que aprenderlo rápidamente. Él era la razón de que ella, Lex y los demás estuvieran de guardia esa noche, merodeando por la ciudad y en busca del individuo que había estado preguntando por el solitario Yakut.

El macho de la estirpe que Renata había encontrado en el club de jazz aquella noche había mostrado tan poca prudencia al hacer sus averiguaciones que ella se preguntaba si no estaría intentando provocar a Sergei Yakut para que fuera a su encuentro. Si era así, aquel tipo tenía que ser un idiota o un suicida, o alguna combinación de ambas cosas. Tendría la respuesta a esa pregunta muy pronto.

Renata sacó su teléfono móvil del bolsillo, lo abrió y marcó el primer número de la agenda.

—Sujeto recuperado —dijo cuando se conectó la llamada. Anunció su localización, luego cerró el teléfono y lo guardó otra vez. Miró hacia el lugar donde se habían detenido Alexei y los demás con su débil cautivo—. El coche está en camino. Debería llegar en unos minutos.

—Dejad caer ese saco de mierda —ordenó Lex a sus hombres. Todos soltaron al macho de la estirpe y su cuerpo cayó golpeando el asfalto con un sonido sordo y discordante. Con las manos en las caderas y los puños cerrados alrededor de la funda de una pistola y del gran cuchillo de caza sujeto a su cinturón, Lex examinó el confuso rostro del vampiro que había a sus pies. Soltó un bufido de desaprobación y luego escupió, evitando por muy poco las angulosas mejillas que tenía debajo. El escupitajo de espuma blanca aterrizó sobre el oscuro pavimento, a menos de un centímetro de la cabeza rubia del hombre.

Cuando Alexei volvió a mirarlo, había un destello afilado en sus ojos oscuros.

—Quizá deberíamos matarlo.

Uno de los guardias se rio, pero Renata sabía que Lex no bromeaba.

—Sergei dijo que se lo lleváramos.

Alexei se burló.

—¿Y dar a sus enemigos otra oportunidad de acabar con él?

—No sabemos si este hombre tiene algo que ver con el ataque.

—¿Podemos estar seguros de que no? —Alexei se dio la vuelta para observar a Renata sin pestañear—. De ahora en adelante, no confío en nadie. Creía que tú estabas tan decidida como yo a no poner en peligro su seguridad.

—Obedezco órdenes —respondió ella—. Sergei dijo que encontráramos a cualquiera que apareciera en la ciudad preguntando por él y se lo lleváramos para interrogarlo. Eso es lo que pretendo hacer.

Lex afiló la mirada bajo sus severas y lacerantes cejas marrones.

—Bien —dijo, con un tono demasiado tranquilo, demasiado inexpresivo—. Tienes razón, Renata. Seguimos órdenes. Lo llevaremos ante él, como tú dices. Pero ¿qué vamos a hacer mientras estamos aquí esperando a que nos recojan?

Renata lo miró fijamente, preguntándose adónde quería llegar ahora. Lex se acercó hasta el hombre inconsciente y le dio una patada con la bota en las costillas desprotegidas. No hubo la más mínima reacción. Sólo el suave movimiento ondulante del pecho del hombre mientras respiraba.

Alexei se mordió un labio y sonrió, haciendo un gesto con la barbilla a los otros hombres.

—Tengo las botas sucias. Tal vez este bulto inútil sirva para limpiarlas mientras esperamos, ¿verdad?

Ante las risas alentadoras de sus compañeros, Lex levantó un pie y lo puso sobre la cara inexpresiva de su prisionero.

—Lex... —comenzó Renata, sabiendo que él la ignoraría si trataba de convencerlo de que parase. Pero en ese preciso momento advirtió algo extraño en el hombre rubio que estaba tendido en el suelo. Su respiración era calmada y superficial, sus miembros estaban inmóviles, pero su rostro... tenía el rostro demasiado quieto, incluso para estar verdaderamente inconsciente. No lo estaba.

En una fracción de segundo, Renata advirtió que sin ninguna duda estaba muy despierto. Tan despierto como para captar absolutamente todo lo que estaba pasando.

«Oh, Dios.»

Alexei ahora se reía, a punto de bajar la pierna para estampar la suela de su bota en la cara del hombre.

—¡Lex, espera! No está...

Nada que hubiera dicho podría haber cambiado la explosión de caos que vino a continuación.

Lex estaba todavía moviéndose cuando el hombre levantó las manos y le agarró el tobillo. Tiró hacia abajo y lo retorció con fuerza, consiguiendo que Lex volara sobre él y aullara de dolor al aterrizar sobre el suelo. No había pasado ni un segundo y el hombre ya estaba en pie, ágil y fuerte, como Renata no había visto nunca antes en una lucha.

Y maldita sea... tenía la pistola de Lex.

Renata dejó caer el pesado macuto y sacó su propio revólver, uno del cuarenta y cinco guardado en la funda de su espalda. Tenía los dedos todavía lentos por el esfuerzo mental de hacía un rato, y uno de los guardias respondió antes de que ella hubiera sacado el arma. Soltó una tanda de disparos apresurados, errando en el blanco por unos centímetros.

Y antes de que cualquier otro pudiera ir tras él, el antiguo cautivo devolvió el fuego, dando de lleno con una bala en el cráneo del guardia. Uno de los guardaespaldas de Yakut, cuidadosamente escogidos y a su servicio desde hacía muchísimo tiempo, yacía sin vida en el pavimento.

«Oh, Dios», pensó Renata ante la velocidad con la que la situación se les había ido de las manos. ¿Acaso Alexei estaría en lo cierto? ¿Acaso este macho de la estirpe sería el mismo asesino que volvía a atacar?

—¿Quién es el siguiente? —preguntó él plantando un pie sobre la columna de Lex mientras movía la pistola con frialdad apuntando a los otros dos guardias de Renata—. ¿Nadie se atreve ahora?

—¡Matad a este hijo de puta! —aulló Lex, retorciéndose como un bicho atrapado bajo la pesada bota que le impedía levantarse. Con la mejilla machacada contra el pavimento y los colmillos emergiendo de tanta rabia, Lex lanzó una mirada de acero a Renata y a sus hombres—. ¡Voladle la cabeza, maldita sea!

Antes de que la orden hubiera terminado de salir completa de la boca de Alexei, éste fue alzado y obligado a ponerse en pie. Gritó al sentir el peso de su propio cuerpo sobre el tobillo herido, pero fue la súbita presencia de su propia pistola detrás del oído lo que realmente logró que sus ojos se volvieran de color ámbar por el pánico. Su enemigo, por otra parte, se mantenía de lo más firme y tranquilo.

«Oh, Virgen bendita.»

¿Con quién demonios estaban tratando?

—Ya lo habéis oído —dijo el captor de Lex. Hablaba despacio y en voz baja, y su mirada era penetrante aun en la oscuridad. Miró fijamente a Renata—. Atreveos, si sois lo bastante hombres. Pero si no queréis ver su cerebro aplastado contra la pared de este edificio, sugiero que soltéis las armas. Dejadlas en el suelo, así de fácil.

A su lado en el callejón, Renata registró los débiles gruñidos y resoplidos de los irreconocibles machos de la estirpe. Cada uno de aquellos vampiros por separado era físicamente mucho más fuerte que ella; juntos tenían que ser mucho más fuertes que el atacante de Lex, y sin embargo ninguno parecía dispuesto a averiguarlo. Se oyó un sonido metálico cuando una de las armas fue colocada cuidadosamente sobre el asfalto. Eso implicaba que sólo quedaba un guardia para apoyarla. Un segundo más tarde, éste entregó su arma también. Ambos vampiros retrocedieron un par de pasos, rindiéndose en prudente silencio.

Y ahora Renata se hallaba sola contra aquella inesperada amenaza.

Él le dedicó media sonrisa de agradecimiento, dejando ver sus dientes y las puntas de sus emergentes colmillos. Estaba enfadado; esos caninos prominentes eran la prueba. Como también lo era el brillo ambarino que comenzaba a llenar sus ojos mientras éstos también se transformaban con los rasgos de la estirpe. Ensanchó su sonrisa y dos hoyuelos gemelos aparecieron bajo sus pómulos afilados y bien afeitados.

—Parece que sólo quedamos tú y yo, cariño. No voy a decirte nada más educado por mucho que me hagas esperar. Deja tu jodido revólver o lo destrozaré.

Renata consideró rápidamente sus posibilidades... las pocas que tenía en aquel momento. Su cuerpo estaba todavía tan sensible como un nervio expuesto, los pequeños temblores provocados por el esfuerzo mental todavía la azotaban, como si hubiera recibido una paliza. Podía intentar dar otro asalto con su mente, pero sabía que era inútil. Incluso atacándolo con todas sus fuerzas sería incapaz de derribarlo de nuevo, y además, si se desgastaba hasta ese punto quedaría completamente inutilizada.

Y la única opción que le quedaba era casi igual de arriesgada. Normalmente era una tiradora de primera, de reflejos rápidos y con buena puntería, pero tampoco podía contar con esa habilidad ahora que necesitaba gran parte de su concentración sólo para poder controlar sus miembros y sus dedos. No importaba lo que hiciera: en aquel momento parecía muy improbable que Alexei pudiera salir entero de aquella situación. Diablos, las posibilidades de que ella o algún otro arreglara aquella situación parecían nulas.

Aquel macho de la estirpe tenía todas las cartas y su mirada mientras observaba cómo ella se debatía para decidir su destino parecía indicar que se encontraba muy cómodo en su posición de poder. Tenía a Renata, a Lex y a todos los demás a su disposición para hacer lo que quisiera.

Pero no estaba dispuesta a doblegarse sin luchar.

Renata tomó aire para reunir valor, luego levantó el revólver y lo apuntó con él. Los brazos le dolían por el esfuerzo que le suponía mantenerlos firmes, pero dejó el dolor a un lado.

Retiró el seguro del revólver.

—Suéltalo. Ahora.

El arma de Lex continuó apretada firmemente detrás de su oído.

—¿De verdad crees que vamos a negociar? Suelta tu arma.

Renata tenía un tiro limpio, pero él también. Y él gozaba de la ventaja añadida de una velocidad muy superior a la humana. Sería capaz de esquivar la bala de ella porque también era capaz de verla venir. Y había siempre una fracción de segundo de pausa entre dos disparos, incluso en su mejor momento. Eso significaba que él tendría la oportunidad de abrir fuego, ya escogiera disparar a Lex primero o después de darle a ella. En otro segundo, los dos se habrían desplomado. Aquel hombre era de la estirpe; con su metabolismo acelerado y su poder para cicatrizar tenía buenas oportunidades de sobrevivir a un disparo, pero ¿y ella? Ella se enfrentaba a una muerte segura.

—¿Tienes algún problema en concreto conmigo, o es a él a quien quieres ver morir esta noche? Quizás es que odias a este gilipollas. ¿Es eso?

Aunque mantenía apuntada su arma, su tono era ligero, como si sólo estuviera jugando con ella. Como si no se la tomara en serio en absoluto. Era un arrogante. Ella no le respondió, sólo ladeó la culata del arma hacia atrás y soltó la presión de su dedo índice sobre el gatillo.

—Déjalo ir. No queremos ningún problema contigo.

—Demasiado tarde para eso, ¿no crees? Ahora todos os habéis metido en problemas.

Renata no se encogió. No se atrevía ni siquiera a pestañear por miedo a que ese hombre lo interpretara como una debilidad, y decidió actuar.

Lex estaba temblando, con la cara llena de sudor.

—Renata —jadeó, pero si quería decirle que se rindiera o que intentara su mejor jugada, ella no lo sabía—. Renata, por el amor de Dios...

Ella apuntó con firmeza al captor de Alexei, sujetando el revólver con las dos manos. Una ligera brisa de verano se levantó y la suave ráfaga de aire rozó su piel hipersensible como trozos de vidrio afilados. Oyó en la distancia el estallido de fuegos artificiales que señalaban el final del festival del fin de semana, las sordas y vibrantes explosiones como truenos en sus huesos doloridos. El zumbido del tráfico y los frenazos en las calles más allá del callejón, los motores de los vehículos lanzando una asquerosa mezcla de humos por los tubos de escape, la goma caliente y el aceite hirviendo.

—¿Cuánto tiempo quieres seguir con esto, cariño? Porque voy a decirte algo, la paciencia no es una de mis virtudes. —Su tono era despreocupado, pero la amenaza no podía ser más funesta. Accionó el gatillo de la pistola, preparándose para conducir la noche a su sangriento final—. Dame una razón por la que no debería llenar de plomo el cerebro de este imbécil.

—Porque es mi hijo. —La grave voz masculina provenía de algún lugar en la mitad del oscuro callejón. Las palabras estaban desprovistas de emoción, pero resultaban amenazadoras en su cadencia y con el marcado acento y la fría aspereza propia de la Siberia natal de Sergei Yakut.

Capítulo tres

$\mathcal{N}$ikolai volvió la cabeza y vio a Sergei Yakut aproximándose por el callejón. El vampiro de la primera generación de la Orden avanzaba delante de dos guardias de mirada ansiosa, y su severa e impertérrita mirada pasaba distraídamente de Niko al macho de la estirpe que continuaba bajo la mirada de un arma. Con una señal de reconocimiento, Niko accionó el cierre de seguridad de la pistola y lentamente bajó el arma. Tan pronto como lo soltó, el hijo de Yakut se apartó de él aullando un insulto y se puso fuera de su alcance.

—Bastardo insolente —rugió, lleno de veneno y de furia ahora que se hallaba a una distancia segura—. Le dije a Renata que este canalla era peligroso, pero no quiso escucharme. Déjame que lo mate por ti, padre. Déjame hacerle sufrir.

Yakut ignoró tanto el ruego de su hijo como su presencia, y caminó en silencio al encuentro de Nikolai.

—Sergei Yakut —dijo Niko, ofreciéndole su arma en un gesto de paz—. Menudo recibimiento de mierda que has tenido. Te pido disculpas por atacar a uno de tus hombres. No tuve otro remedio.

Yakut se limitó a gruñir mientras cogía la pistola y se la entregaba al guardia que estaba más cerca. Vestido con una túnica de gasa y unos pantalones de cuero probablemente para hacer frente al frío y con su pelo castaño claro y su barba salvaje, Sergei Yakut tenía el aspecto de un astuto caudillo feudal de siglos atrás.

A pesar de que su rostro sin arrugas y su constitución alta y musculosa sugerían que se hallaba como mucho al principio de los cuarenta, los *dermoglifos* de complejos diseños entrelazados que ascendían por sus brazos desnudos indicaban que era uno de los miembros más antiguos de la estirpe. Ya que pertenecía a la primera generación, podía tener unos mil años o algo más.

—Guerrero —dijo Yakut con voz siniestra y con su mirada inquebrantable clavada en su interlocutor—. Te dije que no vinieras. Tú y el resto de la Orden estáis perdiendo el tiempo.

En la periferia de su visión, Niko captó el intercambio de miradas sorprendidas entre el hijo de Yakut y el resto de los guardias. En especial la mujer —Renata, la llamaban—, parecía completamente desconcertada al saber que él era un guerrero, uno de la Orden. Sin embargo, la sorpresa se desvaneció tan rápido como quedó registrada en su mirada, como si se esforzara en ocultar la emoción de su rostro. Parecía tranquila, incluso fría, mientras permanecía de pie a unos pocos pasos de Sergei Yakut y observaba, con su arma todavía en la mano y en una postura que indicaba que estaba lista para recibir cualquier orden.

—Necesitamos tu ayuda —le dijo Nikolai a Yakut—. Y basándonos en lo que ha estado ocurriendo cerca de Boston y en otros lugares entre la población de la estirpe, vas a necesitar nuestra ayuda también. El peligro es muy real. Es letal. Tu vida está en riesgo, incluso ahora.

—¿Cómo sabes eso? —El hijo de Yakut dirigió a Niko una mirada acusadora—. ¿Cómo demonios puedes saber algo de eso? No hemos hablado a nadie del ataque que tuvo lugar la semana pasada...

—Alexei. —El sonido de su nombre en labios de su padre hizo callar al joven Yakut como si le hubieran tapado la boca con una mano—. No hables por mí, muchacho. Haz algo útil —dijo, señalando hacia el lugar donde se hallaba tendido el vampiro al que Nikolai había disparado en la cabeza—. Lleva a Urien al tejado del almacén y déjalo allí para la salida del sol. Y deja este callejón limpio de toda prueba.

Hubo un destello de rabia en la mirada de Alexei, como si aquella tarea no le correspondiera a él, pero no tuvo agallas para decirlo.

—Ya habéis oído a mi padre —soltó a los otros guardias que estaban desocupados junto a él—. ¿A qué estáis esperando? Vamos a librarnos de esta pila de basura.

Cuando comenzaron a moverse para seguir la orden de Alexei, Yakut dirigió una mirada a la mujer.

—Tú no, Renata. Tú me llevarás de vuelta a casa. Ya he terminado aquí.

El mensaje para Niko era claro: no había sido invitado, no era bienvenido en los dominios de Yakut, y acababa de ser despedido.

Probablemente lo más inteligente sería contactar con Lucan y el resto de la Orden, decirles que había dado con Sergei Yakut, pero que volvía con las manos vacías y abandonaba Montreal antes de que Yakut decidiera ocuparse de él personalmente. Aquel vampiro de la primera generación tenía poca paciencia y se había mostrado muy duro con otros por pecados menores.

Sí, dejar de lado el asunto y emprender la vuelta era definitivamente la decisión más sabia llegados a este punto. Sólo que Nikolai no estaba acostumbrado a aceptar un no por respuesta, y la situación a la que se enfrentaba la Orden y toda la población de la estirpe —e incluso el género humano, diablos— pronto no tendría remedio. Se hacía cada vez más terrible a cada segundo que pasaba.

Y además estaba el descuido de Alexei al referirse a un ataque reciente...

—¿Qué ocurrió la semana pasada? —preguntó Nikolai, en cuanto quedaron solos Yakut, Renata y él en el oscuro callejón. Sabía la respuesta, pero planteó la pregunta de todas formas—. Alguien trató de asesinarte... justo como te advertí que ocurriría, ¿verdad?

El anciano macho de la estirpe miró a Niko frunciendo el ceño, con sus astutos ojos de piedra. Niko le sostuvo aquella mirada desafiante, viendo a un tonto viejo y arrogante que creía estar más allá de la muerte incluso cuando ésta había golpeado a su puerta tan sólo unos días atrás.

—Hubo un intento, sí. —Yakut curvó los labios en una sonrisa de desprecio, al tiempo que se encogía de hombros—. Pero he sobrevivido... justo como te aseguré que ocurriría. Vete a casa, guerrero. Enfréntate a las batallas de la Orden de vuelta en Boston. Déjame cuidar de mí mismo.

Hizo un gesto con la barbilla a Renata, y la orden muda

hizo que ella se pusiera en movimiento. Cuando sus largas piernas la pusieron fuera del alcance del oído en el callejón, Yakut ladró:

—Te agradezco la advertencia. Si ese asesino es tan estúpido como para atacar otra vez, estaré preparado.

—Atacará otra vez —respondió Niko con absoluta certeza—. Este asunto es mucho peor de lo que sospechábamos al principio. Desde la última vez que hablamos han sido asesinados dos miembros más de la primera generación. Hasta ahora ya van cinco, de una generación de la que ya no quedan más de veinte. Cinco de los más antiguos y poderosos miembros de la estirpe han muerto en el espacio de un mes. Y todos ellos parecen haber sido eliminados por expertos. Alguien quiere veros a todos muertos y ya tiene un plan en marcha para asegurarse de que así sea.

Yakut pareció reflexionar sobre eso, pero apenas un momento. Sin decir una palabra, se dio la vuelta y comenzó a alejarse.

—Y aún hay más —añadió Niko sombrío—. Algo que no me atreví a decirte cuando hablamos por teléfono hace un par de semanas. Algo que la Orden descubrió oculto en una cueva de una montaña de la República Checa.

Como el viejo vampiro continuaba ignorándolo, Niko dejó escapar un insulto por lo bajo.

—Era una cámara de hibernación, muy antigua. Una cripta donde uno de los seres más poderosos de nuestra raza ha estado hibernando en secreto durante cientos de años. La cámara fue construida para proteger a un Antiguo.

Por fin Niko había captado su atención.

Yakut aminoró la marcha hasta detenerse por completo.

—Todos los ancianos fueron asesinados en la gran guerra de la estirpe —dijo, recitando la historia que hasta hacía muy poco era aceptada por la estirpe como un hecho irrefutable.

Niko conocía la historia de la sublevación tan bien como cualquiera de su raza. Ninguno de los ocho salvajes seres alienígenas que procrearon la primera generación de vampiros de la tierra sobrevivió a la batalla, que tuvo lugar cuando un pequeño grupo de guerreros de la primera generación declaró la guerra a sus propios padres para proteger tanto a la estirpe como a los seres humanos. Esos valientes guerreros fueron liderados por Lucan, que hasta el día de hoy conservaba su rol de líder en lo que había devenido la Orden.

Yakut se dio la vuelta lentamente para mirar a Niko.

—Todos los ancianos llevan muertos unos setecientos años. Mi propio padre fue atravesado con un sable entonces, como debía ser. Si él y sus hermanos alienígenas hubieran quedado libres habrían destruido toda la vida en este planeta con su insaciable sed de sangre.

Niko asintió seriamente.

—Pero hubo alguien que no estaba de acuerdo con el edicto que dictaminaba que los Antiguos debían ser destruidos: Dragos. La Orden ha descubierto pruebas que demuestran que en lugar de dar muerte a la criatura que lo trajo al mundo lo que hizo fue ayudarlo a esconderse. Construyó un refugio para la criatura en un área remota de las montañas de Bohemia.

—¿Y la Orden está segura de que eso es verdad?

—Encontramos la cámara y vimos la cripta con nuestros propios ojos. Lamentablemente, ya estaba vacía cuando llegamos.

Yakut gruñó, reflexionando.

—¿Y qué pasó con Dragos?

—Está muerto... murió en la vieja guerra. Pero su descendiente sobrevive. Él es el traidor. Creemos que fue el hijo de Dragos quien localizó la cámara antes que nosotros y despertó al Anciano de su sueño. También sospechamos que el hijo de Dragos es quien está detrás de los recientes asesinatos de vampiros de la primera generación de la estirpe.

—¿Para conseguir qué? —preguntó Yakut, cruzándose de brazos.

—Eso es lo que intentamos descubrir. Tenemos alguna pista, pero no es suficiente. Se esconde bajo tierra, y va a ser muy difícil atraerlo a la superficie. Pero lo conseguiremos. Mientras tanto, no podemos permitir que haga ningún progreso con los planes que ha puesto en marcha. Es por eso que la Orden ha querido dar contigo y con el resto de vampiros de la primera generación. Cualquier cosa que puedas haber visto, cualquier cosa que puedas haber oído...

—Hubo un testigo —dijo Yakut, interrumpiendo a Niko con la abrupta confesión—. Una joven de mi familia. Ella estaba allí. Vio al individuo que me atacó la semana pasada. De hecho, consiguió asustar a ese maldito cabrón para que yo tuviera la oportunidad de escapar.

A Nikolai la cabeza le daba vueltas con aquella noticia inesperada. Dudaba mucho de que una muchacha pudiera asustar a un asesino diestro y experimentado, pero le interesaba oír más detalles.

—Necesito hablar con esa chica.

Yakut asintió vagamente, apretando los labios mientras observaba el cielo oscuro sobre su cabeza.

—Amanecerá dentro de unas pocas horas. Puedes quedarte en mi casa durante el día. En cuanto a tu petición, haz tus averiguaciones para la Orden. Luego, mañana por la noche, te vas.

Como forma de cooperar, no era mucho. Pero era más de lo que podía esperar del orgulloso vampiro de la primera generación hacía tan sólo unos minutos.

—Muy bien —respondió Niko, mientras se acercaba a Sergei Yakut y caminaba junto a él hasta el sedán negro que esperaba junto al bordillo.

Capítulo cuatro

$\mathcal{R}$enata no tenía ni idea de lo que aquel rubio extranjero podía haberle dicho a Sergei Yakut para persuadirlo de que lo invitara a su recinto privado en el norte de la ciudad. En los dos años que Renata llevaba como miembro de la guardia personal de Yakut, nadie a excepción del pequeño círculo de criados y guardias privados tenía permitido acceder ni tan siquiera a los retirados bosques que rodeaban la casa.

Desconfiado y solitario por naturaleza, cruel hasta el punto de la tiranía, el mundo de Sergei Yakut estaba hecho de examen y desconfianza. Que Dios tuviera piedad de quien lo contrariara de alguna forma, pues cuando su ira se desataba era como un yunque. Sergei Yakut tenía pocos amigos y todavía menos enemigos; ninguno de ellos parecía sobrevivir mucho tiempo a su sombra.

Renata había llegado a conocer al hombre al que servía lo bastante bien como para saber que no le resultaba precisamente grata la compañía no invitada, pero el hecho de que no hubiera matado a aquel intruso —aquel guerrero, como se había referido a él en el callejón—, parecía indicar al menos algún pequeño grado de respeto. Si no era por el guerrero en cuestión, sí al menos por el grupo al que pertenecía, la Orden.

Mientras hacía girar el Mercedes blindado hacia la entrada arbolada de la casa principal que estaba al final de un largo camino, Renata no pudo resistir el impulso de mirar por el espejo retrovisor a los dos vampiros sentados en silencio detrás de ella.

Los helados ojos azules se encontraron con los de ella en el espejo. Él no pestañeó, ni siquiera cuando esos segundos se estiraron más allá de la curiosidad y pasaron a ser un claro desafío. Estaba cabreado, sin duda su ego seguía resentido por el hecho de que ella lo hubiera engañado haciéndolo caer en una trampa cuando se hizo seguir hasta el callejón. Renata fingió una cortés ignorancia mientras apartaba la vista de su dura mirada y detenía el coche frente a la portería.

Uno de los guardias de la entrada bajó los anchos escalones y fue a abrir la puerta trasera del sedán. Unos pocos pasos detrás de él había otro guardia que sostenía con una correa a un par de perros lobos rusos. Éstos hicieron rechinar sus dientes desnudos y ladraron como salvajes hasta el momento en que Sergei Yakut salió del coche. Los animales estaban tan bien entrenados como el resto de los empleados del vampiro: una mirada de su amo y cayeron instantáneamente en un silencio sumiso, bajando sus grandes cabezas mientras él y el guerrero entraban en la casa.

El guardia que estaba junto al coche cerró la puerta trasera y dirigió una mirada interrogante a Renata a través del cristal tintado de la ventana.

«¿Qué demonios ocurre?», era la pregunta que reflejaba su rostro, pero antes de que pudiera bajar el cristal de la ventanilla para poder formularla, ella puso en marcha el motor del sedán.

Mientras dirigía el coche por el camino de grava hasta el garaje, el dolor y la tensión que había sentido comenzaban a deslizarse por su cuerpo. Estaba cansada por el enfrentamiento de aquella noche, sus miembros y su mente igual de resentidos. Lo único que quería era meterse en la cama y pasar un largo rato en la bañera. No le importaba mucho cuál fuera el orden de las dos cosas.

Renata tenía sus propias habitaciones en la casa, un lujo que Yakut no permitía a ninguno de los hombres que lo servían. Incluso Alexei convivía con los otros guardias en cuartos comunes, durmiendo sobre tarimas cubiertas de pieles colocadas sobre el suelo, como si estuvieran todavía en la Edad Media. El cuarto de Renata era apenas un poco mejor que eso: un espacio estrecho pero lo bastante grande como para albergar una cama individual, una mesita de noche y el baúl que contenía su escasa ropa. En el pasillo había un cuarto de baño con una bañera de cuatro patas para compartir con la única otra mujer a cargo de Sergei Yakut.

Las comodidades eran, por decirlo del mejor modo, rústicas, igual que el resto del recinto de al menos cien años y el escaso mobiliario. Por no mencionar que todo estaba un poco sucio.

Aunque Yakut le había dicho una vez que sus empleados domésticos llevaban viviendo allí tan sólo una década, el antiguo pabellón de caza estaba lleno de pieles de animales que parecían tener medio siglo, presas disecadas y cornamentas. Ella suponía que la decoración taxidermista pertenecía al dueño anterior, pero a Yakut no parecía importarle compartir su hogar con todas aquellas cosas morbosas.

De hecho, parecía disfrutar del ambiente primitivo del lugar. Renata sabía que el vampiro siberiano era más viejo de lo que parecía... muchísimo más viejo que los otros de su raza. No le costaba mucho imaginárselo vestido con pieles, armado con hierro y acero y causando sangrientos estragos entre los indefensos habitantes de las remotas regiones del norte de Rusia. El tiempo no había suavizado ninguna de sus aristas, y Renata era testigo de primera mano de la naturaleza letal de Yakut.

Que ella pudiera estar sirviendo a alguien como él le hacía sentir un nudo de arrepentimiento en el estómago. Que hubiera jurado protegerle y mantenerse fiel a él, en pensamiento y en acción, la hacía sentirse como una extraña en su propia piel. Tenía sus razones para quedarse allí —especialmente ahora—, pero había tantas cosas que desearía poder cambiar... tantas cosas que todavía lamentaba...

Dejó de lado aquellos pensamientos porque era demasiado peligroso que cobraran forma en su mente. Si Sergei Yakut advertía la más ligera debilidad en su lealtad hacia él, habría rápidas y severas repercusiones.

Renata cerró la puerta después de entrar en la habitación. Se desató las fundas de las pistolas y dejó los revólveres y los cuchillos con cuidado encima del viejo baúl que había a los pies de la cama. Le dolía todo, los músculos y los huesos se quejaban por la última tasa que les había hecho pagar su mente. Sentía el cuello rígido, lleno de nudos que la hacían encogerse de dolor cuando intentaba masajearlo.

Dios, necesitaba algo para calmar el dolor.

Un suave rasguño se oyó al otro lado de la pared. En sus oídos fue como el chirrido de una uñas sobre una pizarra, pues su cabeza estaba tan frágil como una campanilla de cristal.

—¿Rennie? —La voz infantil de Mira era suave, apenas un manso susurro que se colaba a través de los huecos de los troncos—. Rennie... ¿eres tú?

—Sí, ratoncito —respondió Renata. Se acercó hasta la cabecera de la cama y apoyó la mejilla contra la madera redondeada de la pared—. Soy yo. ¿Qué haces todavía despierta?

—No lo sé. No podía dormir.

—¿Más pesadillas?

—Bueno... Continúo viéndolo..., a ese hombre malo.

Renata suspiró, notando la vacilación en la discreta confesión. Pensó en el baño cálido que estaba tan sólo a unos pocos minutos de su alcance. Ese tipo de soledad era lo que más necesitaba en momentos como aquél, cuando los efectos secundarios de su habilidad psíquica, la misma que le había salvado la vida dos años atrás en aquel terreno remoto y arbolado, parecían bien decididos a fastidiarla.

—¿Rennie? —se oyó de nuevo la suave voz de Mira—. ¿Todavía estás ahí?

—Estoy aquí.

Se imaginó el rostro inocente a través de los troncos de pino. No necesitaba ver a la niña para saber que probablemente llevaba sentada allí en la oscuridad muchísimo tiempo, esperando oír el regreso de Renata para no sentirse tan sola. Había estado muy agitada los últimos días, y era comprensible después de lo que había visto.

«Oh, al diablo ese maldito baño», pensó Renata con dureza. Reprimiendo el dolor que sintió correr por la piel al ponerse de pie, se inclinó y sacó una novela de Harry Potter del cajón de su mesilla de noche.

—¿Eh, ratoncito? Yo tampoco puedo dormir ahora. ¿Qué tal si voy para allá y te leo un ratito?

El alegre chillido de Mira sonó amortiguado, como si se hubiera tapado la boca con la almohada para no alarmar a toda la casa con su estallido.

A pesar del dolor y del cansancio, Renata sonrió.

—Me lo tomaré como un sí.

Y

Sergei Yakut condujo a Nikolai hasta una enorme habitación que debía de haber sido un salón de banquetes cuando el antiguo pabellón de caza estaba en su apogeo. Ahora no había hileras de mesas y bancos, sino sólo un par de grandes sillones de cuero colocados frente a la chimenea de piedra en un extremo del salón y un enorme escritorio de madera cercano.

Las pieles de osos, lobos y otros depredadores más exóticos estaban extendidos a modo de alfombras sobre el suelo de madera. Colgada en la piedra encima de la chimenea estaba la cabeza de un alce con una enorme cornamenta de anchos huesos blancos y sus oscuros ojos de vidrio fijos en algún punto lejano del ancho espacio del salón. «¿Su libertad perdida?», pensó Niko irónicamente mientras seguía a Yakut hasta los sillones de cuero y se sentaba obedeciendo el gesto de aquel vampiro de la primera generación.

Nikolai miró despreocupadamente a su alrededor, imaginando que aquel pabellón debía de tener al menos cien años y debía de haber sido construido por sus residentes humanos originarios, a pesar de que ahora las escasas ventanas estaban protegidas con las cruciales persianas bloqueadoras de rayos ultravioletas. No era el tipo de lugar que uno imaginaría como hogar de un vampiro. Los de la estirpe solían preferir entornos más modernos y lujosos, la mayoría vivían en familias o comunidades llamados Refugios Oscuros, cuyos perímetros estaban equipados con alarmas y vallas de seguridad.

Como domicilio de un ciudadano de la estirpe, aquel campamento rústico de Yakut, aun estando lo bastante remoto como para preservarlo de la curiosidad de los humanos, no era desde luego nada típico. Pero de todas formas, no había nada típico en el propio Sergei Yakut.

—¿Cuánto tiempo llevas en Montreal? —preguntó Nikolai.

—No mucho. —Yakut se encogió de hombros, apoyando los codos en los brazos del sillón donde se estaba acomodando. Su postura podía parecer relajada, pero sus ojos no dejaban de estudiar a Niko, valorándolo, desde el primer momento en que se habían sentado—. He comprobado que me conviene mantenerme en movimiento y no acomodarme demasiado en ningún sitio. Los problemas encuentran la manera de atraparte cuando permaneces en un lugar más de lo conveniente.

Nikolai sopesó el comentario, preguntándose si Yakut se estaba refiriendo a alguna experiencia personal o si aquello era alguna especie de advertencia para su huésped inesperado.

—Háblame sobre el ataque —dijo, sin dejarse perturbar ni por la mirada fija ni por la evidente naturaleza suspicaz del vampiro de la primera generación—. Y necesito hablar también con la testigo que mencionaste.

—Por supuesto. —Yakut se dirigió a uno de sus guardias—. Trae a la niña.

El hombre alto hizo un gesto de asentimiento y luego salió para cumplir con la orden. Yakut se reclinó en el sillón.

—El ataque tuvo lugar en esta habitación. Yo estaba sentado en este mismo sillón, revisando mis facturas, cuando el guardia que vigilaba oyó un ruido del exterior. Fue a investigar y regresó para decirme que se trataba tan sólo de mapaches que se habían colado en uno de los cobertizos de la parte trasera. —Yakut se encogió de hombros—. No era nada inusual, así que lo envié a expulsar esas plagas. Al ver que no volvía transcurridos varios minutos, supe que había un problema. No hay duda de que el guardia ya estaba muerto.

Nikolai asintió.

—¿Y el intruso ya estaba dentro?

—Sí, así es.

—¿Y qué pasó con la niña..., la testigo?

—Acababa de terminar su cena y estaba aquí descansando conmigo. Se había quedado dormida junto al fuego, pero se despertó justo a tiempo para ver a mi asaltante de pie justo detrás de mí. Yo ni siquiera había oído moverse a ese maldito cabrón, de tan cauteloso y rápido como fue.

—Sería de la estirpe —sugirió Niko.

Yakut inclinó la cabeza en señal de asentimiento.

—Sin ninguna duda era de la estirpe. Iba vestido como un ladrón, todo de negro, con la cabeza y el rostro cubierto con un antifaz de nailon negro que sólo dejaba sus ojos visibles, pero no hay duda de que era de nuestra raza. Yo diría que puede haber sido de la primera generación, basándome en su fuerza y su velocidad. Si no fuera porque la niña abrió los ojos y dio un grito de advertencia, habría perdido mi cabeza en aquel mismo instante. Él estaba detrás de mi silla y había puesto ante mí un delgado alambre. El grito de Mira distrajo su atención por un segundo crucial y yo pude detener el alambre con la mano para evitar que me atravesara la garganta. Me volví para ir tras él, pero antes de que pudiera atacarlo o llamar a mis guardias, había escapado.

—Tan sencillo como eso..., ¿se dio la vuelta y salió corriendo? —preguntó Nikolai.

—Tan sencillo como eso —respondió Yakut, con una sonrisa juguetona asomando en las comisuras de sus labios—. Una mirada a Mira, y el cobarde huyó.

Niko soltó un insulto por lo bajo.

—Has tenido una suerte increíble —dijo, encontrando muy difícil conformarse con la idea de que la simple visión de una niña pudiera representar semejante distracción para un asesino experto y entrenado. No tenía ningún sentido.

Antes de que pudiera hacer esa observación a Yakut, se oyó el sonido de unos pasos que se aproximaban desde el otro extremo de la habitación. Caminando delante del guardia que Yakut había despachado, iba Renata y una delicada niña. Renata había dejado sus armas en alguna parte, pero caminaba junto a la niña con actitud protectora, con la fría mirada cautelosa mientras conducía a Mira al interior de la habitación.

Nikolai no pudo dejar de notar el peculiar atuendo de la niña. El pijama rosa y las zapatillas de conejito no eran extraños, pero el pequeño velo negro que le cubría la parte superior del rostro resultaba de lo más chocante.

—Renata me estaba leyendo una historia —contó Mira con una suave voz de un brillo tan inocente que parecía completamente fuera de lugar en los crudos dominios de Yakut.

—¿Es eso cierto? —preguntó el vampiro, dirigiendo su comentario más a Renata que a la niña—. Acércate, Mira. Hay alguien que quiere conocerte.

El guardia se retiró en cuanto Mira se situó ante Yakut, pero Renata se quedó quieta junto a la niña. Al principio, Niko se preguntaba si la pequeña sería ciega, pero recorrió sin vacilar los pocos pasos que la separaban de Yakut y de Niko.

La pequeña cabeza se volvió hacia Niko sin error. Definitivamente podía ver.

—Hola —le dijo, al tiempo que saludaba educadamente con la cabeza.

—Hola —respondió Niko—. He oído lo que pasó la otra noche. Debes de ser muy valiente.

Ella se encogió de hombros, pero era imposible interpretar su expresión juzgando tan sólo por la pequeña nariz y la boca bajo el velo que le cubría la cabeza. Nikolai la observó: una pequeña y traviesa niña abandonada que había sido capaz de ahuyentar a un vampiro de la estirpe con la misión de asesinar a uno de los miembros más imponentes de su raza. Tenía que tratarse de una broma. ¿Sería que Yakut lo estaba tomando por imbécil? ¿Cómo era posible que esa niña hubiera frustrado el ataque?

Nikolai miró a Yakut, dispuesto a llamarle la atención por aquella tomadura de pelo. Era imposible que el atacante hubiera huido de la manera que él había descrito.

—Quítate el velo —pidió Yakut a la niña, como si estuviera leyendo los pensamientos de Niko.

Sus pequeñas manos alcanzaron la delgada gasa negra. Retiró el velo de su rostro, pero tuvo cuidado de mantener la mirada baja. Renata permanecía muy quieta junto a la niña, con la expresión tranquila, aunque sus manos, a los lados, se habían cerrado formando dos puños. Parecía estar conteniendo la respiración, esperando con un aire de cautelosa expectación.

—Levanta los ojos —le ordenó Yakut, curvando sus labios en una sonrisa—. Mira a nuestro invitado, y muéstrale lo que quiere saber.

Lentamente, las espesas pestañas se alzaron. La niña levantó la barbilla, enderezando la cabeza y saliendo al encuentro de la mirada de Niko.

—Cielo santo —murmuró él, casi sin darse cuenta de que estaba hablando, cuando tuvo la primera visión de los ojos de Mira.

Eran extraordinarios. Los iris de un color tan blanco que resultaban transparentes, tan líquidos e insondables como un estanque de agua incolora. O mejor, como un espejo, corrigió, mirando más profundamente dentro de ellos porque no podía evitarlo, atraído por la sorprendente e inusual belleza de esa mirada.

No supo cuánto tiempo llevaba mirándolos —como mucho debieron de ser un par de segundos—, pero ahora sus pupilas se volvían más pequeñas, encogiéndose hasta convertirse en diminutos alfileres dentro del círculo de un blanco plateado. El color era reluciente y ondeaba como si una brisa patinara por encima de la tranquila superficie. Increíble. Nunca había visto nada como aquello. Miró más profundamente, incapaz de resistir el extraño juego de luz de aquellos ojos.

Cuando éste se disipó Nikolai vio allí su propio reflejo.

Se vio a sí mismo con alguien más..., una mujer. Estaban desnudos, con sus cuerpos apretados, brillando de sudor. Él la besaba con ardor, hundiendo las manos en los oscuros y brillantes mechones de su cabello. Empujándola hacia abajo mientras la penetraba con fuerza. Se vio a sí mismo mostrando sus colmillos, bajando la cabeza y colocando la boca en la tierna curvatura de su cuello. Saboreando la dulzura de su sangre al atravesar su piel y su vena y comenzar a beber...

—Dios bendito —dijo en voz alta, apartando la mirada del sorprendente reflejo demasiado real. Tenía la voz áspera y la lengua espesa por la repentina emergencia de los colmillos. El corazón le latía aceleradamente y, además, su miembro se había puesto duro como una piedra—. ¿Qué ha ocurrido?

Todos lo estaban observando excepto Renata, que parecía más preocupada en ayudar a Mira a ponerse el velo. Susurró algo al oído de la niña, palabras reconfortantes, por el suave tono que tenían. La risa apagada y grave de Sergei Yakut fue acompañada por las risas satisfechas de los otros hombres.

—¿Qué es lo que me ha hecho? —preguntó Niko, nada divertido—. ¿Qué demonios era eso?

Yakut se reclinó en su sillón y sonrió como un zar que hiciera pública la broma de uno de sus súbditos.

—Dime lo que has visto.

—Me he visto a mí mismo —soltó Nikolai, todavía tratando de encontrarle algún sentido a aquello. La visión era tan real. Como si todo aquello acabara de pasar allí mismo y no fuera simplemente el reflejo de un espejo. Dios sabía que su cuerpo estaba convencido de que lo ocurrido había sido real.

—¿Qué más viste? —preguntó Yakut despreocupadamente—. Cuéntamelo, por favor.

Maldita sea. Niko negó con la cabeza en silencio. Tendría que estar loco para soltar semejante escena delante de todo el mundo en aquella habitación.

—Me vi a mí mismo..., tuve una visión de mí mismo reflejado en los ojos de esa niña.

—Lo que has vislumbrado es una parte de tu futuro —le comunicó Yakut. Se movió para atraer a la niña a su lado, rodeando sus delgados hombros con el brazo para acercarla como si fuera una preciada posesión—. Una mirada a los ojos de Mira y tendrás la visión de sucesos de tu vida que están destinados a suceder.

No le costó mucho traer la imagen de vuelta a su cabeza. Oh, demonios, no le costó nada en absoluto. Esa imagen era tan buena que ardería de forma permanente en su recuerdo y en todos sus sentidos. Nikolai trató de calmar el ritmo de su pulso y mantener su pasión bajo control.

—¿Qué le mostró Mira a tu atacante la semana pasada? —preguntó, desesperado por desviar la atención de sí mismo en aquel momento.

Yakut se encogió de hombros.

—Sólo él lo sabe. La niña no es consciente de lo que se refleja en sus ojos.

Gracias a Dios. Niko no quería pensar qué tipo de educación habría recibido si fuera de otra manera.

—Sea lo que sea lo que vio ese bastardo —añadió Yakut—, fue suficiente para hacerlo vacilar y darme la oportunidad de escapar de la muerte. —El vampiro sonrió—. El futuro puede ser sorprendente, especialmente cuando no te lo esperas, ¿verdad?

—Sí —murmuró Niko—. Supongo que sí.

Acababa de obtener una buena demostración de esa afirmación de primera mano.

Porque la mujer que había visto abrazada a él, desnuda y retorciéndose apasionadamente en sus brazos, no era otra que la fría y hermosa Renata.

Capítulo cinco

*E*sas imágenes carnales y demasiado reales abandonaron a Nikolai durante las siguientes dos horas de luna llena, mientras merodeaba por el bosque que había en los alrededores en busca de alguna prueba que pudiera haber quedado del ataque abortado de Sergei Yakut. Registró el perímetro de la casa principal, pero no encontró nada. Ni siquiera la huella de una pisada en el suelo fangoso.

El rastro, si es que el intruso dejó alguno, había desaparecido. Sin embargo, no era difícil adivinar cómo pudo haberse acercado a su objetivo el asaltante. En aquel bosque profundo, sin vallas de seguridad, cámaras, ni radares detectores de movimiento para alertar a los habitantes de la casa de los intrusos, el atacante de Yakut podía haber permanecido oculto en el bosque de los alrededores durante la mayor parte de la noche, esperando la mejor oportunidad para atacar. O podía haber escogido una localización más descarada, pensó Nikolai, deteniendo la mirada en un pequeño granero a unos pocos metros de la parte trasera de la casa.

Caminó hacia allí, imaginando que la construcción debía de haberse añadido recientemente a la propiedad. La madera era oscura, y no presentaba el desgaste natural del tiempo como el resto del lugar, sino que tenía un tinte de color nogal que se camuflaba con los alrededores. No había ventanas en ninguno de los lados, y la ancha puerta de paneles estaba reforzada y equipada con un gran cerrojo de acero.

A través del grasiento hedor de la madera barnizada, Nikolai podría haber jurado que notaba un ligero olor a cobre.

¿Sangre humana?

Inspiró de nuevo, analizando el olor cuidadosamente a través de los dientes y con las sensibles glándulas de su lengua. Definitivamente era sangre y, definitivamente, era humana. No era mucha y había sido derramada al otro lado de la puerta, y por el ligero cosquilleo que sentía en la nariz, calculaba que llevaba mucho tiempo seca y estaba allí probablemente desde hacía varios meses. No podía estar seguro a menos que revisara el interior.

Intrigado, palpó el gran cerrojo y estaba a punto de tirar para abrirlo cuando el chasquido de unas ramas tras él captó su atención. Mientras se daba la vuelta hacia el lugar de donde provenía el ruido, se llevó la mano hacia uno de sus revólveres y soltó una maldición al recordar que Yakut tenía todavía todas sus armas.

Alzó la vista para toparse con Alexei mirándolo con odio desde una esquina del granero. A juzgar por el brillo de desprecio en sus ojos, parecía que su orgullo herido todavía no se había recuperado desde la confrontación en la ciudad. No es que a Niko le importase. Le preocupaban poco los civiles gilipollas y orgullosos, especialmente aquellos que se consideraban superiores y tenían egos delicados.

—¿Tienes una llave para este cerrojo? —le preguntó, con la mano todavía curvada sobre el helado bulto de acero reforzado. Si quería, siendo de la estirpe, podía abrirlo con una simple flexión de su muñeca. Y si quería ser más limpio, podía usar su mente y abrir el cerrojo con una orden mental. Pero en aquel momento era más interesante fastidiar un poco a Alexei—. ¿Te importaría abrirme esta puerta, o tal vez necesites primero el permiso de tu papá?

Alexei gruñó en dirección a la puerta del granero, con los brazos cruzados.

—¿Por qué debería abrírtela? Ahí no hay nada de interés. Es sólo un granero para almacenar. Además, está vacío.

—¿Ah, sí? —Niko soltó el cerrojo y el metal golpeó con fuerza contra los paneles de madera—. Huele como si hubieras estado almacenando humanos ahí dentro. Humanos sangrientos. El hedor a hemoglobina casi me deja sin sentido conforme me iba acercando.

Era una exageración, pero quería observar la reacción de Alexei.

El joven vampiro frunció el ceño y lanzó una mirada cautelosa a la puerta cerrada. Luego sacudió lentamente la cabeza.

—No sabes de qué estás hablando. Los únicos humanos que han puesto los pies en este granero han sido los carpinteros locales que lo construyeron hace algunos años.

—Entonces no te importará que eche un vistazo —señaló Nikolai.

Alexei soltó una risita por lo bajo.

—¿Qué es lo que has venido a hacer aquí, guerrero?

—Averiguar quién intentó matar a tu padre. Quiero saber cómo logró el intruso acercarse lo bastante para atacar y por dónde pudo haber huido después.

—Perdona mi sorpresa —dijo Alexei, sin un asomo de disculpa en su voz—, pero me cuesta creer que un ataque fallido, incluso contra un vampiro de la estirpe tan anciano como mi padre, sea un motivo suficiente para la visita personal de un miembro de la Orden.

—Tu padre tuvo suerte. Ha habido otros cinco miembros de la primera generación que no fueron tan afortunados.

El aire engreído de Alexei se desvaneció y fue reemplazado por un tono de sombría gravedad.

—¿Ha habido otros ataques? ¿Otros asesinatos?

Nikolai asintió muy serio.

—Dos en Europa y los otros en Estados Unidos. Demasiados para ser algo al azar, y demasiado expertos para no provenir de un profesional. Y tampoco parecen ser fruto de un solo esfuerzo. Durante las últimas semanas, en cuanto tuvimos constancia de los dos primeros asesinatos, la Orden ha estado contactando con todos los vampiros conocidos de la primera generación para avisarles de lo que está pasando. Es necesario que entiendan el peligro potencial para que puedan procurarse medidas de seguridad apropiadas. ¿Tu padre no te lo dijo?

Alexei frunció el ceño con preocupación.

—No me dijo nada de esto. Maldita sea, me hubiera encargado de protegerle personalmente.

El hecho de que Sergei Yakut no hubiera informado a su hijo del reciente contacto de Niko ni de la ola de asesinatos de vampiros de la primera generación era significativo. No importaba que Alexei tratara de mostrarse como el brazo derecho de su padre, era evidente que Yakut lo mantenía a cierta distancia cuando se trataba de confianza. No era sorprendente, dada la naturaleza suspicaz de Yakut. Era evidente que esa desconfianza se extendía también a los de su propia sangre.

Alexei soltó un insulto.

—Debería habérmelo dicho. Me hubiera asegurado de que estuviera protegido en todo lugar y a todas horas. Y en cambio, el bastardo que lo atacó todavía anda suelto. ¿Cómo podemos estar seguros de que no volverá a intentarlo otra vez?

—No podemos estar seguros de eso. De hecho, haremos mejor si damos por supuesto que habrá otro ataque. Yo diría que más pronto que tarde.

—Debes mantenerme informado —dijo Alexei, volviendo a usar ese irritante tono de superioridad—. Espero que me comuniques inmediatamente todo lo que descubras, cualquier cosa que tú o la Orden descubráis acerca de esos ataques. Cualquier cosa. ¿Entendido?

Nikolai dejó que apareciera lentamente en su rostro una sonrisa falsa.

—Intentaré recordarlo.

—Mi padre cree que es intocable. Tiene sus guardaespaldas de primera, todos entrenados por él y leales. Y tiene también el consejo de su oráculo privado.

Niko asintió en señal de reconocimiento.

—La niña, Mira.

—¿La has visto? —Alexei afiló la mirada, Nikolai no supo si por desconfianza o por curiosidad—. Entonces —dijo el hijo de Yakut—, te ha dejado conocerla. Te ha dejado ver sus ojos embrujados.

—Así es.

Niko mantuvo la mandíbula firme, probablemente rígida, mientras Alexei sonreía abiertamente. Había en su voz una nota de sarcasmo.

—¿Te dejó vislumbrar un destino agradable, guerrero?

De manera instantánea la ardiente visión se reprodujo en su mente como una hoguera encendida, quemándolo por dentro. Se encogió de hombros con una frialdad que desde luego no sentía.

—He visto cosas peores.

Alexei se rio.

—Bueno, yo de ti no me preocuparía. El talento de la pequeña bruja está muy lejos de ser perfecto. No puede mostrarte todo tu futuro, sólo breves imágenes de lo que podría pasar basándose en el presente. Y tampoco puede ayudarte a que pongas lo que ves en un contexto. Personalmente, yo no encuentro a esa mocosa tan interesante como mi padre. —Dio un gruñido, al tiempo que levantaba un hombro y ensayaba una mueca de desprecio—. Lo mismo podría decir de la otra hembra que insiste en tener cerca a pesar de mis dudas.

No había duda de a quién se refería.

—No le tienes mucho cariño a Renata, ¿verdad?

—Cariño... —murmuró Alexei, cruzándose de brazos—. Es una arrogante. Cree que está por encima de todo el mundo simplemente porque ha conseguido impresionar a mi padre una o dos veces con su habilidad mental. Desde la noche que llegó aquí se ha demostrado demasiado descarada para su propio bien. Te costaría encontrar un hombre entre los empleados de mi padre que no quisiera darle caña. Poner a esa zorra fría y engreída en su lugar. Tal vez tú sientas lo mismo, después de lo que te hizo esta noche en la ciudad.

Nikolai se encogió de hombros. Mentiría si dijera que no lo había cabreado en algún nivel muy primitivo que una mujer lo hubiera dejado fuera de combate. Pero por muy crispante que pudiera resultar haber sido el blanco de su asalto mental, Nikolai no podía negar cierto sentimiento de respeto. Obviamente ella era una compañera de sangre, ya que la naturaleza no la había dotado de ese poderoso don extrasensorial para malgastarlo con los seres humanos básicos.

—Nunca había visto a nadie como ella —reconoció ante Alexei—. Nunca he oído hablar de una compañera de sangre con ese nivel de habilidad. Puedo entender que tu padre duerma mejor sabiendo que ella está cerca.

Alexei se mofó.

—No te dejes impresionar tanto por ella, guerrero. La habilidad de Renata tiene su mérito, lo reconozco. Pero es demasiado débil para controlarla.

—¿A qué te refieres?

—Puede enviar la onda mental, pero el poder rebota en

ella, como un eco. Y una vez que la reverberación la golpea queda prácticamente inutilizada hasta que se le pasa.

Nikolai recordó la debilitante ráfaga de energía mental que Renata había desatado sobre él en el almacén. Él pertenecía a la estirpe —sus genes alienígenas le procuraban la fuerza y resistencia de por lo menos diez hombres humanos—, y había sido incapaz de soportar el dolor del increíble asalto sensorial. ¿Renata tenía que pasar por el mismo tormento cada vez que empleaba su habilidad?

—Cristo —dijo Niko—. Debe de ser una auténtica tortura para ella.

—Sí —admitió Alexei, sin preocuparse por ocultar la alegría en su tono—. De eso estoy seguro.

A Nikolai no le pasó inadvertida la sonrisa en el joven y delgado rostro de Alexei.

—¿Disfrutas de su sufrimiento?

Alexei gruñó.

—Me trae sin cuidado. Renata es inadecuada para el rol que mi padre le ha otorgado. Es ineficaz como guardaespaldas..., el riesgo que temo es que lo maten un día. Si yo estuviera en su lugar no vacilaría en darle una patada en su arrogante culo.

—Pero tú no estás en el lugar de tu padre —le recordó Niko, ya que Alexei parecía demasiado entusiasmado imaginando esa posibilidad.

El vampiro miró fijamente a Niko en silencio durante un largo e incómodo momento. Luego se aclaró la garganta y escupió en el suelo.

—Termina tu búsqueda, guerrero. Si encuentras algo de interés, infórmame inmediatamente.

Nikolai se limitó a devolverle la mirada al hijo de Yakut, haciéndole entender sin palabras lo que pensaba de su orden. Alexei no insistió, tan sólo dio la vuelta lentamente sobre sus talones y se marchó en dirección a la casa.

Capítulo seis

*R*enata abrió sin hacer ruido la puerta de la habitación de Mira y se asomó al interior para contemplar a la niña que dormía plácidamente en la cama. Una niña normal con pijama rosa, la suave mejilla contra la delgada almohada y la respiración saliendo rítmicamente de su delicada boca angelical. Sobre la rústica mesita de noche, el pequeño velo negro que cubría los notables ojos de Mira todo el tiempo que pasaba despierta.

—Dulces sueños, ángel —susurró Renata en voz baja con esperanza.

Últimamente cada vez estaba más preocupada por Mira. No se trataba de las pesadillas que la perseguían desde que había sido testigo del ataque, sino que era la salud de Mira en su conjunto lo que más preocupaba a Renata. A pesar de que la niña era fuerte y su mente rápida y aguda, no estaba nada bien.

Mira estaba perdiendo muy rápido la vista.

Cada vez que ejercitaba su don del reflejo premonitorio, su propia vista se deterioraba. Habían transcurrido meses antes de que Mira se atreviera a confiarle a Renata lo que le estaba ocurriendo. Estaba asustada, como lo estaría cualquier niña. Quizás incluso más, porque Mira era muy inteligente para sus ocho años de edad. Entendía que el valor que ella tenía para Sergei Yakut se evaporaría en el momento en que el vampiro considerara que había dejado de ser útil para él. Entonces la abandonaría, o tal vez incluso decidiera matarla si le apetecía.

Por eso, aquella noche Renata y Mira habían hecho un pacto: mantendrían en secreto lo que le estaba ocurriendo a

Mira, y se llevarían ese secreto a la tumba si era necesario. Renata había llevado la promesa un poco más lejos, jurándole a Mira que la protegería con su propia vida. Le prometió que nunca sufriría ningún daño, ni de Yakut ni de nadie más, humano o de la estirpe. Mira estaría a salvo del dolor y la oscuridad de una forma que Renata nunca había conocido.

Que la niña hubiera sido usada para entretener al huésped inesperado de Yakut aquella noche sólo contribuía a empeorar el estado de irritación de Renata en aquel momento. Lo peor del daño psíquico ya había pasado, pero todavía le quedaba un dolor de cabeza que aturdía sus sentidos. Y seguía con el estómago revuelto. Pequeñas oleadas de náuseas la lamían como una marea que lentamente retrocede.

Renata cerró la puerta de la habitación de Mira, estremeciéndose un poco con otro repentino temblor de su cuerpo. El largo baño que acababa de darse la había ayudado a aliviar en algo su malestar, pero incluso debajo de los cómodos pantalones de yoga color grafito y la suave camiseta de algodón blanco, sentía todavía un hormigueo en la piel, irritada por la chispeante electricidad que nadaba debajo.

Renata frotó las palmas por encima de las mangas de la camiseta, tratando de ahuyentar la ardiente sensación que todavía circulaba a lo largo de sus brazos. Demasiado nerviosa para dormir, se detuvo en su habitación sólo el tiempo suficiente para recuperar un pequeño juego de puñales del baúl donde guardaba sus armas. El entrenamiento siempre le proporcionaba un desahogo para su inquietud. Disfrutaba las horas de castigo físico que se infligía a sí misma, alegrándose de que los rigurosos ejercicios de entrenamiento la agotaran pero también la endurecieran.

Desde la terrible noche en que se halló sumergida en el peligroso mundo de Sergei Yakut, Renata había entrenado cada músculo de su cuerpo hasta su mejor condición, trabajando como una esclava para asegurarse de que ella era tan afilada y letal como las armas que llevaba consigo en el envoltorio de seda y terciopelo que ahora sujetaba en la mano.

Sobrevivir.

Aquel simple pensamiento había sido su guía desde que era una niña, incluso más joven que Mira. Y sola. Como huérfana abandonada en la capilla del convento de Montreal, Renata no tenía pasado, ni familia, ni futuro. Existía; eso era todo.

Y para Renata había sido suficiente. Era suficiente, incluso ahora. Especialmente ahora, navegando por el traicionero submundo del reino de Sergei Yakut. Había enemigos por todas partes en aquel lugar, tanto ocultos como al descubierto. Incontables maneras de dar un paso equivocado, de hablar más de la cuenta. Infinitas oportunidades de contrariar al despiadado vampiro que tenía su vida en sus manos y acabar muerta y desangrada. Pero nunca sin luchar.

El mantra que repetía desde sus más tempranos días de infancia le servía ahora tanto como entonces: sobrevivir otro día más. Y luego otro, y otro.

No había lugar para ninguna debilidad en aquella ecuación. No estaba permitida la compasión, la lástima o el amor. Especialmente no el amor, en ninguna de sus formas. Renata sabía que su afecto por Mira —el impulso natural que la llevaba a suavizarle el camino, a protegerla como si fuera su propia hija— probablemente acabaría por costarle la vida.

Sergei Yakut había invertido cierto tiempo explotando en ella esa debilidad; de hecho Renata tenía las cicatrices que lo demostraban.

Pero era fuerte. No había nada en esta vida que no pudiera superar, física o emocionalmente. Había sobrevivido a todo. Era dura y fuerte, letal cuando tenía que serlo.

Renata salió de la casa y caminó a través de la oscuridad hacia uno de los cobertizos de la parte trasera. El cazador que había construido originariamente el recinto del bosque sin duda adoraba a sus perros. Había una vieja perrera de madera detrás de la residencia principal, diseñada como un establo, con un espacio ancho en el centro y cuatro celdas o casetas con puertas a cada lado. El techo con vigas a la vista tenía unos cinco metros de altura.

Aunque pequeño, era un espacio abierto y bien ventilado. Había un granero más grande y más nuevo en la propiedad que permitía moverse mejor, pero Renata trataba de evitar esa otra construcción.

Una vez dentro, aquel oscuro lugar era húmedo y malsano. Si de ella dependiera, habría quemado aquel sitio hasta reducirlo a cenizas.

Renata accionó el interruptor del interior de la perrera y se encogió cuando la bombilla desnuda encima de su cabeza inundó el espacio con una violenta luz amarilla. Caminó sobre el liso y duro suelo de tierra y pasó junto a dos correas de cuero trenzadas que colgaban atadas alrededor de la viga central de la estructura.

Al fondo de la perrera había un alto poste de madera provisto de pequeños ganchos de hierro y lazos pensado para guardar correas y otros utensilios. Renata se había encargado del aparejo meses atrás y ahora el poste funcionaba como un blanco fijo, con la oscura madera marcada por profundos cuchillazos, incisiones y muescas.

Renata colocó sus cuchillos enfundados sobre un espeso fardo de paja cercano. Se quitó los zapatos, luego se situó descalza en el centro de la perrera y alzó los brazos para alcanzar las dos largas correas de cuero, una en cada mano. Enlazó el cuero alrededor de sus muñecas varias veces, comprobando el grado de tirantez. Cuando estuvo cómoda, flexionó los brazos y se levantó del suelo con tanta suavidad como si tuviera alas.

Suspendida, sintiéndose sin peso y temporalmente transportada, Renata comenzó su calentamiento con las correas. El cuero crujía con suavidad cuando daba vueltas y subía su cuerpo a casi un metro del suelo. Aquello era para ella la paz, la sensación de sus miembros ardiendo, fortaleciéndose y volviéndose más ágiles con cada movimiento controlado.

Renata se entregó a una ligera meditación, con los ojos cerrados, todos los sentidos dirigidos hacia el interior, concentrada en los latidos de su corazón y su respiración, en la fluida armonía de sus músculos cuando el estiramiento de uno de ellos provocaba la contención de otro. No fue hasta que se dio la vuelta para colocarse cabeza abajo, con los tobillos bien agarrados a las correas para mantenerse en el aire, cuando sintió un movimiento en el aire a su alrededor. Fue repentino y sutil, pero inconfundible.

Tan inconfundible como el calor del aliento que ahora sentía en la mejilla.

Abrió de golpe los ojos. Luchó por concentrarse en el paisaje invertido a su alrededor y en el intruso que estaba de pie debajo de ella. Era el guerrero de la estirpe... Nikolai.

—Mierda —soltó, cuando su falta de atención la hizo oscilar un poco—. ¿Qué demonios estás haciendo?

—Cálmate —dijo Nikolai. Alzó la mano como si quisiera ayudarla—. No pretendía asustarte.

—No lo has hecho —respondió ella con frialdad. Con una grácil flexión de su cuerpo se situó fuera de su alcance—. Si no te importa... Estás interrumpiendo mi entrenamiento.

—Ah. —Alzó las cejas de un rubio oscuro siguiendo con la mirada la línea de su cuerpo, que todavía seguía colgado por los tobillos—. ¿Para qué entrenas exactamente ahí arriba? ¿Tal vez para el Circo del Sol?

Ella no se dignó a dar una respuesta. No es que él esperara una. Se dio la vuelta y se alejó hacia el poste que estaba al fondo de la perrera. Lo tocó, recorriendo con los dedos las profundas cicatrices de la madera. Entonces, encontró los cuchillos y los levantó dentro de su envoltorio. El metal tintineó suavemente en el interior de la tela doblada y atada con cintas de seda y terciopelo.

—No toques eso —dijo Renata, liberándose de las correas y dando una voltereta para caer de pie sobre el suelo. Caminó hacia allí—. Te he dicho que no los toques. Son míos.

Él no opuso resistencia cuando ella le arrancó de las manos la preciada posesión... la única cosa de valor que podría reclamar como suya propia. El ímpetu de sus emociones la mareó un poco, aún aquejada de los efectos secundarios de la resonancia psíquica, que creía superados. Dio un paso hacia atrás. Tuvo que esforzarse por controlar su respiración.

—¿Estás bien?

A ella no le gustó la nota de preocupación en sus ojos azules, como si pudiera advertir su debilidad. Como si supiera que ella no era tan fuerte como quería y necesitaba aparentar.

—Estoy bien. —Renata llevó los cuchillos hasta una de las casetas y los desenvolvió. Uno por uno, colocó los cuatro puñales cuidadosamente sobre la repisa de madera que había frente a ella. Se esforzó por dar un tono un poco engreído a su voz—. Me parece que soy yo la que debería haberte hecho esa pregunta, ¿no crees? Te hice bastante daño hace un rato en la ciudad.

Oyó un gruñido grave detrás de ella, casi una burla.

—Tenemos que ser muy precavidos ante los extraños —dijo—. Especialmente ahora. No me cabe la menor duda de que lo entiendes.

Cuando por fin se volvió a mirarlo, él la estaba observando.

—Cariño, la única razón por la que tuviste la oportunidad de derribarme fue porque jugaste sucio. Te aseguraste de que yo reparara en ti, fingiste que tenías algo que ocultar y lograste que yo te siguiera fuera de ese club justo hasta tu pequeña trampa.

Renata se encogió de hombros, sin ánimo de disculparse.

—Todo está permitido en el amor y en la guerra.

Él sonrió lentamente y unos hoyuelos se formaron en sus delgadas mejillas.

—¿Se trata de guerra... supongo?

—Te aseguro que no es amor.

—No —dijo él, esta vez muy serio—. Eso nunca.

Bueno, al menos estaban de acuerdo en algo.

—¿Cuánto tiempo llevas trabajando para Yakut?

Renata sacudió la cabeza como si no fuera capaz de recordarlo exactamente, a pesar de que aquella noche estaba como grabada a fuego en su memoria. Empapada de sangre. Aterradora. El principio del fin.

—No lo sé —dijo despreocupadamente—. Un par de años, supongo. ¿Por qué?

—Sólo me preguntaba cómo es posible que una mujer, aun tratándose de una compañera de sangre con una habilidad psíquica tan poderosa como la tuya, haya terminado haciendo este trabajo, especialmente tratándose de un vampiro como él. Es inusual, eso es todo. Demonios, es inaudito. Así que dime... ¿cómo fuiste a parar con Sergei Yakut?

Renata miró fijamente a aquel guerrero... aquel extraño peligroso y astuto que de pronto se había entrometido en su mundo. No sabía muy bien qué responder. Desde luego no iba a explicarle la verdad.

—Si tienes preguntas, tal vez deberías hacérselas a él.

—Sí —dijo él, estudiándola ahora más de cerca—. Tal vez lo haga. Y qué me dices de la niña... Mira. ¿Lleva aquí tanto tiempo como tú?

—No tanto, no. Sólo seis meses. —Renata trató de parecer despreocupada, pero un fiero instinto protector se despertó en ella con la sola mención del nombre de Mira en labios de aquel macho de la estirpe—. Ha visto demasiadas cosas en este periodo tan corto. Cosas que una niña nunca debería ver.

—¿Como el ataque de la semana pasada?

Y otras cosas más oscuras, reconoció Renata en su interior.

—Últimamente Mira tiene pesadillas a diario. Le cuesta dormir más de un par de horas seguidas.

Él asintió con seriedad.

—Éste no es lugar para una niña. Hay quien diría que tampoco es lugar para una mujer.

—¿Eso dirías tú, guerrero?

La risa entre dientes que dio como respuesta ni lo confirmaba ni lo negaba.

Renata lo observó, sintiendo burbujear en la mente sus propias preguntas. Y sobre todo una en particular.

—¿Qué viste en los ojos de Mira esta noche?

Él gruñó algo por lo bajo.

—Créeme, no querrías saberlo.

—¿No te lo estoy preguntando? ¿Qué te mostró?

—Olvídalo. —Le sostuvo la mirada y se pasó una mano por los mechones rubios. Luego profirió un insulto y apartó los ojos de ella—. De todas formas, no tiene importancia. La niña definitivamente se equivoca.

—Mira nunca se equivoca. No se ha equivocado ni una vez desde que la conozco.

—¿Es eso cierto? —Sus penetrantes ojos azules volvieron a posarse en ella, ardientes y fríos a la vez mientras recorrían y sopesaban su cuerpo con la mirada—. Alexei me dijo que su don es imperfecto...

—Lex —se burló Renata—. Hazte un favor a ti mismo y no creas nada de lo que te diga Lex. No dice ni hace nada sin alguna segunda intención.

—Gracias por el consejo. —Se echó hacia atrás y se apoyó contra el poste lleno de marcas de cuchillos—. Entonces ¿no es verdad lo que él me ha dicho... que los ojos de Mira sólo reflejan los acontecimientos que podrían ocurrir en el futuro basándose en el presente?

—Puede que Lex tenga sus razones personales para desear que eso sea así, pero Mira nunca se equivoca. Sea lo que sea lo que te mostró esta noche, está destinado a ocurrir.

—Destinado —dijo él, con un tono divertido—. Bueno, demonios. Entonces supongo que estamos de suerte.

La miró con intención mientras lo dijo, desafiándola a preguntarle si deliberadamente la estaba incluyendo a ella en aquella observación. Ya que él parecía encontrar la idea tan divertida, ella no pensaba darle la satisfacción de pedirle que explicara por qué.

Renata cogió uno de los puñales y comprobó el peso dejándolo sobre la palma de la mano abierta. Era agradable sentir el frío del acero contra la piel, sólido y familiar. Sus dedos estaban deseando trabajar. Sus músculos estaban preparados por el calentamiento para una hora o dos de duro entrenamiento.

Se dio la vuelta con el cuchillo en la mano y se acercó hasta el poste donde estaba apoyado Nikolai.

—Si no te importa... No quisiera calcular mal y darte accidentalmente.

Él miró el poste y se encogió de hombros.

—¿No te parecería más interesante entrenarte con un oponente de verdad, uno que pueda golpearte a tí? ¿O quizá funcionas mejor con un montón de puntos de ventaja a tu favor?

Ella sabía que la estaba provocando, pero el brillo de sus ojos era inquieto y juguetón. ¿Y si en realidad estaba flirteando con ella? Su naturaleza relajada la ponía furiosa. Pasó el puñal a lo largo del filo del cuchillo mientras lo miraba fijamente, insegura de cómo comportarse con él.

—Prefiero trabajar sola.

—De acuerdo. —Él inclinó la cabeza pero apenas se apartó de donde estaba. La desafió con la mirada—. Tú misma.

Renata frunció el ceño.

—Si no vas a moverte, ¿cómo puedes estar tan seguro de que no voy a apuntarte?

Él sonrió abiertamente, totalmente engreído, con sus gruesos brazos cruzados sobre el pecho.

—Apúntame todo lo que quieras. No conseguirás darme.

Ella hizo volar el cuchillo sin el menor aviso.

El afilado acero se clavó en el poste de madera con un sólido sonido, dando en el lugar exacto donde ella había apun-
tado. Pero Nikolai se había ido. Tan simple como eso, había
desaparecido completamente de su vista.

Mierda.

Pertenecía a la estirpe, era más rápido que cualquier ser
humano y tan ágil como un depredador de la jungla. Ella jamás podría igualarlo con las armas o con la fuerza física; lo sabía perfectamente antes de lanzar el puñal por el aire. Pero al
menos esperaba hacer un rasguño al jodido orgulloso por haberla estado aguijoneando.

Con los reflejos afilados para una mejor precisión, Renata
estiró un brazo para alcanzar otro de sus cuchillos. Pero justo
cuando sus dedos lo cogían, sintió un movimiento tras ella y
un calor que se colaba a través de la melena.

Sintió el afilado metal bajo la mandíbula. Una pared de duros músculos agarrándola por la espalda.

—¿Me echabas de menos?

Ella tragó saliva cuidadosamente sintiendo la ligera presión del cuchillo bajo su barbilla. Con la máxima tranquilidad
de la que fue capaz, relajó los brazos a los lados. Luego echó
hacia atrás la mano donde sostenía el puñal para colocarla
justo entre las piernas de él.

—Parece que te encontré.

Simplemente porque podía, Renata lo atacó con una pequeña sacudida a través del poder de su mente.

—Joder —gruñó él, y en el instante en que la soltó ella se
movió fuera de su alcance y se dio la vuelta para mirarlo. Esperaba ira y tenía un poco de miedo, pero él se limitó a alzar la
cabeza y encogerse ligeramente de hombros—. No te preocupes, cariño. Jugaré contigo hasta que esas sacudidas te golpeen
y te dejen fuera de combate.

Cuando ella lo miró fijamente, confusa y herida por el hecho de que él supiera el defecto que tenía su habilidad, él le
aclaró:

—Lex también me comentó algunas cosas sobre ti. Me explicó lo que te pasa cada vez que disparas uno de esos misiles

psíquicos. Es un material poderoso. Yo en tu lugar no lo derrocharía sólo porque tengas necesidad de demostrar algo.

—Que lo jodan a Lex —murmuró Renata—. Y que te jodan a ti también. No necesito tu consejo, y te aseguro que tampoco necesito que andes hablando de mí a mis espaldas. Esta conversación se terminó.

Esta vez rabiosa, retrajo el brazo y lanzó el puñal en su dirección, sabiendo que él se apartaría fácilmente, igual que antes. Sólo que esta vez él no se movió. Con la rapidez de un relámpago, su mano libre atrapó el cuchillo en el aire. Su sonrisa engreída la sacó completamente de quicio.

Renata agarró el último puñal que descansaba sobre la repisa de la perrera y lo arrojó hacia él. Éste, al igual que el otro, también fue atrapado en el aire por las hábiles manos del guerrero de la estirpe.

Él la observaba, sin pestañear y con un fuego masculino que debería haberla dejado fría, pero no era así.

—¿Y ahora qué haremos para divertirnos, Renata?

Ella lo miró con odio.

—Diviértete solo. Yo me largo de aquí.

Se volvió, dispuesta a salir de la perrera. No había dado todavía ni dos pasos cuando oyó un movimiento veloz a cada lado de la cabeza... tan cerca que algunos mechones sueltos de cabello se le vinieron a la cara.

A continuación, delante de ella, vio dos hojas de acero pulidas que volaban hacia la pared más distante.

Los dos puñales que habían pasado como una ráfaga a ambos lados de su cabeza con una puntería inaudita estaban ahora clavados en la vieja madera hasta la empuñadura.

Renata se dio la vuelta, enfurecida.

—Serás...

Él estaba justo ante ella. Su enorme cuerpo la hizo echarse hacia atrás y en sus ojos azules brillaba algo más profundo que mera diversión o arrogancia masculina. Renata retrocedió un paso, sólo lo bastante como para apoyar el peso sobre una pierna. Tomó impulso y giró sobre sus talones, levantando una pierna para lanzarle una formidable patada.

Unos dedos inflexibles como cintas de hierro se cerraron en torno a su tobillo y lo torcieron.

Renata cayó de espaldas sobre el suelo de la perrera. Él la siguió, poniéndose encima y atrapándola mientras ella luchaba lanzando puñetazos y patadas. Le llevó apenas un minuto dominarla.

Renata jadeaba por el esfuerzo, sintiendo el pecho cargado y el pulso acelerado.

—¿Quién es el que quiere demostrar algo ahora, guerrero? Tú ganas. ¿Estás contento?

Él la observaba con un extraño silencio, sin regodearse y tampoco con gesto de enfado. Su mirada era tranquila y demasiado íntima. Ella podía sentir su corazón martilleando en el pecho. Estaba sentado a horcajadas sobre ella y con una sola mano le sostenía los dos brazos por encima de la cabeza. La tenía agarrada con fuerza, atrapándole los puños con los dedos de una forma increíblemente fácil y cálida. Él alzó la mirada hacia sus manos cerradas, y un brillo feroz crepitó en sus iris cuando divisó la pequeña marca de nacimiento carmesí —una lágrima y una media luna creciente— en el lado interior de su muñeca derecha. Pasó el pulgar despacio por esa zona, una sorprendente caricia que envió una oleada de calor a través de sus venas.

—¿Todavía quieres saber lo que vi en los ojos de Mira?

Renata ignoró la pregunta, segura de que eso era lo último que querría saber en aquel momento. Luchó con fuerza bajo los duros y pesados músculos de su cuerpo, pero él la mantenía inmovilizada con muy poco esfuerzo. Maldito cabrón.

—¡Suéltame!

—Pregúntamelo de nuevo, Renata. ¿Qué es lo que vi?

—Te he dicho que me sueltes —ladró ella, sintiendo crecer el pánico en el interior de su pecho. Trató de respirar para calmarse, sabiendo que no debía perder la cabeza. Tenía que mantener aquella situación bajo control, y rápido. Lo último que necesitaba era que Sergei Yakut viniera y la encontrara dominada e impotente bajo aquel tipo—. Deja que me levante.

—¿De qué tienes miedo?

—¡De nada, maldita sea!

Cometió el error de mirarlo. Había en sus ojos azules un brillo ambarino, una llama devoradora como el hielo. Sus pupilas se estrechaban rápidamente, y vio que las afiladas puntas de sus colmillos asomaban detrás de sus labios.

Si estaba enfadado, aquello era sólo parte de la causa, pues allí donde su pelvis entraba en contacto con su cuerpo, ella notaba la dura cresta de su erección, la evidente fuerza de su miembro presionando deliberadamente entre sus piernas.

Ella se movió, tratando de escapar de ese erótico y caliente contacto de sus cuerpos, pero sólo consiguió que él se apretara más fuerte contra ella. El pulso de Renata se aceleró y comenzó a florecer en su centro un calor involuntario.

«Oh, Dios. Esto no está bien. Esto no está nada bien.»

—Por favor —gimió, odiándose a sí misma por el débil temblor de su voz. Y odiándolo también a él.

Quería cerrar los ojos, negarse a ver su mirada hambrienta y abrasadora o su boca tan cerca de la suya. Se negaba a sentir todas aquellas sensaciones prohibidas que él estaba despertando en ella... el peligro de aquel deseo inesperado y letal. Pero sus ojos permanecían clavados en los de él, incapaces de apartarse, y su cuerpo respondía a sus estímulos con más fuerza que su voluntad de hierro.

—Pregúntame qué me mostró la niña en sus ojos esta noche —exigió él, con una voz grave que era una especie de ronroneo. Su boca estaba tan cerca que sintió la caricia de la suave piel de sus labios contra los suyos cuando él habló—. Pregúntamelo, Renata. O tal vez prefieras verlo por ti misma.

El beso recorrió su sangre como una ola de fuego.

Los labios de él se apretaron fuerte contra los suyos, y sus cálidas respiraciones se mezclaron. La lengua de él recorrió la forma de sus labios, empujando dentro mientras a ella se le escapaba un gemido de placer. Notó que sus dedos le acariciaban la mejilla, se deslizaban por su cabello hacia las sienes y luego alrededor de la sensible zona de la nuca.

La atrajo hacia él, besándola más profundamente y quebrantando toda resistencia.

«No.»

«Oh, Dios. No, no, no.»

«No puedo hacer esto. No puedo sentir esto.»

Renata se apartó de aquella erótica tortura de sus labios, volviendo la cabeza hacia un lado. Estaba temblando y las emociones se habían despertado en ella hasta un nivel peligroso. Se estaba arriesgando mucho con él. Demasiado.

Madre de Dios, debía extinguir la llama que él había encendido en su interior. Una llama líquida y letal. Debía apagarla inmediatamente.

Unos dedos cálidos tocaron su barbilla, guiando de nuevo su mirada hacia la fuente de aquella angustia.

—¿Estás bien?

Ella retiró las manos, que él aún sostenía suavemente agarradas por encima de su cabeza, y lo empujó, incapaz de hablar.

Él se apartó inmediatamente. La tomó de la mano y la ayudó a levantarse. No es que ella quisiera esa ayuda, pero estaba tan afectada que la tuvo que aceptar. Permaneció allí de pie, incapaz de mirarlo y tratando de recuperar el control.

Rogando con todas sus fuerzas que no acabara de firmar su propia sentencia de muerte.

—¿Renata?

Cuando por fin pudo sacar la voz, ésta sonó débil, fría y desesperada:

—Acércate de nuevo a mí y te juro que te mato.

Capítulo siete

$\mathcal{A}$lexei llevaba más de diez minutos esperando junto a la entrada de las habitaciones privadas de su padre. Su petición de una entrevista no había recibido mayor atención que la de cualquier otro guardia de Yakut. La falta de respeto —esa señal de evidente desprecio— ya no perturbaba a Lex como en otro tiempo. Hacía mucho que había dejado atrás esa inútil amargura, en favor de otra clase de sentimientos más productivos.

Es cierto que en lo más profundo de su ser todavía le dolía saber que le importaba tan poco a su padre, su único pariente vivo, pero esa demostración de constante y flagrante rechazo se había vuelto con el tiempo menos dolorosa. Simplemente así eran las cosas. Y Lex tenía fuerzas para afrontarlas. Estaba a la altura de su padre, aunque aquel viejo y duro bastardo no fuera capaz de imaginarlo, y mucho menos de reconocerlo.

Pero Lex era consciente de sus propias capacidades. Conocía sus propias fuerzas. Sabía, sin el menor atisbo de duda, que podía llegar a ser mucho más de lo que ahora era, y ansiaba una oportunidad de demostrarlo. Demostrárselo a sí mismo, sí, y también al hijo de puta que lo había engendrado.

El sonido metálico del pestillo cuando la puerta finalmente se abrió hizo detenerse de golpe el andar impaciente de Lex.

—Ya era hora —ladró al guardia que se echó a un lado para dejarlo entrar.

La habitación estaba en penumbras apenas iluminada por el brillo de los leños que ardían en la enorme chimenea de piedra de la pared de enfrente. La casa estaba provista de electricidad, pero raramente se usaba: no había necesidad real de luz eléctrica teniendo en cuenta que Yakut y el resto de la estirpe tenían una visión extraordinariamente aguda, sobre todo en la oscuridad.

Los otros sentidos de la estirpe también estaban muy desarrollados, pero Lex sospechaba que incluso a un ser humano le hubiera sido difícil dejar de notar el olor a sangre y a sexo que se mezclaba con el penetrante olor a madera quemada.

—Mis disculpas por la interrupción —murmuró Lex al ver salir a su padre de una habitación adyacente.

Yakut estaba desnudo, con el miembro todavía parcialmente erecto, que enrojecido y grande, se balanceaba obscenamente con cada paso arrogante. Asqueado ante lo que veía, Lex pestañeó y apartó la mirada. Pero se lo pensó mejor, y se negó a dar esa muestra de debilidad que sin duda contaría en su contra. En lugar de eso, observó cómo su padre entraba en la habitación. Los ojos del viejo vampiro brillaban como carbones de ámbar en las profundidades de su cráneo y las pupilas se habían reducido hasta convertirse en dos hendiduras verticales en su centro. Sus colmillos eran enormes en su boca, poderosamente extendidos y tan afilados como cuchillas.

Un brillo de sudor revestía su cuerpo, y cada centímetro de piel destacaba con el color de los vibrantes tonos de sus dermoglifos, esas marcas únicas de la estirpe que estaban repartidas por todo el cuerpo de aquel macho de la primera generación, desde la garganta hasta sus tobillos. Sangre fresca —inconfundiblemente humana, aunque el aroma débil indicaba que provenía de un secuaz— se derramaba por su torso y sus costados.

A Lex no le sorprendían las pruebas de la reciente actividad de su padre, y tampoco el trío de voces amortiguadas de la otra habitación procedentes de su actual reserva de mentes humanas esclavas. Crear y conservar secuaces —algo que sólo los más poderosos y de mayor pureza sanguínea de la raza eran capaces de hacer— se había convertido en una práctica ilegal entre la educada sociedad de la estirpe. Sin embargo, aquel era uno de los delitos menores de Sergei Yakut. Él tenía sus propias reglas, impartía la justicia por su cuenta, y allí, en aquél lugar remoto, había dejado claro a todo el mundo que él era el rey. Incluso Lex era capaz de apreciar aquel tipo de libertad y de poder. Demonios, prácticamente podía saborearlo.

Yakut le dirigió una mirada despectiva desde el otro extremo de la ancha habitación.

—Te miro y veo la muerte de pie ante mí.

Lex frunció el ceño.

—¿Señor?

—Si no fuera por la moderación del guerrero y mi intervención de esta noche, estarías tendido junto a Urien en el tejado de ese almacén, vuestros cadáveres estarían esperando la salida del sol. —Cada sílaba estaba cargada de desprecio. Yakut recogió una herramienta de hierro de la chimenea y removió los leños—. Te he salvado la vida esta noche, Alexei. ¿Qué más esperas que haga hoy por ti?

Lex se encrespó ante el recuerdo de su anterior humillación, pero sabía que la ira no le convenía, especialmente ahora que se hallaba frente a su padre. Hizo una respetuosa reverencia y luchó por encontrar fuerzas para que el tono de su voz no lo traicionara.

—Soy tu fiel servidor, padre. No me debes absolutamente nada. Y no pido nada de ti más que el honor de que continúes confiando en mí.

Yakut gruñó.

—Hablas más como un político que como un soldado. No necesito políticos en mis filas, Alexei.

—Soy un soldado —se apresuró a replicar Lex, levantando la cabeza y observando a su padre, que continuaba atizando el fuego con el instrumento de hierro. Los leños se separaron y saltaron hacia arriba algunas chispas, crepitando en medio de aquel largo silencio letal que llenaba la habitación—. Soy un soldado —comenzó Lex otra vez—. Y quiero servirte lo mejor que pueda, padre.

Ahora Yakut se burló, girando su greñuda cabeza para mirar a Lex por encima del hombro.

—Lo que me das son palabras, chico. Yo no puedo depositar mi confianza en palabras. Y últimamente no veo que me ofrezcas otra cosa.

—¿Cómo pretendes que sea eficaz si no me mantienes mejor informado? —Cuando esos ojos ambarinos de delgadas pupilas se estrecharon aún más, Lex se apresuró a añadir una explicación—. Me encontré con el guerrero ahí fuera. Me habló de los recientes asesinatos a miembros de la primera generación. Me dijo que la Orden había contactado personalmente contigo para advertirte del peligro potencial. Yo tenía que haber estado al tanto de eso, padre. Como capitán de tu guardia, merezco estar informado...

—¿Mereces? —La pregunta sonó como un bufido entre sus labios—. Por favor, Alexei..., explícame qué es lo que entiendes tú por merecer.

Lex permaneció en silencio.

—¿Nada que añadir, hijo? —Yakut inclinó la cabeza en un ángulo exagerado, y su boca hizo una mueca de desprecio—. Una acusación similar me cayó encima hace unos años, proveniente de los labios de una estúpida hembra que creyó que podría apelar a mi sentido del deber. A mi piedad, tal vez. —Se echó a reír, dirigiendo de nuevo su atención al fuego y atizando los leños que ardían—. No me cabe duda de que recordarás cómo acabó.

—Lo recuerdo —respondió Lex lentamente, sorprendido al sentir seca la garganta mientras hablaba.

Los recuerdos se agolparon en torno a las llamas ondulantes de la chimenea.

Norte de Rusia, el final del invierno. Lex era un chiquillo, apenas tenía diez años, y sin embargo era el único hombre de la casa desde que podía recordar. Su madre era todo lo que tenía. La única que conocía cómo era realmente y lo amaba a pesar de todo.

Él se sintió preocupado la noche que le dijo que iba a llevarlo a conocer a su padre por primera vez. Le explicó que Lex era un secreto que ella le había ocultado..., una pequeña travesura. Pero el invierno había sido duro y eran muy pobres. Había problemas en el campo y no era seguro que una mujer criara sola a un niño como Lex. Necesitaban un refugio y alguien que los protegiera. Ella rezaba para que el padre de Lex pudiera hacerlo. Estaba segura de que los recibiría con los brazos abiertos cuando conociera a su hijo.

Sergei Yakut los había recibido con una furia helada y les había dado un terrible e inconcebible ultimátum.

Lex recordaba que las súplicas de su madre fueron completamente ignoradas. Recordaba a la orgullosa y hermosa mujer de rodillas en el suelo ante Yakut, rogándole que si no quería cuidar de los dos se hiciera cargo al menos sólo de Alexei.

Las palabras sonaban en los oídos de Lex, incluso ahora:

«¡Es tu hijo! ¿Acaso no significa nada para ti? ¿No merece algo más?»

Con qué rapidez la escena escapó de control.

Qué fácil había sido para Sergei Yakut sacar su espada y deslizar la cuchilla limpiamente a través del cuello de la indefensa mujer, la madre de Lex.

Qué brutales sus palabras, cuando dijo que en sus dominios sólo había lugar para soldados y le permitió a Lex hacer una elección en aquel momento: servir al asesino de su madre o morir junto a ella.

Qué débil había sido la respuesta de Lex, saliendo entre sollozos.

«Te serviré», contestó, y sintió que una parte de su alma lo abandonaba mientras contemplaba con horror el cuerpo roto y sangrante de su madre. «Te serviré, padre.»

Qué frío fue el silencio que siguió a aquello.

Tan frío como una tumba.

—Soy tu siervo —dijo Lex, ahora en voz alta, inclinando la cabeza, más por el peso de los recuerdos que por respeto al tirano que lo había engendrado—. Mi lealtad siempre te ha pertenecido, padre. Te sirvo y estoy siempre a tu disposición.

Lex sintió un repentino calor, tan intenso que parecía el de una llama ardiente, justo debajo de la barbilla. Sobresaltado, levantó la cabeza, tratando de apartarse del dolor y ahogando un grito. Vio que el humo se arremolinaba en torno a sus ojos y notó un dulce y asqueroso olor a carne quemada... la suya.

Sergei Yakut estaba de pie ante él, sosteniendo el largo atizador de hierro en una mano. La brillante punta de la barra estaba ardiendo y se veía roja, excepto en la zona donde se había pegado un trozo de piel blanca cenicienta procedente del rostro de Lex. Yakut sonrió, dejando ver las puntas de sus colmillos.

—Sí, Alexei, estás a mi disposición. Recuérdalo. El hecho de que mi sangre corra por tus venas no es un motivo que me impida derramarla.

—Por supuesto que no —murmuró Lex, apretando la mandíbula por el dolor abrasador de la quemadura. Sintió hervir en su interior un odio intenso por aquella ofensa que no tenía más remedio que soportar y por su propia impotencia ante aquel macho de la estirpe que con la ira de su mirada lo desafiaba a emprender cualquier movimiento contra él.

Yakut por fin retrocedió. Cogió de una silla una túnica de lino marrón y se la puso. Sus ojos todavía brillaban de lujuria y sed de sangre. Pasó la lengua por sus dientes y colmillos.

—Ya que estás tan ansioso por servirme, ve a buscar a Renata. La necesito ahora mismo.

Lex apretó los dientes con tanta fuerza que se le podían haber roto en la boca. Sin decir una palabra, abandonó la habitación con la columna rígida y los ojos encendidos con un brillo ambarino por el ultraje. No le pasó inadvertida la mirada confusa del guardia que estaba ante la puerta, el movimiento incómodo de los ojos del vampiro al advertir el hedor a carne quemada y probablemente también la furia de Lex.

La herida se curaría, de hecho ya estaba mejor, pues el metabolismo acelerado de la estirpe iba reparando la piel quemada mientras Lex avanzaba hacia el área principal del recinto. Renata justo acababa de entrar. Se detuvo al ver a Lex, dándose la vuelta como si pretendiera evitarlo. No iba a ser posible.

—Te desea —ladró Lex desde lejos, sin importarle que los guardias lo escucharan. Todos sabían que era la puta de Yakut, así que no había razón para esconderlo—. Me ha dicho que vayas. Está esperando tus servicios.

Ella alzó hacia él la fría mirada verde jade.

—He estado entrenando. Necesito limpiarme el polvo y el sudor.

—Ha dicho ahora, Renata. —Una orden corta y tajante que sería obedecida. Había algo más que una ligera satisfacción en aquel pequeño y raro triunfo.

—Muy bien. —Ella se encogió de hombros y avanzó con los pies descalzos.

Su rostro inexpresivo al acercarse demostraba que no le importaba lo que nadie pensara de ella, y mucho menos lo que pensara Lex. Esa falta de la adecuada humillación sólo lograba que él deseara degradarla todavía más. Olfateó en su dirección, sólo por lograr un efecto.

—No le molestará tu mugre. Todo el mundo sabe que las mejores putas son las que están sucias.

Renata ni siquiera pestañeó ante el comentario vulgar. Podría derribarlo con una ráfaga de su poder mental si quisiera... de hecho, Lex casi lo deseaba porque eso sería una demostración de que la había herido. Pero la frialdad de su mirada le comunicó que no creía que valiera la pena.

Pasó junto a él con una dignidad que Lex ni siquiera podía entender. La observó —todos los guardias la observaron— mientras se dirigía hacia las habitaciones de Sergei Yakut con la calma de una noble reina de camino a la horca.

A Lex no le costaba imaginar el día en que fuera él quien tuviera el control de todos los que servían en aquella casa, incluyendo a la arrogante Renata. Por supuesto que aquella perra no sería tan arrogante cuando su mente, su voluntad y su cuerpo le pertenecieran por completo a él. Una secuaz que obedeciera sus caprichos más básicos... y también los de todos los hombres que se hallarían bajo su mando.

Sí, reflexionó Lex oscuramente, sería muy bueno ser el rey.

Capítulo ocho

$\mathcal{N}$ikolai extrajo uno de los puñales de Renata del grueso poste de madera donde estaba clavado. Tenía que reconocerlo: su puntería era impresionante. Si él hubiera sido humano y no de la estirpe, provisto con los lentos reflejos propios de los humanos, el tiro de Renata sin duda lo habría alcanzado.

Se rio al considerarlo mientras colocaba el puñal en su elegante envoltorio junto a los otros tres. Eran armas hermosas, brillantes y perfectamente equilibradas, evidentemente artesanales. Niko paseó su mirada por las empuñaduras de plata repujadas. El diseño parecía de viñedos y flores, pero al contemplarlo desde más cerca se dio cuenta de que cada uno de los cuatro puñales llevaba también una palabra grabada cuidadosamente en el interior del diseño ornamental: Fe. Coraje. Honor. Sacrificio.

¿El credo de un guerrero?, se preguntó. ¿O aquéllos eran los principios que animaban la disciplina personal de Renata?

Nikolai pensó en el beso que habían compartido. Bueno, decir que lo habían compartido era demasiado, considerando que él se había precipitado hacia su boca con toda la delicadeza de un tren de carga. No había querido besarla. Sí, ya..., ¿a quién estaba tratando de engañar? Aunque lo hubiera intentado no habría logrado detenerse. No es que eso fuera una excusa. Y no es que Renata le hubiera dado la oportunidad de buscar excusas o de disculparse.

Niko todavía podía ver el horror en sus ojos, la inesperada y evidente repugnancia ante lo que él había hecho. Todavía podía sentir la sinceridad de la amenaza que le había lanzado justo antes de marcharse a toda velocidad.

La parte herida de su ego trataba de consolarse con la posibilidad de que ella en realidad despreciara a todos los hombres en general. O que tal vez ella fuera en realidad tan fría como Lex parecía creer, asexuada, una frígida mujer soldado que simplemente tenía el rostro de un ángel y un cuerpo que invitaba a todo tipo de pecados. Demasiados pecados, cada uno más tentador que el anterior.

Nikolai en general tenía encanto para las mujeres; no es que fuera un completo fanfarrón, sino que ésa era una conclusión a la que había llegado basándose en años de experiencia. En lo referente a las mujeres, disfrutaba de las conquistas fáciles y sin complicaciones..., cuanto más provisionales, mejor. Los desafíos y luchas eran divertidos, pero mejor reservar fuerzas para los verdaderos combates, las sangrientas batallas con los vampiros renegados y otros enemigos de la Orden. Ésos eran los desafíos que más disfrutaba.

Entonces ¿por qué se enfrentaba ahora a la urgente necesidad de fundir de alguna manera el hielo que la recubría?

Porque era un idiota, ésa era la razón. Un idiota con una erección feroz y un deseo aparentemente mortal.

Ya era hora de concentrarse. No importaba lo que dijera su cuerpo... no importaba lo que hubiera visto en los ojos de Mira. Tenía un trabajo que hacer, una misión para la Orden, y ésa era la única razón por la que estaba allí.

Niko envolvió cuidadosamente los puñales de Renata en su envoltorio de seda y terciopelo y colocó el pequeño paquete sobre el fardo de paja, a la espera de que ella regresara en su busca y recogiera también sus zapatos.

Salió al exterior de la perrera y se adentró en la oscuridad para continuar su búsqueda por los terrenos del pabellón. Una luna creciente colgaba en lo alto del cielo, velada por algunas delgadas nubes de un gris carbón. La brisa de la medianoche era cálida y se colaba suavemente a través de los abetos y los altos robles de los alrededores del bosque. Los aromas se mezclaban en aquel húmedo aire de verano: la intensa acidez del pino, la humedad de la tierra sombreada y el musgo, la frescura del agua mineral de un arroyo que evidentemente no se hallaba lejos de donde estaba Niko.

Nada inesperado. Nada fuera de lugar.

Hasta que...

Nikolai levantó la barbilla y ladeó ligeramente la cabeza hacia el oeste. Algo de lo más inesperado alertó sus sentidos. Algo que no podía, no debería estar allí.

Era el olor a muerte lo que estaba sintiendo.

Sutil, viejo... pero seguro.

Se movió en la dirección que le indicó su olfato, adentrándose en el bosque. A unos cien metros del recinto, los matorrales descendían abruptamente. Niko disminuyó el paso al llegar a la zona donde comenzaba a haber un fuerte olor a podrido. A sus pies, las hojas esparcidas y el suelo con parras enredadas descendía hasta un barranco.

—Dios santo —murmuró por lo bajo.

En el fondo del barranco había una fosa de muertos. Restos de esqueletos humanos. Docenas de cuerpos, sin enterrar, olvidados, simplemente apilados unos encima de otros como basura. Había tantos que llevaría tiempo contarlos. Adultos. Niños. Una matanza que no mostraba discriminación ni piedad hacia sus víctimas. Una matanza que debía de haber llevado años enteros.

La pila de huesos blancos brillaba a la luz de la luna, las piernas y brazos se mezclaban y confundían, los cráneos parecían mirarlo, las bocas abiertas dejaban escapar silenciosos gritos macabros.

Nikolai había visto suficiente. Se apartó del borde del precipicio y dejó escapar otra maldición en la oscuridad.

«¿Qué demonios han estado haciendo ahí?»

En el fondo lo sabía.

Dios santo, no había mucho lugar para las dudas.

«Un club de sangre.»

Una oscura oleada de furia y de asco lo recorrió. Sentía la acuciante urgencia de romperles las piernas a todos los vampiros envueltos en aquellos asesinatos ilegales y sistemáticos. No es que tuviera ese derecho, ni siquiera como guerrero miembro de la Orden. Él y sus hermanos no tenían muchos amigos entre la rama de la estirpe que gobernaba, y mucho menos entre las fuerzas oficiales que actuaban de policías y diseñaban las políticas de seguridad para la población general de vampiros. Éstos consideraban que la Orden y los guerreros que la servían se hallaban al margen de la sociedad civilizada.

Vigilantes y militares. Perros salvajes a la espera de una excusa para ser sacrificados.

Nikolai sabía que él estaba ahora fuera de todo aquello, pero eso no hacía que la urgencia de impartir su propia dosis de justicia fuera menos tentadora.

A pesar de que estaba enfurecido, Niko se esforzó para calmarse. Su furia no ayudaría a salvar ninguna de las vidas desparramadas allí abajo. Era demasiado tarde para eso. Nada podía hacerse, excepto mostrar por ellas un poco de respeto... ese respeto que les había sido negado incluso después de la muerte.

Con solemnidad, para cumplir con su deber aunque sólo fuera unos minutos, Nikolai se arrodilló al borde del empinado barranco. Abrió los brazos y conjuró el brillante poder que había en su interior, aquel don único que le correspondía como miembro de la estirpe y que normalmente le era de poca utilidad. Sintió cómo ese poder se despertaba en su centro al convocarlo. El poder creció en fuerza y en luz, extendiéndose por sus brazos a través de sus hombros y luego hasta sus manos, que se convirtieron en dos esferas gemelas que brillaban bajo la piel en el centro de las palmas.

Nikolai apoyó los dedos en la tierra a cada lado.

Los viñedos y las zarzas susurraron a su alrededor en respuesta, los zarcillos verdes y las pequeñas flores silvestres se despertaron ante su señal. Todos creciendo a una acelerada velocidad. Niko envió todos aquellos brotes recientes hacia el precipicio y luego permaneció de pie contemplando cómo los muertos eran rápidamente cubiertos por una manta de suaves hojas y flores nuevas.

Como ritual de enterramiento no era gran cosa, pero eso era todo lo que podía ofrecer a aquellos que habían sido abandonos allí para pudrirse a la intemperie.

—Descansad en paz —murmuró.

Cuando estuvo cubierto hasta el último hueso, se dirigió de vuelta hacia el recinto a paso rápido. El granero de almacenamiento donde había olido antes la sangre requería ahora su atención.

Sólo para confirmar sus sospechas, Niko fue hasta allí y abrió el cerrojo. Abrió la puerta y miró dentro. El granero estaba vacío, tal y como le había dicho Lex. Pero por otra parte las jaulas de acero construidas en el interior no eran de las que se usan para un almacenaje permanente. Eran grandes corrales, que parecían celdas de contención diseñadas para un propósito concreto: albergar durante un tiempo prisioneros humanos.

Cazar personas vivas por lo visto no se consideraba un deporte ilegal en aquel bosque remoto bajo el dominio de Sergei Yakut.

Con un gruñido, Nikolai abandonó el granero y entró en la casa principal.

—¿Dónde está él? —preguntó al guardia armado que se puso en alerta en el mismo segundo en que cruzó el umbral de la puerta—. ¿Dónde demonios está? ¡Dímelo ahora mismo!

No esperó una respuesta. No al ver que otros dos guardias, ambos de pie ante la puerta cerrada del gran salón le lanzaron una mirada de guerra. Detrás de ellos obviamente se hallaban las habitaciones privadas de Yakut.

Nikolai se lanzó al asalto y dejó a uno de los dos guardias fuera de juego. El otro recurrió a su rifle con la intención de apuntarlo. Nikolai aplastó el arma contra el rostro del guardia y luego lanzó al aturdido vampiro contra la pared más cercana.

Abrió la puerta de una patada, destrozando en pedazos las jambas de madera y rompiendo los herrajes. Pasó caminando por encima de los escombros, ignorando los gritos de los hombres de Yakut. Encontró al vampiro de la primera generación medio desnudo en el sofá de cuero, atacando posesivamente el cuello desnudo de una mujer de cabello oscuro aprisionada entre sus brazos.

Al verse interrumpido apartó la cabeza del cuerpo del que se estaba alimentando y alzó la vista. Y su huésped de sangre resultó ser...

«Renata.»

No era posible.

¿Tenían un lazo de sangre? ¿Era posible que ella fuera la compañera de sangre de ese monstruo?

Todas las acusaciones que Nikolai tenía preparadas para lanzar contra Sergei Yakut murieron de pronto en su garganta. Se quedó mirando fijamente y sus sentidos, ya de por sí agudos, se intensificaron aún más ante la vista de la sangre de la mujer en los labios y los enormes colmillos de Yakut. El aroma circulaba por la habitación, haciendo mella en el cerebro de Niko. El aroma de su sangre era cálido, una embriagadora mezcla de sándalo y fresca lluvia de primavera; nunca hubiera esperado un contraste tan grande con la frialdad de su comportamiento. Era un aroma suave, femenino. Excitante.

Nikolai sintió el deseo en la boca del estómago, una reacción visceral que se vio obligado a esforzarse por contener. Se dijo a sí mismo que era simplemente su naturaleza de la estirpe encabritándose. Había pocos entre los suyos que pudieran resistir la llamada de sirena de una vena abierta, pero cuando sus ojos se detuvieron en la mirada imperturbable de Renata a través de la distancia, sintió arder en su interior un nuevo calor. Aun más fuerte que la primitiva necesidad de alimentarse.

La deseaba.

Incluso ahora que estaba allí tendida debajo de otro macho, permitiendo que ese macho bebiera de ella, Nikolai sintió por ella un ansia feroz que lo dejó estupefacto. Estuviera o no unida a otro por un lazo de sangre, Niko ardía en deseos de poseer a Renata.

Lo cual, por más que el código de honor de Niko fuera flexible, lo rebajaba a un nivel casi tan despreciable como el de Yakut.

Nikolai tuvo que esforzarse por dejar de lado ese descubrimiento turbador y concentrarse en la cuestión que tenía entre manos.

—Tienes un problema serio —dijo al vampiro de la primera generación, casi incapaz de contener su desprecio—. De hecho, me parece que tienes más bien unas tres docenas de problemas, pudriéndose ahí fuera en tus bosques.

Yakut no dijo nada, pero el brillo ambarino de su mirada se transformó para volverse más desafiante. Profirió un gruñido grave antes de volver la cabeza hacia la comida que había interrumpido. Deslizó la lengua entre los labios para lamer los pinchazos del cuello de Renata, cerrando de este modo las heridas.

Sólo entonces, mientras la lengua de Yakut lamía su piel, ella apartó la mirada de Niko. Él creyó ver algo tranquilo, algo resignado en la expresión de su rostro segundos antes de que Yakut se levantara y la soltara. Una vez libre, Renata se dirigió a un rincón de la habitación y volvió a ponerse la camiseta en un intento de aparentar orden. Aún llevaba la misma ropa de antes y los pies todavía descalzos.

Debía de haber acudido allí directamente después de lo que había ocurrido entre ella y Niko.

¿Acaso habría acudido a Yakut en busca de protección? ¿O simplemente en busca de consuelo?

«Dios.»

Niko se sintió todavía más estúpido por haberla besado como lo había hecho. Si tenía un lazo de sangre con Sergei Yakut, aquel lazo era sagrado, íntimo..., exclusivo. No era extraño que hubiera reaccionado como lo hizo. Que Nikolai la besara había sido insultante y degradante. Pero no iba a disculparse ahora... ni ante Renata ni ante su aparente compañero.

Nikolai miró con dureza al vampiro.

—¿Cuánto tiempo llevas cazando humanos, Yakut?

El vampiro de la primera generación gruñó, sonriendo.

—Encontré las jaulas en el granero. Encontré los cuerpos. Hombres, mujeres..., niños. —Nikolai soltó una maldición, incapaz de contener el asco—. Has estado haciendo funcionar un maldito club de sangre. Por lo que he visto ahí fuera yo diría que llevas años haciéndolo.

—¿Y qué? —preguntó Yakut alegremente. Ni siquiera hizo el intento de negarlo.

Renata guardaba silencio en el rincón de la habitación, con los ojos clavados en Niko pero sin demostrar ninguna conmoción.

«Ah, Dios. Entonces ella lo sabía.»

—Estás enfermo —dijo, volviendo a mirar a Yakut—. Todos vosotros estáis enfermos. No se os permitirá continuar con esto. Esto se acaba aquí, se acaba ahora. Existen leyes...

El vampiro de la primera generación se echó a reír, y su voz sonó distorsionada por la transformación hacia su lado más salvaje.

—La ley aquí soy yo. Nadie, ni los Refugios Oscuros ni sus

fuerzas oficiales..., nadie, ni siquiera la Orden tiene nada que decir respecto a mis asuntos. Desafío a cualquiera que quiera venir aquí a decirme lo contrario.

La amenaza era clara. Por muy justo y honorable que pudiera ser el deseo de Nikolai de arremeter contra ese engreído hijo de puta con todas sus armas, hasta acabar con él, aquél no era un vampiro ordinario. Sergei Yakut pertenecía a la primera generación. No sólo estaba dotado de fuerza y poderes exponencialmente mayores que los de Niko o los de cualquiera de una generación posterior de la estirpe, sino que era un tipo de individuo muy extraño. Había tan sólo unos pocos vampiros pertenecientes a la primera generación..., y menos todavía a partir de la reciente ola de asesinatos.

Por muy aborrecible que fuera la práctica ilegal de los clubes de sangre entre la sociedad de la estirpe, el intento de aniquilar a la primera generación era una ofensa todavía mayor. Nikolai no podía levantar la mano contra aquel maldito cabrón, por mucho más que lo deseara.

Y Yakut lo sabía. Se secó la boca con el dobladillo de su túnica oscura, dejándola levemente manchada con la sangre de dulce aroma de Renata.

—Cazar forma parte de nuestra naturaleza, muchacho. —La voz de Yakut tenía una calma letal y sonaba absolutamente confiada mientras avanzaba hacia Nikolai—. Tú eres joven, y has nacido más débil que algunos de nosotros. Tal vez tu sangre esté tan diluida con la de los humanos que simplemente no puedas entender la necesidad en su forma más pura. Quizá si probaras la caza serías menos moralista con aquellos de nosotros que preferimos vivir conforme a nuestra naturaleza.

Niko negó con la cabeza lentamente.

—Los clubes de sangre no tienen que ver con la caza. No son más que una masacre. Puedes enterrar tu basura todo lo profundo que quieras, pero en definitiva seguirá siendo basura. Eres un animal. Lo que en realidad necesitas es un bozal y un collar que te estrangule. Alguien tiene que detenerte.

—¿Y piensas que tú o la Orden estáis preparados para esa tarea?

—¿Crees que no lo estamos? —lo desafió Niko. Su parte más temeraria ansiaba que el vampiro de la primera generación le diera una razón para sacar las armas. No espera salir bien parado de una confrontación con el anciano vampiro, pero estaba seguro de que no sería derrotado más que a través de una lucha condenadamente feroz.

Pero Yakut retrocedió; sus ojos eran de un ámbar encendido y sus pupilas elípticas dos diminutas hendiduras negras. Levantó la barbilla barbuda e inclinó la cabeza severamente hacia un lado. Sus labios se separaron cuando esbozó una sonrisa salvaje, mostrando los colmillos. De aquel modo no costaba ver la parte que tenía de alienígena, la parte que hacía que él y el resto de la estirpe fueran lo que eran: depredadores bebedores de sangre que no pertenecían al mundo mortal de los nacidos en la Tierra.

—Ya te he dicho una vez que no eres bienvenido en mis dominios, guerrero. No tengo ninguna utilidad para ti ni para tu pretendida alianza con la Orden. Mi paciencia se ha acabado, y con ella se acaba tu estancia aquí.

—Sí —aceptó Niko—. Estoy deseando irme de este lugar. Pero no creas que ésta va a ser la última vez que sepas de mí.

No pudo evitar lanzar una mirada a Renata cuando lo dijo. Por muy despreciable que le pareciera Yakut, no podía sentir el mismo tipo de ira hacia ella. Esperaba que ella le dijera que no sabía nada sobre los crímenes que tenían lugar en aquella parcela de tierra empapada de sangre. Quería que dijera eso..., que dijera cualquier cosa para convencerle de que no era cómplice de las prácticas enfermas de Yakut.

Ella se limitó a mirarlo, con los brazos cruzados sobre el pecho. Levantó una mano distraídamente para tocar con los dedos la herida ya curada de su cuello, pero guardó silencio, observando como Nikolai atravesaba la puerta abierta y pasaba junto a los desconcertados guardias de Yakut.

—Devolvedle al guerrero sus objetos personales y comprobad que abandona la propiedad sin ningún incidente —fueron las instrucciones que dio Yakut a la pareja de hombres armados que aguardaba en la puerta de sus habitaciones privadas.

Cuando los dos se pusieron en marcha para cumplir con la

orden, Renata se dispuso a ir tras ellos. Una parte trastornada de sí misma esperaba alcanzar a Nikolai en privado y...

¿Y qué?

¿Explicarle la verdad acerca de cómo eran realmente las cosas allí para ella? ¿Tratar de justificar las elecciones que se había visto obligada a hacer?

¿Con qué finalidad?

Nikolai se marchaba. Jamás regresaría a aquel lugar, mientras que ella en cambio se quedaría allí hasta expirar su último aliento. ¿Qué ventaja podía sacar de explicarle algo a él, a un extraño que probablemente no lo entendería y al que desde luego no le importaría?

Y sin embargo, Renata sintió que sus pies continuaban moviéndose.

Ni siquiera logró llegar hasta la puerta. La mano de Yakut se cerró en torno a su muñeca, obligándola a retroceder.

—Tú no, Renata. Tú te quedas.

Ella lo miró confiando en que su mirada no delatara la incomodidad que tanto se esforzaba en ocultar.

—Suponía que ya habíamos acabado. Creo que tal vez es mejor que vaya con ellos, sólo para asegurarme de que el guerrero no decida hacer ninguna estupidez antes de abandonar la propiedad.

—Tú te quedas. —La sonrisa de Yakut le heló los huesos—. Ten cuidado, Renata. Tampoco querría que tú hicieras ninguna estupidez.

Ella tragó saliva tratando de deshacer el nudo repentino que sintió en la garganta.

—¿Perdón?

Él la agarró del brazo con más fuerza.

—Tus emociones te traicionan, belleza. Puedo sentir como aumenta el ritmo de tu corazón, el pico de adrenalina que corre a través de tus venas, incluso ahora. Noté el cambio que se operó en ti en el mismo momento en que el guerrero entró en la habitación. También lo había sentido antes. ¿Te importaría decirme dónde has estado esta noche?

—Entrenando —se apresuró a responder ella con firmeza. No le estaba dando razones para dudar, ya que era esencialmente la verdad—. Antes de que enviases a Lex a buscarme estaba fuera, haciendo mis ejercicios de entrenamiento en la vieja perrera. Ha sido un trabajo duro. Si has sentido alterado mi pulso es por eso.

Siguió un largo silencio y él apretó su muñeca todavía con más fuerza.

—Tú sabes cuánto valoro la lealtad, ¿verdad, Renata?

Ella consiguió asentir débilmente.

—La valoro tanto como tú valoras la vida de esa niña que duerme en la habitación de al lado —dijo con frialdad—. Creo que a ti te destrozaría que ella acabara en el campo de huesos.

La sangre de Renata se heló en sus venas ante la amenaza. Alzó la mirada hasta los diabólicos ojos de un monstruo... un monstruo que ahora le sonreía con un morboso placer.

—Como te decía, querida Renata, ten mucho cuidado.

Capítulo nueve

La ciudad de Montreal, llamada así por el ancho monte que permite una vista privilegiada del río Saint Lawrence y el valle que está abajo, brillaba como un cuenco de piedras preciosas bajo la media luna creciente. Los elegantes rascacielos. Los capiteles góticos de las iglesias. Alamedas verdes y, en la distancia, una brillante cinta de agua que arropaba la ciudad con un abrazo protector. Era verdaderamente una vista particular.

No era de extrañar que el líder de los Refugios Oscuros de Montreal hubiera escogido instalar su comunidad cerca de la cumbre del monte Real.

Al asomarse al barroco balcón de piedra caliza del salón en la segunda planta de la mansión, uno tenía la sensación de que la antigua finca a las afueras de la ciudad se hallaba a miles de kilómetros de distancia.

A miles de años de distancia de aquella forma de vida correcta y civilizada. Lo cual, desde luego, era cierto.

La espera para poder encontrarse con Edgar Fabien, el macho de la estirpe que supervisaba a la población de vampiros de Montreal, parecía durar una eternidad. Fabien era muy conocido en la ciudad y corrían rumores de que estaba muy bien conectado, tanto dentro de los Refugios Oscuros como con relación a sus fuerzas policiales, conocidas como las fuerzas de la ley. Era natural recurrir a él en una situación delicada como aquélla.

Sin embargo, no era fácil que el líder de los Refugios Oscuros estuviera dispuesto a cooperar. Aquella visita no anunciada a altas horas de la noche había sido totalmente improvisada, y por eso muy arriesgada.

Sólo por el hecho de presentarse allí, se estaba declarando enemigo de Sergei Yakut.

Pero había visto bastante.

Había aguantado bastante.

El príncipe estaba enfermo y cansado de tener que lamer las botas de su padre. Ya era hora de que el rey tirano se viniera abajo.

Lex se volvió al oír el sonido de pasos que se acercaban desde el salón. Fabien era alto, delgado y vestía meticulosamente, como si hubiera nacido con un traje sastre y brillantes mocasines de cuero. Llevaba el cabello rubio ceniza peinado hacia atrás con algún aceite perfumado, y cuando sonrió a Lex a modo de saludo, sus labios delgados y sus rasgos estrechos como los de un pájaro se volvieron aún más severos.

—Aleix Yakut —dijo, saliendo a la galería y ofreciéndole la mano a Lex. Al menos tres anillos brillaron en sus largos dedos, eran de oro y diamantes y su brillo competía con el de la ciudad ahí fuera—. Lamento haberte hecho esperar tanto. Me temo que no estoy acostumbrado a recibir visitas inesperadas aquí en mi residencia personal.

Lex asintió con cierta tensión y retiró la mano. La casa privada del líder de los Refugios Oscuros no figuraba exactamente dentro del recorrido turístico de Montreal, pero haciendo algunas preguntas a las personas adecuadas Lex había logrado llegar sin demasiados problemas.

—Entra, por favor —dijo el macho de la estirpe, haciendo un movimiento para que Lex lo acompañara al interior de la casa. Fabien se acomodó en un lujoso sofá y le dejó sitio a Lex para que se sentara al otro lado—. Debo admitir que me sentí muy sorprendido cuando mi secretario me dijo que ibas a venir a verme. Es una pena que no hayamos tenido oportunidad de conocernos hasta ahora.

Lex tomó asiento junto al macho de los Refugios Oscuros, incapaz de apartar la mirada de los infinitos objetos de lujo que veía a su alrededor.

—Pero ¿tú sabes quién soy? —preguntó a Fabien con precaución—. ¿Y sabes que mi padre es Sergei Yakut y pertenece a la primera generación?

Fabien asintió.

—Sólo lo conozco de nombre. Fue un descuido por mi parte no presentarme formalmente cuando llegasteis a mi ciudad. Sin embargo, cuando mis emisarios trataron de concertar un encuentro, los guardaespaldas de tu padre dejaron claro que tu padre era una especie de recluso. Tengo entendido que disfruta de una vida rural y tranquila en las afueras de la ciudad, en comunicación con la naturaleza. —Por encima de sus afilados dedos enjoyados, la sonrisa de Fabien desmentía lo que decían sus ojos—. Supongo que tendrá algún encanto vivir con esa... sencillez.

Lex gruñó.

—Mi padre ha escogido ese modo de vida porque se cree por encima de la ley.

—¿Disculpa?

—Por eso estoy aquí —dijo Lex—. Tengo información. Información crítica que requiere actuar inmediatamente. En secreto.

Edgar Fabien se echó hacia atrás, apoyándose en los cojines del sofá.

—¿Ha ocurrido algo en el pabellón?

—Lleva ocurriendo algo hace mucho tiempo —reconoció Lex, sintiendo una extraña sensación de libertad a medida que las palabras se derramaban de su boca.

Le contó a Fabien todo lo que sabía acerca de las actividades ilegales de su padre, desde el club de sangre y el campo de huesos lleno de los restos de sus víctimas hasta la captura y frecuentes asesinatos de sus secuaces humanos. Lex explicó, no del todo sinceramente, lo mucho que le había costado guardar el secreto durante tanto tiempo, y cómo había sido su propia moralidad, su sentido del honor y el respeto por la ley de la estirpe, lo que lo había impulsado a ir en busca de la ayuda de Fabien para detener aquel reino del terror de Sergei Yakut.

Fue la excitación —la emoción que había en el fondo de su valentía— lo que hizo temblar la voz de Lex, pero si Fabien lo interpretaba como remordimiento, tanto mejor.

Fabien escuchó, con la expresión cuidadosamente controlada y seria.

—Comprenderás, sin duda, que no se trata de un asunto de importancia menor. Lo que describes es... problemático. Perturbador. Pero habrá ciertos factores que entrarán en juego en este tipo de investigación. Tu padre pertenece a la primera generación. Habrá preguntas que tendrá que responder, protocolos que deberán observarse...

—¿Investigación? ¿Protocolo? —Lex se burló. Se puso en pie, inundado de miedo y de furia—. Eso llevaría días o incluso semanas. ¡Un jodido mes!

Fabien asintió disculpándose.

—Podría ser, sí.

—¡No hay tiempo para eso ahora! ¿No lo entiendes? Te estoy entregando a mi padre en bandeja... Todas las pruebas que necesitas para un arresto inmediato están justo ahí en su propiedad. ¡Por todos los diablos, estoy arriesgando mi maldita vida por el simple hecho de estar ahora aquí!

—Lo siento. —El líder de los Refugios Oscuros levantó las manos—. Si te sirve de consuelo, estamos más que dispuestos a ofrecerte protección. Las fuerzas de la ley pueden hacerse cargo de ti en cuanto empiece la investigación, llevarte a un lugar seguro...

La cruda risa de Lex lo interrumpió.

—¿Enviarme al exilio? Habré muerto mucho antes que eso. Además, no estoy interesado en esconderme como un perro azotado. Quiero lo que merezco. Quiero lo que me he ganado después de todos estos años esperando las limosnas de ese maldito cabrón. —Era imposible ocultar sus verdaderos sentimientos ahora. La rabia de Lex le hacía bullir la sangre—. ¿Te interesa saber lo que de verdad quiero de Sergei Yakut? Su muerte.

Fabien afiló la mirada con astucia.

—Ésta es una conversación muy peligrosa.

—No soy el único que piensa así —replicó Lex—. De hecho, alguien tuvo el valor suficiente para intentar asesinarlo la semana pasada.

Aquellos ojos astutos se estrecharon más y más.

—¿Qué quieres decir?

—Lo atacaron. Un asaltante entró en el pabellón y trató de matarlo con un alambre en el cuello, pero al final falló. Maldito afortunado... —añadió Lex por lo bajo—. La Orden cree que se trataba de un profesional.

—La Orden —repitió Fabien sofocado—. ¿De qué forma está involucrada la Orden en lo que estás contando?

—Han enviado a un guerrero aquí esta noche para encontrarse con mi padre. Aparentemente están tratando de alertar a los de la primera generación por los recientes asesinatos que ha habido entre la población.

La boca de Fabien se movió durante un segundo sin llegar a pronunciar ninguna palabra, como si no estuviera seguro de qué pregunta formular primero. Se aclaró la garganta.

—¿Hay un guerrero aquí en Montreal? ¿Y qué es eso de los recientes asesinatos? ¿De qué estás hablando?

—Cinco vampiros de la primera generación de la estirpe, entre América del Norte y Europa —dijo Lex, recordando lo que le había contado Nikolai—. Al parecer, alguien quiere acabar con la primera generación entera, uno por uno.

—Dios santo. —La expresión de Fabien reflejaba asombro, pero había algo en él que molestaba a Lex.

—¿No sabías nada acerca de esas muertes?

Fabien se levantó lentamente y negó con la cabeza.

—Estoy aturdido, te lo aseguro. No tenía ni idea. Es algo terrible.

—Tal vez sí, tal vez no —señaló Lex.

Al mirar fijamente al líder de los Refugios Oscuros, Lex advirtió que una repentina quietud se apoderaba del vampiro... Se quedó tan quieto que de hecho él tuvo que preguntarse si seguía respirando. Había una nota de pánico contenida pero cada vez mayor en sus ojos de ave rapaz. Edgar Fabien mantuvo su cuerpo completamente rígido, pero por los movimientos de su mirada parecía estar buscando el modo de huir de la habitación.

«Qué interesante.»

—Esperaba que estuvieses mejor informado, Fabien. Tu reputación en la ciudad te deja muy bien parado. ¿Estás tratando de decirme que entre todos los amigos que tienes en las fuerzas de la ley ninguno te había informado de nada? Tal vez no confíen en ti... Tal vez tengan alguna buena razón.

Ahora Fabien miraba a Lex a los ojos. Chispas de color ambarino brillaban en sus iris, señal de que se había puesto nervioso.

—¿A qué tipo de juego estás tratando de jugar?

—Al tuyo —respondió Lex, viendo una oportunidad y yendo a por ella—. Estabas al tanto de los asesinatos de los miembros de la primera generación. La cuestión es... ¿por qué mientes sobre eso?

—No puedo dar publicidad a los asuntos de las fuerzas de la ley. —Fabien escupió su respuesta, expulsándola de su pecho con una justificada indignación—. Lo que yo sepa o deje de saber es asunto mío.

—Sabías lo del ataque de mi padre antes de que lo mencionara, ¿verdad? ¿Fuiste tú quien ordenaste su muerte? ¿Y qué me dices de los otros asesinatos?

—Dios santo, estás loco.

—Quiero entrar —dijo Lex—. Sea cual sea el complot en el que estás envuelto, quiero entrar.

El líder de los Refugios Oscuros soltó el aire bruscamente, luego le dio la espalda a Lex y caminó de forma despreocupada hasta las estanterías construidas en la pared. Pasó la mano a lo largo de la superficie de madera pulida, riendo entre dientes.

—Por muy iluminadora y entretenida que pueda ser nuestra conversación, tal vez debería acabar aquí. Creo que será mejor que te vayas y te calmes antes de decir más estupideces.

Lex continuó, decidido a convencer a Fabien de su valor.

—Si quieres verlo muerto, estoy dispuesto a ayudarte.

—Imprudente —fue la respuesta—. Puedo chasquear los dedos y hacer que te detengan bajo sospecha de intento de cometer un asesinato. Podría hacerlo, pero por ahora vas a salir de aquí y esta conversación que hemos mantenido los dos no habrá tenido lugar.

Las puertas del salón contiguo se abrieron y entraron cuatro guardias armados. Ante un gesto de Fabien, rodearon a Lex. Ya que no tenía otra elección, se dispuso a salir.

—Estaré en contacto —le dijo a Edgar Fabien por lo bajo—. Cuenta con eso.

Fabien no dijo nada, pero su astuta mirada permaneció fija en Lex con mucha seriedad mientras él caminaba hacia la habitación contigua y cerraba las puertas tras él.

En cuanto Lex estuvo solo en la calle, su mente comenzó

a considerar las diferentes opciones que tenía. Fabien era corrupto. Qué información tan sorprendente, y desde luego tan útil. Con un poco de suerte, los contactos de Fabien no tardarían en ser también suyos. No le preocupaba especialmente cómo conseguirlos.

Alzó la vista hacia la hermosa mansión de los Refugios Oscuros, con su resplandeciente lujo. Eso era lo que él quería. Ese tipo de vida... muy por encima de la suciedad y la degradación que había conocido bajo la bota de su padre. Aquello era lo que realmente merecía.

Pero primero tendría que ensuciarse las manos, aunque sólo fuera una última vez.

Lex caminó a lo largo de la serpenteante carretera bordeada de árboles y volvió a adentrarse en la ciudad con nuevos propósitos.

Capítulo diez

 Nikolai se despertó en medio de una oscuridad total, con la cabeza apoyada sobre el féretro de un hombre de Montreal aparentemente acomodado que llevaba muerto sesenta y siete años. El suelo de mármol del mausoleo privado servía para unas pocas horas de duro descanso, pero Niko ya tenía suficiente. Se acercaba peligrosamente el amanecer cuando abandonó la casa de Yakut, y desde luego estaba seguro de que había pasado las horas del día durmiendo en sitios peores que aquel cementerio que había encontrado al norte de la ciudad.

Con un quejido, se sentó y abrió el teléfono móvil para comprobar la hora. Mierda, la una de la tarde. Todavía tendría que esperar allí siete u ocho horas antes de la puesta de sol, cuando sería seguro salir al exterior. Siete u ocho horas más y ya estaba inquieto por estar ahí sentado sin hacer nada.

Sin duda, en Boston se estarían preguntando por él. Niko marcó el número de los cuarteles de la Orden. A la mitad del segundo timbrazo, Gideon contestó.

—Niko, por el amor de Dios. Llevas mucho tiempo sin pasar informe. —El ligero acento inglés del guerrero sonó un poco ronco. No era sorprendente, teniendo en cuenta que Niko estaba llamando en pleno día—. Háblame. ¿Estás bien?

—Sí, estoy bien. Mi objetivo aquí en Montreal está de lo más jodido, pero aparte de eso todo bien.

—¿No ha habido suerte en la búsqueda de Sergei Yakut? Niko se rio.

—Oh, sí que encontré a ese maldito cabrón enseguida. El vampiro de la primera generación está vivito y coleando y se aloja al norte de la ciudad como una especie de reencarnación de Ghengis Khan.

Le hizo a Gideon un resumen rápido de todo lo que había ocurrido desde su llegada a Montreal... desde el asalto de bienvenida que había recibido de Renata y los otros guardias hasta las extrañas horas que había pasado en el recinto de Yakut, que culminaron con el descubrimiento de los cadáveres humanos y su expulsión de la propiedad.

Describió el reciente atentado fallido contra el vampiro de la primera generación y el increíble papel que desempeñó Mira frustrando el ataque. Niko evitó relatar su visión personal en los ojos de Mira. No veía razón para compartir esos detalles; a pesar de que Renata insistiera en que Mira jamás se equivocaba, la oportunidad de que ocurriera algo así era ahora completamente nula después de lo sucedido.

Debería servirle de alivio saber eso. Lo último que necesitaba era verse mezclado con una mujer, sobre todo tratándose de alguien como Renata. La compañera de sangre de Yakut. Aquella idea todavía lo corroía, mucho más de lo que debería. Y no se sentía particularmente contento ante el hecho de que incluso el más ligero recuerdo de aquel beso fuera suficiente para que el miembro se le endureciera tanto como el mausoleo de granito que lo rodeaba.

La deseaba, y por una fracción de segundo creyó que ella iría tras él cuando abandonó el recinto. No tenía ninguna razón para pensar eso, pero había sido una sensación en el estómago, la intuición de que tal vez Renata podría salir corriendo tras él para pedirle que la sacara de allí.

¿Y si lo hubiera hecho? Cristo, tenía que ser un verdadero estúpido para considerar esa idea.

—Entonces —dijo a Gideon, obligando a su mente a regresar a la realidad—, la cuestión es que no podemos contar con ningún tipo de cooperación por parte de Sergei Yakut. Básicamente me sacó a empujones, y eso fue antes de que yo dijera que era un jodido enfermo y necesitaba un bozal y una correa.

—Dios, Niko —suspiró Gideon al otro lado de la línea, mientras probablemente se pasaba la mano con frustración por el pelo rubio de punta—. ¿De verdad le dijiste eso a un vampiro de la primera generación? Tienes suerte de que no te haya cortado la lengua antes de sacarte de allí.

Puede que fuera cierto, reconoció Nikolai para sus adentros. Y hubiera perdido algo más que su lengua si Yakut hubiese sabido la clase de lujuria que sentía por Renata.

—Ya sabes que me produce alergia besarle el culo a alguien, incluso si el culo en cuestión pertenece a un vampiro de la primera generación. Si esta misión tenía que ver con las relaciones públicas, os habéis equivocado completamente de chico.

—No, mierda. —Gideon soltó una risita y un insulto en voz baja—. Entonces ¿regresas a Boston?

—No encuentro ninguna razón para quedarme. A menos que Lucan lo vea de otra manera y decida que vuelva a poner una antorcha en esa cámara de los horrores de Yakut. Dejarlo fuera de circulación, al menos por un tiempo.

Lo decía básicamente en broma. Pero el silencio de Gideon le indicó que el guerrero sabía que la cabeza de Niko le daba vueltas a esa idea.

—Sabes que no puedes hacer nada de eso, amigo. Queda terminantemente prohibido.

—¿Y acaso no es una putada? —murmuró Nikolai.

—Sí, lo es. Pero este tipo de cosas es competencia de las fuerzas de la ley, y no nuestra.

—Dime en qué se diferencia Yakut de los Renegados que matamos en las calles, Gid. Diablos, por lo que he podido ver de él, es incluso peor. Al menos los renegados pueden echar la culpa de su salvajismo a la lujuria de sangre. Yakut ni siquiera puede esgrimir la adicción a la sangre como una excusa para dar caza a esos humanos. Es un depredador, un asesino.

—Está protegido —dijo Gideon, ahora con firmeza—. Y aunque no fuera de la primera generación, sigue siendo un ciudadano civil, un miembro de la estirpe. No podemos tocarlo, Niko. No sin meternos en problemas serios. Así que sea lo que sea lo que estás pensando, no lo hagas.

Nikolai soltó el aire bruscamente.

—Olvida lo que he dicho. ¿A qué hora debería organizar mi regreso a Boston esta noche?

—Tendré que hacer un par de llamadas para preparar un plan en poco tiempo, pero el jet privado continúa esperándote en el aeropuerto. Te enviaré un mensaje de texto en cuanto lo tenga concretado del todo.

—De acuerdo. Me tranquilizaré y esperaré.

—¿Dónde estás ahora?

Nikolai echó un vistazo al ataúd que había detrás de él, a otro que tenía enfrente y a una urna de bronce llena de polvo sobre un pedestal contra la pared del oscuro mausoleo.

—Encontré un pequeño sitio tranquilo para descansar un rato al norte de la ciudad. He dormido como un muerto, o entre ellos, en cualquier caso.

—Hablando de muertos —dijo Gideon—, nos han informado de otro vampiro de la primera generación asesinado en el extranjero.

—Cristo, los están matando como moscas, ¿verdad?

—O tratando de hacerlo, al menos. Reichen está siguiendo el informe desde Berlín. Me ha enviado un correo electrónico diciendo que se pondría en contacto con nosotros más tarde para ponernos al día.

—Es bueno saber que tenemos ojos y oídos en los que podemos confiar ahí fuera —dijo Niko—. Mierda, Gid. Nunca hubiera pensado que sacaríamos algo útil de un ciudadano de los Refugios Oscuros, pero Andreas Reichen está demostrando ser un gran aliado. Tal vez Lucan debería reclutarlo oficialmente para la Orden.

Gideon se rio.

—No creas que no se lo ha planteado. Pero a Reichen sólo podemos tenerlo a tiempo parcial. Puede que tenga el alma de un guerrero, pero su corazón pertenece a los Refugios Oscuros de Berlín.

Y a cierta mujer, por lo que Nikolai tenía entendido. Según Tegan y Río, los dos guerreros que más tiempo habían pasado con Andreas Reichen en su cuartel de Berlín, el líder de los Refugios Oscuros alemanes tenía una historia romántica con la dueña de un burdel llamada Helene.

Era inusual que un macho de la estirpe tuviera algo más que una relación corta y esporádica con una mujer mortal, pero Niko no iba a poner objeciones, puesto que Helene también estaba siendo una valiosa ayuda para las investigaciones de la Orden en el extranjero.

—Así que escucha —dijo Gideon—. Quédate donde estás, y cuando tenga organizada tu salida para esta noche te lo haré saber. ¿Te parece bien?

—Sí, ya sabes cómo encontrarme.

El murmullo de una voz femenina aterciopelada, algo adormilada, le llegó a través del auricular.

—Ah, demonios, Gid. No me digas que estabas en la cama con Savannah.

—Sí, estaba —respondió él, remarcando el tiempo verbal pasado—. Ahora que se ha levantado dice que va a cambiarme por una ducha caliente y una taza de café bien cargado.

Nikolai gruñó.

—Mierda, dile que lamento la interrupción.

—Ey, nena —dijo Gideon a la mujer que llevaba más de treinta años siendo su amada compañera de sangre—, Niko dice haber sido un maleducado por hacer que te levantes a estas horas intempestivas.

—Gracias —murmuró Niko.

—De nada.

—Me pondré en contacto contigo cuando ya esté en el avión de camino a casa.

—Muy bien —dijo Gideon. Luego se dirigió a Savannah—: Cariño, Niko quiere que te diga que acaba de colgar. Dice que deberías volver a la cama y dejar que te devore, desde tu inteligente y hermosa cabecita hasta los deliciosos dedos de tus pies.

Nikolai se rio.

—Suena divertido. Pon el manos libres y así al menos puedo escuchar.

Gideon resopló.

—Ni lo sueñes. Es toda mía.

—Maldito egoísta —le ladró Niko con ironía—. Contactaré contigo más tarde.

—Bien, más tarde. Y Niko..., en cuanto a la situación de Yakut..., en serio. No se te ocurra dártelas de *cowboy*, ¿de acuerdo? Tenemos asuntos mayores de los que ocuparnos antes que contener a esa bala perdida. No es de nuestra incumbencia, especialmente ahora.

Al ver que Niko tardaba en responder, Gideon se aclaró la garganta.

—Tu silencio no me tranquiliza, amigo. Necesito saber que me has oído.

—Sí —dijo Nikolai—, te he oído. Nos veremos en Boston esta noche.

Niko cerró su teléfono móvil y se lo guardó en el bolsillo.

Por mucho que le molestara la idea de ignorar a Yakut y sus enfermas actividades, sabía que Gideon tenía razón. Es más, sabía que Lucan, el líder de la Orden, y el resto de guerreros que se hallaban en el recinto de Boston le dirían lo mismo.

Olvidarse de Sergei Yakut, al menos de momento. Ésa era la decisión sensata e inteligente.

Y también sería sensato olvidarse completamente de Renata. Ella tenía su pareja, después de todo. El hecho de que fuera alguien tan sádico como esa escoria de Sergei Yakut tampoco era asunto de Nikolai. La hermosa y fría Renata no era problema suyo, así que adiós muy buenas.

Adiós muy buenas a todo aquel nido de víboras que había descubierto en los dominios de Yakut.

Sólo faltaban unas horas para la puesta de sol y entonces podría dejar todo eso atrás.

No estaba acostumbrada a dormir durante las horas del día, al menos no durante aquellos dos años que llevaba al servicio del vampiro.

Renata permanecía tendida en la cama, inquieta, incapaz de relajarse y cerrar los ojos ni tan siquiera unos minutos. Se movió y se dio la vuelta, poniéndose de espaldas al tiempo que suspiraba, mirando fijamente las vigas de madera.

Pensando en el guerrero..., Nikolai.

Hacía horas que se había marchado, casi la mitad de un día entero, pero ella todavía continuaba sintiéndose oprimida por el peso de su desprecio. Odiaba que hubiera visto a Yakut alimentándose de ella. Fue muy difícil fingir que no estaba avergonzada cuando él la miró a los ojos desde un extremo de la habitación. Trató de parecer imperturbable, desafiante. Por dentro estaba temblando, con el pulso acelerado totalmente fuera de control.

No quería que Nikolai la viera de aquella manera. Y todavía era peor que se hubiera enterado de los brutales crímenes de Yakut y creyera que ella era cómplice. No podía quitarse de la cabeza la mirada acusadora que le había dirigido.

Lo cual resultaba ridículo.

Nikolai pertenecía a la estirpe, igual que Yakut. Era un vampiro, igual que Yakut. Como él, Nikolai necesitaba alimentarse de seres humanos para sobrevivir. Incluso con los conocimientos limitados que tenía de los de su clase, Renata sabía que la única forma de nutrirse para la estirpe era beber de seres humanos. No existían amistosos bancos de sangre en la carretera donde los vampiros pudieran tomar una copa de O Rh negativo. Ningún animal podía servir de sustituto.

Sergei Yakut y todo el resto de la estirpe compartían el mismo tipo de sed: necesitaban células rojas de *Homo sapiens*, directamente procedentes de una vena abierta.

Eran criaturas salvajes y letales que tenían el aspecto de los humanos la mayor parte del tiempo, pero que en su corazón y en su alma, si es que tenían una, carecían por completo de humanidad. No había razón para creer que Nikolai sería diferente.

Pero sí parecía diferente, al menos un poco.

Cuando se había entrenado con él en la perrera, cuando la había besado..., por el amor de Dios..., le pareció que era muy diferente a todos los de su clase que había conocido. No tenía nada que ver con Yakut. Y tampoco con Lex.

Lo cual probablemente sólo demostraba que ella era tonta.

Y además, débil. ¿De qué otra manera podría explicarse el violento deseo de que Nikolai se la llevara de aquel lugar cuando se marchó? Normalmente no se complacía con vanas esperanzas, ni desperdiciaba el tiempo imaginando cosas que nunca pasarían. Pero por un momento..., por un egoísta y breve momento se había imaginado a sí misma lejos del irrompible lazo de Yakut.

Por un instante se preguntó cómo sería liberarse de él, liberarse de todo lo que la encadenaba allí..., y había sido glorioso.

Avergonzada por sus pensamientos, Renata puso las piernas a un lado de la cama y se sentó. No podía permanecer allí tendida ni un solo minuto más, no mientras su cabeza siguiera obsesionada en pensamientos que no le harían ningún bien.

La cuestión es que aquélla era su vida. El mundo de Sergei Yakut era el suyo propio, aquel pabellón con sus horribles secretos era su inconmovible realidad. No debía sentir lástima de sí misma, nunca la había sentido. Ni todos aquellos años en el orfanato cuando era una niña ni el día que la echaron del hogar de las Hermanas de la Misericordia a los catorce años y se vio obligada a vivir por su cuenta.

Ni siquiera aquella noche, dos veranos atrás, cuando la capturaron en las calles de Montreal junto a un grupo de seres humanos asustados y la encerraron en una de las jaulas del granero de Sergei Yakut.

No había dejado escapar ni una sola lágrima de autocompasión en todo este tiempo. Y tenía muy claro que no pensaba empezar a hacerlo ahora.

Renata se puso en pie y abandonó su modesta habitación. El recinto principal estaba tranquilo a aquella hora, las pocas ventanas que había tenían echadas las herméticas persianas para impedir que entraran los letales rayos del sol. Renata retiró la pesada barra de hierro de la puerta que daba al exterior y salió a la cálida y brillante tarde de verano.

Caminó hacia el cobertizo donde se hallaba la perrera.

En medio de todo el drama ocurrido la noche anterior, cuando estaba a solas con Nikolai y lo que vino después, se había olvidado completamente de los cuchillos. Aquel descuido la preocupaba. Jamás se desprendía de los puñales. Ahora formaban parte de ella, y así había sido desde el día que los había recibido.

—Qué estúpida —se dijo mientras entraba en la vieja perrera y miraba el poste donde esperaba encontrar clavados los cuchillos que le había lanzado a Nikolai.

No estaban allí.

Se le escapó un grito de incredulidad y de angustia.

¿El guerrero se habría llevado los puñales? ¿Se los habría robado?

—Maldita sea. No.

Renata avanzó como un vendaval hacia un lateral de la construcción... Al llegar al final se detuvo abruptamente cuando sus ojos toparon con un robusto fardo de paja cerca del poste de madera lleno de marcas.

Cuidadosamente doblado y colocado encima del fardo, junto al par de zapatos que se había quitado la noche anterior, se hallaba el envoltorio de seda y terciopelo que contenía sus adorados puñales. Lo recogió, sólo para asegurarse de que la funda de tela no estaba vacía. Sintió el peso familiar en la palma de la mano y no pudo reprimir una sonrisa.

Nikolai.

Había cuidado de los puñales por ella. Los había recogido, envuelto y depositado allí para ella como si supiera lo mucho que significaban.

¿Por qué lo habría hecho? ¿Acaso esperaba que aquel gesto de amabilidad sirviera para comprarla? ¿De verdad creía que su confianza podía salirle tan barata, o tal vez buscaba otra oportunidad para forzarla como había hecho con aquel beso?

En realidad no quería pensar en el beso de Nikolai. Si recordaba su boca en la de ella no tenía más remedio que reconocer que por muy inesperado e inoportuno que hubiera sido ese beso le costaba mucho lamentar lo sucedido.

La verdad era que lo había disfrutado mucho.

Madre de Dios, sólo el hecho de pensar en eso ahora le hacía sentir un calor líquido en su centro.

Lo deseaba, por mucho que el instinto de supervivencia la hubiera impulsado a apartarlo de ella y escapar. Lo deseaba... entonces y ahora. Ardía por él, en un lugar que creía helado y muerto hacía mucho tiempo.

Y admitir eso hacía que lo que él había dicho sobre Mira —que lo que había visto en los ojos de la niña implicaba que él y Renata se relacionaban íntimamente— resultara de lo más inquietante.

Gracias a Dios se había marchado.

Gracias a Dios lo más probable era que no regresara jamás después de lo que había descubierto allí.

Había transcurrido muchísimo tiempo desde la última vez que Renata se había puesto de rodillas para rezar. Ya no se arrodillaba ante nadie, ni siquiera cuando Yakut estaba en sus momentos más aterradores, pero ahora inclinó la cabeza y rogó al cielo para que Nikolai se mantuviera alejado de aquel lugar.

Alejado de ella.

Ya no tenía ganas de entrenar, especialmente ahora que los recuerdos de lo que había ocurrido allí la noche anterior estaban todavía frescos y dando vueltas en su cabeza. Renata cogió los zapatos y caminó de regreso al recinto. Entró, volvió a colocar la barra de la puerta y recorrió el pasillo hacia su habitación, donde esperaba poder dormir al menos unas horas.

Sintió que algo ocurría incluso antes de advertir que la puerta de Mira no tenía puesto el pestillo.

No había luces en la habitación de la niña, pero estaba despierta. Renata oyó su suave voz en la oscuridad, quejándose de que estaba durmiendo y no quería levantarse. ¿Más pesadillas?, se preguntó Renata, sintiendo dolor por la niña. Pero entonces, por encima de las protestas soñolientas de Mira, oyó otra voz, fría y violenta, cargada de impaciencia.

—Deja de lloriquear y abre los ojos, pequeña bruja.

Renata puso la mano contra la puerta y la abrió de un golpe.

—¿Qué demonios crees que estás haciendo, Lex?

Estaba inclinado sobre la cama de Mira, cogiendo a la niña por los hombros y apretándola con fuerza. Volvió la cabeza cuando Renata entró en la habitación, pero no soltó a Mira.

—Necesito el oráculo de mi padre. Y no te lo he pedido a ti, así que sal de aquí ahora mismo.

—Rennie, me hace daño en los brazos. —La voz de Mira sonaba débil y cargada de dolor.

—Abre los ojos —le ladró Lex—. Entonces dejaré de hacerte daño.

—Quítale las manos de encima, Lex. —Renata se detuvo a los pies de la cama, y sentía el tentador peso de los puñales en la mano—. Ahora mismo.

Lex se burló.

—No hasta que haya acabado con ella.

Cuando dio a Mira una sacudida, Renata lo atacó con una ráfaga de furia mental.

Fue apenas un chorro de su poder, una pequeña fracción de lo que podía hacerle, pero Lex soltó un aullido, y todo su cuerpo se sacudió como si hubiera recibido una descarga de miles de voltios de electricidad. Se echó hacia atrás, soltando a Mira y cayéndose de la cama al suelo.

—¡Zorra! —Sus ojos brillaban con un intenso color ambarino encendido, con las pupilas delgadas en el centro—. Debería matarte por esto. ¡Debería mataros a la mocosa y a ti!

Renata lo atacó otra vez, le dejó probar otra pequeña agonía. Él se hundió, agachando la cabeza y gimiendo por la debilidad que sentía con este segundo ataque. Ella esperó a que él fuera capaz de controlar su cuerpo. No representaba ninguna amenaza para ella en ese estado, pero en unas pocas horas se recuperaría y sería ella quien estaría vulnerable. Puede que entonces la esperara un infierno por delante.

Pero de momento, Mira ya no estaba preocupada por Lex, y eso era lo que importaba.

Lex la miró con odio mientras se ponía en pie.

—Apártate... de mi camino... maldita... puta.

Las palabras eran escupidas entre jadeos porque le costaba respirar mientras avanzaba hacia la puerta con dificultad. Cuando estuvo fuera de la vista y sus pisadas se oyeron amortiguadas en el pasillo, Renata fue junto a Mira y le habló con suavidad.

—¿Estás bien, pequeña?

Mira asintió.

—Él no me gusta, Rennie. Me da miedo.

—Ya lo sé, cariño. —Renata le dio un beso en la frente—. No voy a permitir que te haga daño. Conmigo estás a salvo. Te lo prometo. ¿De acuerdo?

Mira asintió débilmente mientras apoyaba la cabeza en la almohada y dejaba escapar un suspiro soñoliento.

—¿Rennie? —preguntó en voz baja.

—¿Qué, ratoncita?

—No me abandones nunca, ¿vale?

Renata miró fijamente el rostro inocente de la niña en la oscuridad, sintiendo el corazón oprimido dentro del pecho.

—No voy a dejarte, Mira. Jamás... como acabo de prometerte.

Capítulo once

La luna brillaba en lo alto, arrojando una luz matizada sobre el lago Wannsee en aquella zona exclusiva a las afueras de Berlín. Andreas Reichen se recostó sobre un sillón acolchado en el jardín trasero de su finca privada en los Refugios Oscuros, tratando de absorber parte de la paz y tranquilidad de la noche. A pesar del calor, a pesar de la agradable brisa y la calma del agua oscura, sus pensamientos eran malhumorados y turbulentos.

Las noticias acerca del último asesinato de un vampiro de la primera generación, esta vez en Francia, le pesaban mucho. Le parecía que el mundo a su alrededor se estaba volviendo loco. No sólo el mundo de la estirpe, que era su mundo, sino también la humanidad. Había demasiada muerte y destrucción. Demasiada angustia por todas partes.

Y tenía la terrible sensación, en la boca del estómago, de que aquello era sólo el principio. Venían días más oscuros. Tal vez llevaban ya mucho tiempo avecinándose y él había sido demasiado ignorante... había estado demasiado concentrado en sus propios placeres como para poder darse cuenta.

Uno de esos placeres se acercaba ahora a él por detrás, su elegancia era inconfundible mientras caminaba a través de los arreglados jardines y se adentraba en el césped.

Los delgados brazos de Helene lo sujetaron de los hombros.

—Hola, cariño.

Reichen se incorporó para acariciar su cálida piel mientras ella se inclinaba sobre él y lo besaba. Su boca era suave, de un sabor persistente, y su largo cabello negro tenía un ligero aroma de rosas.

—Tu sobrino me dijo cuando llegué que llevabas aquí fuera un par de horas —murmuró ella, levantando la cabeza para mirar el lago—. Puedo entender por qué. Es una vista preciosa.

—Acaba de volverse más preciosa —dijo Reichen, mientras alzaba la barbilla para mirarla mejor.

Ella sonrió sin timidez, pues ya estaba muy acostumbrada a sus halagos.

—Algo te preocupa, Andreas. No es habitual que te sientes solo a meditar.

¿Podía conocerlo tan bien? Eran amantes desde hacía un año, una aventura casual que se había convertido en algo más profundo, aunque no exclusivo. Reichen sabía que había otros hombres en la vida de Helene, humanos, y él también, ocasionalmente, obtenía placer de otras mujeres. No tenían una relación donde hubiera lugar para los celos o los sentimientos posesivos. Pero eso no significaba que estuviera desprovista de afecto. Ambos se preocupaban el uno del otro, y había un vínculo de confianza que se había extendido más allá de las barreras que normalmente hacen imposible la relación entre los humanos y los vampiros de la estirpe.

Helene se había convertido en una amiga, y en los últimos tiempos también era una compañera indispensable para el importante trabajo que Reichen desempeñaba con los guerreros de Boston.

Helene se movió para sentarse en el ancho brazo del sillón.

—¿Ya has comunicado a la Orden las noticias sobre el reciente asesinato en París?

Reichen asintió.

—Lo he hecho, sí. Y me han dicho que hubo también otro intento de asesinato en Montreal unas noches atrás. Al menos ése falló, por algún milagro del destino. Pero habrá otros. Temo que haya muchas otras muertes por llegar antes de que el humo se disipe. La Orden está convencida de que podrá detener esta locura, pero hay veces en que me pregunto si el poder del mal no es mucho mayor que el poder del bien.

—Estás dejando que esto te consuma —dijo Helene mientras le apartaba distraídamente el cabello de la frente—. Mira, si estás buscando algo que hacer con tu tiempo, puedes venir conmigo, en lugar de estar con la Orden. Puedo ponerte a trabajar en el club como mi ayudante personal. No es tarde para que te lo pienses. Y te aseguro que los beneficios valdrán la pena.

Reichen se rio.

—Una oferta tentadora.

Helene se inclinó y le mordisqueó el lóbulo de la oreja, haciéndole cosquillas y calentándole la piel con su aliento.

—Sería sólo un puesto temporal, desde luego. Pongamos veinte o treinta años... apenas un suspiro para ti. Pero para entonces yo ya estaré canosa y arrugada y tú tendrás ganas de un juguete nuevo y más atractivo que pueda satisfacer tus malvadas exigencias.

Reichen se sorprendió al oír un matiz de nostalgia en la voz de Helene. Nunca había hablado del futuro con él, y tampoco él lo había hecho. Se daba más o menos por sobreentendido que no podía haber un futuro, puesto que ella era mortal con una vida limitada y él —a menos que se expusiera a los rayos UV o recibiera daños masivos en su cuerpo— continuaría viviendo más o menos eternamente.

—¿Por qué ibas a querer malgastar el tiempo conmigo cuando puedes escoger a cualquier hombre? —le preguntó él, dejando correr los dedos sobre su delicado hombro—. Podrías casarte con alguien que te adore y educar niños hermosos e inteligentes.

Helene arqueó las cejas perfectamente depiladas.

—Supongo que nunca he sido de las que toman decisiones convencionales.

Y tampoco él lo era. Reichen reconocía que lo más sencillo sería ignorar todo lo que él y la Orden habían descubierto un mes atrás. Podía olvidar el demonio que habían localizado en la cueva de las montañas de Bohemia. Podía fingir que nada de aquello había existido, desistir de su oferta de ayudar a los guerreros en lo que pudiera. Lo más fácil del mundo sería renunciar a su rol de líder de sus Refugios Oscuros y entregarse de nuevo a una vida despreocupada y libertina.

Pero la simple verdad era que se había cansado de aquel tipo de vida ya hacía mucho tiempo. Años atrás, alguien lo había acusado de ser un eterno niño, egoísta e irresponsable. Ella tenía razón, incluso entonces. Especialmente entonces, cuando él había sido tan estúpido como para permitir que la mujer que amaba se le escurriera entre los dedos. Después de demasiadas décadas de autoindulgencia era agradable comportarse de un modo diferente. O al menos intentarlo.

—No esperaba que vinieras esta noche para distraerme con besos y atractivas ofertas de empleo —dijo, percibiendo que Helene tenía un aire serio.

—No era ésa la intención, desgraciadamente. Pensé que deberías saber que una de las chicas de mi club ha desaparecido. ¿Recuerdas que mencioné que Gina, una de mis nuevas chicas, apareció con marcas de mordiscos en el cuello la semana pasada?

Reichen asintió.

—¿Esa que te habló de un nuevo novio rico con el que iba a quedar?

—Exacto. Bueno, no es la primera vez que falta al trabajo, pero su compañera de piso me ha dicho esta tarde que Gina no ha aparecido ni ha telefoneado desde hace más de tres días. Puede que no sea nada, pero pensé que querrías saberlo.

—Sí —dijo él—. ¿Tienes alguna información acerca del hombre que estaba viendo? ¿Una descripción, un nombre, cualquier cosa?

—No. La compañera de piso no lo conocía, si no me hubiera dicho algo, evidentemente.

Reichen consideró las numerosas cosas que podían pasarle a una joven que se mezclara sin saberlo con uno de los suyos. Aunque la mayoría de los miembros de la nación de vampiros eran respetuosos con la ley, había otros que disfrutaban de su lado salvaje.

—Necesito que esta noche preguntes discretamente en el club si alguna de las otras chicas oyó que Gina mencionara a su novio. Busco nombres, lugares a los que pueda haber ido con él, incluso el detalle más pequeño podría ser importante.

Helene asintió, pero había una nota de interés en sus ojos.

—En realidad prefiero este lado serio de ti, Andreas. Es increíblemente atractivo.

Pasó la mano por la piel que dejaba expuesta su camisa y sus largas uñas pintadas jugaron con los músculos marcados en su abdomen. Aunque sus pensamientos eran oscuros, su cuerpo respondió a aquellas caricias expertas. Sus dermoglifos comenzaron a llenarse de color y su visión se agudizó con el brillo ambarino que rápidamente asomó a sus iris. Más abajo, su miembro se endureció, aumentando de tamaño bajo la mano de ella.

—No debería quedarme —murmuró ella, con voz ronca y juguetona—. No quiero llegar tarde al trabajo.

Cuando comenzó a levantarse, Reichen la retuvo.

—No te preocupes por eso. Conozco a la mujer que dirige el local, yo le daré alguna excusa. Tengo bastante claro que le gusto.

—¿Ah, sí?

Reichen gruñó, mostrando las puntas de los colmillos al sonreír.

—La pobre está loca por mí.

—¿Loca por un arrogante como tú? —bromeó Helene—. Querido, no te sobreestimes. Puede que sólo te desee por tu cuerpo decadente.

—Es cierto —respondió él—, pero no me oirás quejarme de eso.

Helene sonrió, sin poder resistirse mientras él la sentaba en sus rodillas y le daba un profundo y apasionado beso.

Al caer la noche, Lex se había recuperado por completo del dolor del asalto de Renata. Pero su rabia... su odio feroz por ella... permanecía.

La maldijo una y otra vez en su mente, mientras se apoyaba contra la pared putrefacta de una casa en ruinas infestada de ratas en uno de los peores suburbios de Montreal, al tiempo que observaba cómo un hombre joven se ataba un cinturón de piel en torno al brazo. El yonqui sujetó una punta del cinturón con los dientes, rotos y llenos de caries, y clavó la aguja de una sucia jeringa en aquel campo de costras y moratones que tenía a lo largo del escuálido brazo. Gimió cuando la heroína entró en su sistema sanguíneo.

—Ah, joder —jadeó en medio de un suspiro tembloroso mientras soltaba el torniquete y se dejaba caer sobre un colchón podrido que había en el suelo. Pasó las manos tatuadas sobre su cara pálida y llena de granos y por el pelo grasiento—. Ah, Dios... esta mierda es de primera.

—Sí —dijo Lex, dejando que su voz se perdiera en aquella oscuridad húmeda y llena de orina.

No reparaba en gastos cuando se trataba de drogas; el dinero no era para él una preocupación. Sin duda aquel yonqui de vida barriobajera que vendía su cuerpo en las calles no había probado nunca una droga tan cara. Lex apostaba que los servicios personales del joven tampoco habían sido comprados jamás con tanto dinero. Casi salta dentro del coche cuando Lex le puso cien dólares y una bolsa de heroína en la cara.

Lex inclinó la cabeza y observó cómo el humano saboreaba su ganancia. Estaban solos en una miserable habitación del edificio de apartamentos abandonado. El lugar estaba invadido de vagabundos y adictos cuando llegaron, pero a Lex le llevó apenas unos minutos —gracias a una orden mental irresistible que era capaz de dar por pertenecer al linaje de la segunda generación de estirpe— deshacerse de los humanos para poder conducir sus asuntos en privado.

Todavía tirado en el suelo, el yonqui se quitó su camiseta sin mangas y comenzó a desabrocharse los tejanos azules exageradamente anchos y manchados de mugre. Se acarició a lo bruto mientras trataba de quitárselos, moviendo los ojos cansados hundidos en las cuencas de su cráneo, tratando de ver en la oscuridad.

—Entonces... ¿quieres que te la chupe o qué, amigo?

—No —dijo Lex, sintiendo asco sólo de pensarlo.

Abandonó su posición al otro lado de la habitación y caminó despacio hacia el yonqui. ¿Por dónde empezar con él?, se preguntó despreocupadamente. Debía proceder con mucho cuidado o de lo contrario tendría que volver a adentrarse en las calles, en busca de otro.

Eso sería derrochar su precioso tiempo.

—¿Entonces quieres mi culo, cariño? —dijo el humano con voz poco clara—. Si quieres follarme tendrás que pagar el doble. Ésa es mi regla.

Lex se rio por lo bajo, genuinamente divertido.

—No tengo interés en follarte. Ya tengo bastante con tener que mirarte y soportar tu asqueroso y pestilente olor. El sexo no es la razón por la que estás aquí.

—Bueno, entonces ¿qué diablos quieres? —Había una nota de pánico en el aire, un repentino chute de adrenalina que los afinados sentidos de Lex pudieron detectar fácilmente—. Seguro que no me has traído aquí para tener una conversación cordial.

—No —respondió Lex complacido.

—De acuerdo. Entonces ¿de qué coño te sirvo, gilipollas?

Lex sonrió.

—De cebo.

Con movimientos tan rápidos que ni siquiera el más sobrio de los humanos hubiera podido captar, agarró al yonqui y lo levantó del suelo. Lex tenía un cuchillo en la mano. Lo apoyó en la flaca barriga del humano y se la desgarró de un cuchillazo.

La sangre brotó de la herida, caliente, líquida y aromática.

—¡Oh, Dios! —gritó el humano—. ¡Oh, joder! ¡Me has apuñalado!

Lex se apartó y dejó que el hombre se cayera al suelo, completamente débil. Era todo lo que podía hacer para evitar abalanzarse sobre él impulsado por una sed ciega.

La trasformación física de Lex fue rápida, provocada por la repentina presencia de la sangre fresca. Su visión se agudizó cuando las pupilas se estrecharon y el brillo ambarino de sus ojos inundó la habitación; eran los ojos de un depredador. Sus colmillos asomaron detrás de sus labios y la boca se le llenó de saliva por la urgente necesidad de alimentarse.

El yonqui ahora lloriqueaba, balbuciendo patéticamente mientras se sujetaba la herida que tenía en el vientre.

—¿Estás loco, maldito gilipollas? ¡Podías haberme matado!

—No todavía —respondió Lex con la voz espesa a través de los colmillos.

—Tengo que salir de aquí —murmuró el hombre—. Necesito ayuda...

—Quédate —le ordenó Lex, sonriendo al ver que la débil mente del humano se desvanecía bajo su orden.

Tuvo que obligarse a mantener la distancia. Dejar que la situación avanzara como pretendía. Un intestino herido sangraría mucho, pero la muerte llegaría con lentitud. Lex lo necesitaba vivo durante un rato, lo bastante para que su aroma viajara a través de las calles y por los callejones de los alrededores.

El humano que había comprado aquella noche no era más que un despojo para lanzar al agua. Lex buscaba atraer un pez mayor.

Como cualquier miembro de la estirpe, sabía que nada podría atraer a un vampiro con más rapidez y más seguridad que la esperanza de una presa humana sangrando. En aquella zona marginal de la ciudad, donde incluso la escoria de la sociedad humana huía impulsada por un completo estado de terror, Lex contaba con la presencia de los renegados.

No iba a resultar decepcionado.

Los dos primeros en seguir el rastro hasta el edificio en ruinas aparecieron apenas en unos minutos. Los renegados eran adictos desesperados, tanto como aquel yonqui que ahora estaba doblado en posición fetal y sollozaba sobre el suelo mientras la vida se le escapaba lentamente.

Aunque eran pocos los miembros de la estirpe que caían enfermos de la lujuria de sangre —una sed insaciable y permanente—, aquellos que lo hacían muy raramente podían recuperarse. Llevaban una vida salvaje entre las sombras. Eran monstruos sin raíces cuyo único propósito era saciar su ansia.

Lex se deslizó en un rincón de la habitación cuando los dos depredadores aparecieron. Inmediatamente se lanzaron sobre el humano, atacándolo con colmillos que nunca retrocedían y los ojos encendidos del violento color del fuego.

Otro renegado encontró la habitación. Éste era más grande que los otros y más brutal. Se arrojó en medio de la carnicería y comenzó a alimentarse. Al fin se desató una refriega entre los feroces vampiros. Los tres se gruñeron como perros rabiosos. Los puños golpeaban, los dedos desgarraban, los colmillos despedazaban la carne y los huesos. Cada uno de los poderosos machos luchaba despiadadamente por ganar la presa.

Lex los observaba paralizado. Mareado por la violencia y borracho por el aroma de tanta sangre derramada, humana y de la estirpe.

Observaba y esperaba.

Los renegados lucharían hasta la muerte, como correspondía a su naturaleza animal. Al final sólo uno de ellos demostraría ser el más fuerte.

Y ése era el que Lex necesitaba.

Después de un día entero esperando la llegada de la noche, todavía tenía dos horas más antes de poder regresar a Boston.

Nikolai consideró seriamente la idea de saltarse la cita en el aeropuerto y marcharse a pie, pero ni siquiera con la resistencia y velocidad propia de su raza conseguiría atravesar entero el estado de Vermont antes de que el sol volviera a salir. Y, francamente, la idea de pasar la noche en alguna cuadra entre el agitado ganado no lo ayudaba a morirse de deseos de hacerse con un par de camisetas y meterse en la carretera.

Así que esperaría.

Maldita sea.

La paciencia y él nunca habían sido grandes amigos. Estaba ya a punto de morir de aburrimiento cuando el sol por fin se puso y pudo abandonar su refugio en el mausoleo.

Probablemente fue ese mismo aburrimiento lo que lo condujo a adentrarse por las húmedas calles más marginales de Montreal, donde esperaba encontrar algo divertido que hacer para matar el tiempo. Le tenía sin cuidado de qué se tratara, pero deliberadamente buscó la zona de la ciudad donde las probabilidades de encontrar una razón para desahogarse con los puños o con sus armas eran más que altas.

En aquella manzana en particular de callejones infestados de ratas y pobreza sus opciones inmediatas se limitaban a drogadictos, traficantes que comerciaban con carne o con narcóticos y transeúntes de ambos géneros que caminaban con la mirada vacía. Más de algún idiota lo amenazó con la mirada mientras caminaba a lo largo de la manzana sin ninguna dirección en particular. Alguno fue lo bastante estúpido como para mostrarle la punta de un cuchillo al pasar junto a él, pero Niko se limitó a detenerse y sonreír dejando asomar las puntas de los colmillos ante la invitación, y la amenaza se esfumó tan pronto como había aparecido.

Aunque no se oponía a ninguna forma de confrontación, luchar contra humanos era rebajarse demasiado para él. Prefería un desafío mayor. Lo que realmente tenía ganas de encontrar en aquel momento era un renegado.

El verano anterior, Boston se había llenado de vampiros adictos a la sangre. La lucha había sido dura y pesada, con una trágica pérdida del lado de la Orden, pero Nikolai y el resto de los guerreros habían logrado cumplir con su misión de limpiar la ciudad.

Otras zonas metropolitanas todavía tenían civiles que ocasionalmente eran víctimas de la lujuria de sangre, y Nikolai estaba convencido de que Montreal no constituía ninguna excepción en este sentido. Pero aparte de los chulos, traficantes y prostitutas, aquel tramo de ladrillo y asfalto estaba tan muerto como la cripta donde se había visto obligado a pasar todo el día.

—Hola, cariño. —Una mujer le sonrió a su paso desde una entrada en sombras—. ¿Buscas algo en concreto o sólo estás mirando escaparates?

Nikolai gruñó, pero se detuvo.

—Soy un chico muy especial.

—Bueno, tal vez yo tenga lo que necesitas. —Le sonrió y abandonó su pose contra la pared de hormigón—. En realidad, estoy segura de que puedo ofrecerte exactamente lo que necesitas, cariño.

No era ninguna belleza, con su cabello cobrizo y quebradizo, su mirada vacía y su piel cetrina, pero Nikolai no tenía intenciones de pasar mucho tiempo viendo aquel rostro. Olía a limpio, si es que el jabón desodorante y los potingues para el pelo podían considerarse aromas limpios. Para los afilados sentidos de Niko, la mujer apestaba a perfumes y cosméticos, y a través de sus poros se escapaba también el aroma de la droga que acababa de usar.

—¿Qué me dices? —preguntó ella, acercándose ahora a él furtivamente—. ¿Quieres venir conmigo un rato? Si tienes veinte dólares te daré media hora.

Nikolai contempló el pulso latiendo en el cuello de la mujer. Llevaba varios días sin alimentarse. Y tenía por delante dos horas muertas...

—Sí —dijo, haciendo un gesto con la cabeza—. Demos un paseo.

Ella lo tomó de la mano y lo hizo doblar por una esquina del edificio para adentrarse en un callejón vacío.

Nikolai no perdió el tiempo. En cuanto estuvieron fuera de la vista de posibles testigos, tomó la cabeza de la mujer en sus manos y le dejó el cuello desnudo para morderla. Su grito se ahogó en el mismo instante en que él clavó los colmillos en su carótida y empezó a beber.

La sangre de la mujer no tenía nada extraordinario... el habitual gusto a cobre de las células rojas humanas, pero aderezada con un fuerte matiz agridulce por la droga que había tomado antes de comenzar su noche de trabajo. Nikolai dio varios tragos y sintió a través de su cuerpo la energía de la sangre. Era habitual que un macho de la estirpe tuviera una erección al alimentarse. Se trataba de una respuesta puramente física, un despertar de las células y de los músculos.

Que tuviera el miembro completamente erecto y necesitado de un alivio no le sorprendía en absoluto. Era el hecho de que su cabeza estuviera llena de imágenes de una mujer de cabello negro —una mujer que no tenía ninguna intención de volver a ver—, lo que hizo que Niko retrocediera alarmado.

—Mmm, no pares —murmuró su compañera humana, atrayendo de nuevo la boca de él hacia la herida de su cuello. Ella también estaba sintiendo los efectos del acto, se hallaba cautivada como todos los humanos que reciben el mordisco de un vampiro de la estirpe—. No pares, cariño.

La visión de Niko estaba inundada de un fuego ambarino cuando volvió a clavarle los colmillos en la garganta. Sabía que no era Renata, pero mientras sus manos recorrían las piernas desnudas de la mujer por debajo de la falda tejana que llevaba, se imaginó que acariciaba los largos y hermosos muslos de Renata. Imaginó que era la sangre de Renata la que lo alimentaba. El cuerpo de Renata el que respondía con aquel deseo.

Fueron los febriles jadeos de Renata los que lo impulsaron a desgarrar con una mano las bragas baratas y desabrocharse el pantalón con la otra.

Necesitaba estar dentro de ella.

Necesitaba...

«Dios bendito.»

Una ligera brisa se levantó a través del callejón, arrastrando consigo el hedor de vampiros convertidos en renegados. Y también el olor de sangre derramada. Sangre humana. Una gran cantidad de sangre humana que se mezclaba con la pestífera sangre de los renegados.

Nikolai se quedó helado, con la mano todavía en la bragueta, por un momento en estado de conmoción como un estúpido.

—Dios bendito.

«¿Qué demonios es eso?»

Le bajó la falda a la mujer y le pasó la lengua por el mordisco del cuello, cerrando la herida.

—He dicho que no pa...

Niko no la dejó terminar. Le pasó la palma por la frente y borró de su mente todo lo ocurrido.

—Vete de aquí —le dijo.

Él ya se había adentrado por el callejón cuando ella comenzó a moverse aturdida. Él siguió el rastro del olor hasta un edificio en ruinas no lejos de donde habían estado. La peste procedía del interior, un par de pisos más arriba del nivel de la calle.

Nikolai subió la escalera sin luz hasta el segundo piso. Sus ojos estaban prácticamente inundados de ámbar por el arrollador olor a muerte que se colaba por debajo de la puerta cerrada. Con la mano sobre el revólver que tenía en la cadera, se acercó al lugar. No se oía ningún ruido al otro lado de la puerta estropeada y llena de grafitis. Sólo el olor a muerte, humana y de la estirpe. Niko giró el pomo y se preparó para lo que iba a encontrar.

Había sido una masacre.

Un tipo con pinta de yonqui yacía completamente desparramado sobre un colchón mugriento en medio de un montón de jeringas y otras basuras empapadas en sangre. El cuerpo estaba tan destrozado que apenas podía reconocerse como un cuerpo humano, y mucho menos distinguir el sexo. Los otros dos cuerpos también habían sido salvajemente embestidos, pero pertenecían definitivamente a miembros de la estirpe, ambos renegados, a juzgar por el tamaño y el hedor que desprendían.

Nikolai podía imaginar lo que había ocurrido allí: una lucha letal por una presa. Una lucha muy reciente, que habría tenido lugar hacía apenas unos minutos. Y esos dos chupasangres no habían sido capaces de sobrevivir a su oponente.

Tenía que haber habido al menos otro renegado involucrado en aquella refriega.

Si Niko era afortunado, el vencedor debería estar todavía en la zona, lamiendo sus heridas. Eso esperaba, porque le encantaría que ese bastardo enfermo probara su nueve milímetros. Nada como decir «que tengas un buen día» cuando el sistema sanguíneo corrupto de un renegado sufre una reacción alérgica por una dosis de venenoso titanio.

Nikolai fue hasta la ventana y arrancó los paneles torpemente clavados que la cerraban. Si lo que estaba buscando era acción, acababa de encontrarla. Abajo, en la calle, estaba el gigantesco renegado. Magullado y sangrante, tenía un aspecto completamente infernal.

Pero demonios... no estaba solo.

Alexei Yakut estaba con él.

Por más increíble que pudiera ser, Lex y el renegado caminaban hacia un sedán que los estaba esperando.

—¿Qué demonios estarás tramando? —murmuró Niko por lo bajo mientras el coche se ponía en marcha.

Estaba a punto de saltar por la ventana abierta y seguirlo a pie cuando un grito desgarrador sonó detrás de él. Una mujer había encontrado aquella carnicería y ahora gritaba aterrorizada agitando un dedo acusador y tembloroso en su dirección. Chilló otra vez, lo suficientemente alto como para despertar a todos los drogadictos y traficantes del vecindario.

Nikolai miró a la testigo y a la sangrienta prueba de lucha que parecía cualquier cosa menos humana.

—Maldita sea —gruñó, viendo por encima del hombro cómo el coche de Lex desaparecía doblando la esquina—. Está bien. —Se dirigió a aquella aparición chillona mientras se apartaba de la ventana y se acercaba a ella—. No has visto nada.

Le borró la memoria y la echó de la habitación. Luego sacó

una espada de titanio y la clavó en los restos de uno de los renegados muertos.

Mientras el cuerpo comenzaba a crepitar y disolverse, Niko se dispuso a limpiar el resto del desastre que Lex y su improbable socio habían dejado tras ellos.

Capítulo doce

$\mathscr{R}$enata estaba de pie ante la encimera de la cocina del recinto, sujetando descuidadamente un cuchillo en la mano.

—¿De qué te apetece esta noche la mermelada, de uva o de fresa?

—Uva —respondió Mira—. No, espera... esta vez prefiero fresa.

Estaba sentada en un extremo de la encimera de madera cerca de Renata, balanceando las piernas. Vestida con una camiseta de color púrpura, unos vaqueros azules desgastados y unas zapatillas a rayas, Mira se parecía a cualquier otra niña normal esperando su cena. Sólo que las niñas normales no tenían que comer siempre lo mismo, día sí y día también. Las niñas normales tenían familias que las querían y cuidaban de ellas. Vivían en bonitas casas situadas en bonitas calles bordeadas de árboles, con lustrosas cocinas y despensas bien surtidas y madres que sabían cocinar un sinfín de comidas maravillosas.

Al menos eso era lo que Renata imaginaba cuando pensaba en la imagen ideal de la normalidad. No había tenido ninguna experiencia personal de ese tipo. Cuando Mira era una niña que vivía en la calle, antes de que Sergei Yakut la encontrara, tampoco sabía lo que era la normalidad. Pero era esa clase de vida sana y normal la que Renata deseaba para la niña, por muy fútil que pudiera parecer ese deseo, estando en la sombría cocina de Sergei Yakut, cerca de unos fogones destartalados que probablemente no funcionarían aunque hubiera gas para poder intentarlo.

Como Renata y Mira eran las únicas que necesitaban comer, Yakut había dejado la alimentación de la niña al cuidado de Renata. A ella no le importaba especialmente qué tomar —la comida era comida, nada más que un sustento necesario—, pero odiaba no ser capaz de poder ofrecer a Mira algo mejor de vez en cuando.

—Algún día, tú y yo saldremos fuera y tendremos una cena de verdad, con cinco platos diferentes. Además del postre —añadió, untando la mermelada de fresa sobre una rebanada de pan blanco—. Tal vez tengamos hasta dos postres.

Mira sonrió por debajo del velo negro que le llegaba a la punta de la nariz.

—¿Crees que tendrán postres de chocolate?

—Sin lugar a dudas, chocolate. Aquí tienes —le dijo, alcanzándole el plato—. Mermelada con mantequilla de cacahuetes. Mucha mermelada, y el pan sin corteza.

Renata se apoyó sobre la encimera mientras Mira daba un bocado al sándwich como si fuera tan delicioso como cualquier cena de cinco platos que pudiera concebirse—. No olvides beberte el zumo de manzana.

—Entendido.

Renata clavó la pajita de plástico en el cartón de zumo y se lo acercó a Mira. Luego comenzó a guardar las cosas y limpiar la encimera. Todos sus músculos se tensaron cuando oyó la voz de Lex en la habitación de al lado.

Se había marchado al caer el sol. Renata no lo había echado de menos, pero se había preguntado en qué andaría metido durante todo el tiempo que había pasado fuera. La respuesta a esa pregunta la obtuvo al oír el cacareo de una mujer borracha... varias mujeres borrachas, a juzgar por el sonido de las risas y agudos chillidos que salían de la zona principal del recinto.

Lex traía a menudo mujeres para usarlas como huéspedes de sangre y también para entretenerse. A veces las tenía allí durante algunos días. Ocasionalmente compartías sus presas con los otros guardias. Todos ellos usaban a esas mujeres como querían antes de borrarles la memoria y devolverlas a sus vidas. A Renata le ponía enferma estar bajo el mismo techo que Lex cuando organizaba sus fiestas, pero lo que más la hería era que Mira también tuviera que ser testigo de sus juergas, aunque sólo fuera de forma indirecta.

—¿Qué está ocurriendo ahí, Rennie? —preguntó.

—Acábate el sándwich —dijo Renata cuando Mira dejó de comer y se puso a escuchar los ruidos de la otra habitación—. Quédate aquí. Ahora vuelvo.

Renata salió de la cocina y fue por el pasillo hacia la zona de donde procedía el ruido.

—¡A beber, damas! —gritaba Lex, dejando caer una caja de botellas sobre el sofá de cuero.

No sería él quien consumiera el alcohol, y tampoco los otros detalles que había llevado para la fiesta. Sobre la mesa había dos bolsas de plástico transparente llenas de algo que probablemente debía de ser cocaína. El aparato de música se puso en marcha, un bajo vibrante acompañando crudas letras de hip-hop.

Lex agarró del brazo a la exuberante morena del estridente cacareo.

—¡Te dije que esta noche nos íbamos a divertir! Ven aquí y muéstrame algo de gratitud.

Realmente estaba de un insólito buen humor. Y no era de extrañar. Había regresado con un buen botín: cinco jóvenes con tacones altos, tops escotados y minifaldas diminutas. Al principio Renata creyó que serían prostitutas, pero al verlas más de cerca le pareció que estaban demasiado limpias y frescas por debajo del espeso maquillaje como para dedicarse a la vida de la calle. Lo más probable es que fuera un grupo de chicas inocentes, incapaces de imaginar que el persuasivo y atractivo hombre que las había recogido era en realidad lo más parecido a una pesadilla.

—Venid a conocer a mis amigos —dijo Lex al grupito de mujeres que reían tontamente mientras hacía una señal a los otros machos de la estirpe para que se acercaran a ver sus presas de la noche. Hubo un momento de palpable aprensión cuando los cuatro guardias musculosos y pesadamente armados miraron con lujuria a sus aperitivos humanos. Lex empujó a tres de las mujeres hacia los ansiosos vampiros—. No seáis tímidas, chicas. Después de todo, esto es una fiesta. Saludad.

Renata advirtió que sujetaba con fuerza a las dos chicas más guapas. Típico de Lex, obviamente se reservaba lo mejor para él. Renata estaba a punto de volver a la cocina junto a Mira —para tratar de ignorar la sangrienta orgía que estaba a punto de empezar—, pero antes de que pudiera alejarse dos pasos, Sergei Yakut salió tronando de sus habitaciones privadas.

—Alexei. —La furia del viejo vampiro emitía oleadas de calor. Dirigió una mirada de odio a Lex, con los ojos inundados de fuego—. Llevas horas fuera. ¿Dónde estabas?

—He estado en la ciudad, padre. —Ensayó una sonrisa magnánima, como diciendo que las horas que había estado apartado de sus obligaciones no habían servido sólo para satisfacer sus intereses egoístas—. Mira lo que te he traído.

Lex cogió a una de las mujeres destinadas a los guardias y la empujó hacia Yakut para que la inspeccionara. Yakut ni siquiera se molestó en mirar el premio que Lex le ofrecía. Sólo se fijó en las dos mujeres que Lex se había reservado para sí.

El vampiro de la primera generación soltó un gruñido.

—¿Quitas la mierda que te sobra de las botas y tratas de convencerme de que es oro?

—Nunca —replicó Lex—. Padre, nunca se me pasaría por la cabeza...

—Bien. Esas dos servirán —dijo, señalando a las mujeres que había elegido Lex.

Por muy enfurecido que estuviera, por muy humillado que pudiera sentirse ante aquel golpe bajo a su orgullo en público, Lex no dijo una palabra. Bajó la mirada y esperó en silencio mientras Yakut cogía a las dos mujeres y se las llevaba hacia sus habitaciones privadas.

—Espero que nadie me moleste —ordenó con voz siniestra—. Por ninguna razón.

Lex asintió con contenida obediencia.

—Sí, padre, por supuesto. Tus deseos son órdenes.

Nikolai oyó música y voces hablando en voz alta cuando se hallaba a quinientos metros del pabellón. Se acercó furtivamente, moviéndose a través del bosque como un fantasma, y pasó junto al coche de Lex aparcado en la parte trasera, que aún tenía el capó caliente por el viaje desde la ciudad.

Niko no estaba seguro de lo que iba a encontrar. No esperaba una maldita fiesta, pero parecía que eso era lo que había en el interior de la maldita casa. El lugar estaba iluminado como un árbol de Navidad, la luz se colaba a través de las ventanas del salón principal, donde parecía que alguien se estaba entreteniendo con varias mujeres. La música estridente hizo vibrar el suelo bajo las botas de Niko cuando se acercó al edificio y escudriñó en el interior.

Lex estaba allí, desde luego. Él y el resto de los guardias de Yakut, reunidos en el rústico salón. Tres mujeres jóvenes bailaban sobre las alfombras sólo con las bragas puestas, obviamente embriagadas, basándose en la cantidad de botellas de alcohol y de drogas esparcidas sobre la mesa. Los cuatro guardias de la estirpe aullaban y ovacionaban, probablemente a punto de lanzarse al ataque de las confiadas mujeres.

Lex, mientras tanto, estaba sentado, pensativo y ganduleando, sobre el sofá de cuero, con los ojos fijos en las mujeres, aunque sus pensamientos parecían hallarse a miles de millas de distancia de allí. No había ni rastro del renegado que Lex había recogido en la ciudad. Tampoco había señal de Sergei Yakut, y el hecho de que todos los encargados de su seguridad estuvieran absortos en aquel oportuno espectáculo puso los instintos guerreros de Niko en alerta roja.

—¿Qué demonios estás tramando? —murmuró Niko por lo bajo.

Pero sabía la respuesta incluso antes de avanzar hacia la parte trasera del pabellón, donde Yakut tenía sus habitaciones privadas. Allí, un sutil pero persistente olor confirmó las peores sospechas de Niko.

«Maldita sea. El renegado está aquí.»

Nikolai sintió también el olor de sangre fresca recién derramada, sangre humana; el olor era arrollador al acercarse a las habitaciones de Yakut. Sangre y sexo, para ser exactos, como si el vampiro de la primera generación se estuviera dando un atracón de ambas cosas.

Un grito repentino irrumpió en la noche.

Un grito de mujer. El sonido era de terror absoluto, y procedía de las habitaciones de Yakut.

Luego se oyó el sonido sordo de varios disparos.

Nikolai se abalanzó hacia la puerta trasera del recinto, sin sorprenderse al encontrarla del todo abierta. Entró precipitadamente en la habitación de Yakut, con la pistola semiautomática en la mano y preparado para disparar todas las balas de titanio del cargador.

La escena que encontró era una completa carnicería.

Sobre la cama estaba Sergei Yakut, desnudo y echado sobre una mujer atrapada bajo su cuerpo sin vida. Ella tenía la garganta desgarrada porque el vampiro se había estado alimentando apenas un segundo antes. No se movía, y era imposible saber el color de su piel o de su pelo, pues estaba completamente cubierta de sangre, de la suya propia y de la de Yakut.

La mitad de la cara del vampiro había desaparecido. La cabeza de Sergei Yakut era poco más que un conjunto de huesos destrozados, tejidos y sangre por el trío de balas que habían sido disparadas en la parte posterior de su cráneo. Estaba muerto, y el renegado que lo había matado estaba demasiado inmerso en la lujuria de sangre como para advertir la presencia de Nikolai. El chupasangre había soltado el revólver empleado para matar a Yakut y estaba ocupado con otra mujer desnuda que tenía atrapada en un rincón de la habitación. Ella tenía los ojos en blanco y ya no se movía. Mierda, tampoco respiraba, aunque el gigantesco renegado continuaba bebiendo de ella, embistiendo salvajemente su cuello con los enormes colmillos.

Niko se acercó su chupasangre por detrás y apoyó la punta de su Beretta contra la cabeza, grande y peluda. Apretó el gatillo... Dos balas de titanio estallaron en el cerebro del bastardo. El renegado cayó al suelo, retorciéndose por el tiro. El titanio actuó rápidamente, y el vampiro agonizante dio un aullido tan fuerte y sobrenatural que sonó como un trueno contra las viejas vigas de madera del pabellón.

Renata salió corriendo de la cocina con la pistola preparada. Sus sentidos se pusieron tan tensos como cuerdas de violín cuando oyó el estallido lejano de los disparos —y el inhumano aullido que los siguió—, procedente de alguna parte del recinto.

La música todavía resonaba en el salón principal. Las invitadas de Lex ya no llevaban ropa y apenas tenían fuerza para risas estridentes por el continuo fluir de las drogas y el alcohol. Las mujeres pasaban de un guardia a otro, y por la expresión de los ojos hambrientos de aquellos machos de la estirpe no habrían oído ni siquiera una bomba que estallara en la habitación contigua.

—Idiotas —los acusó Renata por lo bajo—. ¿Es que nadie ha oído nada?

Lex alzó la vista, con expresión preocupada, pero ella no esperaba realmente una respuesta de él. Echó a correr hacia las habitaciones privadas de Yakut. El pasillo estaba oscuro, y el aire cargado. Todo estaba demasiado silencioso. Demasiado inmóvil.

La muerte se cernía alrededor como una mortaja, casi como si se riera de ella, mientras se acercaba a las habitaciones del vampiro.

Sergei Yakut ya no estaba vivo; Renata sentía esa certeza en los huesos. El polvo de balas, la sangre y un insoportable y desagradable olor a podrido le advirtieron que estaba a punto de descubrir algo espantoso. Pero nada podía haberla preparado para lo que vio al atravesar el umbral de la puerta, sujetando el revólver con ambas manos, dispuesta a matar cualquier cosa que se interpusiera en su camino.

La visión de tanta muerte y de tanta sangre la hizo recular. Había sangre por todas partes: la cama, el suelo, las paredes.

Y allí estaba también por lo visto el asesino de Sergei Yakut.

Nikolai se hallaba en el centro de aquella carnicería, con el rostro y la camisa negra salpicados de un rojo escarlata. En sus manos sostenía una pistola semiautomática, que todavía echaba humo por el reciente disparo.

—¿Tú? —La palabra se le escapó de los labios, llena de incredulidad mientras sentía como una bola de hielo en el estómago. Miró el cuerpo de Yakut, sus restos destrozados, desparramados sobre la cama y sobre el cuerpo sin vida de la mujer—. Dios santo —susurró, aturdida por encontrarse a Niko en el recinto, pero todavía mucho más conmocionada por la terrible escena que estaba viendo—. Tú... tú.... lo has matado.

—No. —El guerrero sacudió la cabeza con expresión muy sombría—. No he sido yo, Renata. Había un renegado en esta habitación. —Señaló un gran montón de cenizas ardientes sobre el suelo, la fuente del pestilente hedor—. Yo maté al renegado, pero fue demasiado tarde para salvar a Yakut. Lo siento...

—Suelta el arma —le dijo ella, que no estaba interesada en sus disculpas. No las necesitaba. Renata sentía alguna lástima por el final violento de Yakut, y una especie de incredulidad que le impedía aceptar que estaba realmente muerto. Pero no sentía dolor. Nada de eso absolvería a Nikolai de su evidente culpa. Ella siguió apuntándolo y entró con precaución en la habitación—. Suelta el revólver. Ahora.

Él continuó sujetando su pistola nueve milímetros.

—No puedo hacer eso, Renata. No mientras Lex continúe respirando.

Ella frunció el ceño, confundida.

—¿Qué ocurre con Lex?

—Este asesinato ha sido cosa suya, no mía. Él trajo al renegado aquí. Él trajo a las mujeres para distraer a Yakut y a los guardias, con la intención de que el renegado pudiera matarlo.

Renata lo escuchaba pero continuó apuntándolo con el revólver. Lex era una víbora, sin duda, ¿pero un asesino? ¿Sería capaz de matar a su propio padre?

Justo entonces, Lex y los otros guardias se acercaron por el pasillo.

—¿Qué ocurre? ¿Ha pasado algo...?

Lex guardó silencio al llegar a la puerta abierta de la habitación de su padre. De reojo, Renata advirtió que miraba el cuerpo de Yakut en la cama y luego dirigía la vista hacia Nikolai. Dio un paso tambaleante hacia atrás, casi sin poder respirar. Luego explotó en un ataque de ira total.

—¡Hijo de puta! ¡Eres un maldito asesino hijo de puta!

Hizo un intento de arremeter contra él, pero fue poco convincente, lo abandonó por completo cuando Nikolai levantó la pistola en su dirección. El guerrero no se encogió, no lo hizo ni su mirada ni ninguno de sus músculos. Estaba completamente tranquilo mientras apuntaba a Lex con su arma, aunque a él lo estuvieran apuntando el revólver de Renata y también las armas de los guardias.

—Te vi esta noche en la ciudad, Lex. Yo estaba allí. Vi al yonqui, el cebo que utilizaste para atraer a los renegados. El chupasangre que has traído aquí esta noche... Lo he visto todo.

Lex se burló.

—¡Que te jodan a ti y a tus mentiras! No has visto nada. ¿Entiendes?

—¿Qué le prometiste a ese renegado a cambio de que matara a tu padre? El dinero no les importa a los adictos a la sangre... ¿Qué vida le ofreciste en compensación.. la de Renata? ¿O tal vez la vida de esa niña inocente?

A Renata se le encogió el corazón al pensarlo. Se atrevió a lanzar una mirada rápida a Lex y vio que sonreía con desprecio al guerrero y negaba lentamente con la cabeza.

—No hay nada que puedas decir para salvar el cuello. No funcionará. No cuando tú mismo amenazaste a mi padre hace menos de veinticuatro horas. —Lex se volvió hacia Renata—. Tú lo oíste tan bien como yo, ¿verdad?

Ella asintió con reticencia, recordando que Nikolai había advertido públicamente a Sergei Yakut que alguien debería detenerlo.

Ahora Nikolai había regresado y Yakut estaba muerto.

Virgen santa, pensó, mirando otra vez el cuerpo sin vida del vampiro que la mantenía prisionera desde hacía dos años. Estaba muerto.

—Mi padre no corría ningún tipo de peligro hasta que la Orden entró en escena —dijo Lex—. Un intento fallido de acabar con su vida, y ahora este... baño de sangre. Tú eras quien estaba esperando el momento de hacer tu jugada. Tú y el renegado que trajiste esta noche, esperando la ocasión de atacar. Puedo imaginar por qué no viniste aquí a matar a mi padre desde el principio.

—No —dijo Nikolai, con un destello ambarino en sus helados ojos azules—. El único que necesita matar eres tú, Lex.

En una fracción de segundo, justo cuando lo vio flexionar el músculo del brazo para apretar el gatillo, Renata lanzó a Nikolai un ataque mental. Por muy poco que fuera el afecto que sentía por Alexei, no podía soportar ninguna muerte más aquella noche. Nikolai rugió, arqueando la espalda y con el rostro deformado por el dolor.

Más efectivo que las balas, el ataque lo hizo caer al suelo de rodillas. Los otros guardias irrumpieron en la habitación, le quitaron el revólver y el resto de las armas. Cuatro pistolas encañonaban la cabeza del guerrero, a la espera de la orden asesina. Uno de los guardias se preparó para darle al gatillo, ansioso por ver correr más sangre, a pesar de que la habitación estaba ya atestada de muerte.

—Dejadlo —les pidió Renata. Miró a Lex: su rostro estaba tenso por la ira, sus ojos ávidos y brillantes y sus colmillos visibles asomando entre sus labios separados—. Diles que lo dejen, Lex. Matarlo ahora sólo servirá para convertirnos nosotros también en asesinos a sangre fría.

Por increíble que fuera, Nikolai se echó a reír. Levantó la cabeza, haciendo un gran esfuerzo puesto que todavía estaba afectado por el ataque.

—Tiene que matarme, Renata, porque no puede arriesgarse a dejar un testigo. ¿No es cierto, Lex? No puedes permitir que siga en pie alguien que conoce tu sucio secreto.

Lex sacó ahora su propia pistola y la puso contra la frente del guerrero. Rugió, y el brazo le temblaba por la ferocidad de su rabia.

Renata estaba inmovilizada, aterrada ante la idea de que pudiera apretar el gatillo. Se sentía dividida, una parte de ella quería creer lo que Nikolai había dicho, que era inocente, pero también le daba miedo creerlo.

Todo lo que había dicho de Lex simplemente no podía ser verdad.

—Lex —dijo ella, y su voz era el único sonido en la habitación—. Lex... no lo hagas.

Estaba justo a punto de atacarlo tal como había atacado antes a Nikolai cuando él bajó lentamente el revólver.

Lex gruñó y finalmente se relajó.

—Deseo para este bastardo una muerte más lenta de la que yo soy capaz de darle. Llevadlo al salón principal y retenedlo allí —ordenó a sus guardias—. Luego que alguien venga aquí a ocuparse del cuerpo de mi padre y que uno de vosotros borre la memoria de esas mujeres y las eche de la propiedad. Quiero que se limpie este asqueroso desastre inmediatamente.

Lex dirigió una oscura mirada a Renata mientras los guardias sacaban a Nikolai de la habitación.

—Si intenta el más mínimo movimiento, desata todo tu poder y destroza a ese maldito cabrón.

Capítulo trece

—*Pardonnez-moi, monsier Fabien.* Hay una llamada telefónica para usted. Es de monsieur Alexei Yakut.

Edgar Fabien hizo un gesto para despedir al hombre de la estirpe que le servía de secretario personal y continuó admirando el pulcro corte de sus pantalones sastre ante el espejo de su armario. Se estaba probando un nuevo traje, y en aquel momento nada que Alexei Yakut tuviera que decirle podía justificar una interrupción.

—Dile que estoy en una reunión y no se me puede molestar.

—Le ruego que me disculpe, señor, pero ya le he comunicado que no estaba disponible. Dice que se trata de una cuestión urgente. Un asunto que requiere su atención personal de forma inmediata.

El reflejo de Fabien frunció el ceño por debajo de las pálidas cejas perfectamente depiladas. No intentaba ocultar los signos externos de su creciente irritación, que se evidenciaba en el brillo ambarino de sus ojos y el repentino aumento de intensidad en el color de sus dermoglifos, que se arremolinaban sobre su pecho desnudo y sus hombros.

—Ya basta —le ladró al experto sastre de la tienda de Givenchy. El humano retrocedió inmediatamente, recogió sus alfileres y su metro y, obedientemente, se escabulló siguiendo la orden de su amo. Era propiedad de Fabien, uno de los numerosos secuaces que tenía empleados alrededor de la ciudad el vampiro perteneciente a la segunda generación de la estirpe—. Salid de aquí, los dos.

Fabien se bajó del estrado que había ante el armario y fue hasta el teléfono de su escritorio. Esperó a que los dos criados salieran de la habitación y cerraran la puerta.

Con un rugido, cogió el auricular y le dio al botón correspondiente para conectar con la llamada en espera de Alexei Yakut.

—Sí —dijo con frialdad—. ¿Cuál es ese asunto tan urgente que simplemente no puede esperar?

—Mi padre está muerto.

Fabien se tambaleó sobre sus talones, al recibir la noticia con la guardia baja. Exhaló un suspiro procurando que sonara como una señal de aburrimiento.

—Qué conveniente para ti, Alexei. ¿Debo ofrecerte mis felicitaciones junto con mis condolencias?

El heredero de Sergei Yakut aparentemente ignoró el golpe.

—Ha habido un intruso en el pabellón esta noche. Alguien que logró entrar a escondidas. Mató a mi padre en su cama, a sangre fría. Yo oí la refriega y traté de intervenir, pero... en fin. Por desgracia era demasiado tarde para salvarlo. Como puedes imaginar, estoy muy afligido...

Fabien gruñó.

—Naturalmente.

—... pero sabía que querrías que se te notificara el crimen inmediatamente. Y sé que tú y las fuerzas de la ley querréis venir ahora mismo para arrestar al asesino de mi padre.

Todas las células del cuerpo de Fabien se tensaron.

—¿Qué estás diciendo... que tienes a alguien bajo custodia? ¿A quién?

Se oyó una risita al otro lado de la línea.

—Veo que por fin he captado tu interés, Fabien. ¿Qué harías si te digo que tengo a un miembro de la Orden retenido y esperándote aquí en el pabellón? Estoy seguro de que hay algunos individuos que piensan que si hay un guerrero menos que contener tanto mejor.

—¿No estarás tratando de convencerme de que ese guerrero es responsable de la muerte de Sergei Yakut, verdad?

—Te estoy diciendo que mi padre está muerto y que yo estoy al mando de sus propiedades ahora. Te estoy diciendo que tengo a un miembro de la Orden retenido y estoy dispuesto a entregártelo. Es un regalo, si quieres verlo así.

Edgar Fabien guardó silencio durante un largo momento,

considerando el importante trofeo que Alexei Yakut le estaba ofreciendo. La Orden y sus miembros vigilantes tenían pocos aliados entre las fuerzas de la ley. Y todavía menos dentro del circuito privado al que pertenecía Fabien.

—¿Y qué es lo que esperas a cambio de ese... regalo?

—Ya te lo dije cuando nos vimos hace un rato. Quiero estar dentro. Quiero ser una pieza en cualquiera que sea ese plan que estás tramando. Una pieza importante, ¿me entiendes? —Se rio, completamente orgulloso de sí mismo—. Me necesitas a tu lado, Fabien. Yo diría que eso ya debería ser evidente para ti.

Lo último que Fabien o cualquiera de sus socios necesitaba a su lado era a alguien tan avaricioso y molesto como Alexei Yakut. Era una bomba de relojería, que debía ser manejada con sumo cuidado. Si de Fabien dependiera, él optaría por la rápida exterminación, pero se necesitaba la aprobación final de alguien más para dar ese paso.

En cuanto al miembro cautivo de la Orden... Aquello sí que resultaba interesante. Podía reportar muchos beneficios, y las atractivas posibilidades que se presentaban ante Fabien aceleraban su corazón de cuatrocientos años.

—Tengo que hacer algunos... arreglos —dijo—. Me llevará más o menos una hora organizar mis recursos y llegar hasta el pabellón para recoger al prisionero.

—Una hora —aceptó Alexei con impaciencia—. No me hagas esperar más.

Fabien contuvo su ácida respuesta y terminó la llamada bruscamente.

—Te veré entonces.

Se sentó en el borde del escritorio y miró al cielo nocturno titilante en la distancia, más allá de su finca en los Refugios Oscuros. Luego fue hasta su caja fuerte y usó la combinación que le permitía abrir la cerradura.

Dentro había un teléfono móvil reservado sólo para llamadas de emergencia. Marcó un número programado y esperó la señal encriptada para conectarse.

Cuando una voz ahogada respondió al otro lado de la línea, Fabien dijo:

—Tenemos una oferta.

Υ

Pesadas cadenas le rodeaban el torso, sujetándolo a una silla de madera rústica. Nikolai sentía unas cadenas parecidas en la manos, que estaban atadas a su espalda, y en los pies, fuertemente sujetados por los tobillos a las patas de la silla.

Le habían dado una tremenda paliza, y no sólo se trataba del asalto mental debilitante cortesía de Renata. Gracias a ese golpe devastador su conciencia había estado yendo y viniendo, mientras luchaba por mantener los párpados levantados, incluso ahora. Claro que en parte el problema era que tenía la cara totalmente magullada y amoratada, los ojos hinchados, el labio partido y el sabor de su propia sangre en la boca. Había estado demasiado débil para luchar cuando Lex y sus guardias se cebaron con él como si fuera un saco de boxeador mientras lo dejaban en calzoncillos y lo arrastraban hasta el salón principal del recinto para esperar su destino.

Nikolai no sabía cuánto tiempo llevaba sentado allí. Suficiente como para tener las manos dormidas por la falta de circulación. Suficiente como para haberse dado cuenta de que Renata había atravesado hacía un rato la habitación, cubriendo a Mira para protegerla de la visión de esa espantosa escena. Él la había visto por debajo de un mechón de pelo empapado, y pudo advertir el dolor y la tensión en su rostro cuando ella dirigió una triste mirada en su dirección.

Probablemente ahora ella estaría sufriendo las consecuencias de su ataque, imaginó. Niko se dijo a sí mismo que el estremecimiento que sentía al pensarlo no era más que otra respuesta muscular fruto del abuso, pues no podía ser tan estúpido como para sentir ningún tipo de compasión por el sufrimiento de esa mujer. No podía ser tan estúpido como para que le importase lo que ella pensara de él, que de verdad creyera las acusaciones de Lex... pero maldita fuera, sí le importaba. Su frustración por no haber podido hablar con Renata no hacía más que aumentar su dolor físico y su furia.

Al otro lado de la habitación, los cuatro guardias examinaban sus armas y los agujeros hechos a mano en cada bala para rellenarlas de titanio, que eran una de las creaciones personales de Nikolai. Tenían todo su equipo esparcido sobre una mesa de caballete, totalmente fuera de su alcance. El teléfono móvil de Niko, que era su vínculo con la Orden, estaba hecho añicos en el suelo. Lex había disfrutado mucho pisoteándolo con el tacón de su bota antes de dejar a Nikolai bajo la supervisión de los guardias.

Uno de los fornidos machos de la estirpe dijo algo que hizo reír a los otros tres antes de darse la vuelta con la semiautomática de Niko y apuntar en su dirección.

Nikolai no se encogió. De hecho, apenas respiraba, mirando por debajo del párpado hinchado de su ojo izquierdo, con todos los músculos hundidos como si todavía estuviera inconsciente y fuera incapaz de advertir nada alrededor.

—¿Qué me decís si lo despertamos? —bromeó el guardia con el revólver en la mano. Avanzó hacia Niko pavoneándose, tentándolo para que tratara de coger el arma, como si no tuviera los brazos fuertemente atados a su espalda. Bajó poco a poco el cañón de la nueve milímetros, pasó por el pecho, y luego por el abdomen también—. Yo digo que podemos castrar a este asesino de mierda. Usemos todas las balas y luego dejemos que las fuerzas de la ley se lo lleven en pedacitos.

—Kiril, deja de hacer el burro —le advirtió uno de los otros—. Lex ha dicho que no podemos tocarlo.

—Lex es un blandengue. —El negro acero pulido hizo un chasquido cuando Kiril giró el tambor—. Y en dos segundos, este guerrero va a ser un blandengue también.

Nikolai se mantuvo muy quieto mientras el revólver presionaba su miembro. Una parte de él sentía un genuino temor, pues sentía bastante cariño por sus atributos masculinos y no le apetecía nada perderlos. Pero por encima de eso comprendía que sus oportunidades de dar un giro a la situación eran pocas y fugaces. Ya se había recuperado casi por completo del asalto de Renata, pero no podía estar seguro de su fuerza física a menos que la pusiera a prueba.

Y si la ponía a prueba ahora y fallaba... Bueno, no podía ni contemplar la posibilidad de marcharse con su virilidad intacta si intentaba desprenderse de las cadenas y su único éxito consistía en conseguir que Kiril apretara felizmente el gatillo.

Una dura palma lo abofeteó.

—¿Estás ahí, guerrero? Tengo algo para ti. Es hora de despertar.

Con los ojos bien cerrados para ocultar que sus iris azules estaban de color ambarino, Nikolai dejó que su cabeza cayera floja hacia un lado por la fuerza del golpe. Pero por dentro sentía cómo la furia empezaba a anidar en su estómago. Tenía que mantenerla a raya. No podía permitir que Kiril o los otros vieran que sus dermoglifos cambiaban de color; eso sería la demostración palpable de que estaba despierto, consciente y completamente cabreado.

—Despierta —le ladró Kiril.

Levantó la barbilla de Niko, pero de pronto un ruido del exterior captó su atención. La grava crujió bajo el peso de los neumáticos de varios vehículos que se acercaban. Toda una flota, por como sonaba.

—Las fuerzas de la ley están aquí —anunció uno de los guardias.

Kiril se apartó de Nikolai, pero se tomó su tiempo antes de desartillar el revólver. Fuera, los vehículos aminoraban la marcha, hasta llegar a detenerse. Las puertas se abrieron. Se oyeron las pisadas de botas en el camino de grava cuando los agentes policías de los Refugios Oscuros entraron en tropel. Nikolai contó más de media docena de hombres acercándose al pabellón.

Mierda.

Si no conseguía salir pronto de aquel desastre despertaría en manos de la ley. Y para un miembro de la Orden, grupo que las fuerzas policiales deseaban ver extinguido hacía mucho tiempo, ser arrestado por ellos haría que el trato recibido por Lex y sus guardias pareciera en comparación una jornada en un balneario. Si caía ahora en manos de las fuerzas de la ley —especialmente siendo acusado de asesinar a un vampiro de la primera generación—, Niko no tenía la menor duda de que lo que le esperaba era la muerte.

Lex saludó a los recién llegados como si estuviera recibiendo visitas de dignatarios.

—Por aquí —les indicó desde algún lugar del recinto—. Tengo al bastardo contenido y esperando vuestra llegada en el salón.

—Él tiene al bastardo contenido —murmuró Kiril con rabia—. Dudo que Lex pueda contener su propio trasero usando incluso las dos manos.

Los otros guardias rieron discretamente.

—Vamos —dijo Kiril—. Pongamos en pie al bastardo para que las fuerzas de la ley se lo lleven de aquí.

Un brote de esperanza apareció en el pecho de Niko. Si le quitaban las cadenas, puede que tuviera una mínima posibilidad de escapar. Muy mínima, considerando que el ruido de pisadas y armas de fuego se aproximaba, pero una posibilidad muy mínima era mejor que ninguna.

Continuó hundido en la silla, incluso mientras Kiril se agachaba frente a él para quitarle las cadenas de los tobillos. La impaciencia lo corroía. Su instinto lo impulsaba a levantar la rodilla y darle al guardia un golpe en la mandíbula.

Tuvo que clavarse los dientes en la lengua para mantenerse inmóvil, respirando tan superficialmente como podía, a la espera de una oportunidad mejor cuando el guardia se pusiera detrás de él y abriera el candado de las cadenas de su torso y sus muñecas. Un giro de llave. Un chasquido del acero y el cierre estaba abierto.

Nikolai flexionó los dedos. Sonrió a los compañeros de Kiril en el preciso instante en que subía los brazos y agarraba la enorme cabeza de Kiril con ambas manos.

Con un ágil movimiento, hizo un violento giro y saltó por encima de la silla. Las cadenas se soltaron y Nikolai estaba en pie al tiempo que se oía el crujido del cuello roto de Kiril.

—¡Dios santo! —gritó uno de los guardias que quedaban.

Alguien disparó. Otros dos fueron en busca de sus armas.

Niko desenfundó el revólver de Kiril y devolvió el fuego, derribando a uno de los guardias de una bala en la cabeza.

El revuelo provocó gritos de alarma en el pasillo. Las botas comenzaron a correr. Un pequeño ejército de las fuerzas de la ley asaltó la habitación para controlar la situación.

Maldita sea.

No le quedaba mucho tiempo para detenerse antes de verse encañonado por no menos de una docena de revólveres. Era cuestión de segundos.

Nikolai levantó el cuerpo sin vida de Kiril y lo colocó delante de él a modo de escudo. El cadáver recibió un par de tiros mientras Niko retrocedía, dirigiéndose hacia la ventana que había al otro extremo de la gran habitación.

En el umbral de la puerta había ahora un grupo de agentes vestidos con su equipo negro, y todos llevaban algún tipo de arma de fuego semiautomática que parecía contundente.

—¡Estate quieto, gilipollas!

Niko lanzó una mirada a la ventana que tenía a pocos pasos detrás de él. Era su mejor y única opción. Rendirse ahora y entregarse pacíficamente a sus verdugos de las fuerzas de la ley era una alternativa que se negaba a considerar.

Con un rugido, Niko agarró por los puños el peso muerto de Kiril y se lanzó con el cuerpo contra el cristal. No lo soltó cuando la ventana estalló en añicos a su alrededor y aprovechó el impulso del cadáver para arrojarse él mismo a través del improvisado agujero.

Oyó que alguien gritaba una orden detrás de él, una orden dirigida a uno de los agentes que abrían fuego.

Sintió el aire frío de la noche en el rostro y en el pelo empapado.

Luego, antes de que pudiera saborear la menor sensación de libertad...

Su espalda desnuda se iluminó como si se hubiera prendido fuego. Sus huesos y músculos se aflojaron, derritiéndose por dentro mientras una oleada de bilis y de ácido del estómago le quemaba la garganta. La visión de Nikolai se inundó de una repentina y total oscuridad. Sintió que la tierra se precipitaba hacia él mientras caía al suelo junto al cuerpo de Kiril.

Luego no sintió nada más.

Capítulo catorce

*L*ex estaba de pie junto a Edgar Fabien bajo el alero del recinto principal, observando cómo los agentes arrastraban el cuerpo del guerrero hasta la parte trasera de una negra furgoneta policial camuflada.

—¿Cuánto tiempo durará el efecto del sedante? —preguntó Lex, quien no disimuló su decepción al oír que el arma que Fabien había ordenado disparar contenía dardos tranquilizantes en lugar de balas.

—Espero que el prisionero no se despierte hasta mucho después de estar convenientemente encerrado en el centro de rehabilitación de Terrabone.

Lex lanzó una mirada al líder de los Refugios Oscuros.

—¿Un centro de rehabilitación? —Creía que esos sitios se usaban para rehabilitar a adictos a la sangre, una especie de tanque de contención de las fuerzas de la ley para vampiros renegados.

La sonrisa de Fabien era tensa.

—No es necesario que te preocupes por los detalles, Alexei. Hiciste lo correcto respecto al guerrero contactando conmigo. Obviamente, un individuo tan peligroso como ha demostrado ser merece especial consideración. Yo me encargaré personalmente de que esto se maneje de la mejor forma. Estoy seguro de que tendrás muchas cosas en la cabeza durante este periodo tras una pérdida tan trágica y difícil de imaginar.

Lex gruñó.

—Queda todavía pendiente la cuestión de... nuestro trato.

—Sí —respondió Fabien, dejando que la voz viajara lentamente a través de sus delgados labios—. Debo reconocer que me has sorprendido, Alexei. Hay algunas presentaciones que me gustaría hacete. Personas que te sería beneficioso conocer. Presentaciones muy importantes. Naturalmente, todo esto requerirá de la mayor discreción.

—Sí, por supuesto. —Lex apenas podía contener su ansiedad, su codicia por saber más... saber todo lo que hubiera que saber en aquel mismo momento—. ¿A quién debo conocer? Puedo presentarme en tu casa mañana a primera hora de la noche...

La risa condescendiente de Fabien fue casi un chirrido.

—No, no. No estoy hablando de algo tan público como eso. Será necesaria una reunión especial. Una reunión secreta, con unos pocos de mis socios. Quiero decir, nuestros socios —se corrigió con una mirada de conspiración.

Una audiencia en privado con Edgar Fabien y sus pares. A Lex prácticamente se le hacía la boca agua ante la idea.

—¿Dónde? ¿Y cuándo?

—Dentro de tres noches. Enviaré mi coche a recogerte y te llevaré al lugar como invitado personal.

—Estoy ansioso porque llegue el momento —dijo Lex.

Le ofreció la mano al macho de los Refugios Oscuros —su nuevo y poderoso aliado—, pero la mirada de Fabien había vagado más allá del hombro de Lex para detenerse en la ventana rota del salón principal. Sus ojos astutos se afilaron e inclinó la cabeza hacia un lado.

—¿Tienes una niña aquí? —preguntó, al tiempo que algo oscuro surgía en su mirada de ave rapaz.

Lex se volvió, justo a tiempo para ver cómo Mira trataba de esconderse, agitando el pequeño velo negro por la velocidad del movimiento.

—La mocosa era útil para mi padre, o al menos eso era lo que él creía —dijo con desprecio—. Ignórala. No vale nada.

Fabien alzó ligeramente sus pálidas cejas.

—¿Es una compañera de sangre?

—Sí —dijo Lex—. Una huérfana que mi padre recogió hace algunos meses.

Fabien hizo un ruido con la garganta, algo a medio camino entre un gruñido y un ronroneo.

—¿Cuál es el talento de la niña?

Ahora era Fabien el que parecía incapaz de ocultar la avidez de sus intereses. Todavía observaba la ventana abierta, estirando el cuello para ver si Mira volvía a aparecer otra vez.

Lex reflexionó un momento sobre ese entusiasmo, y luego dijo:

—¿Te gustaría ver lo que es capaz de hacer?

El brillo en la mirada de Fabien fue respuesta suficiente. Lex lo condujo de vuelta hasta el recinto y encontró a Mira avanzando sigilosamente por el pasillo hacia su dormitorio. Se acercó y la cogió del brazo, obligándola a mirar de frente al líder de los Refugios Oscuros. Ella lloriqueó un poco ante el trato tan rudo, pero Lex ignoró sus quejas. Le apartó el velo y la situó justo enfrente de Fabien.

—Abre los ojos —le ordenó. Como ella no obedeció inmediatamente, Lex la persuadió dándole un golpe en la nuca con los nudillos—. Ábrelos, Mira.

Supo que lo había hecho porque al momento siguiente la expresión de Edgar Fabien pasó de ser moderadamente inquisitiva a reflejar absoluta sorpresa y asombro. Contemplaba, transfigurado y con la mandíbula floja.

Luego sonrió. Con una sonrisa ancha y pasmada.

—Dios santo —susurró, incapaz de apartar la mirada de los ojos embrujados de Mira.

—¿Qué has visto? —preguntó Lex.

Fabien se tomó un tiempo antes de responder.

—Es... ¿es posible que sea mi futuro lo que he visto? ¿Mi destino?

Lex apartó a Mira, y no le pasó inadvertido el gesto reflejo de Fabien hacia la niña, como si aún no estuviera preparado para dejarla.

—Los ojos de Mira efectivamente reflejan acontecimientos futuros —dijo, colocándole el velo negro sobre la cabeza—. Es una niña muy notable.

—Hace un minuto decías que no valía nada —le recordó Fabien. Repasó a la niña con unos ojos afilados y calculadores—. ¿Cuánto me pedirías por ella?

Lex vio que Mira volvía la cabeza en su dirección, pero su atención estaba concentrada en el negocio que de pronto tenía ante él.

—Dos millones —dijo, lanzando la suma despreocupadamente, como si fuera una cantidad trivial—. Por dos millones de dólares es tuya.

—Hecho —dijo Fabien—. Llama a mi secretario con un número de cuenta y los fondos estarán allí dentro de una hora.

Mira se agarró al abrazo de Lex.

—Pero yo no quiero ir a ninguna parte con él. No quiero separarme de Rennie...

—Vamos, vamos, cariño —la arrulló Fabien. Le pasó la palma por encima de la cabeza—. Hora de dormir. No más lloriqueos. Duérmete ahora.

Mira cayó hacia atrás, sumida en el trance provocado por el vampiro. Fabien la cogió en brazos y la acunó como a un bebé.

—Es un placer hacer negocios contigo, Alexei.

Lex asintió.

—Lo mismo digo —respondió. Acompañó al líder de los Refugios Oscuros fuera del recinto y esperó a que la niña desapareciera dentro de un sedán negro aparcado en el camino.

Cuando la flota de vehículos se puso en marcha, Lex reflexionó acerca del sorprendente giro de los acontecimientos de aquella noche. Su padre había muerto. Lex estaba libre de culpa y preparado para tomar el control, como merecía hacía tanto tiempo. Pronto entraría en la elite del círculo de poder de Edgar Fabien y de repente era dos millones de dólares más rico.

No estaba mal para una sola noche de trabajo.

Renata volvió la cabeza en la almohada y abrió un ojo, una pequeña prueba para ver si el malestar por el ataque había pasado. Tenía el cráneo como si se lo hubieran agujereado y rellenado de algodón húmedo, pero eso era una mejora en comparación con la agonía del yunque y el martillo que la habían acompañado en las últimas horas.

Apenas una rendija de luz se colaba a través del diminuto agujero de la persiana de pino. Era de día. Fuera de su habitación, el recinto estaba en silencio. Tan silencioso que por un momento se preguntó si no acababa de despertar de una horrible pesadilla.

Pero en su corazón, sabía que todo había sido real. Sergei Yakut estaba muerto, asesinado de manera sangrienta en su propia cama. Todas las horripilantes imágenes que le vinieron a la mente eran reales. Y lo más perturbador de todo era que Nikolai había sido acusado y arrestado por el asesinato.

El arrepentimiento roía la conciencia de Renata. Con la mente más clara y transcurridas una horas de la carnicería y el caos del momento, tenía que preguntarse si no había sido demasiado rápida a la hora de dudar de él. Tal vez todos se habían dado mucha prisa en condenarlo... Lex en particular.

La sospecha de que Lex pudiera tener algo que ver con la muerte de su padre, como Nikolai había asegurado, le hizo sentir un nudo en el estómago.

Y ahí estaba la pobre Mira, demasiado joven para verse expuesta a tanta violencia y tanto peligro. Su parte más mercenaria se preguntó si las cosas no serían mejor ahora para ellas. La muerte de Yakut de algún modo la había liberado de su prisión. Mira era libre también. Tal vez era la oportunidad que necesitaban, una oportunidad de alejarse de aquel recinto y sus numerosos horrores.

Oh, Dios. ¿Se atrevía a desearlo?

Renata se sentó en la cama y estiró las piernas a un lado.

Podían marcharse. Sin Yakut siguiéndole el rastro, con él muerto e incapaz de usar el vínculo de sangre para encontrarla, era por fin libre. Podía coger a Mira y marcharse de aquel lugar, de una vez para siempre.

—Virgen María —susurró, juntando las manos para rezar desesperadamente—. Por favor, danos una oportunidad. Concédeme esta oportunidad... por el bien de esa niña inocente.

Renata se inclinó hacia la pared que compartía con el dormitorio de Mira. Golpeó suavemente con los nudillos los paneles de madera, esperando oír en respuesta un golpe de la niña.

Sólo silencio.

Golpeó otra vez.

—Mira, ¿estás despierta, cariño?

No hubo respuesta. Sólo una larga quietud que sonaba como un toque de difuntos.

Renata todavía llevaba la ropa de la noche, una camiseta

arrugada con la que había dormido, negra y de manga larga, y unos tejanos azules. Se puso unos botines y salió corriendo hacia el pasillo. La puerta de Mira estaba a unos pocos pasos... y se hallaba entreabierta.

—¿Mira? —la llamó, entrando tan rápido como pudo y mirando alrededor.

La cama estaba deshecha y arrugada como si la niña hubiera estado allí en algún momento durante la noche, pero no había ni rastro de ella. Renata dio la vuelta y corrió hacia el cuarto de baño que compartían, al otro extremo del pasillo.

—¿Mira? ¿Estás ahí, ratoncito? —Abrió la puerta y halló la pequeña habitación vacía. ¿Dónde podía haber ido? Renata recorrió el pasillo en la otra dirección hacia el área principal del recinto, al tiempo que un pánico terrible comenzaba a quemarle la garganta—. ¡Mira!

Lex y un par de guardias estaban sentados alrededor de una mesa en el salón principal donde irrumpió Renata. Él apenas la miró de reojo y luego continuó hablando con los otros hombres.

—¿Dónde está? —exigió Renata—. ¿Qué le has hecho a Mira? Te juro por Dios, Lex, que si le has hecho daño...

Él clavó en ella una mirada mordaz.

—¿Dónde está tu sentido del respeto, mujer? Acabo de regresar de liberar a mi padre bajo el sol. Es un día de luto. No quiero oír una palabra tuya hasta no estar recuperado.

—¡Al infierno tú con tu falso luto! —dijo Renata enfurecida, cargando contra él. Le era casi imposible no lanzarle un ataque con el poder de su mente, pero los dos guardias que se levantaron a ambos lados de Lex, apuntando las armas en su dirección, la ayudaron a resistirse—. Dime lo que le has hecho, Lex. ¿Dónde está?

—La he vendido. —La respuesta sonó tan despreocupada que podía haber estado hablando de un par de zapatos.

—¿Que tú... has hecho qué? —Renata sintió una opresión en los pulmones, le faltaba tanto aire que apenas podía volver a respirar—. ¡No puedes hablar en serio! ¿Venderla a quién... a esos hombres que vinieron a llevarse a Nikolai?

Lex sonrió, haciendo un vago gesto de asentimiento.

—¡Maldito bastardo! ¡Cerdo asqueroso! —Comprendió

de golpe el horror absoluto de lo que Lex había hecho. No sólo lo que le había hecho a Mira, sino además lo que le había hecho a su propio padre y... ahora lo veía con una claridad cristalina... lo que le había hecho también a Nikolai—. Dios santo. Todo lo que dijo de ti era cierto, ¿verdad? Tú eres el responsable de la muerte de Sergei, y no Nikolai. Fuiste tú quien trajiste al renegado. Tú lo planeaste todo...

—Ten cuidado con tus acusaciones, mujer. —La voz de Lex se quebró con un gruñido—. Yo soy el que manda ahora aquí. No cometas errores, porque tu vida me pertenece. Si me cabreas acabaré con tu existencia con la misma facilidad con la que he enviado a la muerte a ese guerrero.

Oh, Dios... no. Sintió en el pecho una punzada de frío dolor.

—¿Él... está muerto?

—Pronto lo estará —dijo Lex—. O deseará estarlo, en cuanto los médicos de Terabonne comiencen a divertirse con él.

—¿De qué estás hablando? ¿Qué médicos? Creí que lo habías hecho arrestar.

Lex se echó a reír.

—El guerrero va de camino a un centro de rehabilitación manejado por las fuerzas de la ley. Se puede afirmar sin lugar a dudas que nadie volverá a saber nada de él jamás.

Renata ardía de desprecio por todo lo que estaba oyendo y por el papel que ella misma había desempeñado al acusar a Nikolai de una manera tan injusta. Ahora los dos, él y Mira, habían desaparecido, y Lex estaba allí sonriendo lleno de orgullo engreído por el engaño que había orquestado.

—Me das asco. Eres un monstruo, Lex. Un cobarde y un enfermo.

Dio un paso hacia él y Lex hizo a los guardias un gesto con la barbilla. Le bloquearon el paso, dos enormes vampiros mirándola con el ceño fruncido. A la espera de que hiciera cualquier movimiento imprudente.

Renata los miró, viendo en esas duras miradas los años de animadversión que aquel grupo de machos de la estirpe sentía hacia ella, un rencor todavía más intenso que el del propio Lex. La odiaban. Odiaban su fuerza, y estaba claro que cualquiera de ellos disfrutaría de tener la oportunidad de meterle una bala en la cabeza.

—Sacadla de mi vista —ordenó Lex—. Llevad a esa bruja a su habitación y encerradla allí durante el resto del día. Nos servirá para entretenernos esta noche.

Renata no permitió que los brazos de los guardias la alcanzaran. Cuando se movieron hacia ella, lanzó a cada uno un ataque mental. Gritaron y dieron un salto hacia atrás, retrocediendo por culpa del dolor.

Pero tan pronto como ellos recularon, Lex saltó encima de ella, completamente transformado y escupiendo con furia. La agarró de los hombros, y el peso de su cuerpo la hizo tambalearse. Enfurecido, la empujó como si estuviera hecha tan sólo de plumas. Su fuerza y velocidad la propulsaron junto a él hacia los postigos de la contraventana, al otro lado de la pared.

Sintió el impacto de los tablones sólidos e inamovibles en la espalda y en los muslos. El impacto la hizo golpearse la cabeza con la gruesa ventana. Dejó escapar un grito ahogado. Cuando abrió los ojos, tenía el rostro de Lex muy cerca del suyo, y sus delgadas pupilas la miraban enfurecidas desde el centro de sus feroces iris de color ámbar. Levantó una mano y le apretó con fuerza la mandíbula, obligándola a mover la cabeza hacia un lado. Sus colmillos eran enormes, y afilados como puñales estaban peligrosamente cerca de su garganta.

—Lo que has hecho ha sido muy estúpido —gruñó, dejando que los puntiagudos colmillos rozaran su piel al hablar—. Debería desangrarte por esto. Y de hecho, creo que lo haré...

Renata reunió hasta el último resquicio de todo su poder y lo soltó contra él, lanzando esa ráfaga contra la mente de Lex y provocándole una despiadada oleada de tormento.

—¡Aaaaahh! —Su grito sonó como el gemido de una *banshee* que viene a anunciar la muerte de un ser querido.

Y Renata siguió atacándolo. El dolor, como una lluvia torrencial en su cabeza, lo obligó a soltarla y desmoronarse sobre el suelo como un saco de huesos.

—¡Atrapadla! —balbució a sus guardias, que aún se estaban recuperando de los pequeños ataques que Renata les había lanzado.

Uno de ellos la apuntó con su revólver. Ella lo atacó, y lo mismo hizo también con el otro guardia.

Maldita sea, tenía que salir de allí. No podía arriesgarse a seguir usando su poder, sabiendo que lo pagaría caro cuando más tarde le tocara sufrir las secuelas físicas. Y no le quedaba mucho tiempo antes de que la invadiera la devastadora oleada de dolor.

Renata se dio la vuelta y vio que había vidrios rotos bajo sus botas. Notó que una ligera brisa le llegaba a través de la contraventana cerrada. Cayó en la cuenta de que detrás de ella no había una ventana, sino sólo la libertad. Agarró los robustos paneles de madera y tironeó con fuerza. Las bisagras crujieron, pero no ocurrió nada más.

—¡Matadla, malditos imbéciles! —oyó gritar a Lex detrás de ella—. ¡Disparad a esa zorra!

«No», pensó Renata, al tiempo que tironeaba desesperadamente de la madera.

No podía permitir que la detuvieran. Tenía que salir de allí. Tenía que encontrar a Mira y llevarla a un lugar seguro. Se lo había prometido. Le había hecho una promesa a esa niña y, con la ayuda de Dios, no le fallaría.

Renata lanzó un grito y con toda la fuerza de sus músculos y todo su peso arremetió contra la contraventana. Por fin ésta se aflojó. Ayudada por la adrenalina que corría en su interior, la arrancó completamente y la arrojó a un lado.

Sintió sobre ella la luz del sol. Cegadora, brillante, bañando el gran salón del recinto. Lex y los otros vampiros chillaron, siseando mientras se movían con dificultad protegiendo sus sensibles ojos tratando de apartarse de la luz.

Renata escapó de un salto y aterrizó sobre el suelo. Vio el coche de Lex en el camino de grava: las puertas no estaban cerradas y las llaves seguían puestas. Se metió dentro, encendió el motor y se adentró en la seguridad provisional de la luz del día.

Capítulo quince

*L*a última ronda de tortura había terminado un par de horas atrás, pero el cuerpo de Nikolai se tensó de forma refleja al oír el sonido de la cerradura electrónica de la puerta. No le había costado adivinar dónde estaba: las paredes blancas y el conjunto de aparatos médicos que flanqueaban su cama con ruedas eran pista suficiente para saber que se hallaba en uno de los centros de rehabilitación de las fuerzas de la ley.

Las cadenas de acero afianzadas con fuerza a sus muñecas, su pecho y sus tobillos parecían ser cortesía del ala de tratamiento y rehabilitación de renegados del recinto. Lo cual significaba, en caso de que hubiera quedado alguna duda, que podía darse por muerto. Como el equivalente de una trampa para cucarachas aplicada a la estirpe, una vez atravesabas esas puertas, nunca regresabas.

Tampoco era que sus captores pretendieran dejarle disfrutar de su estancia allí durante mucho tiempo. Nikolai tenía la clara impresión de que se les estaba acabando la paciencia. Lo habían golpeado hasta dejarle casi inconsciente después de que se le pasara el efecto de los tranquilizantes, tratando de que confesara haber asesinado a Sergei Yakut. Al ver que eso no los llevaba a ninguna parte, habían empleado descargas eléctricas y otras creaciones de ese estilo, suministrándole la cantidad exacta de droga como para que pudiera sentir cada sacudida y cada golpe pero fuera incapaz de resistirse por la sedación.

El peor de sus verdugos era el macho de la estirpe que acababa de entrar en la habitación. Niko había oído que uno de los tipos de las fuerzas de la ley lo llamaba Fabien y le hablaba con deferencia, lo cual indicaba que el vampiro tenía un rango importante en la cadena de mando. Alto y larguirucho, con rasgos afilados, ojos pequeños y penetrantes bajo un pelo engominado y peinado hacia atrás, Fabien tenía algo asquerosamente sádico apenas oculto bajo el barniz de su traje elegante y aspecto de agradable ciudadano civilizado. El hecho de que esta vez acudiera solo no podía ser una buena señal.

—¿Qué tal has descansado? —preguntó a Niko con una sonrisa educada—. Tal vez ahora estés preparado para charlar conmigo. Esta vez sólo nosotros dos, ¿qué te parece?

—Que te jodan —ladró Niko a través de sus colmillos extendidos—. Yo no maté a Yakut. Ya te he explicado lo que pasó. Has arrestado al chico equivocado, gilipollas.

Fabien se rio mientras avanzaba hacia la cama y se detenía a mirarlo.

—No ha habido ningún error, guerrero. Y a mí personalmente me importa un pito si fuiste tú o no fuiste tú el que estampó los sesos de vampiro de la primera generación en las paredes. Tengo otras preguntas mucho más importantes que hacerte. Preguntas que me vas a responder, si es que tu vida significa algo para ti.

El hecho de que aquel hombre evidentemente supiera que él era miembro de la Orden daba un nuevo giro peligroso al encarcelamiento de Nikolai. Al igual que ese diabólico destello en sus sagaces ojos de ave rapaz.

—¿Qué es exactamente lo que sabe la Orden acerca de los otros asesinatos de miembros de la primera generación?

Nikolai lo miró con odio y permaneció en silencio, apretando la mandíbula.

—¿De verdad creéis que podéis hacer algo para detenerlos? ¿Pensáis que la Orden es tan poderosa como para poder impedir el movimiento de una rueda que lleva años moviéndose secretamente? —Sus labios esbozaron una falsa sonrisa—. Os exterminaremos uno por uno, tal como estamos haciendo con los que quedan de la primera generación. Todo está organizado, y lleva siendo así desde hace mucho tiempo. La revolución ha empezado ya.

Niko sintió que la rabia se le arremolinaba en el estómago cuando fue consciente de lo que estaba oyendo.

—Hijo de puta. Eres cómplice de Dragos.

—Ah... ahora comienzas a entenderlo —dijo Fabien complacido.

—Eres un maldito conspirador que estás traicionando a tu propia raza, eso es lo que he entendido.

Su fachada de ciudadano civil de buenos modales se vino abajo como una máscara.

—Quiero que me informes de las actuales misiones de la Orden. ¿Quiénes son vuestros aliados? ¿Cuáles son los planes de la Orden con relación a Dragos?

Niko le sonrió con desprecio.

—Chúpamela. Y dile a tu jefe que me la puede chupar también.

Los crueles ojos de Fabien se afilaron aún más.

—Has puesto a prueba mi paciencia demasiado tiempo.

Se puso en pie y avanzó hasta la puerta. Con un gesto de la mano llamó al guardia que estaba fuera.

—¿Sí, señor?

—Ya es la hora.

—De acuerdo, señor.

El guardia asintió y desapareció, sólo para volver un momento más tarde. Vino con un enfermero de las instalaciones y ambos conducían una estrecha cama con ruedas donde iba atada una mujer. Estaba sedada y sólo llevaba un delgado camisón del hospital sin mangas. Junto a ella había un torniquete, un paquete de agujas gruesas y un tubo de ensayo.

¿Qué demonios era aquello?

Pero lo sabía. Lo supo tan pronto como el enfermero levantó un brazo de la mujer y colocó el torniquete alrededor de la zona donde la arteria se ve mejor. La aguja y el tubo fueron lo siguiente.

Nikolai trató de no atender a la maniobra clínica que transcurría junto a él, pero incluso el más sutil aroma de la sangre encendió sus sentidos como luces de feria. La boca se le llenó de saliva. Se alargaron sus colmillos ante la expectativa del alimento.

No quería alimentarse, no así, no cuando tenía tan claro que Fabien pretendía usar aquello contra él. Trató de ignorar la sed, pero ésta ya estaba creciendo, en una respuesta visceral ante la urgencia de alimentarse.

Fabien y los otros dos vampiros de la habitación tampoco eran inmunes. El enfermero trabajó rápidamente; el guardia se mantuvo a distancia, cerca de la puerta, donde también estaba Fabien, observando cómo el huésped de sangre era preparado para servir de alimento. En cuanto todo estuvo dispuesto, Fabien despidió al enfermero y al guardia, que ocupó su sitio fuera.

—Tienes hambre, ¿verdad? —preguntó a Niko cuando los otros ya se habían ido. Sostuvo el tubo de alimentación con una mano y colocó los dedos de la otra sobre la válvula que comenzaría a extraer la sangre del brazo de la mujer—. Ya sabes que ésta es la única manera de alimentar a un vampiro renegado en un centro de rehabilitación. La sangre ingerida debe ser monitorizada con atención, controlada por enfermeros capacitados. Si es muy poca, el vampiro muere de hambre; si es demasiada, su adicción se hace más fuerte. La lujuria de sangre es una cosa terrible, ¿no estás de acuerdo?

Niko rugió, deseando con todas sus fuerzas saltar de la cama y estrangular a Fabien. Luchó para intentar hacerlo, pero era un esfuerzo inútil. La combinación de los sedantes y las cadenas se lo impedían.

—Te mataré —murmuró, jadeando por el esfuerzo—. Juro que te mataré.

—No —dijo Fabien—. Eres tú quien va a morir. A menos que empieces a hablar ahora mismo, voy a ponerte este tubo en la garganta y abriré la válvula. Y no la cerraré hasta que me demuestres que estás dispuesto a cooperar.

Dios santo. Lo estaba amenazando con una sobredosis. Ningún vampiro de la estirpe podía soportar tanta sangre de una sola vez. Eso significaría condenarlo sin duda a la lujuria de sangre. Se convertiría en un renegado, un billete sin retorno a la miseria, la locura y la muerte.

—¿Quieres hablar ahora o prefieres que empecemos?

No era tan idiota como para pensar que Fabien y sus compinches fueran a soltarlo, por más que contara las estrategias y actuales misiones de la Orden con todos sus detalles. Y demonios, aunque tuviera una sólida garantía de que sería liberado, sería un maldito condenado si estuviera dispuesto a traicionar a sus compañeros sólo por salvar el propio pescuezo.

Así que había llegado el final. A menudo se había preguntado cómo sería. Se había imaginado que caía en medio del resplandor de la gloria, entre una granizada de balas y metralla, arrastrando una docena de chupasangres con él. Nunca hubiera concebido un final tan miserable como ése. El único honor que le quedaba es que moriría sin revelar los secretos de la Orden.

—¿Estás dispuesto a decirme lo que quiero saber? —preguntó Fabien.

—Que te jodan —le espetó Niko, más cabreado que nunca—. Tú y Dragos os podéis ir directos al infierno.

La mirada de Fabien destelló de rabia. Obligó a Niko a abrir la boca y le metió el tubo dentro de la garganta. Su esófago se contrajo, pero estaba tan débil por los sedantes que circulaban en su sistema que ni siquiera logró tener arcadas.

Se oyó un suave chasquido al abrirse la válvula del brazo de la mujer.

La sangre chorreó dentro de la boca de Nikolai. Se atragantó con ella, intentando cerrar la garganta y rechazarla, pero era demasiada cantidad... un interminable fluir que era bombeado rápidamente desde la arteria pinchada del huésped de sangre.

Niko no tuvo más remedio que beber.

Dio el primer trago. Luego otro.

Y todavía más.

Andreas Reichen estaba en su oficina de los Refugios Oscuros revisando cuentas y descargando los correos electrónicos de la mañana cuando vio en su bandeja de entrada un mensaje de Helene. El asunto estaba expresado en cuatro palabras que le aceleraron el pulso: «Encontré nombre para ti».

Abrió el mensaje y leyó la breve nota.

Después de haber hecho cierto trabajo de investigación, Helene había conseguido el nombre con el que se estaba viendo la chica del club desaparecida.

Wilhelm Roth.

Reichen lo leyó dos veces y sintió que se le enfriaba cada molécula de la sangre a medida que el nombre penetraba en su cerebro.

En su correo electrónico, Helene decía que todavía estaba tratando de extraer información y que volvería a escribirle tan pronto como descubriera algo más.

Jesús.

Ella ignoraba la verdadera naturaleza de la víbora que había descubierto, pero Reichen la conocía muy bien.

Wilhelm Roth, el líder de los Refugios Oscuros de Hamburgo y uno de los individuos más poderosos de la sociedad de la estirpe. Wilhelm Roth, un gánster de primera línea, y alguien que Reichen conocía muy bien, o había conocido muy bien en otro tiempo.

Wilhelm Roth, el compañero de una antigua amante de Reichen... la mujer que le había roto el corazón al abandonarlo por la riqueza de un macho de la segunda generación de la estirpe que le daba todas aquellas cosas que Reichen no podía darle.

Si la desaparición de la empleada de Helene había tenido que ver con Roth, la chica sin duda ya estaba muerta. Y Helene... Dios santo. Ya se hallaba demasiado cerca del bastardo sólo con el hecho de saber su nombre. ¿Y si se acercaba todavía más al continuar recogiendo información?

Reichen cogió el teléfono y la llamó al móvil. No respondía. Intentó localizarla en su apartamento de la ciudad y soltó un reniego cuando le salió el contestador. Era demasiado tarde para que estuviera todavía en el club, pero llamó de todas formas, maldiciendo la luz del día que lo mantenía atrapado en su Refugio Oscuro y le impedía ir a verla y hablar con ella en persona.

Cuando todos sus intentos fracasaron, Reichen envió una respuesta por mail.

No hagas nada más con respecto a Roth. Es peligroso. Contacta conmigo tan pronto como recibas este mensaje. Helene, por favor... ten cuidado.

Un camión con equipo médico se detuvo ante la verja de un modesto edificio de ladrillo de dos pisos, que se hallaba a unos cuarenta y cinco minutos del centro de Montreal. El conductor bajó la ventanilla y marcó un código en el teclado electrónico de la cabina de seguridad que había fuera. Después de un momento, la verja se abrió y el camión entró.

Debía de ser el reparto del día; aquél era el segundo vehículo de suministros que Renata había visto entrar o salir del anodino lugar desde que había llegado hacía un rato. Había pasado la mayor parte del día en la ciudad, escondida en el coche de Lex mientras se recuperaba de los efectos del peor de los ataques de la mañana. Ahora estaba avanzada la tarde. No tenía mucho tiempo, apenas unas pocas horas antes de que se pusiera el sol y la noche se llenara de depredadores. Entonces ella se convertiría en la presa.

Tenía que aprovechar el tiempo que le quedaba, y por eso estaba instalada en la carretera a una distancia prudencial de la verja controlada con cámaras del singular edificio en la zona de Terrabonne. No tenía ventanas ni ninguna señal en el exterior. Aunque no podía estar segura, su instinto le decía que aquel achaparrado bloque de cemento y ladrillo al final del acceso privado de la carretera era el lugar que Lex había mencionado: el centro de rehabilitación donde habían llevado a Nikolai.

Ella rezaba para que lo fuese, porque en aquel momento el guerrero era lo más parecido a un aliado con lo que contaba, y si quería encontrar a Mira —si tenía alguna posibilidad de recuperar a la niña arrebatándosela al vampiro que la tenía ahora— sabía que no podía hacerlo sola. Pero eso significaba encontrar primero a Nikolai, y rogar por que todavía siguiera con vida.

¿Y si estaba muerto? ¿O si estaba vivo y se negaba a ayudarla? ¿Y si decidía matarla en venganza por el papel que ella había jugado en su injusto arresto?

Bueno, Renata no quería considerar ninguna de esas posibilidades. Lo peor de éstas es que dejaban sola a una niña inocente que dependía de la ayuda de Renata para estar a salvo.

Así que ahí estaba, esperando y observando, calculando una manera de pasar la verja de seguridad. Otro camión de suministros se acercó a la entrada. Cuando se detuvo, Renata vio su oportunidad.

Salió a toda prisa del coche de Lex y corrió agachada hacia

la parte trasera del vehículo. Mientras el conductor marcaba el código de acceso, ella saltó por encima del parachoques. Las puertas del remolque estaban cerradas, pero ella deslizó los dedos en los pomos y se mantuvo ahí agarrada hasta que el camión atravesó la verja.

El conductor se dirigió hacia la parte trasera del edificio, siguiendo un tramo de asfalto que lo condujo hasta un par de plataformas de carga y descarga. Renata se subió al techo del camión y se mantuvo allí agarrada con fuerza mientras éste giraba y se dirigía hacia un muelle vacío. Mientras se acercaba al edificio, un sensor de movimiento se puso en marcha haciendo que se abriera la puerta de entrada. No había nadie esperando mientras la zona exterior estuviera invadida de la luz del día, pues si el lugar era manejado por miembros de la estirpe, cualquiera que estuviera en esa zona se calcinaría al cabo de unos pocos minutos.

En cuanto el camión estuvo completamente dentro, la gran puerta comenzó a descender. Hubo un segundo de oscuridad después del cierre de la plataforma, antes de que las titilantes luces fluorescentes del techo se encendieran del todo. Renata bajó del techo y abandonó el parachoques justo cuando el conductor se bajaba del camión. Y en ese momento, saliendo de una puerta de acero que había al otro extremo, apareció un hombre musculoso vestido con uniforme militar.

El mismo tipo de uniforme que llevaban los agentes de las fuerzas de la ley que Lex había llamado para arrestar a Nikolai. El uniforme se completaba con la pistola semiautomática que iba sujeta a la cadera.

—Ey, ¿cómo va? —saludó el conductor al guardia.

Renata se deslizó furtivamente por un lado del camión antes de que el vampiro y el humano pudieran verla. Esperó, escuchando el sonido discordante de la cerradura al abrirse. Cuando el guardia estuvo más cerca, ella le envió una pequeña muestra de su particular saludo, una sacudida mental que lo hizo balancearse sobre sus talones. A continuación, lo sorprendió otro pequeño choque. Se agarró las sienes con las manos y soltó una grosera maldición.

El conductor se volvió a mirarlo.

—¿Qué pasa? ¿Estás bien, amigo?

Ese breve descuido fue la oportunidad que Renata necesitaba. Se precipitó silenciosamente a la plataforma y se deslizó a través de la puerta de acceso que el guardia había dejado abierta.

Se abrió paso por una oficina vacía que contenía un área de trabajo con monitores expuestos en la entrada. Más allá, un corredor estrecho le ofrecía dos posibilidades: un lado que parecía conducir a la parte frontal del edificio y, algo más lejos, una escalera para acceder al segundo piso.

Renata optó por las escaleras. Se apresuró hacia ellas, ignorando el otro camino. Había otro guardia en ese tramo del pasillo.

Maldita sea.

Él la vio pasar corriendo. Ella oyó el sonido de sus botas.

—¡Detente! —le gritó, apareciendo por la esquina del pasillo—. Ésa es una zona restringida...

Renata se dio la vuelta y le lanzó un ataque mental. Mientras él se retorcía en el suelo, ella llegó hasta la escalera y subió a toda velocidad al piso de arriba.

Lamentó, no por primera vez, haber abandonado el pabellón sin ningún arma. No podía seguir usando su poder antes de no saber ni siquiera si Nikolai estaba allí. Además estaba operando prácticamente con la mitad de su fuerza; para recuperarse por completo del ataque que le había lanzado a Lex por la mañana probablemente necesitaría recobrar fuerzas durante todo un día. Por desgracia, ésa no era una opción.

Escudriñó a través del cristal reforzado de la puerta de la escalera, atendiendo al aspecto clínico del lugar. Un puñado de hombres de la estirpe con batas blancas de laboratorio iban y venían entrando y saliendo de las numerosas habitaciones que daban al pasillo principal. Eran demasiados para que pudiera hacerse cargo de ellos sola, aun si dispusiera del máximo de su poder.

Y luego estaba el pequeño detalle del agente armado al final del pasillo.

Renata se apoyó contra la pared interior de la escalera, echando la cabeza hacia atrás y exhalando una maldición. Había llegado hasta allí, ¿pero qué la había hecho pensar que podía entrar en un recinto de seguridad como aquél y salir viva?

La desesperación era la respuesta a esa pregunta. Una determinación que la obligaba a rechazar la idea de que eso era lo más lejos que podía llegar. No tenía más elección que seguir adelante. Entrar en medio del fuego, si era lo que tocaba.

Fuego, pensó, volviendo a dirigir la vista hacia el pasillo que había al otro lado de la puerta. En la pared que tenía enfrente estaba la alarma roja de emergencia.

Tal vez después de todo sí había una oportunidad...

Renata se deslizó fuera del hueco de la escalera y accionó la palanca. El sonido de un timbre quebró el aire sumiendo el lugar en un caos instantáneo. Ella se escabulló dentro de la habitación del paciente que tenía más cerca y vio cómo los asistentes y enfermeros corrían confundidos por los alrededores. Cuando le pareció que todos estaban ocupados con la falsa emergencia, Renata salió al corredor vacío para empezar a buscar la habitación de Nikolai.

No fue difícil decidir dónde podía estar. Sólo una habitación estaba custodiada por un agente de las fuerzas de la ley. Ese guardia todavía estaba allí, firme en su puesto por más que la alarma hubiera hecho dispersarse a todos los demás trabajadores de la planta.

Renata observó el revólver de la cadera del guardia y deseó con todas sus fuerzas no estar a punto de cometer un enorme error.

—Ey —le dijo, acercándose de buen humor. Le sonrió animada a pesar de que en aquel mismo instante él le fruncía el ceño y se preparaba para usar su arma—. ¿No has oído la alarma? Es hora de tomarse un respiro.

Lo atacó de repente con un fuerte choque. Mientras el hombre se retorcía en el suelo, ella se apresuró a entrar en la habitación.

Un vampiro rubio yacía atado en la cama, desnudo, con convulsiones y haciendo tensión contra las cadenas de metal que lo apresaban. Las marcas de la piel propias de la estirpe que se arremolinaban sobre su pecho, sus gruesos bíceps y sus muslos tenían un intenso y vibrante color, parecían prácticamente tener vida propia por la forma en que mutaban del carmesí al púrpura intenso y al negro. Su rostro no parecía humano, completamente transformado por la presencia de los colmillos y de las ascuas de sus ojos.

¿Podía ser Nikolai? Al principio, Renata no estaba segura. Pero entonces él levantó la cabeza y esos feroces ojos ambarinos la miraron. Ella vio un atisbo de reconocimiento en ellos y un dolor que era evidente incluso desde esa distancia.

Se le encogió el corazón, ardiendo de arrepentimiento.

«Dios bendito, ¿qué es lo que le han hecho?»

Renata agarró al guardia inconsciente y lo arrastró dentro de la habitación. Nikolai se retorcía en la cama, rugiendo cosas incomprensibles, palabras que parecían sonidos cercanos a la locura.

—Nikolai —dijo ella, acercándose a su lado—. ¿Puedes oírme? Soy yo, Renata. Voy a sacarte de aquí.

Ella no podía estar segura de que le hubiera entendido. Él rugió y luchó contra sus cadenas, flexionando los dedos y los puños, con todos los músculos en tensión.

Renata se inclinó para sacar un juego de llaves del cinturón del guardia. Cogió también la pistola, y maldijo cuando se dio cuenta de que estaba cargada con dardos tranquilizantes y tenía menos de media docena.

—Supongo que los mendigos no pueden escoger —murmuró, sujetando el arma al cinturón de sus tejanos.

Fue hacia Nikolai y comenzó a quitarle las cadenas. Cuando le liberó una mano, se sorprendió al sentir la fuerza con que él la agarró.

—Salir —le rugió de forma brutal.

—Sí, eso es lo que vamos a hacer —le respondió Renata—. Nos iremos en cuanto pueda quitar el resto de estas malditas cadenas.

Él sorbió el aire de una manera que hizo que a ella se le pusiera de punta el vello de la nuca.

—Tú... sales... yo no.

—¿Qué? —Frunciendo el ceño, ella le soltó la otra mano y se dispuso a quitarle el resto de las cadenas—. No intentes hablar. No tenemos mucho tiempo.

Él la agarró con tanta fuerza que ella pensó que iba a quebrarle la muñeca.

—Déjame... aquí.

—No puedo hacer eso. Necesito tu ayuda.

Esos salvajes ojos ambarinos parecían atravesarla, ardientes y letales. Pero la soltó. Y cayó sobre la cama presa de otra convulsión.

—Ya casi está hecho —lo animó Renata, dándose prisa para quitar la última de las cadenas—. Vamos, te ayudaré a levantarte.

Tuvo que ponerlo en pie, y cuando lo consiguió él no parecía dispuesto a mantenerse firme, y mucho menos a hacer el esfuerzo que se requería para escapar. Renata le dio un golpe en el hombro.

—Vamos, Nikolai —le ordenó—. He hecho la mayor parte del trabajo. Ahora salgamos de aquí de una condenada vez.

Él gruñó algo ininteligible mientras ella se ponía debajo, cargando con su peso, y empezaba a caminar. Renata se precipitó hacia la escalera. Los escalones fueron difíciles para Nikolai, pero consiguió bajar, tambaleándose sólo unas pocas veces.

—Quédate aquí —le dijo ella cuando llegaron al final.

Lo hizo sentarse en el último escalón y se apresuró para despejar el camino hasta la plataforma de carga y descarga. La oficina del final del pasillo estaba vacía. Más allá de la puerta de acceso, sin embargo, el conductor seguía todavía hablando con el guardia, y ambos estaban ansiosos por las alarmas que se habían disparado alrededor.

Renata caminó hacia ellos con el la pistola de dardos tranquilizantes preparada. El vampiro la vio venir. Antes de que ella pudiera reaccionar, sacó una pistola y le disparó. Renata le lanzó un ataque mental, al tiempo que sentía un golpe de calor desgarrador en el hombro izquierdo. Olió la sangre y sintió el espeso líquido cayéndole por el brazo.

Maldita sea, le había dado.

Ahora sí que estaba realmente jodida. Renata lanzó otro ataque al vampiro y él se tambaleó, dejando caer el arma. El conductor humano se puso a gritar y fue a cubrirse detrás del camión mientras Renata avanzaba y disparaba al vampiro dos balas tranquilizantes. Se derrumbó sin un quejido. Renata avanzó para encontrar al conductor encogido junto a una rueda.

—¡Oh, Dios! —gritó al ver acercarse a Renata. Se tapó la cara con las manos, muerto de miedo—. ¡Oh, Dios! ¡Por favor, no me mates!

—No lo haré —respondió Renata. Luego le disparó en la pierna con el tranquilizante.

Con los dos hombres fuera de juego, regresó en busca de Nikolai. Ignorando el lacerante dolor del hombro, lo arrastró hasta la plataforma de carga y lo metió en la parte trasera del camión de suministros, a salvo de la luz del día.

—Busca algo para sostenerte —le dijo—. Me parece que vamos a encontrar baches.

No le dio oportunidad de decir nada. Rápidamente, cerró las puertas y puso el cerrojo, encerrándolo dentro. Luego se metió en la cabina del volante y puso en marcha el vehículo.

Mientras hacía pasar el camión por la plataforma de carga y cogía la carretera a toda velocidad para escapar, tuvo que preguntarse si le había salvado la vida a Nikolai o acababa de condenar la de ambos.

Capítulo dieciséis

La cabeza le latía como un tambor. Los golpes rítmicos y constantes llenaban sus oídos, tan ensordecedores que lo obligaron a recobrar la conciencia después de lo que le pareció un sueño intermitente e interminable. Le dolía todo el cuerpo. Estaba tendido en el suelo... pero ¿de dónde? Sintió el metal frío bajo su cuerpo desnudo, y el pesado bulto de las cajas de embalaje que se le clavaban en la espalda y en el hombro. Una lámina de plástico lo cubría como una manta improvisada.

Trató de levantar la cabeza, pero no tenía fuerzas. Su piel estaba encendida y latía de los pies a la cabeza. Sentía cada centímetro de su cuerpo tirante, retorciéndose, caliente y afiebrado. Tenía la boca y la garganta totalmente resecas.

Estaba sediento.

Sólo podía concentrarse en esa necesidad, ése era el único pensamiento coherente que circulaba por su cabeza a punto de estallar.

«Sangre.»

Cristo, se moría por ella.

Podía sentir el hambre —esa negra locura que lo consumía— cada vez que respiraba con dificultad a través de los dientes. Los colmillos llenaban su boca. Las encías que sujetaban sus enormes caninos latían como si llevara horas con los colmillos extendidos. Desde algún lugar, la única parte sobria de su lógica advirtió el fallo de aquel cálculo; los colmillos de un vampiro de la estirpe normalmente sólo se exponen en los momentos de intensa respuesta física, como reacción ante una presa, la pasión o la pura rabia animal.

El tambor que continuaba golpeando en su cabeza le hacía

notar punzadas aún más fuertes en los colmillos. Punzadas que no lo dejaban dormir.

Algo iba mal en él, pensó, mientras abría sus ojos ardientes y observaba los detalles bañados de ámbar a su alrededor.

Era un espacio confinado y pequeño. Sin luz. Una caja llena con más cajas.

Y una mujer.

Todo lo demás se extinguió cuando sus ojos dieron con ella. Vestida con una camiseta negra de manga larga y un pantalón tejano, yacía en posición fetal enfrente de él, con los brazos y las piernas encogidos en la curva de su torso. El pelo, que le llegaba por la barbilla, le caía a un lado de la cara, ocultando sus rasgos.

Él la conocía... o sintió que debería conocerla.

Una parte de él menos consciente sólo sabía que ella era cálida y saludable, y además estaba indefensa. El aire estaba cargado de un rastro de sándalo y de lluvia. Era el aroma de su sangre, le indicó un turbio instinto que despertó en él. Conocía ese aroma, y la conocía a ella, con una certeza que parecía grabada en su propia médula. La boca seca de pronto se le llenó de saliva, anticipando el alimento. La necesidad unida a la oportunidad le proporcionó una fuerza que no tenía momentos antes.

Despacio, se levantó del suelo y avanzó agachado. De cuclillas, inclinó la cabeza, y contempló a la mujer dormida. Se deslizó más cerca, arrastrándose como un depredador a punto de tirarse encima de ella. El brillo ambarino de sus ojos la bañaba en una luz dorada mientras él deslizaba su mirada hambrienta por todo su cuerpo.

Y aquel incesante tamborileo sonaba más fuerte, con una vibración tan clara que él podía notarla hasta en las plantas de sus pies desnudos. Estallaba en su cabeza, exigiendo toda su atención. Obligándolo a acercarse, acercarse cada vez más.

Era el pulso de ella. Al mirarla fijamente pudo distinguir el suave latido de su corazón a un lado del cuello. Firme, fuerte.

Aquél era el sitio donde deseaba hundir sus colmillos.

Un ruido sordo —un rugido que surgía de su propia garganta—, se alzó en el silencio de aquel lugar.

La mujer se movió debajo de él.

Abrió los ojos, sobresaltada.

—Nikolai.

Al principio él apenas registró el nombre. La niebla que cubría su mente era tan espesa, y su sed tan absoluta, que no sentía nada más que la urgencia de alimentarse. Era más que una urgencia... una compulsión insaciable y brutal. Una condena segura.

«Lujuria de sangre.»

La palabra cruzó su mente agobiada por el hambre como una aparición fantasmal. La oyó, e instintivamente supo que debía temerla. Pero antes de poder distinguir con claridad lo que significaba, ya se había desvanecido en las sombras.

—Nikolai —dijo la mujer otra vez—. ¿Cuánto tiempo llevas despierto?

Su voz le resultaba de algún modo familiar, de algún modo lo reconfortaba, pero no podía identificarla. Nada parecía tener sentido para él. O lo único que tenía sentido era ese tentador golpe sordo de su carótida y la intensa hambre que lo obligaba a tomar de ella lo que necesitaba.

—Aquí estás a salvo —le dijo ella—. Estamos en la parte trasera de un camión de suministros que cogí del centro de rehabilitación. He tenido que parar y descansar un poco, pero ahora ya estoy bien para continuar. Pronto se hará de noche. Tendríamos que movernos antes de que nos localicen.

Mientras ella hablaba, las imágenes acudían a la memoria de él. El centro de rehabilitación. Dolor. Tortura. Preguntas. Un hombre de la estirpe llamado Fabien. Un hombre que quería matar. Y esa valiente mujer... estaba aquí. Era increíble, lo había ayudado a escapar.

«Renata.»

Sí. Sabía su nombre. No sabía por qué había acudido a rescatarlo, por qué habría de querer salvarlo. No importaba.

Había llegado demasiado tarde.

—Me obligaron a beber —graznó él, con una voz que le sonaba ajena a su cuerpo, ruda como la grava—. Demasiada sangre. Me obligaron a beberla...

Ella lo miraba fijamente.

—¿A qué te refieres con que te obligaron?

—Trataron de... darme una sobredosis. Adicción.

—¿Adicción a la sangre?

Él asintió y tosió, sintiendo un fuerte dolor en el pecho.

—Demasiada sangre... te hace enfermar de lujuria de sangre. Me hicieron preguntas... querían que traicionara a la Orden. Me negué... y entonces me castigaron.

—Lex dijo que te matarían —murmuró ella—. Nikolai, lo siento.

Ella alzó la mano como si fuera a tocarlo.

—No lo hagas —gruñó él, sujetándole la muñeca.

Ella dio un grito ahogado y trató de soltarse. Él no la dejó. Sentía su piel cálida en las yemas de los dedos y en la palma de la mano. Podía notar los movimientos de sus huesos y de sus músculos, la circulación de su sangre a través de las venas de su brazo.

Sería tan fácil acercar esa tierna muñeca a su boca...

Tan tentador ponerse encima de ella y beber hasta condenarse...

Él supo el preciso momento en que ella pasaba de la sorpresa a la aprensión. Su pulso se aceleró. La piel se tensó bajo su mano.

—Suéltame, Nikolai.

Él la retuvo; la bestia que había en su interior se preguntaba si empezar por su muñeca o por su cuello. La boca se le hacía agua, los colmillos ansiaban clavarse en su carne tierna. Y tenía hambre de ella también en otro sentido. No había modo de ocultar su absoluta necesidad. Él sabía que era la lujuria de sangre la que lo dominaba, pero eso no lo hacía menos peligroso.

—Suéltame —pidió ella de nuevo, y cuando él por fin lo hizo, se echó hacia atrás, poniendo cierta distancia. No podía ir muy lejos. Tenía cajas detrás de ella, apoyadas contra la pared interior del camión. La forma en que ella se movía, atenta y cuidadosa, hizo flaquear al depredador que había en él.

¿Y si sentía algún tipo de dolor? Si era así, sus ojos no lo reflejaban. Su color pálido parecía inflexible mientras lo miraba fijamente, desafiante.

Él bajó su fiera mirada hacia la pistola que ella llevaba.

—Hazlo —murmuró.

Ella negó con la cabeza.

—No quiero hacerte daño. Necesito tu ayuda, Nikolai.

Demasiado tarde para eso, pensó él. Ella lo había sacado del purgatorio donde había caído a manos de su captores, pero ya había probado el sabor del infierno. La única forma de salir era dejar morir de hambre la adicción, impedirle que tomara todo el control. No sabía si era lo bastante fuerte para luchar contra su sed.

No lo sería mientras Renata siguiera allí.

—Hazlo... por favor. No sé cuánto tiempo más podré aguantar...

—Niko...

La bestia que había en él explotó. Con un rugido, mostró sus colmillos y se abalanzó hacia ella.

El disparo se oyó en aquel mismo instante, un ruido atronador que, gracias a Dios, silenció su miseria.

Renata estaba en cuclillas, con la pistola de tranquilizantes todavía entre las manos. El corazón le latía aceleradamente, sentía el estómago en la garganta desde que Nikolai había saltado sobre ella con los enormes colmillos expuestos. Ahora él yacía en el suelo, sin un movimiento a excepción de su débil y laboriosa respiración. Dejando de lado las intensas marcas de la piel, con los ojos cerrados y los colmillos ocultos no había forma de reconocer que era la misma violenta criatura que había tratado de lanzarse a su yugular.

Mierda.

¿Qué demonios estaba haciendo allí? ¿En qué demonios estaba pensando cuando creyó que podría aliarse con un vampiro, que de verdad podía confiar en alguien de esa raza? Sabía de primera mano hasta qué punto eran traidores, lo letales que podían volverse en tan sólo un instante. Podía haberla matado. Hubo un momento en que Renata realmente pensó que lo haría.

Pero Nikolai había tratado de advertirla. No quería hacerle daño; Renata había visto el tormento en sus ojos, oyó su voz quebrada un instante antes de que se lanzara sobre ella. Él era diferente a los demás. Tenía sentido del honor, algo que ella creía inexistente entre los de la estirpe, ya que los únicos que había conocido eran Yakut, Lex y aquellos que les servían.

Nikolai no podía saber que su arma no contenía balas de verdad, y sin embargo la había animado a disparar. Le había implorado que lo hiciese. Renata había pasado por muchas cosas horribles en su vida, pero nunca había conocido ese tipo de dolor y sufrimiento. Y esperaba no conocerlo nunca.

La herida del hombro le dolía espantosamente. Estaba sangrando otra vez, había empeorado después de aquella tensa confrontación física. Al menos la bala había pasado a través de ella limpiamente. El asqueroso agujero que le había dejado iba a requerir atención médica, aunque no imaginaba un hospital en su futuro cercano. Tampoco sabía si era prudente permanecer cerca de Niko ahora, que estaba sangrando y lo único que lo mantenía a distancia de su carótida era aquella dosis de tranquilizante.

El cargador estaba ahora vacío.

Caía la noche, Renata necesitaba asistencia para su herida de bala y había que añadir los efectos secundarios que aún sufría del ataque. Y quedarse en aquel camión robado era como estar escondido con un gran cartel a la espalda.

Necesitaba deshacerse del vehículo. Luego tendría que encontrar un lugar seguro donde pudiera recuperarse lo bastante para seguir. Nikolai era un problema añadido. No estaba dispuesta a abandonarlo, pero en su condición actual no le servía de nada. Si él lograba superar los terribles efectos de la tortura, entonces tal vez. ¿Y si no...?

Si no, no quería ni considerar el tiempo precioso que acababa de malgastar.

Moviéndose con mucho cuidado, Renata salió por la parte trasera del remolque y cerró las puertas tras ella. El sol se había puesto, y pronto sería de noche. Las luces de Montreal brillaban en la distancia.

Mira estaba en algún lugar de aquella ciudad.

Indefensa, sola... asustada.

Renata subió al camión y encendió el motor. Condujo hacia la ciudad, sin saber dónde se dirigía hasta que finalmente se halló en un lugar familiar. Nunca creyó que volvería. Y desde luego nunca así.

El viejo vecindario de la ciudad había cambiado mucho en los dos años que ella había pasado fuera. Bloques de pisos apretados y modestas casas de una planta del periodo posterior a la Segunda Guerra Mundial se alineaban en la calle en penumbras. Un grupo de jóvenes que salía de una tienda de la esquina miraron el camión de suministros médicos cuando pasó Renata.

No reconoció a ninguno de ellos, y tampoco a ninguno de los adultos de mirada vacía que tenían su hogar en aquel trecho de cemento. Pero Renata no estaba allí en busca de caras familiares. Había solamente una persona a la que rezaba por encontrar. Una persona que estaría dispuesta a ayudarla, sin hacer demasiadas preguntas.

Llegó hasta una pequeña casa de color amarillo con una enredadera de rosas en la entrada y sintió una extraña agitación en el pecho. Jack estaba todavía allí; las rosas de su amada Anna, bien cuidadas y exuberantes, eran prueba suficiente. Y también lo era la pequeña placa de hierro que el mismo Jack había hecho y había colgado junto a la puerta principal, proclamando que aquélla era la alegre casa de Anna.

Renata detuvo el camión y apagó el motor, contemplando la casa nueva de mitad del camino, que había visto tantas veces pero en la que nunca había llegado a entrar. Las luces brillaban en el interior, ofreciendo una bienvenida bañada en oro. Debía de ser la hora de la cena, porque a través de la gran ventana pudo ver a dos adolescentes —huéspedes de Jack, pensó, aunque él prefería llamarlos «sus niños»—, sentados a la mesa preparados para cenar.

—Maldita sea —murmuró por lo bajo, cerrando los ojos y apoyando la frente contra el volante.

Aquello no estaba bien. No debería estar allí. No ahora, después de todo el tiempo transcurrido. No con los problemas a los que debía enfrentarse. Y, definitivamente, no con el problema que cargaba en la parte trasera del camión.

No, debía arreglárselas sola. Poner el motor en marcha, alejarse y buscar su oportunidad en las calles. Demonios, eso no le venía de nuevo. Pero Nikolai estaba en baja forma, y ella tampoco estaba exactamente en su mejor estado. No sabía cuánto podría conducir antes de...

—Buenas noches. —El amistoso e inconfundible acento de Texas vino en su dirección ante la ventanilla abierta. Ella no lo había visto acercarse, pero ahora no tenía forma de evitarlo—. ¿Puedo ayudarte en... algo...?

La voz de Jack se interrumpió cuando Renata levantó la cabeza y se volvió a mirarlo. Estaba un poco más canoso de lo que recordaba, su corte de pelo rapado al estilo militar lo hacía más delgado aunque un poco más mofletudo que cuando lo vio la última vez. Pero era todavía un hombre jovial, que medía más de dos metros; era fuerte como un tanque a pesar de tener prácticamente setenta años.

Renata esperaba que su sonrisa tuviera mejor aspecto del que creía.

—¿Qué tal, Jack?

Él la miraba fijamente, boquiabierto.

—Bueno, estoy sorprendido —dijo despacio—. Ha pasado mucho tiempo, Renata. Espero que te hayan ido bien las cosas en otro lugar... Cuando desapareciste de aquí hace un par de años, temí que tal vez... —Hizo una pausa antes de completar el pensamiento, y le sonrió abiertamente—. Bueno, demonios, no hay de qué preocuparse ya que ahora estás aquí.

—No puedo quedarme —soltó, agarrando con los dedos la llave del motor, preparada para ponerlo en marcha—. No tendría que haber venido.

Jack frunció el ceño.

—¿Hace más de dos años desde la última vez que te vi y apareces sólo para decirme que no puedes quedarte?

—Lo siento —murmuró—. Tengo que irme.

Él puso las manos sobre la ventanilla abierta, como si quisiera retenerla allí. Ella contempló esas manos morenas y desgastadas que habían ayudado a tantos niños con problemas de las calles de Montreal... las misma manos que habían servido a su país en guerra décadas pasadas y que ahora nutrían y protegían esas enredaderas de rosas como si fueran un bien más preciado que el oro.

—¿Qué ocurre, Renata? Sabes que puedes contármelo, que puedes confiar en mí. ¿Estás bien?

—Sí —dijo ella—. Estoy bien, en serio. Sólo es algo pasajero.

La expresión de su mirada indicaba que no se lo creía ni por un segundo.

—¿Alguien tiene un problema?

Ella negó con la cabeza.

—¿Por qué piensas eso?

—Porque ésa es la única razón que te podría hacer regresar aquí. Nunca habrías venido a buscar ayuda sólo para ti, por mucho que la necesitaras.

—Esto es diferente. Esto es algo en lo que no te puedes involucrar. —Puso el camión en marcha—. Por favor, Jack... simplemente olvida que me has visto esta noche, ¿de acuerdo? Lo siento. Tengo que irme.

Tan pronto como agarró la palanca de cambios para mover el vehículo, la mano fuerte de Jack se apoyó en su hombro. No fue brusco, pero incluso la mínima presión en la herida la hizo prácticamente saltar en el asiento. Ahogó un grito mientras el dolor la inundaba.

—Estás herida —dijo él, alzando las cejas grises y tupidas.

—No es nada.

—¡Cómo no va a ser nada! —Abrió la puerta y se subió al camión para examinarla mejor. Al ver la sangre, soltó una cruda maldición—. ¿Qué ha ocurrido? ¿Te han apuñalado? ¿Alguna pandilla ha tratado de robarte el camión, o el cargamento? ¿Has podido llamar a la policía? Dios, parece una herida de bala, y lleva mucho tiempo sangrando...

—Estoy bien —insistió ella—. Éste no es mi camión, y no tiene nada que ver con lo que piensas.

—Entonces me lo contarás mientras vamos de camino al hospital. —Se apretó contra ella en la cabina, haciéndole un gesto para que le dejara sitio—. Muévete. Yo conduciré.

—Jack. —Apoyó la mano en su grueso y curtido antebrazo—. No puedo acudir a un hospital o a la policía. Y no estoy sola. Hay alguien en la parte trasera del camión y también está en mal estado. No puedo abandonarlo.

Él la miró fijamente, inseguro.

—¿Has hecho algo en contra de la ley, Renata?

Ella rio sin fuerzas, pensando en todas las cosas que no podía contar. Cosas que él no podía saber y que ni siquiera creería si supiera.

—Ojalá sólo tuviera que preocuparme por la ley. Estoy en peligro, Jack. No puedo decirte más que eso. No quiero que te veas involucrado.

—Necesitas ayuda. Ésa es toda la información que me interesa. —Su rostro estaba serio, y detrás de aquellas arrugas y el fino cabello gris ella vio el rastro de la inquebrantable Marina a la que había servido durante todos aquellos años—. Vamos dentro y os daré un sitio para descansar a ti y a tu amigo. Haremos algo con tu hombro también. Déjame ayudarte... por una vez en tu vida, Renata, deja que alguien te ayude.

Ella lo deseaba con todas sus fuerzas, desde un lugar tan profundo que incluso le dolía. Pero llevar a Nikolai a un lugar público era demasiado arriesgado, para él y para cualquiera que pudiera encontrarse con él.

—¿Tienes algún otro sitio aparte de la casa? Algún lugar más tranquilo, con menos gente entrando y saliendo. No será por mucho rato.

—Hay un pequeño apartamento encima del garaje, detrás. Lo he estado usando como almacén desde que Anna murió, pero tú eres bienvenida allí. —Jack salió del vehículo y le ofreció la mano para ayudarla a bajar. Vamos dentro con tu amigo y déjame echarle un vistazo a esa herida.

Renata saltó sobre el pavimento. ¿Qué iba a hacer con Nikolai? Estaba segura de que seguiría dormido por el efecto del sedante, lo cual ayudaría a ocultar su verdadera naturaleza, pero era indudable que a Jack le resultaría un poco extraño encontrarse con un hombre desnudo, ensangrentado, golpeado e inconsciente.

—Mi amigo está realmente muy enfermo. No creo que sea capaz de caminar por sí mismo.

—He cargado a mi espalda a más de un hombre en la selva —dijo Jack—. Puede que mis hombros estén un poco encorvados ahora, pero aguantarán. Yo me ocuparé de él.

Mientras caminaban juntos hacia la parte trasera del vehículo, Renata añadió:

—Hay una cosa más, Jack. El camión. Es necesario que desaparezca. No importa dónde, pero cuanto antes mejor.

Él asintió con la cabeza.

—Dalo por hecho.

Capítulo diecisiete

Mientras se despertaba, Nikolai se preguntó por qué no estaba muerto. Se sentía fatal, abrió los ojos poco a poco en la oscuridad y estiró los músculos mientras repasaba mentalmente su actual condición. Recordaba la sangre y el dolor, y haber sido arrestado y torturado por un maldito cabrón llamado Fabien. Recordaba haber huido... o más bien que alguien lo había ayudado a huir mientras él luchaba por mantenerse en pie.

Recordó la oscuridad a su alrededor, el frío metálico bajo su cuerpo, un ruido de tambores sonando incesante en su cabeza. Y claramente recordaba una pistola apuntando en su dirección. Una pistola que fue disparada bajo su propia orden.

«Renata.»

Era ella quien sostenía esa pistola. Apuntándolo para evitar que él la atacara como si fuera alguna especie de monstruo. ¿Por qué no lo había matado como él le pidió? Y para empezar, ¿por qué había acudido a rescatarlo al centro de rehabilitación? ¿No era consciente de que la podían haber matado también a ella?

Quería enfadarse con ella por haber hecho algo tan temerario, pero una parte más razonable se sentía condenadamente agradecido de estar respirando. Aunque respirar fuera lo único que en realidad podía hacer en ese momento.

¿Dónde demonios... dónde demonios estaba ahora?

Se incorporó para sentarse y fue recompensado con una violenta sacudida en el estómago.

—Ah, joder —murmuró, mareado y atolondrado.

—¿Te encuentras bien? —Renata estaba allí con él. Al principio no la había visto, pero ahora se levantaba de la estropeada silla donde estaba sentada. Se acercó a la cama—. ¿Cómo te sientes?

—Hecho una mierda —dijo él, con la lengua espesa y la boca seca.

Hizo una mueca cuando se encendió una pequeña lámpara junto a la cama.

—Tienes mejor aspecto. Muchísimo mejor. Tus ojos han vuelto a la normalidad y tus colmillos han cedido.

—¿Dónde estamos?

—En un lugar seguro.

Él observó la ecléctica jungla de alrededor: muebles de todo tipo, cajas apiladas contra las paredes, una pequeña colección de lienzos de artistas en distintas etapas que estaban apoyados entre dos archivadores, un pequeño armario de baño con toallas de diseños florales y una maravillosa bañera con patas estilo romántico. Pero fue la ventana sin persiana al otro lado de la habitación lo que le dio la verdadera pista. Al otro lado del cristal era de noche, pero por la mañana la habitación se inundaría con los rayos del sol.

—Estamos en una residencia humana. —No pretendía que sonara como una acusación, especialmente cuando se hallaban en aquella situación por culpa suya—. ¿Dónde diablos estamos, Renata? ¿Qué ocurre aquí?

—Estás en baja forma. No era seguro para nosotros seguir viajando en el camión de suministros cuando las fuerzas de la ley y posiblemente también Lex comenzarían a buscarnos en cuanto se pusiera el sol...

—¿Dónde estamos? —insistió.

—En una casa de acogida para niños de la calle que se llama La Casa de Anna. Conozco al hombre que la lleva. O lo conocía... hace un tiempo. —Su rostro se cargó de emoción—. Jack es un buen hombre, de confianza. Aquí estamos a salvo.

—Es humano.

—Sí.

Estupendo.

—¿Y sabe lo que yo soy? ¿Me vio... en el estado en que estaba?

—No. Te cubrí lo mejor que pude con el plástico del camión. Jack me ayudó a traerte aquí, pero todavía estabas dormido por el sedante que te disparé. Le dije que estabas enfermo.

El sedante. Bueno, al menos eso respondía a la cuestión de por qué no estaba muerto.

—Él no vio tus colmillos ni tus ojos, y cuando me preguntó por los dermoglifos le dije que eran tatuajes. —Señaló una camisa y unos pantalones de chándal doblados junto a la cama—. Te trajo alguna ropa. Después de esconder el camión, irá a buscarte un par de zapatos. Hay un juego de toallas en el baño, dispuesto para los recién llegados a la casa. Y sólo hay un cepillo de dientes, así que espero que no te moleste compartirlo.

—Dios —soltó Niko. Aquello sólo iba empeorando—. Tengo que salir de aquí.

Apartó la manta y cogió la ropa de la mesilla. No fue capaz ni de mantenerse en pie cuando trató de ponerse los pantalones de algodón. Se cayó hacia atrás en la cama. La cabeza le daba vueltas.

—Maldita sea. Necesito contactar con la Orden. ¿Crees que tu buen amigo Jack tendrá un ordenador o un teléfono móvil que me pueda prestar?

—Son las dos de la madrugada —señaló Renata—. Todo el mundo en la casa está durmiendo. Además, ni siquiera estoy segura de que puedas bajar las escaleras del garaje. Necesitas descansar un buen rato.

—A la mierda el descanso. Lo que necesito es comunicarme con Boston.

Sentado sobre la cama, se puso los pantalones de chándal y se los ciñó a la altura de las caderas, apretando lo más que pudo la goma elástica de la cintura excesivamente ancha.

—Ya he perdido demasiado tiempo. Voy a necesitar a alguien que me saque de aquí y me lleve de vuelta a...

Renata puso su mano sobre la de él, sorprendiéndolo por el contacto.

—Nikolai. A Mira le ha ocurrido algo.

Jamás la había oído hablar de manera tan seria. Estaba preocupada, preocupada hasta el tuétano, y por primera vez él advirtió una pequeña fisura en la inquebrantable fachada de hielo que siempre mostraba.

—Mira está en peligro —dijo—. Se la llevaron cuando vinieron a arrestarte al recinto. Lex la envió con un vampiro llamado Fabien. Se la vendió.

—Fabien. —Niko cerró los ojos y soltó una maldición—. Entonces es probable que ya esté muerta.

No esperaba el llanto ahogado de Renata. El crudo sonido lo hizo sentirse como un estúpido canalla por expresar sus siniestros pensamientos en voz alta. Por mucho que Renata fuera fuerte e independiente, había en ella una zona tierna reservada para esa inocente y extraordinaria niña.

—No puede estar muerta. —Su voz adquirió un matiz inexpresivo, pero sus ojos eran salvajes y llenos de desesperación—. Se lo prometí, ¿lo entiendes? Le dije que nunca permitiría que nadie le hiciera daño. Lo decía en serio. Mataría para salvarla, Nikolai. Y moriría por ella.

Él la escuchaba y, Dios lo sabía, entendía su dolor mejor de lo que ella podía imaginar. Cuando era un muchacho había hecho un pacto similar con su hermano menor... Cristo, hacía tanto tiempo... y casi lo había destruido por haberle fallado.

—Por eso viniste a sacarme del centro de rehabilitación —dijo él, comprendiéndolo ahora—. ¿Arriesgaste tu vida para sacarme de allí creyendo que podría ayudarte a encontrarla?

Ella no dijo nada, sólo le sostuvo la mirada en un silencio que pareció durar una eternidad.

—Tengo que recuperarla, Nikolai. Y no sé... no estoy segura de si podré hacerlo sola.

Una parte de él quería decirle que el destino de una niña desaparecida no era problema suyo. No después de que ese maldito cabrón de Fabien lo hubiera metido en el centro de rehabilitación. Y no sabiendo que la Orden estaba ocupada en este momento con otras misiones mucho más críticas. La vida y la muerte a escala masiva, todo o nada, algo así como salvar el mundo.

Pero cuando abrió la boca para decirle eso, vio que no tenía corazón para hacerlo.

—¿Cómo está tu hombro? —le preguntó, señalando la herida que había estado sangrando en el camión unas horas antes y que casi le hace perder completamente el control. A simple vista, tenía mejor aspecto, con una venda limpia y un ligero olor a antiséptico.

—Jack me ha estado curando —dijo ella—. Fue médico de los marines cuando sirvió en Vietnam.

Niko advirtió la ternura de su rostro al hablar del hombre, y se preguntó por qué habría de sentir el menor atisbo de celos, particularmente teniendo en cuenta que ese hombre, por la edad en que había hecho el servicio militar, debía de estar ya más que jubilado.

—¿Así que era de la Infantería de Marina? ¿Cómo terminó trabajando en un hogar de acogida de Montreal?

Renata sonrió con cierta tristeza.

—Jack se enamoró de una chica del lugar llamada Anna. Se casaron, compraron juntos esta casa y vivieron aquí durante más de cuarenta años... hasta que Anna murió. Fue asesinada durante un robo. El chico vagabundo que la apuñaló para quitarle el monedero iba muy colocado de heroína cuando lo hizo. Buscaba dinero para la próxima dosis, pero sólo consiguió cinco dólares en monedas.

—Dios —suspiró Niko—. Espero que ese capullo no haya seguido con eso.

Renata negó con la cabeza.

—Fue arrestado, pero se colgó en la cárcel mientras esperaba el juicio. Jack me dijo una vez que fue al oír esa noticia cuando decidió hacer algo para evitar otra muerte como la de Anna y otros chicos echándose a perder en las calles. Entonces abrió su casa, La Casa de Anna, para cualquiera que necesitara refugio, y les da a esos chicos comida caliente y un lugar donde quedarse.

—Parece que Jack es un hombre generoso —dijo Niko—. Alguien mucho más capaz de perdonar que yo.

Él sentía unas ganas enormes de tocarla, simplemente de apoyar los dedos en su piel. Quería saber más cosas de ella, más cosas sobre su vida antes de que se mezclara con Sergei Yakut. Tenía la sensación de que las cosas no habían sido fáciles para ella. Si Jack había contribuido a allanarle el camino, entonces Nikolai no sentía más que respeto por ese hombre.

Y si ella podía confiar en el humano, él también lo haría.

Esperaba que Jack fuera lo que Renata creía que era. De lo contrario las cosas podían ponerse muy mal.

—Deja que le eche un vistazo a tu hombro —dijo él, tratando de cambiar de tema.

Cuando se acercó a ella, Renata vaciló.

—¿Seguro que puedes hacerlo? Porque no me quedan ya más balas con sedante, y me parece muy poco deportivo darle una carga mental a un vampiro en condiciones tan débiles como la tuya.

¿Una broma? Él se rio, sorprendido por su sentido del humor, especialmente ahora que las cosas se habían puesto más que un poco serias para los dos.

—Ven aquí y déjame ver lo que ha hecho Jack.

Ella se inclinó para permitirle acceder mejor a su hombro. Niko apartó a un lado la suave gasa de algodón blanco. Por mucho cuidado que puso al levantar el vendaje y examinar la herida, notó que Renata se encogía incómoda. Se quedó totalmente quieta mientras él inspeccionaba con sumo cuidado los dos lados de su hombro. Ahora apenas salía un hilo de sangre, pero incluso esas gotas escarlata lo golpearon fuerte. Ya estaba a salvo de la lujuria de sangre, pero todavía era de la estirpe, y el dulce aroma a sándalo y lluvia de la sangre de Renata era embriagador, sobre todo sintiéndolo desde tan cerca.

—En conjunto parece tener mejor aspecto —murmuró él, obligándose a apartarse. Volvió a colocar las vendas y se sentó en el borde de la cama—. La salida de la bala está todavía muy roja.

—Jack dice que tuve suerte de que la bala me atravesara y no diera en ningún hueso.

Niko gruñó. Su suerte había sido la de tener un lazo de sangre con un vampiro de la primera generación de la estirpe. Sergei Yakut podía ser despiadado y un maldito bastardo, pero la presencia de sangre de la estirpe prácticamente en estado puro en el sistema sanguíneo de ella tenía que haber acelerado mucho la recuperación. De hecho, a él le sorprendía ver que estaba tan cansada. Aunque había sido una noche muy larga y muy dura.

A juzgar por las ojeras oscuras bajo sus ojos, ella no había dormido nada. Tampoco había comido. Había una bandeja de comida intacta en una mesa cercana.

Él se preguntó si sería el dolor por la muerte de Yakut lo que la hacía estar tan fatigada. Sin duda estaba preocupada por Mira, pero también era cierto, por mucho que a él le costara aceptar la idea, que era una mujer que acababa de perder a su compañero. Y sin embargo ahí estaba, recuperándose de una herida de bala tan sólo porque había decidido ir en busca de su ayuda.

—¿Por qué no descansas un rato? —le sugirió Niko—. Ve a la cama. Procura descansar. Duerme un poco. Ahora es mi turno de vigilancia.

Para su sorpresa, ella no discutió. Él se levantó y le sostuvo la manta mientras ella buscaba una posición adecuada para su hombro herido.

—La ventana —murmuró ella, señalándola—. Iba a taparla para ti.

—Yo me ocuparé de eso.

Se quedó dormida en menos de un minuto. Niko la observó durante un momento, y luego, cuando estuvo seguro de que ella no lo notaría, satisfizo su urgencia de tocarla. Sólo unas breves caricias en la mejilla, y pasar los dedos por la negra seda de su cabello.

Desearla era un error, ya lo sabía.

En su condición, y en circunstancias que no podrían ser peores, era probablemente una estupidez desear a Renata como lo hacía... como lo había hecho desde el primer instante en que puso sus ojos en ella.

Pero en aquel momento, a menos que ella abriera los párpados y lo descubriera a su lado, nada podría impedirle cogerla entre sus brazos.

Un par de focos halógenos atravesaron la manta de niebla que descendía sobre la carretera del valle desde los bosques de las Green Mountains de Vermont. En el asiento de atrás, el viajero que iba del lado del asiento del chófer observaba impaciente el oscuro paisaje, y sus ojos ambarinos de la estirpe se reflejaban en el vidrio opaco. Estaba cabreado, y después de haber hablado con Edgar Fabien, su contacto en Montreal, tenía muchas razones de que preocuparse. El único brillo de una promesa era el hecho de que en medio de toda aquella ola de recientes desastres inesperados, de alguna forma, Sergei Yakut estaba muerto, y Fabien había conseguido atrapar a un miembro de la Orden.

Por desgracia, esa pequeña victoria había durado muy poco. Hacía apenas una horas, Fabien había comunicado tímidamente que el guerrero de la estirpe había escapado del centro de rehabilitación y se había dado a la fuga con la mujer que aparentemente lo había ayudado. Si Fabien no estaba lo bastante ocupado con otros importantes asuntos que le habían sido asignados, el líder de los Refugios Oscuros de Montreal tal vez recibiera una visita inesperada aquella noche. Podría hacerse cargo de Fabien más tarde.

Estaba molesto por aquel desvío que se había visto obligado a hacer a través del campo, pero lo que más lo enfurecía en aquel momento era el reciente fallo de su mejor y más efectivo instrumento.

El fracaso simplemente no podía tolerarse. Un error era demasiado, como un perro guardián que de pronto se vuelve contra su propio amo, existía sólo una solución viable ante el problema que lo esperaba en aquel particular tramo de la carretera rural: la exterminación.

El vehículo aminoró la marcha y abandonó el asfalto para adentrarse en una carretera de baches de un solo carril. Un errático cerco de piedras de la época colonial y media docena de altos robles y arces flanqueaban el camino que conducía hasta una vieja granja blanca con un ancho y amplio porche. El coche se detuvo frente a una cuadra de color rojo en la parte posterior de la casa. El conductor, uno de los secuaces, se bajó y fue hasta la parte trasera del vehículo para abrirle la puerta a su amo vampiro.

—Señor —dijo el humano de mente esclavizada haciendo una respetuosa reverencia con la cabeza.

El macho de la estirpe bajó del coche, olisqueando burlonamente el aroma del ganado en eso que llaman el fresco aire de la noche. Sus sentidos se ofendieron aún más cuando volvió la cabeza hacia la casa y vio la tenue luz de una lámpara de mesa en una de las habitaciones y el necio bullicio de un programa de televisión colándose a través de la ventana abierta.

—Espera aquí —ordenó a su chófer—. No tardaré mucho.

Las piedras crujieron bajo sus pulidos mocasines de cuero cuando caminó sobre la grava que cubría los escalones del porche de la puerta trasera de la granja. Estaba cerrada, aunque poco le importaba eso. Abrió el cerrojo con una orden mental y entró a una fea cocina decorada con baldosas blancas y azules. Cuando la puerta hizo un ruido al cerrarse tras él, un hombre de mediana edad apareció desde el pasillo apuntándolo con un arma.

—Amo. —Ahogó un grito, dejando el rifle sobre la encimera—. Disculpe. No sabía que era usted... no sabía que iba a venir. —El secuaz tartamudeó, ansioso, y evidentemente lo bastante astuto como para entender que aquélla no era una visita de cortesía—. ¿Cómo puedo ayudarle?

—¿Dónde está el cazador?

—En el sótano, señor.

—Llévame con él.

—Por supuesto. —El secuaz abrió la puerta trasera y la sostuvo para que pasara su amo. Cuando éste lo hizo, lo adelantó de nuevo y lo condujo hasta un sótano que tenía una entrada con forma de ataúd—. No entiendo qué le puede haber pasado, amo. Antes jamás había fallado ningún encargo.

Cierto, aunque eso hacía que el actual fallo de un espécimen tan perfecto fuera aún más injustificable.

—No estoy interesado en el pasado.

—Oh, no, por supuesto que no, señor. Mis disculpas.

El secuaz tuvo que forcejar con la llave y la cerradura, que había sido instalada para mantener a raya a los curiosos, más que como medida para encerrar al ocupante del sótano. Los cerrojos eran innecesarios cuando existía otro método mucho más eficaz para asegurar que no sintiera la tentación de escapar.

—Por aquí —dijo el secuaz, abriendo las puertas de acero que daban a un foso oscuro que se abría en el suelo e iba por debajo de la casa.

Unas escaleras de madera descendían a la húmeda y mohosa oscuridad. El secuaz fue delante, llevando un cable del que colgaba una bombilla desnuda para iluminar el camino. El vampiro que iba tras él veía bien sin ella, igual que el ser que vivía allí, en aquel espacio vacío y sin ventanas.

En el sótano no había ningún mueble. Ninguna distracción. Ningún objeto personal. Por designios deliberados, no contaba con ningún tipo de comodidad. Estaba lleno exactamente de nada, como una forma de recordarle a su ocupante que él tampoco era nada y que sólo valía por el cometido que había de cumplir. Su mera existencia se limitaba a obedecer órdenes.

Actuar sin piedad y sin cometer ningún error.

No dar nada ni esperar nada a cambio.

Mientras caminaban hacia el centro del sótano, aquel enorme macho de la estirpe estaba sentado silenciosamente en el suelo de tierra. Estaba desnudo, con los codos descansando sobre las rodillas y la cabeza afeitada. No tenía nombre ni identidad, más allá de la que le habían dado al nacer: cazador. El collar negro electrónico colocado alrededor de su cuello también había estado con él toda su vida.

En realidad, ese collar era su vida, pues si alguna vez se resistía a alguna orden o intentaba forzar de alguna forma el dispositivo monitorizado, un sensor digital se pondría en marcha y el arma de rayos UV que contenía el collar estallaría.

El enorme macho se puso en pie obedeciendo un gesto del secuaz. Era impresionante, un vampiro de la primera generación que medía más de dos metros, puro músculo y de una fuerza formidable. Su cuerpo estaba cubierto con una red de dermoglifos desde el cuello hasta los tobillos, marcas de la piel heredadas a través de la sangre, que pasaban de padre a hijo entre los de la estirpe.

Era de esperar que él y aquel vampiro compartieran diseños similares; después de todo ambos habían nacido de la misma rama paterna, del mismo Antiguo. Ambos tenían sangre del mismo guerrero alienígena corriendo por sus venas, uno de los padres originales que dieron lugar a la raza de los vampiros en la tierra. Eran parientes, aunque sólo uno de ellos lo sabía. El otro había estado esperando pacientemente su hora, viviendo tras incontables máscaras y engaños mientras organizaba con preocupación las piezas en el ingente y complejo terreno de juego. Manipulando el destino hasta que llegara el momento para que asumiera por fin, y con todo derecho, su puesto de dominio sobre la estirpe y sobre la humanidad.

Y el momento había llegado.

Llegaría pronto, podía sentirlo en sus huesos.

Y no podía cometer ni un solo error mientras lograba ascender a su trono.

Unos dorados ojos de halcón le sostuvieron la mirada en la tenue luz del sótano. No le gustó el orgullo que vio en ellos, esa expresión desafiante en alguien que había nacido para servirle.

—Explícame por qué fallaste tu objetivo —quiso saber—. Fuiste a Montreal con una misión clara. ¿Por qué fuiste incapaz de ejecutarla?

—Había un testigo —fue la fría respuesta.

—Eso nunca te había detenido antes. ¿Por qué ahora?

Aquellos impávidos ojos dorados no mostraban emoción alguna, pero había un desafío en la forma en que sutilmente levantó la barbilla.

—Era una niña.

—Has dicho una niña. —Se encogió de hombros—. Todavía más fácil de eliminar, ¿no crees?

El cazador no dijo nada, sólo lo miraba fijamente como esperando una sentencia. Como si esperara ser condenado y no le importara lo más mínimo.

—No has sido entrenado para cuestionar las órdenes o para echarte atrás ante los obstáculos. Has sido criado con un objetivo... igual que los otros como tú.

Alzó un poco más la severa barbilla, interrogante, desconfiado.

—¿Qué otros?

Él se rio por lo bajo.

—No pensarás que eres el único, ¿verdad? Ni mucho menos. Sí, hay otros. Todo un ejército... de soldados, asesinos... peones prescindibles creados durante varias décadas, todos ellos nacidos y criados para servirme. —Señaló el collar del cuello del vampiro—. Tú, al igual que los otros, viviréis el tiempo que yo quiera.

—Amo —lo interrumpió el secuaz—. Estoy seguro de que ha sido un error aislado. La próxima vez que lo envíes no habrá ningún problema...

—Ya he oído suficiente —le espetó, clavando la mirada en el humano que por asociación también lo había traicionado—. No habrá próxima vez. Y tú tampoco me resultas útil a partir de ahora.

Con un solo movimiento, se volvió hacia el secuaz y hundió los colmillos en su garganta. No bebió, tan sólo le agujereó la carótida y lo soltó, observando cómo se desplomaba sobre el suelo del sótano, sangrando profusamente. La presencia de tanta sangre era casi imposible de soportar. Era difícil resistirse, pero estaba más interesado en comprobar una cosa.

Miró al vampiro de la primera generación que tenía a su lado, sonriendo cuando los dermoglifos del macho comenzaron a adquirir los intensos colores del hambre y sus ojos dorados se ponían de color ámbar. Los colmillos se le salían de la boca, y era evidente que todos sus instintos lo impulsaban a saltar sobre la presa antes de que el humano y su sangre murieran.

Pero no se movió. Se quedó allí, todavía desafiante, negando incluso aquel lado tan natural y salvaje.

Matarlo habría sido muy fácil; tan sólo un código en su teléfono móvil y ese rígido e ilegítimo orgullo quedaría pulverizado. Pero sería mucho más divertido quebrarlo primero. Sobre todo si así podía servir de ejemplo para Fabien y cualquier otro lo bastante estúpido como para decepcionarlo.

—Vamos fuera —ordenó a su criado asesino—. Todavía no he terminado contigo.

Capítulo dieciocho

*R*enata estaba de pie ante el lavamanos del cuarto de baño, terminó de aclarar la pasta de dientes de su cepillo y luego se enjuagó la boca varias veces con agua fría. Se había levantado mucho más tarde de lo que había pretendido. Nikolai dijo que le parecía que necesitaba descanso y que por eso no la había despertado hasta las diez de la mañana. Probablemente habría podido dormir diez días seguidos y seguiría cansada.

Se sentía fatal. Le dolía todo, y estaba completamente floja. Su equilibrio era inestable. El termostato interno de su cuerpo parecía no poder decidir si estaba congelada o muerta de calor, así que sentía alternativamente escalofríos y oleadas de transpiración goteando por su frente y por la nuca.

Apoyó la mano derecha en la pila y metió la otra bajo el grifo, con la idea de poner los dedos fríos y mojados sobre el horno que ardía en su nuca. Pero al mover ligeramente el brazo izquierdo se retorció de dolor.

Su hombro parecía estar quemándose.

Hizo una mueca mientras desabrochaba con mucho cuidado la enorme camisa de vestir que le había prestado Jack. Lentamente, se bajó la manga izquierda para quitar el vendaje e inspeccionar la herida. La zona le escocía mientras retiraba la venda de la tierna piel irritada. Pegados a la gasa había sangre coagulada y antiséptico, pero la herida de debajo todavía seguía hinchada y supurando.

No necesitaba un doctor para saber que no tenía buena pinta. Por el feo círculo rojo que rodeaba el agujero de entrada de la herida salía sangre y un espeso líquido amarillo. No estaba nada bien. No hacía falta un termómetro para confirmar que probablemente tenía la fiebre alta por el comienzo de la infección.

—Mierda —susurró ante su rostro ojeroso y cetrino reflejado en el espejo—. No tengo tiempo para esto, maldita sea.

Un golpe repentino en la puerta del baño la hizo sobresaltarse.

—Ey. —Nikolai llamó de nuevo, con dos golpecitos—. ¿Va todo bien?

—Sí, sí, todo bien. —Su voz sonó rasposa como si tuviera papel de lija en la garganta—. Sólo me estoy lavando los dientes.

—¿Segura que estás bien?

—Estoy bien. —Renata se sacó el vendaje sucio y lo tiró en la papelera que había junto al fregadero—. Salgo en pocos minutos.

El silencio que obtuvo por respuesta le dio la impresión de que no iba a ir a ninguna parte. Abrió más el grifo para aumentar el ruido del agua, inmóvil y con los ojos en la puerta.

—Renata... tu herida —dijo Nikolai a través de la puerta de madera. Había gravedad en su tono—. ¿Todavía no está curada? Debería haber dejado ya de sangrar...

Aunque ella no quería dejarle saber lo que estaba pasando, no había modo de ocultarlo. Todos los de su raza tenían los sentidos terriblemente agudos, sobre todo cuando se trataba de detectar sangre derramada.

Renata se aclaró la garganta.

—No es nada, no es importante. Sólo necesito volver a limpiar la herida y poner una venda nueva.

—Voy a entrar —dijo él, girando el pomo de la puerta. Ella había pasado el cerrojo por dentro—. Renata, déjame entrar.

—Te he dicho que estoy bien. Saldré ensegui...

No pudo ni siquiera terminar la frase. Usando el poder mental de la estirpe, Nikolai quitó el cerrojo y abrió la puerta.

Renata pudo haberlo insultado por irrumpir como si fuera el dueño del lugar, pero estaba demasiado ocupada tironeando de la larga manga de la camisa para cubrirse. No le importaba demasiado que él viera la inflamación de su herida de bala; eran las otras marcas las que quería hacer desaparecer.

Las marcas permanentes de quemaduras en la piel de su espalda.

Consiguió cubrirse con la prenda de algodón, pero el movimiento y los tirones la hicieron chillar de dolor y sentir una oleada de náuseas.

Jadeando y empapada en sudor, se dejó caer sobre la tapa cerrada del inodoro y trató de actuar como si no estuviera a punto de vomitar sobre las baldosas negras y blancas que había bajo sus pies.

—Por el amor de Dios. —Nikolai, con el pecho al descubierto y el pantalón de chándal caído sobre sus delgadas caderas, la miró una sola vez y se agachó delante de ella—. No estás nada bien.

Ella se encogió cuando él fue a tocar el cuello suelto de la camisa.

—No.

—Sólo voy a examinar tu herida. Algo no va bien. Ya debería estar curada. —Apartó la tela de su hombro y frunció el ceño—. Mierda. No pinta nada bien. ¿Y cómo está el agujero de salida?

De pie, se inclinó hacia ella, apartando cuidadosamente la camisa un poco más. Aunque tuviera fiebre, ella podía sentir el calor de su cuerpo estando tan cerca en un espacio pequeño.

—Ah, mierda... Este lado está peor que el otro. Deja que te quite la camisa para poder ver exactamente con qué nos enfrentamos.

Renata se quedó helada, con todo el cuerpo agarrotado.

—No, no puedo.

—Claro que puedes. Yo te ayudaré. —Al ver que ella no cedía y sujetaba con fuerza la parte delantera de la holgada camisa, Nikolai sonrió—. Si piensas que has de ser pudorosa conmigo, no es así. Diablos, si tú prácticamente me has visto desnudo, ¿no es verdad?

Ella no se rio. No podía. Era difícil sostenerle la mirada, era difícil de creer la preocupación que comenzaba a oscurecer sus invernales ojos azules mientras esperaba una respuesta.

—¿Puedes... irte ahora, por favor? Deja que yo cuide de mí misma.

—Tu herida está infectada. Por eso te está subiendo la fiebre.

—Lo sé.

El rostro de Nikolai se puso serio por alguna emoción que ella no pudo identificar.

—¿Cuándo fue la última vez que te alimentaste?

Ella se encogió de hombros.

—Jack me trajo algo de comida anoche, pero no tenía hambre.

—No hablo de comida, Renata. Estoy hablando de sangre. ¿Cuándo fue la última vez que te alimentaste de Yakut?

—¿Te refieres a beber su sangre? —Ella no podía disimular el asco—. Jamás. ¿Por qué me preguntas eso? ¿Por qué piensas una cosa así?

—Él bebió de ti. Lo vi alimentarse de tu vena en sus habitaciones del recinto. Supuse que se trataba de un acuerdo mutuo.

Renata odiaba pensar en eso, y aún era mucho peor recordar que Nikolai había sido testigo de su degradación.

—Sergei me usaba para beber sangre cuando le apetecía. O siempre que quería demostrar su poder.

—¿Pero nunca te dio su sangre en intercambio?

Renata negó con la cabeza.

—No me extraña que no te hayas curado más rápido —murmuró Nikolai. Sacudió la cabeza—. Cuando lo vi beber de ti... yo creí que erais compañeros. Asumí que teníais un lazo de sangre. Creí que tal vez él era importante para ti.

—Creíste que lo amaba —dijo Renata, entendiendo a qué se refería—. No era eso. Ni por asomo.

Exhaló un suspiro y sintió un nudo en la garganta. Nikolai no la estaba presionando para obtener respuestas, y tal vez precisamente por eso ella quería que él entendiera que lo que sentía por el vampiro al que había servido estaba muy lejos de tener que ver con el afecto.

—Hace dos años, Sergei Yakut me recogió de las calles de la ciudad y me llevó a su pabellón junto con otros jóvenes que capturó aquella noche. No sabíamos quién era, ni dónde íbamos ni por qué. No sabíamos nada, porque él nos hizo entrar en una especie de trance que duró hasta que nos encontramos encerrados todos juntos en una jaula grande y oscura.

—En el granero de su propiedad —dijo Nikolai, con la cara

muy seria—. Dios santo. Te llevó allí como una presa para su club de sangre.

—Creo que ninguno de nosotros sabíamos que existían ese tipo de monstruos hasta que Yakut, Lex y unos pocos más vinieron a abrir la jaula. —Tragó saliva para aliviar la amargura que sentía en la garganta—. La matanza comenzó en cuanto el primero de nosotros trató de escapar al bosque.

Renata revivió el horror en su mente con detalles atroces. Todavía podía oír los gritos de las víctimas tratando de huir, y los terribles aullidos de los depredadores que los cazaban con entusiasmo salvaje. Todavía podía oler el aroma veraniego de pino, musgo y arcilla, fragancias naturales que pronto se extinguieron por el olor a sangre y muerte. Todavía podía ver la vasta oscuridad que la envolvía en aquel terreno desconocido, ramas que le golpeaban las mejillas y le desgarraban la ropa mientras trataba de escapar.

—Ninguno de vosotros tenía una sola posibilidad —murmuró Nikolai—. Os dijeron que corrierais sólo para su propia diversión. Para fabricarse la ilusión de que esos clubes de sangre tienen algo que ver con el deporte.

—Eso ahora ya lo sé. —Renata todavía podía sentir la inutilidad de aquella carrera. En aquella noche negra el terror había asumido la forma de rostros con ojos ambarinos y largos colmillos sangrientos que ella no habría podido soñar ni en su peor pesadilla—. Uno de ellos me capturó. Salió de la nada y comenzó a rodearme, preparándose para el ataque. Jamás había estado tan asustada. Estaba muerta de miedo y enfurecida y entonces... pasó algo dentro de mí. Noté el poder circulando a través de mí, algo más fuerte que la adrenalina que llenaba mi cuerpo.

Nikolai asintió.

—No conocías la habilidad que poseías.

—Había muchas cosas que no conocía hasta esa noche. Todo se había dado la vuelta. Yo sólo quería sobrevivir... que es lo único que sé hacer. Por eso, cuando sentí esa energía circulando a través de mí, un instinto visceral me dijo que debía dirigirla contra mi asaltante. La expulsé hacia fuera con la mente y el vampiro se tambaleó como si le hubiera dado un golpe físico. Le lancé más, y más, hasta que se quedó tirado en el suelo gritando, con los ojos sangrantes y el cuerpo entero convulsionado por el dolor. —Renata hizo una pausa, preguntándose si el guerrero de la estirpe que la miraba en silencio la estaría juzgando por su total falta de arrepentimiento ante lo que había hecho. No iba a disculparse o a emplear excusas—. Quería que sufriera, Nikolai. Quería matarlo, y lo hice.

—¿Qué alternativa tenías? —dijo él, acercándose y pasando muy suavemente las yemas de sus dedos por su mejilla—. ¿Y qué ocurrió con Yakut? ¿Dónde estaba él cuando ocurrió todo esto?

—No muy lejos. Había empezado a correr otra vez cuando se interpuso en mi camino. Traté de atacarlo a él también, pero resistió. Utilicé todo mi poder, hasta quedarme exhausta, pero no fue suficiente. Él era demasiado fuerte.

—Porque pertenecía a la primera generación.

Renata asintió con la cabeza.

—Él mismo me lo explicó más tarde. Cuando me sobrevinieron los efectos secundarios tras el primer ataque permanecí inconsciente durante tres días enteros y cuando desperté me encontré con que había pasado a formar parte de la guardia personal del vampiro.

—¿Nunca trataste de huir?

—Al principio lo intenté. Más de una vez. Pero nunca tardaba mucho en localizarme. —Se tocó con el dedo índice la vena del cuello—. Es difícil llegar muy lejos cuando la unión de sangre es mejor que un GPS para tu perseguidor. Usó mi sangre para asegurarse de mi lealtad. Era una cadena que no podía romper. Nunca podría liberarme de ella.

—Ahora eres libre, Renata.

—Sí, supongo que lo soy —dijo ella, expresando en la respuesta el vacío que sentía—. ¿Pero que va a pasar con Mira?

Nikolai la miró fijamente durante un momento, sin decir nada. Ella no quería ver la duda de sus ojos, y tampoco quería oír que ninguno de los dos podía hacer nada ahora que Mira había caído en manos enemigas. Y mucho menos encontrándose tan débil por culpa de la herida.

Nikolai se dio la vuelta hacia la blanca bañera romántica y abrió los dos grifos. Mientras el agua llenaba la bañera, volvió hacia donde ella estaba sentada.

—Un baño de agua fría podría bajarte la temperatura. Vamos, te ayudaré...

—No, puedo arreglármelas sola...

Él alzó las cejas como indicando que no quería discutir.

—La camisa, Renata. Deja que te ayude a quitártela para poder ver mejor qué ocurre con esa herida.

Era evidente que no estaba dispuesto a ceder. Renata se quedó sentada muy quieta mientras Nikolai le desbrochaba los últimos botones de la holgada camisa y se la quitaba suavemente. El algodón cayó suavemente en torno a sus caderas. A pesar de que llevaba sujetador, el pudor arraigado en ella por los años que había pasado en el orfanato de la iglesia la hizo levantar las manos y usarlas de escudo para cubrirse los pechos.

Pero él no la estaba mirando con intenciones sexuales. Toda su concentración estaba ahora centrada en su hombro. Era suave, cuidadoso, rozando ligeramente la zona con los dedos. Siguió la curva de su hombro desde donde había entrado hasta donde había salido la bala.

—¿Duele cuando te toco aquí?

A pesar de que él apenas la rozaba con los dedos, ella sentía extenderse el dolor. Se encogió y aspiró aire.

—Lo siento. La zona por donde salió la bala está muy roja y muy hinchada —dijo él, mientras ella sentía su voz vibrando en los huesos mientras la tocaba—. No tiene muy buena pinta, pero creo que si la limpiamos bien y...

Al oír cómo se apagaba su voz, ella supo lo que estaba viendo. No se trataba de la herida reciente del disparo, sino de otras marcas en la suave piel de su espalda. Y ella sintió que esas marcas ardían con tanta fuerza como la noche que se las habían hecho.

—Dios bendito. —Nikolai dejó escapar un débil suspiro—. ¿Qué te ha ocurrido? ¿Son marcas de quemaduras? Dios... ¿son marcas de hierro candente?

Renata cerró los ojos. Una parte de ella no quería más que encogerse y derretirse sobre las baldosas, pero se obligó a permanecer quieta y con la espalda rígida.

—No son nada.

—Tonterías. —Él se puso de pie ante ella y le levantó la

barbilla con la mano. Ella dejó que su mirada se alzara hasta encontrarse con sus pálidos ojos, que brillaban con intensidad. No había lástima en esos ojos, sino sólo una rabia que la dejó desconcertada.

—Dímelo. ¿Quién te ha hecho esto? ¿Fue Yakut?

Ella se encogió de hombros.

—Era sólo una de sus maneras creativas de recordarme que no era buena idea hacerle cabrear.

—Ese maldito cabrón de mierda —dijo Nikolai echando humo—. Tenía merecida su muerte. Sólo por esto, por todo lo que te hizo, ese maldito cabrón merecía morir.

Renata pestañeó, sorprendida al oír tanta furia, aquel feroz sentimiento protector, viniendo de él. Sobre todo cuando Nikolai pertenecía a la estirpe y ella era, por más que no estuviera del todo claro durante los últimos dos años, simplemente una humana. Por no mencionar que seguía viva sólo porque resultaba útil.

—Tú no te pareces en nada a él —murmuró—. Yo creía que sí, pero no tienes nada que ver con Lex ni con los otros. Tú eres... no sé... diferente.

—¿Diferente? —Aunque sus ojos seguían llenos de intensidad, Nikolai curvó la comisura de los labios—. ¿Se trata de un cumplido o es tu fiebre la que habla?

Ella sonrió a pesar de lo mucho que le dolía todo.

—Ambas cosas, creo.

—Bueno, diferente puedo aceptarlo. Vamos a enfriarte antes de que empieces de nuevo y se te ocurra utilizar la palabra que empieza con «a».

—¿La palabra que empieza con «a»? —preguntó ella, observando que él cogía una botella de jabón líquido y echaba una cantidad en la bañera.

—Agradable —dijo él, lanzándole una mirada irónica por encima del hombro.

—¿No te gusta la palabra «agradable»?

—Bueno, digamos que nunca me he considerado un tipo agradable, y no creo que la simpatía sea una de mis especialidades.

Su sonrisa era de lo más encantadora, y dos hoyuelos aparecieron en sus mejillas. Viéndolo así, era fácil imaginarlo como un hombre con muchas especialidades, y no todas ellas relacionadas con balas y cuchillos. Ella sabía de primera mano que tenía una bonita y habilidosa boca. Por mucho que quisiera negarlo, una parte de ella todavía ardía por aquel beso en el recinto, y el calor que sentía al recordarlo no tenía nada que ver con la fiebre.

—Quítate la ropa —le dijo Nikolai, y por un segundo ella se preguntó si habría sido capaz de leer sus pensamientos. Él removió con la mano el agua espumosa de la bañera y luego la sacó—. Creo que está bien. Vamos, entra.

Renata lo vio colocar la botella de jabón bajo la pila, y luego comenzó a rebuscar en el armario del baño hasta encontrar una manopla y una toalla grande. Mientras él le daba la espalda y estaba distraído buscando los artículos de aseo, como el jabón y el champú, Renata se quitó rápidamente la ropa interior y se metió en la bañera.

El agua fría era una bendición, se dejó hundir con un suspiro y su cuerpo fatigado se relajó al momento. Mientras ella se acomodaba y se sumergía hasta la altura de los pechos en el agua jabonosa, Nikolai empapó una manopla con agua fría del lavabo.

La dobló y la apretó suavemente contra su frente.

—¿Es agradable?

Ella asintió, cerrando los ojos mientras él le sostenía la compresa en la frente. Las ganas de inclinarse y apoyarse contra la bañera eran tentadoras, pero cuando trató de hacerlo, el breve momento de presión en el hombro la hizo retroceder, con un suspiro de dolor.

—Aquí. —Nikolai apoyó la palma de su mano en el centro de la espalda—. Relájate. Yo te sostendré.

Renata dejó descansar lentamente el peso de su cuerpo contra su fuerte mano. No podía recordar la última vez que alguien se había ocupado de ella. No de ese modo. Dios, ¿acaso había ocurrido alguna vez? Cerró los ojos en silenciosa gratitud. Con las manos fuertes de Nikolai en su cuerpo cansado, una extraña sensación de seguridad se propagó a través de ella, tan reconfortante como una manta.

—¿Mejor? —preguntó él.

—Mmmmmmm. Es agradable —dijo ella, luego abrió un

ojo y apenas a medias para echarle un vistazo—. La palabra con «a». Lo siento.

Él gruñó mientras le retiraba de la frente la compresa fría. La miraba con una seriedad que hacía que el corazón le golpeara en el pecho.

—¿Quieres hablarme de esas marcas de tu espalda?

—No. —A Renata se le encogió el corazón ante la idea de exponerse todavía más ante él. No estaba preparada para eso. No con él, y no de ese modo. Era una humillación en la que no podía soportar pensar, ni mucho menos poner en palabras.

Él no dijo nada para romper el silencio que se estiraba entre ambos. Hundió la manopla en el agua y repartió la espuma en su hombro sano. El agua fría se derramó como un pequeño riachuelo sobre su pecho y a lo largo de su brazo. Nikolai le limpió la zona de alrededor de la herida de su lado izquierdo.

—¿Así está bien? —preguntó, con la voz ligeramente temblorosa.

Renata asintió con la cabeza, incapaz de hablar mientras sentía el contacto tan tierno y agradable. Dejó que él la lavara, y paseó la mirada a lo largo de los hermosos diseños de colores de su pecho desnudo y sus brazos. Sus dermoglifos no eran tan numerosos ni tan enredados como los de Yakut. La marcas de Nikolai se enroscaban y arremolinaban con enorme arte creando formas florecientes y encendidas que bailaban en su suave y dorada piel.

Impulsada por la curiosidad, antes de darse cuenta de lo que estaba haciendo, Renata se incorporó para rozar uno de los diseños que recorrían sus gruesos bíceps. Oyó que él contenía la respiración, que sus pulmones se detenían de repente mientras los dedos de ella jugaban ligeramente sobre su piel. Y oyó el profundo redoble de un gruñido.

Cuando él la miró, las cejas estaban muy cerca de sus ojos, sus pupilas se habían estrechado y el azul de los iris comenzaba a tener destellos ambarinos. Renata apartó la mano, y tenía una disculpa en la punta de la lengua.

Pero no tuvo la oportunidad de decir una palabra.

Moviéndose a mayor velocidad de la que ella podía seguir y con la suave elegancia de un depredador, Nikolai se acercó los escasos centímetros que los separaban. En el instante siguiente, su boca rozaba con delicadeza la de ella. Sus labios eran suaves, cálidos y seductores. Fue suficiente con que su lengua se deslizara tentadoramente entre sus labios, para que Renata, con ansioso entusiasmo, la dejara entrar.

Ella sintió un nuevo calor que la encendía por dentro, más fuerte que el dolor de la herida, que parecía insignificante en comparación con el placer del beso de Nikolai. Él puso la mano en el agua detrás de ella y la acunó en un cuidadoso abrazo, sin dejar que su boca la abandonara.

Renata se derretía, demasiado débil para considerar ninguna de las razones por las cuales era un error permitir que continuara. Quería que continuara, lo deseaba tan intensamente que estaba temblando. Era incapaz de sentir nada más que las fuertes manos de Nikolai acariciándola, y oía tan sólo el pulso de sus propios corazones, los fuertes latidos sincronizados. No podía más que recrearse en el sabor de su seductora boca reclamándola, y lo único que sabía era que quería más.

Alguien llamó a la puerta del apartamento del garaje.

Nikolai gruñó junto a su boca y se apartó.

—Hay alguien en la puerta.

—Debe de ser Jack —dijo Renata, sin respiración y con el pulso acelerado—. Iré a ver qué quiere.

Trató de moverse para salir de la bañera y su hombro ardió de dolor.

—Cómo demonios vas a ir tú —dijo Nikolai, que ya se había levantado—. Tú quédate aquí. Yo me encargo de Jack.

Nikolai era un hombre grande, pero ahora parecía realmente enorme, con sus claros ojos azules salpicados de ámbar y los dermoglifos de sus musculosos brazos y su torso de colores encendidos. También había otra cosa que estaba más grande de lo habitual, y era difícil disimularlo con aquellos holgados pantalones de algodón.

Cuando llamaron de nuevo a la puerta, dejó escapar un juramento y las puntas de los colmillos asomaron a su boca.

—¿Aparte de Jack alguien más sabe que estamos aquí?

Renata negó con la cabeza.

—Le pedí que no se lo contara a nadie. Podemos confiar en él.

—Supongo que este momento es tan bueno como cualquier otro para averiguarlo, ¿no?

—Nikolai —dijo Renata mientras él agarraba la camisa que ella llevaba antes y se la ponía—. Jack... es una buena persona. Un hombre decente. No quiero que le ocurra nada malo.

Él sonrió.

—No te preocupes. Intentaré ser agradable.

Capítulo diecinueve

—*A*gradable —dijo Nikolai con una mueca tensa. Se sentía cualquier cosa menos agradable mientras cerraba la puerta del baño y caminaba por la habitación principal del apartamento.

Estar a solas con Renata sentada en la bañera, tocándola, besándola... había alterado todo su sistema. Pero por muy tenso que estuviera, su temperamento era la menor de sus preocupaciones mientras se acercaba a la puerta tras la cual esperaba Jack. Una cosa era disimular que tenía un palo erecto bajo sus pantalones, y otra muy distinta pretender que nadie notara que sus ojos ardían como carbones encendidos y que sus caninos extendidos parecían los de un rottweiler.

Al menos la camisa holgada cubría sus dermoglifos. Nikolai no necesitaba ver su cuerpo para saber que las marcas de su piel estarían vivas y pulsantes con intensos colores por su excitación. Sería difícil tratar de hacerlos pasar por tatuajes en aquel momento.

Nikolai se quedó de pie ante la puerta y se esforzó por calmarse y enfriarse. Tenía que extinguir el fuego de sus iris, y eso significaba vencer la lujuria que Renata había desencadenado en él. Se concentró en disminuir el pulso, una lucha infernal cuando su miembro era el que dominaba ahora el fluir de su sangre.

—¿Hola? —Se oyó el sonido, de habla lenta y cansina, desde fuera. Jack llamó otra vez, y la sombra de su cabeza al moverse se vio a través de la cortina de la puerta. Parecía estar tratando de mantener su voz conscientemente a un volumen discreto—. Renata, ¿eres tú, cariño? ¿Estás despierta?

Mierda, no había más remedio que dejarlo entrar. Nikolai gruñó por lo bajo y se acercó para abrir el cerrojo. Le había asegurado a Renata que sería amable con el hombre, pero las cosas podían llegar a complicarse tan pronto como abriera la maldita puerta. Y si el humano daba la menor muestra de albergar sospechas se sumaría a la lista de mentes con recuerdos borrados.

Niko abrió la cerradura y giró el pomo de la puerta. Retrocedió ante el rayo de luz que se coló por la abertura y se colocó detrás de la puerta al abrirla del todo.

—¿Renata? ¿Te parece bien si entro un momento? —Una bota rayada de color marrón cruzó el umbral—. Pensé que sería mejor pasar a verte esta mañana antes de que esté más ocupado en la casa con los chicos.

Mientras entraba el hombre con pantalones vaqueros desgastados y camiseta blanca de algodón debajo de la camisa, Nikolai empujó la puerta con la mano y la cerró para impedir el paso de la luz del sol. Con una mirada, se hizo una idea de su edad, fijándose en su rostro curtido, sus ojos astutos y el pelo plateado cortado al estilo militar. Era un hombre grande, un poco rellenito por el centro y con las rodillas un poco dobladas, pero sus brazos tatuados, todavía firmes y musculosos, indicaban que aunque fuera mayor eso no significaba que lo asustara el trabajo duro.

—Tú debes de ser Jack —dijo Nikolai, tratando de no permitir que asomaran sus colmillos al hablar.

—Así es. —Asintió con la cabeza, mientras Niko era sometido a un escrutinio similar—. Y tú eres el amigo de Renata… No llegó a decirme tu nombre anoche.

Por lo visto el brillo ambarino había desaparecido de sus ojos, pues dudaba que Jack fuera capaz de ofrecerle la mano mientras contemplaba unos ojos sobrenaturales lanzando chispas como un horno.

—Soy Nick —dijo él, acercándose bastante a la verdad con esa respuesta. Dio al antiguo soldado un breve apretón de mano—. Gracias por ayudarnos.

Jack asintió.

—Tienes mucho mejor aspecto esta noche, Nick. Me alegra verte levantado. ¿Cómo está Renata?

—Está bien, dándose un baño.

No vio ninguna razón para mencionar la infección. No tenía sentido preocupar al bienintencionado Jack para que comenzara a hablar de médicos y viajes a hospitales. Aunque por cómo había visto la herida de Renata, si su proceso de curación no daba un cambio rápido no habría más remedio que visitar algún ambulatorio cercano.

—No voy a preguntar qué ocurrió para que acabara con un agujero de bala en el hombro —dijo Jack, observando a Nikolai de cerca—. Por la pinta que teníais los dos anoche y el hecho de que haya tenido que deshacerme de un camión que supuestamente contenía material médico, estoy tentado a conjeturar que os persiguen por algún asunto relacionado con las drogas. Ella no ha querido contarme nada, y prometí que no la presionaría. Soy un hombre de palabra.

Niko le sostuvo la mirada.

—Estoy seguro de que lo valora. Ambos lo agradecemos.

—Sí —dijo Jack lentamente, endureciendo su mirada—. Pero tengo curiosidad sobre algo. Renata ha estado desaparecida durante los dos últimos años... ¿tú tienes algo que ver con eso?

No fue expresado como una acusación abierta, pero era evidente que el hombre había estado preocupado por Renata y además tenía la sensación de que su larga ausencia no estaba relacionada con nada bueno. Pobre hombre, si supiera por lo que había pasado... La herida de bala en el hombro que tenía ahora era apenas la costra de moho que se forma en un pastel en mal estado.

Nikolai negó con la cabeza.

—Sólo conozco a Renata desde hace unos pocos días, pero puedo decirte que es demasiado inteligente para meterse en problemas relacionados con las drogas. No tiene que ver con nada de eso, Jack. Pero corre un gran peligro. Y la única razón por la que yo estoy aquí de pie es que ella arriesgó su vida para sacarme de un horrible problema en el que estaba metido ayer.

—Eso suena típico de Renata —dijo Jack, con una mirada perdida que reflejaba algo a medio camino entre el orgullo y la preocupación.

—Desgraciadamente, como trató de ayudarme, ahora los dos somos el blanco que persiguen.

Jack gruñó mientras escuchaba, juntando las espesas cejas.

—¿Te ha contado cómo nos conocimos?

—Algo —dijo Nikolai—. Sé que confía en ti y te respeta. Supongo que la has ayudado más de una vez antes de ahora.

—Más que hacerlo lo he intentado. Renata nunca ha querido la ayuda de nadie. No para sí misma. Pero trajo a muchos chicos a casa para que los ayudara. No soporta ver a un niño sufriendo. Diablos, ella era poco más que una niña cuando la conocí. Siempre guardándoselo todo para ella, una solitaria. No tenía familia, ¿sabes?

Nikolai negó con la cabeza.

—No, no lo sabía.

—Las Hermanas de la Misericordia la cuidaron durante los doce primeros años de su vida. Su madre la abandonó en el orfanato de la iglesia cuando era tan sólo un bebé. Nunca conoció a sus padres. Cuando tenía quince años, ya se las arreglaba por su cuenta, pues se vio obligada a vivir en las calles.

Jack caminó hasta un armario de metal que había junto a otras cosas en el apartamento. Sacó un juego de llaves de su bolsillo y metió una de ellas en la cerradura del mueble.

—Sí, señor, Renata era una huésped muy dura, desde el principio. Delgada, tímida, cautelosa, parecía incapaz de mantenerse en pie si se levantaba un soplo de brisa, pero esa chica tenía un espinazo sólido como el acero. Nunca dejaba que nadie se metiera con ella.

—No ha cambiado mucho en eso —dijo Nikolai, viendo que el hombre abría el cajón de más abajo—. Nunca había conocido a una mujer como Renata.

Jack lo miró sonriendo.

—Ella es especial, es cierto. Y también muy tozuda. Unos meses antes de la última vez que la vi, apareció con la cara llena de moretones. Por lo visto algún borracho salió del bar con la idea de conseguir compañía para la noche. Vio a Renata y trató de meterla a la fuerza en el coche. Ella luchó contra él, pero el hombre pudo darle unos cuantos golpes antes de que lograra escapar.

Nikolai soltó una maldición.

—Ese hijo de puta debería recibir una buena paliza por atreverse a ponerle la mano encima a una mujer.

—Yo pienso lo mismo —dijo Jack, con absoluta seriedad y la expresión protectora de un soldado una vez más. Se agachó y sacó una caja de madera de un estante del mueble—. Le enseñé algunos movimientos de autodefensa, cosas básicas. Me ofrecí a pagarle algunas clases, pero evidentemente lo rechazó. Al cabo de unas pocas semanas vino otra vez, ayudando a otro chaval sin un lugar donde acudir. Le dije que tenía algo para ella, un regalo especial. Te juro por Dios que al verle la cara parecía que estuviera dispuesta a lanzarse contra los coches en una carretera antes que aceptar un favor de nadie.

A Nikolai no le costaba mucho imaginar su expresión. La había visto una o dos veces desde que conocía a Renata.

—¿Cuál era tu regalo?

El anciano se encogió de hombros.

—Nada importante, en realidad. Yo guardaba un juego de puñales que había traído de Vietnam. Los conseguí de un artista de allí que trabajaba con metales y había diseñado los mangos para mí. Cada uno de los puñales tenía escrita una de las virtudes que yo veía en Renata. Le dije que ésas eran las cualidades que la hacían única y que la ayudarían a superar cualquier situación.

—Fe, honor, coraje y sacrificio —dijo Nikolai, recordando las palabras que había visto en los puñales que Renata parecía cuidar como un tesoro.

—¿Te habló de los puñales?

Niko se encogió de hombros.

—La vi usarlos. Significaban mucho para ella, Jack.

—No lo sabía —respondió él—. Al principio me sorprendió que los aceptara, pero no creí que los conservara con ella después de todo este tiempo. —Pestañeó rápidamente, luego se concentró en la caja que había sacado del armario. Levantó la tapa y Niko vio el brillo del metal oscuro que descansaba dentro de la caja. Jack se aclaró la garganta—. Escucha, como te he dicho antes, no voy a presionar para saber en qué andáis involucrados. Está bastante claro que os enfrentáis a algún problema importante. Podéis quedaros aquí todo el tiempo que necesitéis, y cuando estéis listos para marcharos debéis saber que no os iréis de aquí con las manos vacías.

Colocó la caja abierta en el suelo y le dio un pequeño empujón en la dirección de Niko. Dentro había dos inmaculadas pistolas semiautomáticas y una caja de balas.

—Si las queréis son vuestras, sin necesidad de hacer preguntas.

Nikolai cogió una para examinarla. Era un bonito Colt M1911 muy bien cuidado. Probablemente se trataba de armas militares de cuando estaba de servicio en Vietnam.

—Gracias, Jack.

El anciano guerrero asintió con la cabeza.

—Sólo quiero que cuides de ella, que la mantengas a salvo.

Nikolai le sostuvo la firme mirada.

—Lo haré.

—De acuerdo —murmuró Jack—. De acuerdo, entonces.

Cuando comenzaba a levantarse, alguien gritó su nombre desde la carretera. Un segundo más tarde, se oyeron pisadas en las escaleras de madera del apartamento del garaje.

Niko le lanzó una mirada preocupada a Jack.

—¿Alguien más sabe que estamos aquí?

—Nadie. Es sólo Curtis, uno de mis nuevos chicos. Está arreglando mi ordenador prehistórico. Un maldito virus lo ha atacado otra vez. —Jack fue hacia la puerta—. Cree que estoy aquí buscando un disco de arranque. Yo me encargaré de él. Si crees que hay algo más que podáis necesitar sólo tienes que pedírmelo.

—¿Qué me dices de un teléfono? —preguntó Nikolai, colocando la pistola junto a su compañera.

Jack buscó en su bolsillo y sacó un teléfono móvil. Se lo dio a Niko.

—Todavía le deben de quedar unas horas de batería. Es todo tuyo.

—Gracias.

—Vendré a veros otra vez más tarde. —Jack giró el pomo de la puerta y Nikolai se escondió de nuevo entre las sombras, no sólo por el gesto reflejo de protegerse de la luz del día sino también para no ser visto por el inesperado visitante que había en las escaleras—. Me equivocaba, Curtis. He buscado en todas partes y no tengo el disco de arranque en ninguna de mis cajas de aquí.

Niko vio que el otro humano trataba de escudriñar a través del hueco de la puerta, mientras Jack la cerraba firmemente tras él. Se oyó el ruido de pisadas de los dos humanos en los escalones.

Cuando estuvo seguro de que se habían marchado, Nikolai marcó un acceso remoto para comunicarse con los cuarteles de la Orden en Boston. Tecleó el número del teléfono de Jack y un código que le permitiría identificarse ante Gideon, luego esperó la llamada.

A pleno mediodía, el recinto que albergaba el pequeño grupo de vampiros solía ser generalmente una zona inactiva, pero ninguno de los siete guerreros reunidos en la habitación de las armas de los cuarteles subterráneos de la Orden parecía notar el tiempo, ni siquiera el puñado de ellos bendecidos con la suerte de tener a sus amadas compañeras calentando la cama. Desde que se habían reagrupado en el recinto antes del amanecer, los guerreros habían estado ocupados revisando el estado de las actuales misiones y estableciendo objetivos para la noche siguiente. Discutir los asuntos de la Orden durante horas no era nada nuevo, pero esta vez la charla no había tenido nada de su habitual naturaleza desenfadada y no había habido ninguna riña en broma para ver quién se quedaba con las mejores misiones.

No, a unos pocos metros, en la zona que se usaba para practicar el tiro, un quinteto de pistolas eran disparadas una tras otra, convirtiendo las dianas de papel en minúsculo confeti. La zona de tiro del recinto se usaba más por entretenimiento que por necesidad, ya que todos los guerreros tenían una puntería perfecta. Aun así, eso no impedía que todos ellos se desafiaran y lucharan por ser los mejores, aunque sólo fuera para mantenerse animados.

Pero en ese momento no se trataba de nada de eso. Sólo se oía esa permanente lluvia de granizo atronadora. El jaleo era extrañamente reconfortante, porque al menos ayudada a enmascarar el silencio y el hecho de que el recinto entero estaba envuelto en una vibrante sensación de malestar. Durante las últimas treinta y seis horas, el ánimo era sombrío y estaba envuelto en un terror colectivo y no expresado.

Uno de los guerreros había desaparecido.

Nikolai siempre había sido una especie de inconformista, pero eso no significaba que fuese informal o desleal. Si decía que iba a hacer una cosa, o estar en alguna parte, podía contar con que así sería. Siempre, sin excepciones.

Y ahora, cuando debería haber regresado de Montreal desde hacía un día entero, Niko seguía fuera de contacto.

«No presagia nada bueno», pensó Lucan, sabiendo que no era el único que albergaba ese sentimiento al mirar a los otros guerreros que también esperaban noticias de Nikolai y temían lo que pudiera acabar pasando.

Como miembro de la primera generación de la estirpe y fundador de la Orden en la Edad Media, Lucan era el líder de hecho de aquel equipo de caballeros vampiros modernos. Su palabra en el recinto era la ley. En tiempos de crisis, de los mejores a los peores, era su respuesta la que imprimía el tono al ánimo de los otros guerreros. Estaba muy acostumbrado a no mostrar duda o preocupación, una habilidad que surgía naturalmente de esa parte de él casi inmortal, la del poderoso depredador que llevaba caminando sobre la Tierra alrededor de unos novecientos años.

Pero su parte humana —esa parte que apreciaba cada vez más desde que había encontrado a su compañera de sangre, Gabrielle, apenas un verano atrás— no podía fingir que la pérdida potencial de un soldado más en aquella guerra privada dentro de la nación de vampiros no era catastrófica. Por no mencionar el hecho de que los guerreros de la Orden, tanto aquellos que habían estado juntos desde el principio como esos otros nuevos miembros que se unieron a la lucha el año pasado, se habían convertido en una familia para él. Muchas cosas habían cambiado durante ese tiempo. Ahora había también varias mujeres viviendo en el recinto, y para uno de los guerreros y su compañera, Dante y Tess, un bebé de varios meses en camino.

Los riesgos eran más altos que nunca para la Orden en aquel momento, cada vez que un mal era derrotado, otro todavía más poderoso venía a ocupar su lugar. Tan sólo en el lapso de un año, la misión original de los guerreros, que era cazar renegados en un esfuerzo por mantener la paz, había pasado a consistir ahora en la persecución de un peligroso enemigo que llevaba décadas escondido. Un enemigo que había construido su estrategia ocultando con paciencia un secreto poderosamente letal a la espera de la oportunidad de desatarlo. Si tenía éxito, no sería sólo la población de la estirpe la que estaría en peligro, sino también toda la humanidad.

A Lucan no le costaba recordar la ferocidad de los Tiempos Antiguos, cuando la noche estaba gobernada por un puñado de criaturas de otro mundo sedientas de sangre, criaturas que sembraban el terror y la muerte a gran escala. Se alimentaban como langostas y causaban estragos de destrucción como los más letales maleantes. Lucan había hecho de la erradicación de esas bestias la misión de su vida, aunque eso significara dar muerte a su propio padre, el Anciano que lo había engendrado.

La Orden había declarado la guerra, había alzado las espadas lanzándose a la batalla y había acabado con todos ellos... o al menos eso era lo que creía. La idea de que uno de ellos hubiera sobrevivido provocaba un profundo escalofrío en los inmortales huesos de Lucan.

Miró a los guerreros que servían desde hacía tanto tiempo junto a él y no pudo evitar sentir el peso de su edad. No pudo dejar de sentir que aquel último año todos ellos habían sido puestos a prueba —se trataba quizá de la primera prueba por la que pasaba la Orden desde su formación— y lo peor estaba todavía por llegar.

Perdido en esos oscuros pensamientos mientras caminaba de arriba abajo por la habitación de las armas, Lucan no se dio cuenta de que se abrían las puertas de la zona de entrenamiento hasta que Gideon las atravesó como una ráfaga. Las zapatillas deportivas del vampiro rubio resbalaron y chirriaron en el mármol blanco cuando frenó de golpe frente a Lucan.

—Niko ha contactado —anunció, visiblemente aliviado—. Su código de identificación acaba de llegarme desde un teléfono móvil de Montreal.

—A buenas horas —dijo Lucan, sin que la seca respuesta ocultara su preocupación—. ¿Lo tienes en línea?

Gideon asintió.

—Lo tengo esperando en el laboratorio tecnológico. Pensé que querrías hablar con él personalmente.

—Ahora mismo.

La lluvia de disparos se interrumpió de golpe cuando uno de los otros guerreros, el único de los demás que también pertenecía a la primera generación, Tegan, se apresuró a comunicar las noticias sobre Niko a los otros cinco hombres que estaban entrenando. Los guerreros del campo de tiro —Dante y Río, miembros muy antiguos; Chase, que había dejado la fuerza de la ley para unirse a la Orden el verano pasado; y dos nuevos reclutados por Niko, Kade y Brock— dejaron las armas y se marcharon caminando detrás de Tegan, todos ellos llenos de músculos, con severa determinación.

Río, uno de los guerreros más unido a Niko, fue el primero en hablar. Su cara llena de cicatrices reflejaba preocupación.

—¿Qué es lo que le ha ocurrido?

—Hasta ahora me ha dado sólo el «resumen para prensa» —dijo Gideon—, pero es de lo más jodido, empezando por el asesinato de Sergei Yakut hace dos noches.

—Demonios —murmuró Brock, pasándose los dedos por el cabello negro cortado a ras del cráneo—. Esta ola de asesinatos de vampiros de la primera generación se nos está yendo de las manos.

—Bueno —añadió Gideon—, eso no es exactamente lo peor de todo. Niko fue arrestado por el asesinato y puesto en custodia de las fuerzas de la ley.

—Mierda —replicó Kade, afilando su pálida mirada plateada—. No creerás que él...

—De ninguna manera —dijo Dante sin un segundo de vacilación—. Dudo que derrame una sola lágrima por una escoria que practica carnicerías como Yakut, pero es imposible que Nikolai tenga nada que ver con su muerte.

Gideon negó con la cabeza.

—De ningún modo. Y tampoco ha sido el trabajo de un asesino. Niko dice que el propio hijo de Yakut se hizo con un renegado para matar a su padre. Desgraciadamente para Nikolai, el hijo de Yakut tenía una especie de alianza con las fuerzas de la ley. Capturaron a Niko y lo llevaron a un centro de rehabilitación.

—¿Qué demonios...? —Esta vez quien habló fue Sterling Chase. Habiendo sido agente de la ley sabía tan bien como cualquier guerrero lo espantosa que podía ser una visita a uno de esos tanques de contención para renegados—. Si es capaz de hablar por teléfono supongo que no ha sido encerrado allí.

—Logró escapar de alguna forma —dijo Gideon—, pero todavía no tengo los detalles. Puedo deciros que hay una mujer involucrada, una compañera de sangre que estaba entre los siervos de Yakut. Está ahora con Niko.

Lucan no comentó nada de ese nuevo detalle problemático, aunque su oscura expresión probablemente hablaba por sí sola.

—¿Dónde están?

—En algún lugar de la ciudad —respondió Gideon—. Niko no está seguro de la localización exacta, pero dice que están a salvo por ahora. ¿Estás preparado para la verdadera patada?

Lucan arqueó las cejas.

—¡Por el amor de Dios! ¿Todavía hay más?

—Me temo que sí. El tipo que metió a Niko en el centro de rehabilitación y se encargó personalmente de supervisar su tortura... por lo visto durante una de las charlas que tuvieron admitió tener una conexión con Dragos.

Capítulo veinte

$\mathcal{N}$ikolai estaba en medio de la conversación telefónica cuando Renata salió de su largo y necesario baño. Evidentemente se había quedado dormida en la bañera en algún momento, porque lo último que recordaba era haber oído la voz de Jack en el apartamento cuando Niko fue a encontrarse con él, y ahora no había rastro de él. Entró en la habitación, con las puntas del pelo mojadas colgando por su cuello y el cuerpo envuelto en una toalla que Nikolai le había dejado preparada. Estaba adormilada y dolorida, todavía con fiebre, pero el baño de agua fría había sido justo lo que necesitaba. Y el beso de Nikolai tampoco le había venido nada mal.

Hablando en un tono bajo y confidencial, él la miró desde su posición, sentado a horcajadas en una silla junto a una mesilla que había en el centro de la habitación; sus pálidos ojos azules le dieron un repaso de la cabeza a los pies. Había un calor inconfundible en esa breve mirada, pero estaba completamente concentrado al teléfono y ella supuso que sin duda estaría hablando con la Orden de Boston. Renata escuchó cómo él hacía un eficiente resumen de las circunstancias del asesinato de Yakut, la aparente alianza de Lex y Fabien, la desaparición de Mira y la huida del centro de rehabilitación que los había llevado hasta la casa de Jack en busca de un refugio provisional.

Por cómo sonaba todo, el hombre que había al otro lado de la línea —Lucan, había oído que lo llamaba Nikolai— estaba preocupado por su seguridad y contento de que estuvieran vivos, aunque no le agradaba saber que se escondían en casa de un humano. Lucan tampoco parecía entusiasmado ante el hecho de que Nikolai hablara de ayudar a Renata a localizar a

Mira. Ella podía oír la voz profunda al otro lado de la línea gruñir algo así como «problemas con compañeras de sangre» y «los objetivos de la misión actual» como si ambas cosas fueran excluyentes.

Cuando Nikolai añadió que Renata tenía una herida de bala el juramento que lanzó Lucan fue audible a través de la habitación.

—Ella es fuerte —dijo él, mirando ahora en su dirección—, pero ha recibido un disparo feo en el hombro y no tiene muy buen aspecto. Podría ser buena idea que alguien la recoja para ponerla bajo la protección de la Orden hasta que todo se calme.

Renata lo miró con desaprobación y negó con la cabeza. Gran error. Incluso ese ligero esfuerzo hizo que se le nublara la visión y lo único que pudo hacer fue apoyar la espalda en el borde de la cama antes de que sus piernas se le debilitaran y se viniera abajo. Cayó encima del colchón, luchando contra una oleada de sudores fríos.

Trató de ocultar su dolor ante Nikolai, pero la forma en que él la miró le demostró que era inútil fingir que no estaba tan mal.

—¿Gideon ha averiguado ya algo sobre Fabien? —preguntó él, levantándose para caminar. Escuchó durante un minuto, y luego exhaló un débil suspiro—. Joder. No puedo decir que esté sorprendido por eso. Tenía la asquerosa arrogancia de un político, así que presentía que ese cabrón estaba bien conectado. ¿Qué más tenemos?

Renata contuvo la respiración por el silencio que siguió. Podía sentir que las noticias al otro lado de la línea no eran buenas.

Nikolai dejó escapar un largo suspiro y se pasó la mano por el pelo.

—¿Cuánto tiempo puede tardar Gideon en acceder a esos archivos restringidos y conseguir una dirección? Mierda, Lucan, no estoy seguro de que podamos esperar tanto considerando... sí... sí, te oigo. Tal vez mientras Gideon lleva a cabo su operación yo pueda hacer una visita a Alexei Yakut. Me juego la cabeza a que Lex sabe dónde encontrar a Fabien. Demonios, ni siquiera tengo dudas de que Lex debe de haber estado allí una o dos veces. Me encantaría extraerle la información a él y luego ir a visitar a Fabien personalmente.

Nikolai escuchó durante un momento antes de gruñir una maldición.

—Sí, claro... lo sé... tiene que ver en parte con devolverle el golpe a ese hijo de puta, tienes razón. No podemos arriesgarnos a asustar a Fabien antes de tener una pista sólida que nos conduzca a Dragos.

Renata alzó la vista a tiempo para captar la mirada sombría de Nikolai. Esperaba que él añadiera que nada era más importante que asegurar la seguridad de Mira y localizar para eso al vampiro que la tenía cautiva. Esperó, pero esas palabras no salieron de labios de Nikolai.

—Sí —murmuró—. Que me llame cuando averigüe algo. Yo saldré esta noche con el mismo objetivo. Si descubro algo útil me pondré en contacto.

Terminó la llamada y dejó el teléfono sobre la mesita. Renata lo miró fijamente mientras él caminaba hasta la cama y se acomodaba junto a ella.

—¿Cómo te encuentras?

Él se incorporó como si fuera a examinar su hombro, o tal vez simplemente a acariciarla, pero Renata se apartó de él. No podía quedarse allí sentada y actuar como si no se sintiera más que un poco confundida y cabreada. Traicionada, incluso, por más ridículo que fuera haber pensado en un primer momento que podía contar con él.

—¿El agua fría te ha ayudado a bajar la fiebre? —preguntó él, frunciendo el ceño—. Todavía estás pálida y temblorosa. Ven, déjame echar un vistazo...

—No necesito tu preocupación —soltó ella—. Y tampoco necesito tu ayuda. Olvida que te la pedí. Simplemente... olvídalo todo. No quiero que mis problemas interfieran en los actuales objetivos de tu misión.

Niko frunció el ceño.

—¿De qué estás hablando?

—Yo tengo mis prioridades, y tú claramente tienes las tuyas. Me parece que tu amigo Lucan es quien decide ahora por ti.

—Lucan es uno de mis hermanos de armas. Es también el líder de la Orden, así que se ha ganado el derecho de tomar las decisiones respecto a los asuntos de la Orden. —Nikolai se puso en pie y se cruzó de brazos—. Está ocurriendo algo muy serio, Renata. La muerte de Yakut ha sido sólo una pequeña parte, y no la primera. Ha habido otros asesinatos de vampiros de la primera generación en los Estados Unidos y en otras partes del mundo. Alguien tiene un plan para eliminar a los más antiguos y poderosos de la estirpe.

—¿Con qué objetivo? —Ella lo miró con curiosidad, aún en contra de su voluntad.

—No estamos seguros. Pero creemos que todo nos conduce a un individuo, un macho muy poderoso de la segunda generación de la estirpe llamado Dragos. La Orden lo hizo salir de su escondite hace unas semanas, pero consiguió escapar de nosotros. Ahora está de nuevo oculto. El hijo de puta se ha estado escondiendo realmente muy bien. Cualquier pista que podamos conseguir para encontrarlo es importante. Tenemos que detenerlo.

—Sergei Yakut mataba docenas de seres humanos sólo por diversión —señaló Renata—. ¿Cuál es la razón de que tú y el resto de la Orden no quisierais detenerlo?

—Hasta hace poco no sabíamos dónde encontrarlo y desconocíamos completamente sus actividades. Incluso de haberlas sabido, por mucho que lo odiáramos él pertenecía a la primera generación y no hubiéramos podido ponerle la mano encima sin un montón de papeleo burocrático.

Los pensamientos de Renata se volvieron oscuros, retrocediendo a la época en que había vivido bajo el control de Yakut.

—Había veces... cuando Yakut bebía de mí... cuando me usaba para alimentarse de mi sangre... llegaba a ver lo monstruoso que era. Quiero decir... sé lo que era, sé cómo es vuestra raza, pero a veces lo miraba a los ojos y te juro que no había ni un rasgo de humanidad en él. Lo único que podía ver en su mirada era algo realmente diabólico.

—Pertenecía a la primera generación —dijo Nikolai como si eso lo explicara todo—. Sólo la mitad de sus genes son humanos. La otra mitad es... diferente.

—Genes vampiro —murmuró ella.

—Genes de otro mundo —la corrigió Nikolai.

Él la miró fijamente al decirlo y Renata sintió el repentino impulso de reír. Pero no pudo, no cuando la expresión de él era tan absolutamente seria.

—A Lex le gustaba presumir de ser el nieto de un rey conquistador de otro mundo. Siempre di por sentado que era una completa estupidez. ¿Me estás diciendo que en realidad eso era cierto?

Nikolai se burló.

—Un conquistador sí, pero no un rey. Los ocho Antiguos que llegaron aquí hace miles de años y tuvieron descendencia con mujeres humanas eran salvajes sedientos de sangre, violadores y criaturas letales que diezmaron comunidades enteras. La mayoría de ellos fueron eliminados por la Orden en la Edad Media. Lucan les declaró la guerra cuando su madre fue asesinada por la misma criatura que lo engendró.

Renata se limitaba a escuchar, demasiado atónita para formular todas las preguntas que bullían en su cabeza.

—Pero resulta —añadió Nikolai— que uno de esos Antiguos sobrevivió a la guerra declarada por la Orden. Fue escondido en un lugar seguro por su hijo, un vampiro de la primera generación llamado Dragos. Tenemos razones para creer que el Antiguo sigue todavía vivo y que Dragos, su último hijo superviviente, que es su tocayo y el bastardo al que pretendemos eliminar, está esperando la oportunidad de liberarlo en el mundo.

—Hace dos años estaba segura de que los vampiros no existían. Sergei Yakut me hizo cambiar de idea. Me demostró que los vampiros no sólo existían, sino que además eran todavía más peligrosos que los que se ven en los libros y en las películas. ¿Y ahora tú me estás diciendo que existe algo todavía peor que Yakut?

—No estoy tratando de asustarte, Renata. Simplemente creo que debes conocer los hechos. Todos. Confío en ti como para contártelos.

—¿Por qué?

—Porque quiero que lo entiendas —dijo él, con mucha suavidad.

Como si de alguna forma se estuviera disculpando.

Renata levantó la barbilla, sintiendo una sensación fría dentro del pecho.

—¿Quieres que entienda... qué? ¿Que la vida de una niña no significa nada al lado de todo esto?

Él soltó una maldición por lo bajo.

—No, Renata...

—Está bien. Lo entiendo, Nikolai. —No podía ocultar la amargura de su voz, no ahora que todavía seguía luchando por asimilar todas las cosas espantosas que acababa de oír—. No pasa nada. Después de todo, tú nunca te mostraste en realidad de acuerdo conmigo, y yo estoy acostumbrada a que me decepcionen. La vida es jodida, ¿verdad? Es mejor saber dónde estamos ahora, antes de que las cosas hayan ido más lejos.

—¿Qué pasa aquí, Renata? —Él la miraba fijamente, con una mirada penetrante, como si pudiera leer en su interior—. ¿De verdad todo esto es por Mira? ¿O estás preocupada por lo que ocurrió antes entre nosotros?

«Nosotros.» La palabra chocó en su cerebro como si fuera un objeto extraño. Le resultaba tan poco familiar y tan peligrosa. Demasiado íntima. Nunca había habido un «nosotros» para Renata. Siempre había dependido sólo de sí misma, sin pedir nada a nadie. Era más seguro de esa forma. Y era más seguro ahora también.

Había roto su propia regla al ir tras Nikolai con la idea de conseguir ayuda para encontrar a Mira. Sin embargo, no le había servido absolutamente de nada y sólo la había conducido a lo que tenía ahora: una herida de bala infectada, un tiempo crucial perdido y ni un solo paso que la hiciera estar más cerca de Mira. De hecho, ahora que ya se sabía que ella había ayudado a Nikolai a escapar de Fabien, tenía muy pocas esperanzas de poder acercarse al vampiro. Si Mira corría peligro antes, Renata sólo había conseguido empeorar las cosas para la pequeña.

—Tengo que salir de aquí —dijo rígidamente—. Ya he perdido demasiado tiempo. No podría soportar que le ocurriera algo a esa niña por mi culpa.

La preocupación y la frustración la hizo saltar de la cama. Se levantó demasiado rápido.

Ante de poder dar dos pasos se le doblaron las rodillas. Se le nubló la visión por un segundo y de repente se desmayó, cayendo hacia delante. Sintió que unos brazos fuertes la sostenían y oyó la suave voz de Nikolai al oído mientras la levantaba para llevarla a la cama.

—Deja de luchar, Renata —le dijo, mientras ella recobraba la conciencia y parpadeaba. Inclinado sobre ella, le acarició el rostro con los dedos, tan tiernos, tan tranquilizadores—. No necesitas correr. No necesitas luchar... no conmigo. Conmigo estás a salvo, Renata.

Ella quería cerrar los ojos y aislarse de sus suaves palabras. Tenía miedo de creerle, de confiar. Y se sentía tan culpable por aceptar su consuelo sabiendo que una niña podía estar sufriendo, podía estar llamándola en la oscuridad y preguntándose por qué Renata había roto su promesa.

—Mira es lo único que me importa —susurró—. Necesito saber que está a salvo y que siempre lo estará.

Nikolai asintió de manera solemne.

—Sé lo mucho que ella significa para ti. Y sé lo difícil que te resulta pedir ayuda a alguien. Dios santo, Renata... arriesgaste tu vida voluntariamente para sacarme de ese centro de rehabilitación. Nunca seré capaz de igualar lo que hiciste.

Ella ladeó la cabeza sobre la almohada, incapaz de sostener su penetrante mirada.

—No te preocupes, no tienes ninguna obligación hacia mí. No me debes nada, Nikolai.

Unos dedos cálidos se deslizaron por su mandíbula. Le cogió la barbilla con la palma de la mano y suavemente guio su rostro para que lo mirase.

—Te debo la vida. En el lugar de donde vengo no es un detalle sin importancia.

La respiración de Renata se serenó mientras le miraba a los ojos. Se odiaba a sí misma por la esperanza que estaba despertando en su corazón... la esperanza de que verdaderamente ya no estuviera sola.

La esperanza de que aquel guerrero le asegurase que todo saldría bien, que por muy monstruosa que fuera la criatura que había capturado a Mira, encontrarían a la niña y estaría sana y salva.

—No permitiré que nada le ocurra a Mira —dijo él, obligándola a sostener su intensa mirada—. Tienes mi palabra respecto a eso. Tampoco voy a permitir que te ocurra nada a ti, y es por eso que voy a buscarte atención médica tan pronto como se ponga el sol.

—¿Qué? —Ella trató de levantarse y se estremeció por el dolor—. Estoy bien. No necesito un médico...

—No estás bien, Renata. Estás empeorando por momentos. —Comprobó la herida con expresión muy seria y luego volvió a mirarla a los ojos—. No puedes continuar así.

—Sobreviviré —insistió ella—. No voy a abandonar ahora, mientras la vida de Mira está en juego.

—Tu vida está en juego también. ¿Lo entiendes? —Él sacudió la cabeza y murmuró algo oscuro por lo bajo—. Podrías morir si esta herida no se trata. No permitiré que eso ocurra, y eso significa que tendrás una cita en la sala de urgencias más cercana que encontremos esta noche.

—¿Y qué me dices de la sangre? —Ella observó que todos los músculos del cuerpo de Nikolai se tensaron en el momento en que esas palabras salieron de sus labios.

—¿Cómo? —preguntó él, con voz rígida y una emoción indescifrable.

—Antes me preguntaste si había tomado sangre de Yakut. ¿Estaría curada si lo hubiera hecho?

Él se encogió ligeramente de hombros, pero su cuerpo seguía en tensión. Cuando alzó la mirada hacia la de ella, había chispas ambarinas ardiendo en sus ilegibles ojos azules. Sus pupilas eran delgadas hendiduras clavadas en ella.

—¿Me curaría ahora si me dieras tu sangre, Nikolai?

—¿Me lo estás pidiendo?

—¿Si lo hiciera me la darías?

Él soltó el aire bruscamente, y cuando sus labios se separaron para volver a respirar, Renata vio asomar las puntas de sus colmillos.

—No es tan simple como puedas pensar —respondió, con un matiz áspero en la voz—. Estarías unida a mí. Del mismo modo que Yakut estaba unido a ti a través de tu sangre, tú estarías unida a mí. Me sentirías en tu sangre. Tendrías siempre conciencia de mí, y eso es algo que no puede deshacerse, Renata... ni siquiera aunque bebieses de otro hombre de la estirpe. Nuestro lazo estaría por encima de cualquier otro. No podría romperse, no hasta que uno de los dos muriera.

No era una cosa sin importancia, ella lo entendía. Diablos, incluso le costaba creer que lo pudiera estar considerando. Pero en lo profundo, por muy loco que pudiera parecer, confiaba en Nikolai. Y realmente no le importaba el coste que pudiera tener para sí misma.

—¿Si hacemos esto estaré lo bastante bien esta noche como para salir a buscar a Mira?

Él tenía la mandíbula tan rígida que se le contrajo un músculo de la mejilla. Ella lo miraba fijamente, observando cómo sus facciones se volvían más animales por momentos. Poco a poco, el azul de sus ojos fue totalmente engullido por un brillo feroz.

Cuando parecía que ya no le iba a responder, Renata puso la mano firmemente sobre su brazo.

—¿Tu sangre me curaría, Nikolai?

—Sí —dijo él, y la palabra sonó estrangulada.

—Entonces quiero hacerlo.

Mientras él le sostenía la mirada en un intenso silencio, ella pensó en todas las veces que Sergei Yakut se había alimentado de sus venas, que degradada y usada se sentía... qué asco le producía la idea de qué su sangre pudiera nutrir a un ser tan monstruoso y cruel. Ella jamás habría aceptado llevar una parte de él en su interior, ni siquiera aunque fuese su supervivencia lo que estuviera en juego. Poner la boca voluntariamente sobre el cuerpo de Yakut habría matado una parte de su alma. ¿Beber de él? Ni siquiera estaba segura de que su amor por Mira pudiera llevarla a hacer algo tan abominable.

Pero Nikolai no era ningún monstruo. Él era justo y honorable, tierno y protector. Un hombre que sentía cada vez más compañero a medida que continuaban su viaje por esa incierta carretera. Era ahora su mejor aliado. Su mayor esperanza de recuperar a Mira.

Y en un lugar todavía más profundo, un lugar que tenía que ver con la parte más femenina de su ser, con necesidades y deseos que no se atrevía a mirar de cerca, ansiaba probar el sabor de Nikolai. Lo deseaba más de lo que debería permitirse.

—¿Estás segura, Renata?

—Si tú estás dispuesto a darme tu sangre, sí —dijo ella—. Quiero tomarla.

Durante el largo silencio que siguió, Nikolai se sentó junto a ella en la cama. Ella lo observó desabrocharse la holgada camisa, esperando sentir inseguridad o aprensión. Pero no sucedió. Cuando Nikolai se quitó la camisa y se colocó ante ella con el pecho desnudo, los dermoglifos latiendo y saturados de intensas tonalidades, ella no sintió ningún tipo de recelo. Cuando él avanzó hacia ella y levantó el brazo derecho para llevárselo a la boca y hundir los enormes colmillos en su muñeca, ella no sintió nada parecido al miedo.

Y cuando, al momento siguiente, él colocó los pinchazos sangrantes en sus labios y le dijo que bebiera, Renata no sintió ninguna tentación de negarse.

El primer gusto de la sangre de Nikolai en la lengua fue chocante.

Ella esperaba sentir la boca inundada por el sabor amargo del cobre, pero en lugar de eso sintió un sabor cálido y suavemente especiado, además de un poder que se derramó a través de ella como electricidad líquida. Podía sentir su sangre pasando por la garganta y penetrando en cada fibra de su cuerpo. Sus miembros se llenaron de luz por dentro y el dolor del hombro comenzó a aliviarse a medida que sentía la fuerza sanadora de Nikolai en su interior.

—Eso es —murmuró él, apartándole el cabello húmedo de la mejilla—. Ah, Dios, eso es, Renata... bebe hasta que tengas suficiente.

Ella sorbió con fuerza de su muñeca, con un instinto que no sabía que poseía. Le gustaba beber de Nikolai de aquella manera. Era más que gustarle... era increíble. Cuanto más tomaba de él, más viva se sentía. Cada una de sus terminaciones nerviosas parpadeaba como si se hubiera encendido una antorcha en su interior.

Y mientras él continuaba acariciándola, nutriéndola y curándola, Renata comenzó a sentir un nuevo tipo de calor que se encendía rápidamente en su interior. Gimió, se dejó arrastrar en la ola líquida que la inundó. Se retorció y supo sin temor a equivocarse que la sensación que la embargaba no era otra cosa que... deseo. Un deseo que había estado tratando de negar desde la primera vez que había conocido a Nikolai y que ahora se alzaba hasta consumirla.

No pudo resistir la urgencia de chuparlo más profundamente.

Necesitaba más de él.

Lo necesitaba todo de él, y lo necesitaba ahora.

Capítulo veintiuno

*N*ikolai se agarraba al borde de la cama, anudando su mano libre en la sábana y aferrándose a ella como si fuera una correa mientras Renata continuaba alimentándose. Bebía de él como hacía todo lo demás: con una fuerza que nada temía y una feroz convicción. No había ansiedad en sus ojos de un verde jade, ni inseguridad en la firmeza con que agarraba su brazo. Y cada sorbo de su boca en su vena abierta, cada lametazo seguro y persuasivo de su lengua en la piel le hacía sentir una excitación hasta entonces desconocida.

Cuando se lo proponía, Renata tenía una fuerza digna de ser reconocida. Era diferente de cualquier mujer que Niko hubiera conocido... En muchas cosas se parecía mucho a un guerrero, como esos hombres de la estirpe que trabajaban junto a él al servicio de la Orden. Tenía el corazón de un guerrero y el honor de un guerrero, y una determinación inquebrantable que exigía un respeto total. Renata le había salvado la vida, y por esa razón él estaba en deuda con ella. Pero Dios santo... lo que estaba ocurriendo entre ellos no tenía nada que ver con el deber o la obligación.

Estaba comenzando a sentir algo por ella, algo que le costaba reconocer, incluso ante sí mismo.

Y también la deseaba. Vaya si lo hacía. Y su deseo se hacía cada vez mayor por la erótica succión de su boca en la vena y su ágil cuerpo ondulando en una ardiente reacción que su sangre de otro mundo estaba causando en sus células.

Renata gemía, un ronroneo gutural de excitación mientras se movía cada vez más cerca de él en el colchón e iba perdiendo la toalla que la cubría con cada movimiento. Ella no parecía notarlo, o no le importaba que la mirada ambarina de Nikolai la recorriera entera estando casi desnuda. La herida de su hombro ya tenía mejor aspecto. La hinchazón y el enrojecimiento habían disminuido y el color demasiado oscuro del resto de su piel se veía más saludable a cada minuto. Renata estaba cada vez más fuerte, más vibrante y exigente, una fiebre era reemplazada por la otra.

Él probablemente debería haberle contado que aparte de sus propiedades nutritivas y terapéuticas, la sangre de la estirpe era también un poderoso afrodisíaco. Creyó que podría controlar la situación a pesar de lo que ocurriera, pero maldita sea... nada podía haberlo preparado para la ardiente respuesta de Renata.

Gateando hacia él y chupándole todavía la muñeca, alargó una mano para obligarlo a soltar el puño enredado en la sábana. Guio sus dedos por debajo de los pliegues de la toalla hasta sus pechos. Él no pudo resistirse a pasar el dedo pulgar por uno de sus pezones duros, y luego el otro. A ella se le aceleró el pulso cuando él acarició su piel cálida y tierna, y él sintió el fuerte aleteo de su corazón latiendo contra su mano mientras ella trataba de guiarlo impacientemente más abajo... sobre su abdomen plano y hasta la sedosa articulación de sus muslos.

Estaba empapada y caliente, la grieta de su sexo era satén húmedo y cálido cuando él deslizó un dedo en su centro. Ella apretó las piernas, reteniéndolo allí como si no tuviera ninguna intención de dejarlo escapar. Bebió otro trago de su muñeca, sorbiendo con tanta fuerza que él lo notó desde todo su cuerpo. Cerró los ojos, echó la cabeza hacia atrás y dejó escapar un lento gruñido, con los músculos de su cuello tan tensos como cables. Su sexo era una roca sólida completamente erecta entre sus piernas. Otro minuto de aquel tormento y se correría allí mismo dentro de aquellos pantalones de chándal.

—Ah, joder —rugió, apartando la mano de la dulce tentación de su cuerpo excitado. Bajó lentamente la barbilla para mirarla.

Cuando abrió los párpados, sus iris transformados bañaron a Renata en un brillo ambarino. Estaba gloriosamente desnuda, sentada frente a él como una oscura diosa, con los labios succionando a su muñeca y los pálidos ojos encendidos mientras lo miraba fijamente y con descaro.

—No más —murmuró él, con la voz áspera y las palabras espesas por la presencia de los colmillos. Jadeaba tratando de respirar, con todos sus nervios electrizados—. Tenemos que parar... Dios santo... será mejor que paremos ahora.

Ella gimió en señal de protesta, pero con mucha suavidad Nikolai apartó de la boca de Renata la muñeca que la alimentaba y la llevó hasta sus propios labios. Pasó la lengua sobre las heridas y las cerró.

Con ojos hambrientos ella lo vio lamer la zona y se relamió los labios.

—¿Qué me ocurre? —preguntó, pasándose las manos por los pechos, y estirando y arqueando la columna con elegancia felina—. ¿Qué me has hecho? Dios... estoy ardiendo.

—Es el lazo de sangre —dijo él, encontrando difícil articular una frase por la forma en que sus sentidos latían con la conciencia y la necesidad de esa mujer—. Debería haberte avisado... Lo siento.

Él comenzó a apartarse, pero ella lo cogió de la mano y lo retuvo. Hizo un movimiento de negación casi imperceptible con la cabeza. Su pecho se alzaba cada vez que el aire llenaba sus pulmones y sus ojos con párpados pesados permanecieron fijos en él ni remotamente ofendidos. Sabiendo que no debía aprovecharse de la situación, Nikolai acarició el rubor rosado de su mejilla.

Renata gimió moviendo el rostro contra su palma.

—¿Siempre... siempre es así cuando dejas que una mujer beba de ti?

Él sacudió la cabeza.

—No lo sé. Tú eres la primera.

Ella alzó la mirada hacia él y una pequeña arruga apareció en su frente. Él podía notar la sorpresa que se registraba detrás de la lujuria inducida por la sangre que llenaba su mirada. Un pequeño sonido se deslizó entre sus labios y luego se movió hacia él sin vacilar, agarrando su rostro entre las manos.

Lo besó, con un largo, intenso y profundo beso.

—Acaríciame, Nikolai —murmuró contra su boca.

Era una exigencia tan directa como la urgente presión de sus labios en los de él y su lengua empujando para separar sus dientes. Niko pasó las manos por su piel desnuda, respondiendo a su beso con la misma intensidad, con su cuerpo tan hambriento como el de ella y sin poder echar la culpa de aquel deseo feroz a la reacción natural de un lazo de sangre. Su hambre por Renata era algo completamente distinto, aunque igual de apasionado.

Ávidamente, buscó el refugio de su sexo. Esta vez tocarla ya no era un juego, no cuando su aroma lo estaba embriagando y la seda caliente de su centro lo estaba volviendo loco. Acarició sus pliegues húmedos, penetrando con sus dedos a medida que se abrían como una flor. Ella se arqueó para recibirlo mientras él la penetraba primero con un dedo, y luego otro. Él la llenó, deleitándose en la apretada tensión de su cuerpo y en las sutiles ondulaciones de sus músculos interiores mientras la acariciaba y la conducía hacia el clímax.

Estaba tan absorto en su placer que no notó que sus manos se estaban moviendo hasta que ella tironeó del elástico de sus pantalones. Él contuvo la respiración cuando ella deslizó la mano por debajo de la cinturilla para encontrar su sexo duro y erecto. Lo palpó, haciendo resbalar los dedos con la gota de fluido que anidaba en la punta y torturándolo con una lenta y firme caricia de su mano a lo largo de todo el miembro.

—Tú también me deseas —dijo ella, sin necesidad de preguntarlo porque la respuesta rebosaba en su mano.

—Oh, sí —contestó Nikolai de todas formas—. Diablos, sí... te deseo, Renata.

Ella sonrió hambrienta y lo empujó para hacerlo caer de espaldas en la cama. Le deslizó los pantalones por las caderas, pero sólo se los bajó hasta las rodillas. Con su gruesa erección sobresaliendo como un orgulloso soldado, Nikolai observaba cautivado cómo Renata se ponía a horcajadas sobre él. Sabía que no podía esperar ningún asomo de timidez o vacilación. Era atrevida e indomable, y él nunca se había sentido más encantado en su vida. Clavó sus ojos resueltos en los de él, y sumergió su miembro dentro de ella resbalando larga y lentamente.

Dios santo, era increíble sentirla. Tan caliente y ceñida, tan condenadamente húmeda.

Él se dijo a sí mismo que eran sólo las secuelas del lazo de sangre las que despertaban en ella aquel deseo, que estaría reaccionando de la misma forma con cualquier otro macho de la estirpe que la hubiera alimentado. Tan sólo era una reacción física, como una yesca a la que se prende fuego al estar demasiado cerca de la llama. Ella probablemente apenas era consciente de él en ese momento... tenía un picor y él era la uña que necesitaba para rascarse, así de simple. Mejor para él. No era preciso que fuese más complicado, y no era tan idiota como para desear eso. Aquel sexo entre ellos no era nada personal, y Niko se dijo que a él se le daba bien ese tipo de relación.

Se dijo a sí mismo un montón de tonterías mientras echaba la cabeza hacia atrás con un gruñido y dejaba que Renata tomara de él todo lo que necesitara.

Renata nunca se había sentido tan viva. La sangre de Nikolai encendía sus sentidos, y cada matiz del momento la sacudía con vívida conciencia. La herida del hombro ya no le dolía; su deseo por Nikolai la llenaba por completo.

Él le agarraba las caderas mientras ella se empalaba con su sexo, su mente absorta únicamente en el calor que la llenaba, en la masculina belleza de su cuerpo grande moviéndose a un ritmo compartido debajo de ella. A través de su mirada inundada por la bruma del deseo, admiró los tensos músculos de sus brazos y su pecho, una sinfonía de fuerza que se flexionaba y contraía, y cuyo poder era aún más sorprendente por los intensos colores y diseños de sus cambiantes dermoglifos.

Incluso sus colmillos, que deberían haberla aterrorizado, tenían ahora una belleza letal. Las afiladas puntas brillaban cada vez que él respiraba agitadamente a través de los dientes. La sangre que había tomado de él la debía de haber vuelto un poco loca, porque en alguna oscura parte de su ser deseaba que aquellos letales colmillos se apretaran contra su cuello, perforando su carne mientras cabalgaba sobre él.

Todavía notaba el gusto de su sangre en la lengua, dulce, salvaje y oscuro, un sabor electrizante que se derramaba a través de ella y la iluminaba por dentro.

Ansiaba más de ese poder, más de él...

Lo deseaba todo de él.

Renata hundió sus dedos en los gruesos bíceps y se movió para ser penetrada más dura y profundamente, persiguiendo esa peligrosa necesidad de sangre que la hacía desatarse. Él aceptaba cada empujón desesperado de sus caderas, sujetándola con firmeza mientras un pasmoso orgasmo estallaba en su interior. Ella gritó mientras el placer la inundaba, un grito de liberación que hubiera sido incapaz de contener aunque su vida dependiera de ello. La intensidad era imposible de soportar. Temblaba, sobrecogida por la fuerza de la pasión que él le despertaba, una pasión que durante tanto tiempo había tenido miedo de sentir.

No temía a Nikolai.

Lo deseaba.

Confiaba en él.

—¿Estás bien? —le preguntó él con un gruñido mientras continuaba sacudiéndose con ella—. ¿Sientes dolor ahora?

Ella negó con la cabeza, incapaz de hablar cuando cada una de sus terminaciones nerviosas estaba todavía tensa de deseo y sensaciones vibrantes.

—Bien —murmuró él, y deslizó la mano por detrás de su cuello para darle un beso. Su boca estaba caliente, sus colmillos le rozaban los labios y la lengua. Era tan bueno sentirlo... saborearlo.

El fuego que había amainado en parte con su liberación, volvió a encenderse con ferocidad. Ella gimió mientras sentía crecer de nuevo la excitación, moviendo las caderas al tiempo que notaba el ansia latiendo en su centro. Nikolai no la hizo esperar mucho. La acompañó con la precisión de una máquina, aumentando el ritmo hasta que ella volvió a correrse otra vez, flotando a la deriva entre oleada y oleada de placer. Luego él tomó el control absoluto, llenándola y retirándose, penetrándola cada vez más profundamente. Se corrió con un grito ronco, arqueando la espalda debajo de ella, empujándola con su pelvis por la fuerza de su liberación. El orgasmo de Renata se unió al suyo un momento más tarde, una prolongada desintegración que la dejó temblando y derretida en sus manos.

Y todavía deseaba más.

Y siguió deseando más después del siguiente orgasmo y

del otro. Incluso después de que Nikolai y ella estuvieran sudados y agotados, ella deseaba todavía más.

Edgar Fabien sintió que seis pares de ojos astutos y calculadores se clavaban en él cuando su secretario le susurró un mensaje urgente al oído. Una interrupción a aquella hora —en medio de una reunión con una compañía tan importante como aquellos invitados especiales, dignatarios de la estirpe, que habían venido a Montreal desde Estados Unidos y otras partes del mundo— era sinónimo de malas noticias. Y así fue, aunque Fabien no permitió ningún signo exterior que lo evidenciara.

Los hombres reunidos habían sido recibidos en privado a medida que habían llegado uno por uno aquella noche, y todos ellos fueron citados en la residencia exclusiva de los Refugios Oscuros de Edgar Fabien a la espera de ser transportados a otro lugar, donde se celebraría una reunión exclusiva. Para preservar su anonimato, el grupo había recibido instrucciones de ir encapuchados todo el tiempo. Se les había prohibido hacerse preguntas personales entre ellos o discutir sus acuerdos individuales con el macho de la estirpe que había convocado aquella reunión y estipulaba los términos de su asistencia secreta. Dragos había dejado muy claro que ahora más que nunca estaría atento a cualquier signo de debilidad o a la menor razón para considerar a Fabien o a cualquiera de sus otros tenientes presentes en aquella habitación indignos del glorioso futuro que planeaba revelar en aquella reunión formal.

Mientras el secretario susurraba el resto del mensaje, Fabien agradeció la capucha negra que ocultaba su reacción de los demás. Mantuvo la mirada tranquila y todos los músculos relajados cuando fue informado de que uno de sus secuaces de la ciudad estaba fuera porque tenía noticias críticas que no podía posponer. Noticias acerca de un macho de la estirpe y una mujer herida que lo acompañaba y que por la descripción no podían ser más que el par que había escapado del centro de rehabilitación.

—¿Podéis excusarme un momento? —dijo Fabien, con la

sonrisa tensa bajo su disfraz—. Tengo un pequeño asunto que atender fuera. Volveré enseguida.

Algunas cabezas oscuras hicieron un gesto de asentimiento mientras Fabien se daba la vuelta y abandonaba la habitación.

Cuando la puerta de la habitación de recepción estuvo cerrada y él y su secretario habían avanzado ya varios metros, Fabien se quitó la capucha.

—¿Dónde está?

—Le está esperando en el vestíbulo principal, señor.

Fabien se precipitó en esa dirección, arrugando la capucha negra con las manos. Cuando se acercó a la puerta, su secretario se le adelantó para abrirla y sostenérsela. El secuaz estaba apoyado contra la pared, absorto en comerse las uñas hasta la cutícula mientras sus mechones de cabello despeinados le tapaban los ojos. Cuando alzó la vista y vio entrar a su amo, la desagradable pereza del humano fue reemplazada por el entusiasmo de un perro sabueso.

—Tengo algunas noticias, amo.

Fabien gruñó.

—Eso he oído. Habla, Curtis. Dime lo que viste.

El secuaz explicó que aquella mañana había ido a hacer una pregunta al humano que lo empleaba —el dueño de un refugio para gente sin hogar que había contratado a Curtis para trabajar con sus ordenadores— e inesperadamente había descubierto que el vampiro guerrero estaba escondido en un apartamento que daba al garaje del refugio. Curtis no había podido verlo bien, pero sí estuvo lo bastante cerca como para estar seguro de que el enorme individuo era de la estirpe. Un rato después confirmó sus sospechas. Al parecer, el guerrero y la mujer que iba con él se habían hecho muy amigos. Los dos estaban demasiado ocupados en la cama como para advertir que Curtis había entrado furtivamente al garaje y los espiaba a través de la ventana.

El secuaz los había visto muy bien, y era capaz de dar una descripción física detallada tanto del guerrero Nikolai como de su compañera de sangre, Renata.

—¿Estás seguro de que ninguno de los dos se dio cuenta de que estabas allí? —preguntó Fabien.

El secuaz se rio.

—No, amo. Créame, estaban absortos el uno en el otro.

Fabien asintió y miró su reloj. Faltaba una hora para el anochecer. Ya había asignado un equipo de agentes de las fuerzas de la ley para que hicieran otra tarea de limpieza para él aquella noche. Tal vez debería enviar una segunda unidad a la ciudad con Curtis. Ya era bastante malo que el guerrero hubiera conseguido escapar del centro de rehabilitación. La noticia no había sido muy bien recibida cuando informó del problema a Dragos, pero el desastre quedaría suavizado si él podía ocuparse del guerrero de forma rápida y permanente.

Aquella noche subsanaría algunos errores recientes, y cuando se presentara ante Dragos en la reunión llevaría con él buenas noticias y un pequeño regalo encantador que sin duda su capitán disfrutaría.

Capítulo veintidós

—¿Crees que él le hará daño? —La voz de Renata sonó muy baja, rompiendo el prolongado silencio en el húmedo apartamento. Estaba sentada frente a Nikolai ante la pequeña mesita, vestida con una camiseta enorme y sus propios tejanos, que le habían sido lavados y devueltos por cortesía de Jack. La herida de su hombro estaba muchísimo mejor, y cada vez que Nikolai le preguntaba, ella insistía en que ya no sentía dolor. Él imaginaba que su sangre le seguiría haciendo efecto al menos algunas horas más. Llevaban un rato fuera de la cama, los dos estaban bañados y vestidos y habían tenido mucho cuidado de evitar hablar sobre lo ocurrido entre ellos.

En lugar de eso, Nikolai se mantenía ocupado limpiando y preparando las pistolas de Jack mientras planeaba junto a Renata su visita al recinto de Yakut. Aunque Niko dudaba de que Lex estuviera dispuesto a darle información acerca de su alianza con Edgar Fabien, tenía la sensación de que algunas balas estratégicamente repartidas podrían ayudar a soltar la lengua del bastardo.

Eso esperaba, porque sin una pista sólida acerca del paradero del líder de los Refugios Oscuros, las posibilidades de encontrar a Mira todavía ilesa disminuían por segundos.

—¿Crees que él... le hará algo malo?

Niko alzó la vista y vio el terror en los ojos de Renata.

—Fabien no es un buen hombre. Y honestamente, yo no sé qué pretende.

Ella bajó la mirada, frunciendo las delgadas y oscuras cejas.

—No me has dicho todo lo que tus amigos de Boston descubrieron sobre él.

Mierda. Debería haber sabido que Renata le hablaría sobre

eso. Deliberadamente había omitido las peores cosas que Gideon le había contado, sabiendo que los detalles sórdidos no ayudarían a localizar más rápido a Mira y sólo servirían para preocupar aún más a Renata. Pero la respetaba demasiado como para mentirle.

—No, no te lo he dicho todo —reconoció—. ¿De verdad quieres saberlo?

—Creo que necesito saberlo. —Sus miradas se encontraron de nuevo, y sus ojos pálidos estaban tan serios como los de un guerrero dispuesto a la batalla—. ¿Qué ha descubierto la Orden sobre él?

—Pertenece a la segunda generación de la estirpe, así que tendrá fácilmente unos cuantos cientos de años —dijo Niko, comenzando por el dato menos violento sobre Fabien—. Ha sido el líder de los Refugios Oscuros de Montreal durante el último siglo y medio, y tiene también vínculos importantes con los principales cargos de las fuerzas del orden, lo cual significa que también está bien conectado políticamente.

Renata se impacientó.

—Eso es un resumen, Nikolai. Sabes lo que te estoy preguntando. Dímelo directamente.

—Está bien. —Él asintió, sin tratar de ocultar su admiración, ni su preocupación—. Aunque tiene muchos amigos que ocupan altos cargos, Edgar Fabien no es lo que se llamaría un ciudadano modelo. Por lo visto tiene ciertas manías enfermizas que le han traído bastantes problemas a lo largo de los años.

—Manías —dijo Renata, prácticamente escupiendo la palabra.

—Sus gustos tienen un lado sádico y él... bueno... es sabido que disfruta de la compañía de niños de vez en cuando. Particularmente de niñas.

—Dios santo —exclamó Renata soltando el aire. Cerró los ojos y volvió la cara hacia un lado, quedándose muy quieta, por más que le costó mucho esfuerzo no venirse abajo. Cuando pudo volver a mirar a Niko había un brillo asesino en su imperturbable mirada verde jade—. Lo mataré. Te lo juro, Nikolai. Lo mataré si le llega a hacer algún daño.

—Vamos a detenerlo —le aseguró—. Lo encontraremos y recuperaremos a Mira.

—No puedo fallarle, Nikolai.

—Lo sé —dijo él, acercándose para cogerle la mano—. No le fallaremos, ¿de acuerdo? Estoy contigo en esto. Vamos a recuperarla.

Ella lo miró en silencio durante un largo momento. Luego, muy lentamente, abrió la mano y entrelazó sus dedos con los de él.

—Ella estará a salvo, ¿verdad?

Aquella era una de las primeras veces que oía un rastro de inseguridad en su voz. Él quería eliminar de Renata aquella duda y aquella preocupación, pero lo único que podía ofrecerle era una promesa.

—Vamos a recuperarla, Renata. Te doy mi palabra.

—De acuerdo —dijo ella. Y luego se mostró más resuelta—. De acuerdo, Nikolai. Gracias.

—Realmente vales mucho, ¿lo sabes? —Ella comenzó a negar con la cabeza, pero Nikolai le apretó suavemente la mano, obligándola a atenderle—. Eres fuerte, Renata. Más fuerte de lo que crees. Mira tiene suerte de tenerte a su lado. Diablos, y yo también.

La sonrisa con la que respondió era débil y ligeramente triste.

—Espero que tengas razón.

—Casi nunca me equivoco —dijo él, sonriéndole abiertamente y resistiendo a duras penas la urgencia de inclinarse por encima de la mesilla y besarla. Pero eso sólo podía conducir a una cosa... una cosa que su libido no tenía dificultad para imaginar con todo detalle.

—Entonces ¿cuánto tiempo vas a estar acariciando esas pistolas antes de darme una?

Niko se echó hacia atrás en la silla plegable y se rio.

—Elige la que quieras. Seguro que no sabes manejar...

No tuvo tiempo de acabar la frase. Renata agarró la pistola más cercana y un cargador entero de balas. En tres segundos tenía la pistola cargada, cerrada y preparada para la acción. Niko no había visto nada más sensual en su vida.

—Impresionante.

Ella colocó la pistola sobre la mesa y arqueó una de sus delgadas cejas.

—¿Quieres que te ayude con la tuya?

Él iba a reírse, pero se tragó el sonido antes de que saliera de su boca.

No estaban solos.

Renata siguió la dirección de su mirada, allí donde Nikolai creía haber oído un ruido sordo. Se oyó de nuevo, seguido por un pequeño crujido en el techo del garaje.

—Tenemos compañía —le susurró él.

Renata asintió, levantándose de la silla. Deslizó la 45 cargada por encima de la mesa hacia él y se movió con rapidez y eficiente silencio para cargar la otra.

Tan pronto como Nikolai cogió el arma la puerta del garaje se abrió de golpe, saliéndose de sus bisagras. Un enorme vampiro vestido con el equipo negro de las fuerzas de la ley entró como una ráfaga, apuntando a Renata con el objetivo láser de su rifle automático silenciado.

—¡Hijo de puta! —gritó Nikolai—. ¡Renata, dispárale!

Durante un espantoso segundo, ella no se movió. Nikolai pensó que estaba paralizada por la impresión, pero luego el agente soltó un aullido de dolor y tiró el arma para sujetarse las sienes. Se le doblaron las rodillas, pero había otros dos hombres armados justo detrás de él. Saltaron por encima de ese obstáculo que daba alaridos y abrieron fuego en el pequeño espacio.

Renata se cubrió detrás de uno de los armarios metálicos, disparando contra el agente que iba delante. Niko hizo blanco sobre el segundo, pero su disparo se desvió cuando la pequeña ventana de encima de la cama estalló en pedazos y un nuevo agente de las fuerzas de la ley se sumó a la refriega, armado hasta las cejas.

—¡Nikolai... detrás de ti! —gritó Renata.

Ella recibió al recién llegado con uno de los ataques debilitantes de su mente y el bastardo cayó al suelo, retorciéndose y convulsionándose hasta que Nikolai lo detuvo con un par de balas en la cabeza.

Renata lisió a uno de los otros con un tiro en la rodilla y luego completó la jugada con una bala entre los dos ojos. Nikolai mató al otro, y se dio cuenta demasiado tarde de que había perdido completamente de vista al primero que había entrado por la puerta. Ese hijo de puta ya no estaba gimoteando donde lo había dejado tirado Renata.

Para horror de Niko, el enorme vampiro tenía a Renata en sus manos, la levantó del suelo y la lanzó contra una pared. La fuerza de aquel macho de la estirpe era enorme, como en todos los de su raza. Renata chocó contra la dura superficie y luego cayó al suelo. Se quedó allí inmóvil, obviamente demasiado aturdida como para responder.

El rugido furioso de Nikolai hizo vibrar las débiles sillas y la mesa. Su visión se inundó de ámbar y los colmillos perforaron con fuerza las encías, extendiéndose afilados por su ira. Saltó sobre el otro vampiro desde atrás, agarrándole la enorme cabeza con las manos y girándola salvajemente. El crujido de huesos partidos y tendones desgarrados no fue suficiente para él. Mientras el cuerpo sin vida del agente se desplomaba, Niko le dio una patada que lo envió lejos de Renata y le llenó el cráneo de balas.

—Renata —dijo, arrodillándose junto a ella y cogiéndola en sus brazos—. ¿Puedes oírme? ¿Estás bien?

Ella gimió, pero logró asentir débilmente con la cabeza. Sus ojos se entreabrieron y luego se abrieron completamente al ver pasar algo por el umbral de la puerta. Niko volvió la cabeza y se encontró cara a cara con el humano que había visto antes, el humano que trató de asomar la cabeza cuando Jack fue al apartamento esa mañana. Jack lo había llamado Curtis y dijo que el chico estaba haciendo un trabajo para él en la casa.

Cuando Niko miró aquel rostro inexpresivo que no mostraba reacción alguna ante el brillo ambarino de sus ojos y sus colmillos desnudos, supo lo que estaba viendo...

—Un secuaz —gruñó. Soltó a Renata suavemente y se puso en pie—. Quédate ahí. Yo me encargo de él.

El secuaz sabía que había cometido un grave error mostrando su rostro después de la refriega que probablemente él había instigado. Se dio la vuelta hacia la oscuridad de la noche y comenzó a bajar las escaleras de dos en dos.

Nikolai rugió, viéndolo todo rojo mientras se precipitaba fuera del apartamento para seguirlo. Saltó por encima de la barandilla de las escaleras del segundo piso transportándose en el aire mientras los pies del secuaz empezaban a tocar el suelo. Nikolai aterrizó justo encima de él, haciéndolo caer sobre el negro asfalto de la carretera.

—¿Quién te controla? —le preguntó, golpeando la cara del humano contra el duro pavimento—. ¿Quién es tu amo, maldita sea? ¿Es Fabien?

El secuaz no respondió, pero Niko sabía la verdad de cualquier forma. Le dio la vuelta y lo hizo caer de espaldas.

—¿Dónde está? Dime dónde encontrar a Fabien. Habla, hijo de puta, o te destruiré aquí mismo y ahora.

En la distancia, Nikolai oyó un portazo metálico. Pisadas corriendo a través de la hierba.

Luego la voz de Renata se alzó desde el umbral de la puerta destrozada del apartamento del garaje.

—¡Jack, no! ¡Vuelve adentro!

Nikolai miró por encima de su hombro justo a tiempo para ver la expresión horrorizada del hombre. Los ojos de Jack miraban con incredulidad total, y gimoteaba con la mandíbula completamente suelta.

—Dios santo —murmuró, deteniéndose lentamente—, qué... Dios...

Entonces, debajo de él, Niko sintió que el secuaz se retorcía.

Registró el breve brillo de un cuchillo sólo medio segundo antes de que el humano de mente esclava se atravesara con él la garganta.

Renata bajó volando las escaleras con el corazón enfermo de pánico.

—¡Jack, por favor! ¡Vuelve a la casa!

Pero él se limitó a quedarse allí de pie, congelado en el sitio como si no pudiera oírla ni verla. No podía asimilar ninguna de las cosas que acababan de pasar en los últimos minutos del más completo y absoluto caos. Jack era una estatua muda e inmóvil en el camino.

Y Nikolai...

Dios bendito, Nikolai parecía el peor de los monstruos de una pesadilla. Empapado en sangre, inmenso y con esa aterradora máscara de letales colmillos y feroces ojos ambarinos.

Cuando se apartó del cuerpo del secuaz y se dio la vuelta para mirar a Jack no habría podido tener un aspecto más depredador y más inhumano, con su respiración saliendo dificultosamente a través de los dientes y todos los músculos de su cuerpo crecidos por el combate.

—Dulce María, madre de Dios —murmuró Jack, haciendo la cruz mientras Nikolai se apartaba unos pasos del cadáver del secuaz. Después levantó la vista y vio a Renata corriendo hacia él—. ¡Renata, vete de aquí!

Renata corrió para interponerse entre los dos hombres... Nikolai detrás de ella y Jack mirándola boquiabierto como si acabara de colocarse justo en medio de un campo de minas activo.

—Oh, Dios... Renata, cariño... ¿qué estás haciendo?

—Todo está bien, Jack —le dijo, levantando las manos con calma—. Todo está bien, te lo prometo. Nikolai no te hará daño. No nos hará daño a ninguno de los dos.

El rostro del hombre se arrugó confundido. Pero luego dirigió la mirada hacia Nikolai y una ligera chispa de reconocimiento apareció en sus facciones. Su palidez resultaba fantasmal en la oscuridad de la noche, y las piernas parecían incapaces de sostenerlo.

—Eres tú... ¿pero cómo...? ¿Qué demonios eres tú?

—No, eso no es seguro para ti —intervino Renata—. Sería demasiado peligroso, también para nosotros...

—Es demasiado tarde —sonó la voz de Nikolai como un gruñido grave detrás de ella—. Ya ha visto demasiadas cosas. Necesitamos contener esta situación y no tenemos mucho tiempo antes de que más humanos sientan curiosidad y empeoren las cosas.

Renata asintió.

—Lo sé.

La mano de Nikolai se apoyó suavemente sobre su hombro sano.

—Eso también incluye a Jack. No puedo dejar que vaya por ahí con su memoria intacta. Todo tiene que ser borrado, empezando por nuestra llegada la pasada noche. No puede recordar que tú y yo hemos estado aquí.

Ella se encogió, pero no podía discutir.

—¿Tengo un minuto para despedirme?

—Un minuto —dijo Nikolai—. Pero eso es todo lo que podemos arriesgarnos.

—¿Qué demonios está pasando aquí? —masculló Jack, sintiendo disiparse algo de su conmoción inicial y volviendo a recuperar su espíritu guerrero—. Renata... ¿en qué tipo de lío te has metido, muchacha?

Ella le sonrió débilmente mientras se acercaba a él para darle un abrazo.

—Jack, quiero darte las gracias por ayudarnos esta noche, pero sobre todo... por ser como eres. —Se apartó de él para mirar sus bondadosos y viejos ojos—. Puede que no lo sepas, pero has sido mi ancla muchas veces. Siempre que he perdido mi fe en la humanidad tu bondad la ha restaurado. Has sido un verdadero amigo, y te quiero por eso. Y siempre te querré.

—Renata, necesito que me digas qué está pasando. Este hombre con quien estás... esta extraña criatura... Por el amor de Dios, o me estoy volviendo loco o es una especie de...

—Es mi amigo —dijo ella, afirmándolo con tanta convicción que incluso ella se sintió sorprendida—. Nikolai es mi amigo. Eso es todo lo que necesitas saber.

—Tenemos que marcharnos, Renata.

La voz de Nikolai sonaba tranquila, concentrada en lo práctico. Ella asintió, y al mirarlo comprobó que ya había recuperado su estado normal. Jack tartamudeó confundido, pero Nikolai se limitó a coger la mano del humano.

—Gracias por todo lo que has hecho, Jack. Eres un buen hombre. —Nikolai no esperó una respuesta. Levantó la mano que tenía libre y puso la palma en la frente de Jack, manteniéndola allí durante un momento—. Entra en la casa y vuelve a la cama. Cuando te despiertes por la mañana, lo habrás olvidado todo. Descubrirás que han entrado en el apartamento... Curtis estaba mezclado con mala gente, el robo se les fue de las manos y lo asesinaron.

Jack no dijo nada, pero asintió con la cabeza.

—Cuando abras ahora los ojos no nos verás —dijo Nikolai—. Tampoco verás sangre ni cristales rotos. Te darás la vuelta, entrarás en la casa y te meterás en la cama durante el resto de la noche.

Jack volvió a asentir con la cabeza en señal de conformidad. Nikolai apartó la mano de su frente. Los ojos de Jack se abrieron, tranquilos e imperturbables. Miró a Renata, pero con una mirada vacía que parecía no ver nada. Ella se quedó allí, observando con tristeza cómo su viejo y querido amigo se daba la vuelta en silencio y avanzaba hacia la casa.

—¿Estás bien? —le preguntó Nikolai, pasándole la mano por la cintura mientras esperaban que Jack desapareciera.

—Sí, estoy bien —dijo ella con calma, abandonándose en su fuerte abrazo—. Limpiemos este desastre y vayámonos de aquí.

Capítulo veintitrés

—*A* buenas horas llega —se quejó para sí Alexei Yakut mientras observaba las luces de unos faros rebotando entre los árboles junto al recinto principal. Irritado porque llevaba ya media hora esperando, Lex se apartó de una de las ventanas de las antiguas habitaciones de su padre, que ahora le pertenecían, al igual que todo aquello que su padre había dejado tras su muerte.

El coche negro que circulaba por el camino era enorme, obviamente un todoterreno. Lex puso los ojos en blanco, disgustado. Esperaba que un hombre del estatus de Edgar Fabien viajara en algo más elegante que un vehículo militar perteneciente sin duda a las fuerzas de la ley. Los propios parámetros de Lex exigían mucho más que un modelo de transporte meramente utilitario, sobre todo para un acontecimiento tan importante como aquel al que iba a acudir junto a Fabien. ¡Joder... podrían haber llegado a la reunión en una camioneta antes que en ese vehículo deslucido!

Si él estuviera a cargo de esas cosas —cuando estuviera a cargo, se corrigió Lex mentalmente—, no iría a ninguna parte sin el transporte que se adecuara a su rango.

Entró en sus habitaciones malhumorado, arreglándose la chaqueta del traje mientras sus brillantes mocasines de piel de cocodrilo golpeaban suavemente en la madera del suelo. Sabía que causaría buena impresión, y de eso se trataba, aunque estaba mucho más acostumbrado al uniforme de servicio y las botas de cuero que había usado durante tanto tiempo. Pero era un individuo con facilidad de adaptación, así que no creía que le costara mucho acostumbrarse a su nueva identidad.

En la habitación de al lado, los dos guardias que quedaban

en el recinto jugaban a las cartas. Uno de ellos alzó la cabeza para mirar a Lex cuando éste entró y el gesto que hizo con la mano no fue lo bastante rápido como para ocultar su sonrisa divertida.

—Parece que esa corbata te esté cortando la respiración, Lex —se burló el otro guardia, riéndose de su propio chiste—. Será mejor que te desates eso antes de que te pase algo.

Lex lo miró con odio mientras pasaba el dedo por el borde del cuello demasiado tirante de su camisa de quinientos dólares.

—Que te den por culo, cretino. Y abre la jodida puerta. Ha llegado mi coche.

Mientras el guardia se levantaba pesadamente para cumplir la orden, Lex se preguntó cuánto tiempo debería mantener a su lado a esos dos estúpidos. Claro que habían sido empleados al servicio de su padre todos los días durante casi una década, pero alguien como Lex merecía respeto. Tal vez les enseñaría esa lección cuando regresara al cabo de un par de noches, después de la reunión del fin de semana.

Lex forzó una sonrisa de bienvenida para Fabien a la espera de que el guardia abriera la puerta... salvo que no era Edgar Fabien quien estaba allí para saludarlo. Era un agente de la ley uniformado, con otros tres detrás de él.

—¿Dónde está Fabien? —preguntó Lex.

El alto agente que iba delante le hizo una ligera reverencia con la cabeza.

—Nos reuniremos con el señor Fabien en un lugar apartado, señor Yakut. ¿Necesita ayuda con algo antes de que lo escoltemos hasta el vehículo?

Lex gruñó, con su ego más tranquilo por el tono deferente del agente.

—Tengo un par de bolsas en la otra habitación —dijo, haciendo un gesto distraído en dirección a sus habitaciones—. Uno de sus hombres podría traerlos.

Su interlocutor respondió con otro gesto respetuoso.

—Yo me ocuparé de sus cosas personalmente. Pase usted delante, señor.

—Por aquí —dijo Lex, permitiendo que la escolta entrara en el recinto mientras él, a la cabeza, se adentraba por el pasillo hacia sus habitaciones. Una vez dentro, se detuvo delante de la cama para señalar las cosas que había que llevar—. Coged la bolsa de ropa y el petate de cuero que está en el suelo.

Cuando el agente no se movió para coger las bolsas sino que se limitó a quedarse junto a él, Lex lo miró con indignación.

—¿Y bien? ¿A qué demonios estás esperando, idiota?

La respuesta que obtuvo fue plana como una cuchilla, e igual de fría.

Y entonces Lex entendió ese frío, porque al instante siguiente oyó el estallido sordo de varias balas disparadas en la otra habitación y sintió que la sangre se le helaba en las venas.

El agente de la ley, de pie junto a él, esbozaba una amable sonrisa.

—El señor Fabien me ha pedido que le entregue personalmente un mensaje de su parte, señor Yakut.

Renata parecía cansada mientras Nikolai subía desde el campo donde habían dejado los cuerpos de los agentes muertos. En unas pocas horas, el amanecer destruiría toda huella de los vampiros, aunque más allá de la fauna del lugar nadie visitaría aquel lugar tan apartado de la carretera, que estaba a su vez tan apartado de la ciudad.

—Puse sus uniformes y equipos en la parte trasera del vehículo —le dijo Renata mientras se acercaba—. Las armas extras están detrás de los asientos delanteros y la llave en el contacto.

Niko asintió. Después de limpiar toda evidencia de un asalto de la estirpe en el apartamento del garaje, él y Renata se habían ocupado del todoterreno, que sus atacantes habían sido tan amables de dejar aparcado en una calle cercana a la casa de Jack.

—¿Aguantas bien? —preguntó él, viendo la fatiga en sus ojos—. Podemos esperar aquí y descansar un rato si es que lo necesitas.

Ella negó con la cabeza.

—Quiero continuar en movimiento. Estamos tan sólo a unos pocos kilómetros del recinto.

—Sí —dijo Niko—. Y no espero que Lex nos reciba con una alfombra roja cuando lleguemos. Las cosas pueden ponerse feas muy rápidamente. Han pasado un par de horas desde que lanzaste ataques mentales a esos agentes. ¿Cuánto tardarás en sentir los efectos?

—Probablemente no mucho —admitió ella, bajando la mirada hacia la hierba iluminada por la luna a sus pies.

Niko le levantó la barbilla y no pudo dejar de acariciar la delicada línea de su mejilla.

—Razón de más para quedarnos un rato aquí.

Ella se apartó de él, insistiendo con determinación.

—Razón de más para irnos antes de que comiencen los efectos. Descansaré cuando tengamos a Mira con nosotros. —Se dio la vuelta y comenzó a dirigirse al vehículo—. ¿Quién conduce... tú o yo?

—Espera —le dijo, cogiéndola de la mano antes de que pudiera ir más lejos. Caminó hacia ella y la abrazó por la espalda.

Dios, era bellísima. Hasta un idiota podría apreciar la frágil y femenina perfección de su rostro: los pálidos ojos almendrados que brillaban como piedras lunares bajo las oscuras pestañas; la nariz traviesa y la boca lujuriosa y tan sensual; la piel lechosa que parecía de impecable terciopelo en contraste con el brillo de ébano de su cabello. La belleza física de Renata era sorprendente, pero era su coraje, su inquebrantable honor, lo que realmente conquistaba a Niko.

De alguna manera, en el poco tiempo que se habían visto obligados a estar juntos, Renata se había convertido en una auténtica compañera para él. La valoraba, confiaba en ella, tanto como confiaba en cualquiera de sus compañeros de la Orden.

—Espera —le repitió, más bajo ahora, contemplando su valiente y bello rostro y volviendo a sentirse sobrecogido ante aquella mujer extraordinaria que estaba demostrando ser una aliada tan vital para él—. Hemos sido un buen equipo, ¿no crees?

—Yo estaba aterrorizada, Nikolai —le confesó suavemente—. Aparecieron tan de repente... Debería haber reaccionado más rápido. Debería...

—Estuviste increíble. —Él le apartó de la cara un mechón de pelo rebelde y se lo colocó detrás de la oreja—. Eres increíble, Renata, y yo me siento condenadamente afortunado de saber que te tengo a mi lado.

Ella le dedicó una pequeña y tímida sonrisa.

—Lo mismo digo.

Tal vez no era el momento ideal para besarla, estando en el rincón de un campo olvidado de la mano de Dios, con un rastro de sangre y muerte a sus espaldas y sin duda más de lo mismo esperándolos antes de que su viaje llegara al final. Pero Nikolai quería hacerlo, lo que necesitaba, allí y ahora, en aquel preciso momento, era sentir los labios de Renata contra los suyos.

Cedió ante la urgencia, inclinándose y tomando su boca en un tierno beso sin prisas. Ella lo rodeó con los brazos, al principio de manera indecisa, pero sus manos eran cálidas y generosas mientras le acariciaba la espalda y lo apretaba contra ella, incluso cuando su beso terminó y ella apoyó la mejilla contra su pecho.

Cuando habló, su voz era apenas un susurro.

—¿Conseguiremos encontrarla, Nikolai?

Él apoyó los labios contra su frente.

—Sí, la encontraremos.

—¿Y crees que estará bien? —Su vacilación fue muy breve, pero suficiente para que Renata la advirtiera y se apartara de sus brazos. Arrugó el ceño, con los ojos ensombrecidos por el dolor—. Oh, Dios mío... no crees que esté bien. Puedo sentir tu duda, Nikolai. Crees que a Mira le ha ocurrido algo.

—Lo que sientes es el lazo de sangre —dijo él, sin atreverse a negar lo que Renata había leído de forma tan precisa en él.

Ella volvía a alejarse, arrastrando los pies por la hierba oscura en dirección al todoterreno. Su rostro había adquirido una expresión afligida.

—Tenemos que irnos ahora mismo. ¡Debemos encontrar a Lex y obligarlo a decirnos dónde está ella!

—Renata, sigo pensando que deberías esperar aquí y descansar. Si el ataque...

—¡A la mierda con el ataque! —gritó, sacudiendo la cabeza con pánico creciente—. Voy a casa de Yakut. Tú puedes venir conmigo o quedarte atrás, pero yo voy a ir ahora mismo.

Podría haberla detenido.

Si hubiera querido podría haber sido más rápido que ella e impedirle que diera otro paso hacia el vehículo. Podría haberle inducido un estado de trance con un simple roce de su mano sobre su cara y obligarla a esperar hasta que pasara el dolor que probablemente la dejaría fuera de juego por completo no mucho después de que llegaran al pabellón.

Podía haberla retenido de un buen número de maneras, pero en lugar de eso fue hacia el lado del conductor antes de que ella llegara y le bloqueó la entrada con su cuerpo.

—Yo conduzco —dijo, sin darle oportunidad de discutir—. Tú te encargas de disparar.

Renata lo miró fijamente durante un segundo, y luego se dirigió al asiento del copiloto.

Siguieron el camino de vuelta a la carretera y condujeron hasta llegar a una corta distancia del silencioso bosque propiedad de Yakut. Niko apagó las luces y se acercaron muy lentamente. Estaba a punto de sugerir que abandonaran el vehículo y entraran a la propiedad a pie cuando se dio cuenta de que algo no iba bien.

—¿Está siempre tan silencioso?

—Nunca —dijo Renata, mirándolo con gravedad. Cogió algunas de las armas que había detrás de los asientos. Pasó por encima de su cabeza la correa de un rifle automático y luego le dio otro a Nikolai—. A Lex sólo le quedan dos guardias, pero no parece que aquí haya nadie.

Y entonces, aun en la distancia, Niko detectó el aroma de sangre derramada. Sangre de la estirpe, que provenía de más de una fuente.

—Quédate aquí mientras compruebo qué pasa.

Ella le contestó con una burla desobediente, como él debería haber previsto.

Ambos bajaron del vehículo y avanzaron juntos hacia la oscura casa principal. La puerta de la entrada estaba completamente abierta. Había huellas recientes de neumáticos en el sendero de grava, marcas anchas y profundas como las del todoterreno que acababan de dejar atrás.

Niko tuvo la sensación de que las fuerzas de la ley habían estado también allí.

El pabellón estaba en completo silencio, y apestaba con el hedor de la reciente muerte de los vampiros. Él no necesitó encender las luces para ver la carnicería. Su afilada visión localizó a los dos machos muertos inmediatamente, ambos con varias balas en la cabeza.

Guio a Renata a través de los cadáveres, siguiendo el rastro del olor hasta las habitaciones privadas de Yakut. Sabía también lo que iba a encontrar allí. Aun así, entró en la habitación y dejó escapar una furiosa maldición.

Lex estaba muerto.

Y junto a él había muerto también su mejor posibilidad de localizar a Edgar Fabien aquella noche.

Capítulo veinticuatro

*R*enata se quedó sin respiración al oír la maldición que dejó escapar Nikolai. Buscó el interruptor de la luz cercano a la puerta de la habitación de Yakut. Lentamente, encendió la luz.

Se quedó sin habla al ver el cuerpo sin vida de Lex, con los ojos vacíos y nublados por la muerte y tres grandes agujeros de bala en la frente. Quería gritar. Dios del cielo, quería caer de rodillas, agarrarse el pelo con las manos y aullar hacia el techo... no por dolor o conmoción, sino por una rabia absoluta.

Pero sentía los pulmones agarrotados en el pecho.

Le pesaban todos los miembros, era incapaz de mover las piernas ni los brazos.

La esperanza que había estado albergando, por pequeña que fuera, de que al llegar allí encontraran una pista sólida que los condujera hacia Mira, se le escapó, se derramó allí mismo como se había derramado la sangre de Lex por el suelo de la habitación de su padre.

—Renata, encontraremos otra forma —dijo Nikolai desde algún lugar cerca de ella. Se inclinó sobre el cuerpo y sacó un teléfono móvil del bolsillo de la chaqueta de Lex, lo abrió y apretó algunas teclas—. Ahora tenemos el historial de llamadas de Lex. Uno de estos números podría ser el de Fabien. Contactaré con Gideon para que él los localice. Encontraremos a Fabien muy pronto. Ya lo tenemos, Renata.

Ella no pudo responder, no le salían las palabras. Se volvió lentamente y salió de la habitación, apenas consciente de que sus pies se estaban moviendo. Fue a la deriva a través del oscuro recinto, pasó junto a los cuerpos tirados en el salón y siguió pasillo abajo... No sabía dónde se dirigía, y sin embargo no se sorprendió al hallarse en el centro de la diminuta habitación donde dormía Mira.

La pequeña cama estaba igual que la había dejado, como si esperara su regreso. Sobre la mesilla de noche había una flor silvestre que Mira había recogido días atrás, una de las extrañísimas veces que Sergei Yakut había permitido a la niña aventurarse fuera. La flor de Mira ahora estaba marchita, con sus blancos pétalos cayendo sin vida y el tallo verde tan mustio como un trozo de cuerda.

—Oh, mi dulce ratoncita —susurró Renata en la oscura y vacía habitación—. Lo siento... siento tanto no estar allí contigo ahora...

—Renata. —Nikolai estaba de pie ante el umbral de la habitación—. Renata, no te hagas esto a ti misma. Tú no tienes la culpa. Y esto no ha terminado, no todavía.

Su voz profunda sonaba llena de suavidad, simplemente oírla era un consuelo, como lo era saber que estaba allí junto a ella. Necesitaba ese consuelo, pero como no lo merecía, Renata se negó a ir corriendo a sus brazos, tal como quería hacer. Permaneció allí, rígida e inmóvil, deseando poder corregir todos sus fallos.

No podía quedarse en aquel pabellón ni un minuto más. Había allí demasiados recuerdos oscuros.

Demasiada muerte a su alrededor.

Renata dejó que la flor mustia cayera de sus dedos a la cama. Si dio la vuelta y fue hacia el umbral de la puerta.

—Tengo que salir de este sitio —murmuró, sintiendo la angustia y la culpa creciendo dentro de su pecho—. No puedo... siento que me ahogo... no puedo respirar.

No esperó una respuesta... No podía quedarse allí ni un segundo más. Pasó ante él y se apartó corriendo de la habitación vacía de Mira. No dejó de correr hasta salir del recinto principal y adentrarse en el bosque. Y todavía sentía los pulmones comprimidos como si estuvieran metidos en un torno.

Y el dolor de cabeza comenzó a retumbar desde la nuca. La piel todavía no le dolía, pero sentía los huesos cansados y sabía que el ataque no tardaría mucho en aparecer. Al menos su hombro estaba bien. La herida de bala todavía seguía allí y aún notaba un latido apagado en lo profundo de sus músculos, pero la sangre de Nikolai había operado un efecto mágico en la infección.

Renata se sentía bastante fuerte, tanto que cuando alzó la vista y vio el establo cerrado —la vieja construcción donde ella y tantos otros habían sido acosados como parte del deporte sangriento y enfermo de Yakut— no se lo pensó dos veces antes de avanzar hacia allí con el rifle que llevaba sujeto a la espalda. Disparó contra la pesada cerradura hasta que esta se vino abajo. Luego abrió la puerta y siguió disparando, salpicando las grandes celdas, las paredes y las vigas con una lluvia de balas destructoras.

No soltó el gatillo hasta que la recámara quedó vacía y tenía la garganta en carne viva de chillar. Le pesaban los hombros y sentía una fuerte opresión en el pecho.

—Debería haber estado aquí —dijo al oír a Nikolai detrás de ella—. Cuando Lex se la entregó a Fabien yo debería haberlo detenido. Debería haber estado allí con Mira. Y en lugar de eso, estaba en la cama, demasiado débil por culpa de mi ataque... inutilizada.

Él hizo un pequeño ruido, como rechazando su sentimiento de culpa.

—No podías saber que corría peligro. No podías prever nada de lo que ocurrió, Renata.

—¡Nunca debí abandonar el recinto! —gritó, con un sentimiento de autodesprecio corrosivo como el ácido—. Hui cuando debería haberme quedado aquí para conseguir que Lex me dijera dónde estaba.

—No huiste. Fuiste en busca de ayuda. Si no lo hubieras hecho, yo estaría muerto. —Sus pasos se acercaron, y se colocó suavemente detrás de ella—. Si te hubieras quedado aquí todo este tiempo, Renata, esta noche habrías sido asesinada junto con Lex y los otros guardias. Lo que ha tenido lugar aquí es una ejecución totalmente planeada, y lleva la firma de Fabien.

Tenía razón. Ella sabía que tenía razón, en todo. Pero eso no aliviaba en nada su dolor.

Renata clavó la vista fijamente, sin ver, en la nube de pólvora que llenaba el granero.

—Tenemos que volver a la ciudad y empezar a buscarla. Puerta por puerta, si hace falta.

—Sé lo que estás sintiendo —dijo Nikolai. Le tocó la nuca y la hizo rendirse a su ternura—. Maldita sea, Renata, ¿no crees que si yo pensara que ir pateando puertas de aquí a Old Port nos acercaría a Fabien me embarcaría en eso contigo? Pero no va a servirnos para nada. Y menos con la luz del día pisándonos los talones.

Ella negó con la cabeza.

—No tienes que preocuparte por la luz del día. Puedo volver a la ciudad yo sola...

—Ni pensarlo. —Sus manos se movieron con brusquedad cuando se volvió para enfrentarse a él. Sus ojos brillaban con chispas ambarinas y una emoción que se parecía notablemente al miedo, incluso en la oscuridad—. No te acercarás a Fabien sin mí. —Le acarició la frente, y sus fieros ojos la hacían arder—. Estamos juntos en esto, Renata. Lo sabes, ¿verdad? ¿Sabes que puedes confiar en mí?

Ella miró fijamente el rostro de Nikolai y sintió una ola de emoción creciendo en su interior, inundándola sin que ella pudiera impedirlo aunque lo intentara. Las lágrimas acudieron a sus ojos, llenándolos. Antes de que pudiera evitarlo, rompió a llorar y todo el dolor que había sentido —la amargura y el vacío de su existencia entera— surgió de ella en grandes y turbulentos sollozos.

Nikolai la envolvió entre sus brazos y la apretó con fuerza. No intentó detener sus lágrimas. No quería ofrecerle mentiras piadosas para que se sintiera mejor ni hacerle falsas promesas que aliviaran su desesperación.

Simplemente la abrazó.

La abrazó, haciéndole sentir que la comprendía. Que no estaba sola, y que tal vez merecía ser amada.

La hizo enderezarse, levantándola en sus brazos, y comenzó a sacarla del granero que había llenado de balas.

—Encontraremos un sitio para que descanses un rato —dijo él, con una voz suave que vibraba dentro de su pecho mientras ella se apoyaba contra él.

—No puedo volver a entrar al pabellón, Nikolai. No quiero estar ahí.

—Lo sé —murmuró él, guiándola hacia el bosque—. Tengo otra idea.

La hizo sentarse en un lecho de hojas entre dos altísimos pinos. Renata no sabía qué pretendía, pero jamás hubiera podido imaginar lo que ocurrió a continuación.

Nikolai se arrodilló junto a ella abriendo los brazos, bajó la barbilla y su inmenso y musculoso cuerpo se quedó quieto y completamente concentrado. Renata sintió crepitar la energía a su alrededor. Se levantó una fragancia a tierra rica y fértil, como el olor del bosque después de la lluvia. Una brisa cálida le acarició la nuca mientras Nikolai ponía las yemas de los dedos sobre el suelo a su lado.

Hubo un débil crujido de movimiento en la hierba... un suspiro de vida. Renata vio que se levantaba bajo las palmas de Nikolai y no pudo contener un grito ahogado impresionada cuando se dio cuenta de lo que estaba viendo.

Diminutas enredaderas brotaban del suelo y crecían arrimándose a los troncos de los pinos gemelos que ella tenía a cada lado.

—Oh, Dios —murmuró, completamente embelesada—. Nikolai... ¿qué está ocurriendo aquí?

—Muy bien —dijo él, observando las enredaderas, dirigiéndolas por más que resultara difícil de creer.

Los zarzillos dieron vueltas en espiral alrededor de los troncos de los árboles y subieron más arriba, llenándose de hojas que multiplicaron exponencialmente lo que ella estaba admirando. Por encima de su cabeza, a unos dos metros y medio de altura, las enredaderas saltaron a través del espacio que separaba los pinos. Se unieron hasta producir varios metros de vegetación, creando un toldo vivo que se extendió por toda la zona donde Renata y Nikolai estaban sentados.

—¿Tú estás haciendo esto? —preguntó ella incrédula.

Él asintió, pero siguió concentrado en su creación, llenando las enredaderas con más y más hojas. A su alrededor se formaron gruesas paredes de un aromático refugio, y el verde exuberante quedó salpicado con las misma flores blancas diminutas que Renata había encontrado en la habitación de Mira.

—Bueno... ¿cómo estás haciendo esto?

El susurro de plantas vivas que crecían se hizo más débil y Nikolai se volvió hacia ella con una mirada despreocupada.

—El don de mi madre fue heredado por sus dos hijos.

—¿Quién es tu madre, acaso la Madre Naturaleza? —dijo Renata riendo, encantada a pesar de saber que las bellas flores y enredaderas eran tan sólo un velo temporal. Fuera, toda la fealdad y la violencia permanecían.

Nikolai sonrió y sacudió la cabeza.

—Mi madre era una compañera de sangre, como tú. Tu talento es el poder de tu mente. Este otro era el suyo.

—Es increíble. —Renata pasó la mano por las frescas hojas y delicados pétalos—. Nikolai, tu habilidad es... Me sale la palabra sorprendente, pero no le hace justicia.

Él se encogió de hombros.

—No la uso demasiado. Dame un cargador lleno de balas o unos paquetes de explosivos y te mostraré lo que es sorprendente.

Se lo tomaba a la ligera, pero ella sentía que su desparpajo le servía para esconder algo oscuro.

—¿Y qué me dices de tu hermano?

—¿Qué pasa con mi hermano?

—¿Dices que él también puede hacer esto?

—Podía, sí —dijo Nikolai, y sus palabras sonaron apagadas—. Dimitri era más joven que yo. Está muerto. Pasó hace mucho tiempo, en Rusia.

Renata hizo un gesto de dolor.

—Lo siento.

Él asintió, arrancando una hoja de la masa de vegetación y rompiéndola en pedacitos.

—Era sólo un chico, un buen chico. Un par de décadas más joven que yo. Solía seguirme a todas partes como un condenado cachorro queriendo hacer todo lo que yo hacía. Yo no tenía mucho tiempo para él. Me gustaba vivir al límite... mierda, supongo que aún lo continúo haciendo. En cualquier caso... a Dimitri se le metió en la cabeza que tenía que impresionarme. —Soltó una cruda y ahogada maldición—. Estúpido crío... Estaba dispuesto a hacer cualquier cosa con tal de llamar mi atención, ¿entiendes? Para oírme decir que yo lo valoraba, que estaba orgulloso de él.

Renata lo observaba en la oscuridad, viendo en él la misma culpa que ella sentía por Mira. Vio en él el mismo terror, la misma condena interior por el hecho de que alguien indefenso corriera grave peligro —o quizá ya estuviera muerto— por haber confiado en alguien que le había fallado.

Nikolai conocía ese tormento. Lo había vivido.

—¿Qué le ocurrió a Dimitri? —preguntó Renata suavemente. No quería abrir viejas heridas, pero tenía que saberlo. Y podía ver por el peso que advertía en Nikolai que él cargaba con ese dolor desde hacía mucho tiempo—. Puedes contármelo, Nikolai. ¿Qué le ocurrió a tu hermano?

—Él no era como yo —dijo con un tono pensativo, como si se estuviera sumergiendo en la historia—. Dimitri era un estudiante inteligente y brillante. Amaba los libros y la filosofía, amaba examinar las capas de las cosas, desmontarlas para descubrir cómo funcionaban y poder volverlas a construir. Era talentoso, realmente lleno de cualidades, pero quería ser como yo.

—¿Y cómo eras tú entonces?

—Salvaje —respondió, usando la palabra como un simple epíteto y no para jactarse de nada—. Soy el primero en reconocerlo. Siempre he sido un poco imprudente, nunca me he detenido a considerar cómo me irán las cosas mañana cuando he pasado un buen rato hoy. A Dimitri le gustaba la contemplación; a mí, la adrenalina. Él disfrutaba construyendo cosas, tanto como yo haciéndolas estallar.

—¿Es eso lo que te llevó a unirte a la Orden, la ráfaga de adrenalina que se dispara al luchar?

—Ésa es una de las razones, sí. —Apoyó los codos en las rodillas y se quedó mirando el suelo—. Tras el asesinato de Dimitri, tuve que marcharme. Me culpaba a mí mismo por lo que había pasado. Mis padres me culpaban también. Abandoné el país y partí a Estados Unidos. Conecté con Lucan y con los demás en Boston no mucho después.

A ella no le pasó desapercibido el hecho de que había dicho que su hermano fue asesinado, y no simplemente que murió.

—¿Qué ocurrió, Nikolai?

Él dejó escapar un largo suspiro.

—Mantenía una relación llena de odio mutuo con un imbécil de los Refugios Oscuros de Ucrania. Teníamos peleas bastante serias cuerpo a cuerpo de tanto en tanto, más que nada por aburrimiento. Pero una noche, Dimitri oyó a ese gilipollas diciendo pestes sobre mí en una taberna y decidió llamarle la atención. Dimitri tenía un cuchillo, y le hizo un corte al tipo delante de sus colegas. Fue un golpe de suerte, porque él era muy malo con las armas. En cualquier caso, hizo cabrear al bastardo y dos minutos más tarde, mi hermano yacía en el suelo en un charco de sangre, con la cabeza arrancada del cuello.

—Oh, Dios mío. —Renata contuvo la respiración, sintiendo que el corazón se le encogía en el pecho—. Lo siento mucho, Nikolai.

—Yo también. —Se encogió de hombros—. Después de eso, acabé con el asesino de Dimitri. Le corté la cabeza y se la llevé a mis padres para que me perdonaran. Me dieron la espalda y dijeron que debería ser yo quien hubiera muerto en lugar de Dimitri. No puedo culparlos por eso. Demonios, después de todo tenían razón. Así que me separé de ellos y jamás volví atrás.

—Lo siento, Nikolai.

Ella no sabía qué más decir. Tenía poca experiencia en dar consuelo, y aun si la tuviera, no estaba segura de que él lo quisiera o lo necesitara. Como un hombre que de repente se siente incómodo en su propia piel, Nikolai permaneció callado durante un largo momento.

Se aclaró la garganta, luego se pasó una mano por el cuero cabelludo y se puso en pie.

—Debería ir fuera y dar otro vistazo alrededor del pabellón. ¿Estarás bien si te quedas aquí durante unos minutos?

—Sí, estoy bien.

Él la miró, buscando su rostro. Ella no sabía lo que deseaba que él le dijera, pero el brillo de sus ojos se había apagado.

—¿Cómo te encuentras? ¿Todavía no tienes síntomas del ataque?

Renata se encogió de hombros.

—Un poco, pero no demasiados.

—¿Y tu hombro?

—Bien —dijo ella, flexionando el brazo izquierdo para demostrar que no le dolía—. Está muchísimo mejor.

Otro silencio, más largo y más incómodo, se instaló entre

ellos, como si ninguno de los dos supiera salvar la distancia o hacerlo más fácil, que era dejar que ésta aumentara. No fue hasta que Nikolai comenzó a separar algunas de las enredaderas para poder salir cuando Renata se estiró para tocarlo.

—Nikolai... yo... quiero darte las gracias —dijo, consciente del hecho de que aunque él se había detenido, ella seguía con la mano sobre su brazo—. Quiero darte las gracias... por haberme dado tu sangre.

Él se volvió hacia ella, negando ligeramente con la cabeza.

—La gratitud es bonita, pero no la necesito. Si nuestras situaciones hubieran estado invertidas, sé que tú habrías hecho lo mismo por mí.

Lo habría hecho; Renata podía afirmarlo sin la más ligera vacilación. Aquel hombre que hacía una semana era un extraño para ella —ese guerrero que había resultado ser también un vampiro— se había convertido en su más íntimo y leal amigo. Para ser honesta consigo misma, tenía que reconocer que Nikolai era mucho más que eso, incluso antes que compartieran el lazo de sangre. Incluso antes del sexo que todavía le hacía retorcer los dedos de los pies.

—No sé muy bien cómo hacer esto... —Renata alzó la vista hacia él, luchando con las palabras y al mismo tiempo necesitando expresarlas—. No estoy acostumbrada a contar con nadie. No sé cómo estar con alguien de este modo. No es nada que haya hecho antes y sólo... Me siento como si todas las cosas que creía saber, todas las cosas que antes me ayudaban a sobrevivir me están abandonando. Voy a la deriva... y estoy aterrorizada.

Nikolai le acarició la mejilla, y luego la envolvió con sus brazos.

—Estás a salvo —le dijo tiernamente al oído—. Te tengo conmigo, y voy a mantenerte a salvo.

No se había dado cuenta de cuánto necesitaba escuchar esas palabras hasta que Nikolai se las dijo. No sabía cuánto deseaba estar entre sus brazos o cuánto ansiaba que él la besara hasta que Nikolai atrajo su boca hasta la de él. Renata se entregó al beso, abandonándose a la deriva en aquel momento porque Nikolai estaba con ella, sosteniéndola, procurándole un lugar seguro.

El beso se volvió más apasionado y él la hizo tumbarse de espaldas en la tierra blanda de su refugio. Renata gozó de la sensación de tener su cuerpo encima de ella, de su calor y sus manos acariciándola. Él hurgó debajo de la camiseta holgada, pasando los dedos por su vientre para subir hacia sus pechos.

Mordisqueó ligeramente sus labios con las puntas de los colmillos y volvió a besarla. Sus ojos brillaban como ascuas bajo la pesada caída de sus párpados. Ella no necesitaba ver su rostro transformado para saber que la deseaba. La prueba evidente de eso presionaba insistentemente contra sus caderas. Ella dejó correr las manos por su espalda y él gruñó, empujando con su pelvis.

La nombró con un gemido gutural mientras recorría con la boca su barbilla y todo el largo de su cuello. Le levantó la camiseta y Renata arqueó la espalda para recibir sus labios mientras él descendía sobre sus pechos desnudos y la plana suavidad de su vientre. Estaba perdida en el placer de su beso, ansiando sentir su piel contra la de ella.

Con dedos hábiles, él le desabrochó los tejanos y los deslizó por sus muslos. Su boca siguió el mismo progreso, abrasándola desde la caderas hasta el tobillo, mientras ella liberaba sus piernas y apartaba a un lado la ropa. Gritó cuando él se inclinó entre sus piernas y la chupó, provocándole con la lengua y los colmillos una ráfaga de exquisito tormento.

—Oh, Dios —jadeó ella, levantando las caderas del suelo mientras él enterraba la boca en su sexo.

Ella no supo cómo logró hacerlo tan rápido, pero un momento más tarde él estaba desnudo también. Se alzaba imponente ante ella, más que humano, más que un simple hombre, y todo lo que había de femenino en Renata tembló de deseo. Abrió las piernas para él, ansiosa por sentirlo dentro, llenando aquel vacío con su fuerza y su calor.

—Por favor —gimió, jadeando con necesidad.

No tuvo que pedirlo dos veces.

Moviéndose para cubrirla, Nikolai metió las rodillas entre sus piernas y la hizo abrirse debajo de él. Su miembro caliente golpeó la jugosa grieta de su cuerpo y luego se sumergió en ella, larga, lenta y profundamente.

Su gruñido al hundirse en su interior fue feroz, retumbó como un trueno cuyo eco sintió ella en sus huesos y en su sangre. Bombeó lentamente, tomándose su tiempo al principio, por más que estaba claro que esa paciencia era una tortura. Renata podía sentir la intensidad de su ansia por ella, la profundidad de su placer mientras su cuerpo enfundaba su miembro, desde la punta hasta los testículos.

—Es tan bueno sentirte —murmuró él, aspirando el aire mientras se retiraba para llenarla otra vez, cada vez más profundamente. Empujó con fuerza, estremeciéndose—. Dios, Renata... es tan tremendamente bueno sentirte...

Ella enlazó los tobillos alrededor de su espalda mientras él adoptaba un ritmo más intenso.

—Más fuerte —susurró ella, deseando que él aporreara todos sus miedos, como un martillo que acabara con toda su culpa, su dolor y su vacío—. Oh, Dios, Nikolai... dame más fuerte.

El rugido con el que contestó sonó tan entusiasta como salvaje. Deslizando su brazo debajo de ella, la hizo inclinarse para recibir sus golpes, penetrándola con toda la furia que ella tan desesperadamente necesitaba. Se sumergió en su boca para darle un beso febril, atrapando su grito cuando el clímax estalló en ella como una tormenta. Renata tembló y se estremeció, clavándole las uñas mientras él continuaba bombeando, con todos los músculos de su espalda y de sus hombros duros como granito.

—Ah, Dios —gruñó apretando los dientes y los colmillos, con las caderas golpeando contra ella rápida y furiosamente, con aquel ritmo imprudente que era tan delicioso.

Su tosco grito de liberación fue seguido por el eco del grito de Renata, que se corrió aferrándose a él mientras se entregaba a esa deliciosa y nueva sensación de abandono.

Estaba de verdad a la deriva, pero en aquel momento no tenía ningún miedo. Estaba a salvo con aquel hombre salvaje y temerario... de verdad lo creía. Confiaba en Nikolai con su cuerpo y con su vida. Mientras yacía junto a él, tan íntimamente enredados, no era difícil imaginar que podría confiar también con su corazón.

Que podría, de hecho, enamorarse de él.

Υ

Alguien llamaba a la puerta con insistencia... unos golpes frenéticos en la sólida puerta de roble del Refugio Oscuro de Andreas Reichen en Berlín.

—¡Andreas, por favor! ¿Estás ahí? Soy Helene. ¡Tengo que verte!

A las cuatro de la mañana, cuando faltaba apenas un rato para que el sol asomara por el horizonte, sólo unos pocos rezagados permanecían despiertos en la casa. El resto de los parientes de Reichen —casi una docena entre todos, jóvenes machos de la estirpe con sus parejas e hijos pequeños, algunos incluso recién nacidos— ya se habían ido a la cama.

—¿Andreas? ¿Hay alguien? —Otra serie de golpes asustados, seguidos de un grito aterrorizado—. ¡Hola! ¡Por favor, que alguien me deje entrar!

Dentro de la mansión, un joven salió de la cocina. Estaba allí calentando una taza de leche para su compañera de sangre, que se encontraba en la guardería del piso de arriba, ocupada con su exigente bebé. El vampiro conocía a la mujer que llamaba a la puerta. La mayoría de los que habitaban el Refugio Oscuro la conocían, y Andreas había dejado muy claro que Helene siempre era bienvenida en su hogar. Que apareciera sin avisar a aquella hora de la madrugada y mientras Andreas estaba fuera durante dos noches por asuntos privados era muy extraño.

Y más extraño todavía era el hecho de que una mujer como ella, tan acostumbrada a mantener la calma, estuviera tan asustada.

Lleno de preocupación por lo que pudiera haberle pasado a la compañera humana de Andreas, el macho de los Refugios Oscuros dejó la taza de leche humeante y corrió por el piso de mármol del vestíbulo, con su albornoz volando trás él como una vela.

—Ya voy —gritó, levantando la voz para ser oído por encima de los incesantes golpes de Helene y las peticiones de ayuda inundadas de lágrimas al otro lado de la puerta. Sus dedos corrieron al teclado del sistema de seguridad de la mansión—. ¡Un momento! Ya voy, Helene. Todo irá bien.

Cuando la luz electrónica parpadeó para indicar que los sensores estaban deshabilitados, quitó los cerrojos y abrió la puerta.

—¡Oh, gracias a Dios! —Helene fue hacia él como una ráfaga, con el maquillaje arruinado, rastros de rímel mezclado con lágrimas en sus mejillas. Estaba pálida y temblorosa, sus ojos normalmente astutos parecían de algún modo vacíos mientras recorrían el vestíbulo—. ¿Andreas... está aquí?

—Está en Hamburgo por un asunto de negocios privado hasta mañana por la noche. Pero aquí eres bien recibida. —Dio unos pasos hacia atrás para dejarla entrar en la mansión—. Pasa, Helene. Andreas no querría que te echara.

—No —dijo ella débilmente—. Sé que él nunca me echaría.

Entró en el vestíbulo y pareció al instante más calmada.

—Ellos saben que nunca me echaría...

En aquel momento el joven de los Refugios Oscuros advirtió que Helene no estaba sola. Detrás de ella, entrando como una ráfaga antes de que pudiera dar un grito de alarma, había un equipo de agentes de la ley pesadamente armados y vestidos de negro de la cabeza a los pies.

Volvió la cabeza para mirar a Helene con incredulidad. Con total horror.

—¿Por qué? —preguntó, pero la respuesta estaba allí, en sus ojos vacíos.

Alguien la tenía completamente dominada. Alguien muy poderoso.

Alguien que había convertido a Helene en secuaz.

Apenas tuvo tiempo de registrar el pensamiento cuando el primer tiro lo alcanzó. Oyó el sonido de más balas y los gritos de su familia de los Refugios Oscuros que despertaban al terror.

Pero entonces, otra bala se hundió en su cráneo y todo su mundo se volvió silencioso y negro.

Capítulo veinticinco

Nikolai estaba sentado a la sombra del refugio de enredaderas y contemplaba un rayo de sol que se colaba a través de la hojas formando una especie de aura en torno al oscuro cabello de Renata mientras dormía. Los rayos ultravioletas eran tóxicos para los de su raza —letales después de media hora de exposición—, pero no era capaz de tapar el pequeño agujero para impedir la entrada del rayo errante. En lugar de eso, llevaba varios minutos sentado junto a Renata y contemplándola, demasiado extasiado, había que reconocerlo, mientras la luz empapaba su pelo color ébano y dotaba a los mechones de una docena de matices cobrizos, castaños y burdeos.

¿Qué demonios le estaba ocurriendo?

Estaba allí sentado observando su cabello, por el amor de Dios. No sólo observándolo, sino contemplándolo del todo fascinado. En opinión de Niko, eso parecía ser síntoma de una entre dos posibilidades igual de perturbadoras: o estaba considerando en serio ponerse a tomar clases nocturnas con Vidal Sasson, o se había vuelto completamente loco por esa mujer. Sí, loco, decididamente loco.

En algún momento y de alguna manera se había permitido la osadía de enamorarse de esa mujer.

Lo cual explicaba por qué no podía apartar las manos de ella, además de otras partes del cuerpo. También explicaba por qué se había pasado la noche entera —con la excepción de una visita rápida al pabellón antes del amanecer—, echado junto a ella y envolviéndola en sus brazos.

Y si necesitaba alguna razón que explicara por qué sintió el pecho tan oprimido y pesado cuando ella rompió a llorar la noche anterior, o por qué se había visto impulsado a compartir con ella la culpa que sentía por la muerte de Dimitri desde hacía tantos años, era de suponer que el hecho de estar enamorado podía ser la respuesta.

Por más que intentara convencerla de que junto a él se hallaba a salvo, Nikolai sentía que era él quien estaba a salvo con ella. Confiaba en ella de todo corazón. Mataría para protegerla, y moriría por ella sin dudarlo un segundo si fuese necesario. No formaba parte de su vida desde hacía mucho tiempo, pero le costaba mucho imaginarse ahora sin ella.

«Ah, vaya.»

Verdaderamente se había enamorado de Renata.

—Joder, esto sí que es brillante por mi parte —murmuró, y luego se estremeció cuando ella se agitó ante el sonido de su voz.

Abrió los ojos y le sonrió al verlo sentado allí.

—Hola.

—Buenos días —respondió él, pasando la mano despreocupadamente por encima de su cabeza para juntar las hojas de parra e impedir el paso del rayo de sol.

Ella se desperezó lentamente, como un felino, y a él le pareció que aquello era todavía más fascinante que el pelo. Llevaba la camisa de algodón estilo universitario que él le había roto la noche anterior, algunos botones se habían desprendido y estaban en el suelo del refugio. La holgada camisa estaba totalmente desabrochada y apenas cubría su desnudez. Él no tenía ninguna queja por eso.

—¿Cómo te encuentras?

Ella reflexionó durante un momento, luego alzó la vista para mirarlo de frente.

—Me encuentro realmente bien. Quiero decir... anoche fue... —Se ruborizó, un dulce color rosado cubrió sus mejillas—. Anoche fue increíble, pero estaba segura de que a estas horas estaría retorciéndome de dolor por los efectos del ataque. No lo entiendo... no me ha afectado en absoluto. Quiero decir... tengo un poco de dolor, pero basándome en cómo fue el ataque en casa de Jack, debería haber pasado una noche espantosa.

—¿Alguna otra vez te había ocurrido algo así?

Ella negó con la cabeza.

—Nunca. Cada vez que uso mi habilidad, luego pago las consecuencias.

—Pero esta noche, no.

—Esta noche no —dijo ella—. Nunca me había sentido mejor.

Niko podía haber hecho alguna broma tonta acerca de sus milagrosas proezas sexuales, pero sabía que era otro tipo de magia la que había evitado el malestar de Renata.

—Bebiste mi sangre ayer. Ésa es la diferencia.

—¿Crees que tu sangre no sólo me ayudó con mi hombro sino también con esto? ¿Es eso posible?

—Definitivamente, sí es posible. Una compañera de sangre que bebe con regularidad de un vampiro se va volviendo muchísimo más fuerte. Envejecerá a paso de tortuga. Las células de su cuerpo, músculos y todo el metabolismo estarán completamente saludables y en plena forma. Y sí, muchas veces la sangre de la estirpe puede influir también en su habilidad psíquica.

—Es por eso que Sergei nunca me dio a beber de él —dijo Renata, llegando rápidamente a la misma conclusión que Nikolai ya había alcanzado—. No era un secreto que a él le complacía que mi poder estuviera limitado a pequeños ataques. El par de veces que intenté usarlo contra él no pude mantenerlo el suficiente tiempo para derribarlo, y después el esfuerzo me costó caro cuando sufrí los efectos.

—Sergei Yakut pertenecía a la primera generación —le recordó Nikolai—. Su sangre en tu sistema te habría vuelto casi indestructible.

Renata se rio débilmente.

—Razón de más para que él lo evitara. Debía de saber que habría intentado matarlo de haber tenido la más mínima esperanza de éxito. —Guardó silencio durante un minuto, arrancando distraídamente un puñado de hierba del improvisado refugio—. Intenté matarlo el día que Mira y yo nos escapamos del pabellón. Ése fue el día que me marcó la espalda con hierro candente. Y también me hizo otras cosas.

Nikolai no necesitaba preguntar qué más había tenido que soportar. Las cicatrices que el hierro candente habías dejado en su espalda eran atroces, pero pensar que el castigo de Yakut podía haber ido todavía más lejos le hizo hervir la sangre en las venas. Puso las manos sobre las de ella.

—Dios, Renata. Lo siento.

Ella alzó la mirada hacia él, una mirada verde y firme que no buscaba compasión.

—Su único gesto de piedad fue que no obligara a Mira a presenciar todo lo que me hizo. Pero Sergei me dijo que si ella o yo intentábamos escapar otra vez, o si se me ocurría usar contra él el poder de mi mente, sería Mira quien lo pagaría con el mismo sufrimiento que acababa de infligirme. Prometió que con ella sería aún peor, y yo sabía que lo decía en serio... por eso me quedé. Me quedé y lo obedecí, y cada hora de cada día esperaba que algún milagro eliminara a Sergei Yakut de mi vida. —Hizo una pausa, y se estiró para tocarle la cara—. Entonces apareciste tú y todo cambió. Supongo que en muchos sentidos tú eres mi milagro.

Nikolai capturó su mano y le besó el centro de la palma.

—Los dos somos afortunados.

—Me alegro mucho de que Sergei esté muerto —confesó ella débilmente.

—Debería haber sufrido más —dijo Nikolai, sin tratar de disimular el matiz oscuro de su voz—. Pero ya está.

Renata asintió.

—Y ahora Lex ha muerto también. Y los guardias de Yakut. Todos ellos.

—A esta hora de la mañana, él y los otros no serán ya más que cenizas —dijo Niko, estirándose para colocarle un mechón de cabello brillante detrás de la oreja—. Anoche, después de que te durmieras, regresé y abrí las persianas para que el sol hiciera su trabajo. También telefoneé a Boston para darles los números del móvil de Lex. Gideon nos llamará con los detalles en cuanto consiga localizarlos.

Ella asintió de nuevo y asomó a su voz un rayo de esperanza.

—De acuerdo.

—También aproveché para traerte algo que probablemente echarías de menos.

Se inclinó sobre el alijo de armas y otros utensilios que había traído y separó el paquete envuelto en seda y terciopelo que pertenecía a Renata.

—Mis cuchillos —dijo ella ahogando un grito y con el rostro iluminado mientras cogía el paquete de sus manos. Desató el lazo que lo cerraba y desenvolvió la tela de terciopelo que protegía los puñales con grabados—. Jack me los regaló...

—Lo sé. Me dijo que los había encargado hacer para ti. No estaba seguro de que aún los conservaras.

—Los adoro —murmuró ella, recorriendo con las yemas de los dedos las empuñaduras labradas a mano.

—Le conté que todavía los tenías. Le encantó saber que significaban mucho para ti.

Su mirada tierna lo bañó de gratitud.

—Nikolai... gracias. Por hacer eso por Jack y por traerme los cuchillos. Gracias.

Se acercó a él y lo besó. El breve contacto de sus labios lentamente se fundió en algo más profundo. Nikolai le sostuvo el rostro con las manos, acariciando con los pulgares su suave barbilla y el delicado ángulo de sus mejillas. Ella separó los labios, dejando que la lengua de él los lamiera, y gimió suavemente cuando ésta hurgó dentro.

Se estiraron sus colmillos cuando la lujuria lo recorrió como un fuego. Entre las piernas, su sexo era una columna de granito, irguiéndose instantáneamente ante la idea de tener a Renata debajo de él. Cuando ella levantó el elástico de la cintura de su pantalón para tocarlo, su glotona verga dio un brinco, poniéndose todavía más dura bajo el calor de su palma que la acariciaba.

—¿Qué hora es? —murmuró ella contra su boca febril.

Él gruñó, demasiado absorto en el tormento de sus caricias como para asimilar la pregunta. A través de su áspera y costosa respiración, consiguió mascullar:

—Es temprano. Probablemente alrededor de las nueve.

—Bien, supongo que en realidad es muy temprano —murmuró ella, apartando la boca de sus labios para esparcir con sus besos un rastro de calor a lo largo de su garganta y demorarse, juguetona, en su nuez de Adán—. No puedes salir a la luz del sol, ¿verdad?

—No.

—Mmmm. —Sus labios húmedos descendieron hacia su pecho desnudo. Él se incorporó sobre sus codos mientras ella recorría con la punta de la lengua la forma de sus dermoglifos, trazando los arcos y los menguantes remolinos alrededor de su pezón y sobre su estómago plano. Cuando ella habló él sintió vibrar su voz en todos los huesos—. Supongo que eso significa que vamos a tener que quedarnos aquí mucho tiempo, ¿verdad?

—Síiiii. —La palabra sonó más como un jadeo que como un sonido articulado. Ella lo seguía besando, por debajo de su ombligo, siguiendo todavía las líneas de sus dermoglifos, dirigiéndose hacia esa parte de él que presionaba y latía por la urgencia de sentir esos labios húmedos y calientes ciñéndose a su alrededor.

—Nos quedaremos hasta que caiga la noche, supongo.

—Mmmmm. —Ella agarró con los dientes uno de los extremos de la cuerda elástica de su cintura y tiró con fuerza. El nudo se soltó y ella le bajó los pantalones de chándal, sólo lo suficiente para dejar al descubierto la ansiosa cabeza de su miembro. Lo lamió, mirándole la cara mientras hacía girar su maliciosa lengua alrededor de la gorda ciruela de carne, chupando la gota de pegajoso líquido que manaba de allí.

—Ah, Dios...

—Entonces... —murmuró ella, dejando que su respiración se deslizara sobre su piel húmeda, atormentándolo todavía más—, ¿qué vamos a hacer aquí durante todo el día mientras esperamos que se haga de noche?

Niko dejó escapar una risita.

—Cariño, puedo pensar en unas cien cosas que me gustaría hacer contigo.

Ella le sonrió desafiante.

—¿Sólo cien?

Antes de que él pudiera devolverle alguna respuesta aguda, ella envolvió su miembro con los labios y se lo metió entero en la boca. Mientras el cuerpo de Nikolai se llenaba de placer se puso a rezar para que el día y su tiempo a solas con aquella increíble mujer, su mujer, durara para siempre.

Capítulo veintiséis

$\mathcal{R}$enata entró por la puerta trasera del pabellón y se detuvo en el umbral. Había dejado a Nikolai en el refugio, decidiendo que la necesidad de ir al cuarto de baño para darse una ducha caliente y cambiarse de ropa era mayor que sus reticencias a la hora de volver a poner un pie en las propiedades de Sergei Yakut.

Ahora vacilaba. El sol temprano de la tarde en su espalda era una presencia cálida, que conseguía animarla, pero por dentro el pabellón parecía oscuro y frío. Las sombras planeaban por encima de los muebles volcados y se estiraban a través de los rugosos tablones del suelo. Ella entró a la deriva, y caminó hacia el lugar donde había caído Lex.

Su cuerpo había desaparecido, y la sangre también. Quedaba tan sólo un rastro de ceniza, tal como Nikolai había pronosticado. Las persianas estaban completamente abiertas, pero el sol se había movido y ya no entraba por allí. Una brisa fresca dejaba percibir el limpio aroma de los pinos y el bosque en aquel lugar frío, húmedo y silencioso. Renata respiró profundamente, dejando que la fragancia del nuevo día purgara los recuerdos de la pasada noche, llenos de sangre, de muerte y de violencia.

Bajo esa nueva luz, muchas cosas le parecían diferentes.

Ella misma parecía diferente, y sabía la razón.

Estaba enamorada.

Por primera vez en mucho tiempo, quizás en toda su vida, tenía una sensación de verdadera esperanza. Anidaba en su corazón... la creencia de que su futuro consistiría en algo más que la mera lucha por la simple supervivencia, que en algún momento tal vez alcanzaría a medir la felicidad por años, y no por momentos fugaces. Estar con Nikolai, entre sus brazos o simplemente a su lado, la hacía creer que muchas cosas eran posibles.

Renata se adentró en la gran habitación, reafirmada por el hecho de saber que aquélla sería la última vez que vería ese lugar.

Aquello era una despedida.

Cuando ella y Nikolai salieran de allí para continuar buscando a Mira, ese pabellón, el terrible establo y las celdas quedarían atrás, Sergei Yakut, Lex y todo aquello que había dejado cicatrices en los últimos dos años de su vida sería historia.

Lo dejaría todo atrás. La fealdad y el dolor quedarían desterrados de su futuro.

Esa parte de su vida había acabado.

Entró en el pequeño baño que compartía con Mira, sintiéndose en paz consigo misma y con su entorno mientras dejaba correr el agua caliente para la ducha. Cuando el vapor húmedo comenzó a asomar por detrás de la cortina, se desabrochó los pocos botones que quedaban en la camisa que Jack le había prestado y permaneció allí de pie durante un momento, desnuda, contemplando su futuro con nuevos ojos. No sabía qué la esperaba cuando la noche cayera y comenzara una nueva etapa muy peligrosa de su viaje, pero se sentía preparada para hacerle frente.

Con Nikolai a su lado —con la esperanza y el amor ardiendo en su corazón como una brillante llama—, estaba preparada para enfrentarse a cualquier cosa.

Como un caballero a punto para la batalla, que busca ser designado y bendecido, Renata dio un paso bajo el chorro caliente de la ducha. Cerró los ojos con una solemne oración y dejó que el agua limpia la cubriera.

Nikolai se hallaba a la sombra del refugio de parras cuando oyó que los pasos de Renata se aproximaban desde el exterior.

—Toc, toc —llamó ella a través de las hojas—. Voy a entrar, así que cuidado con la luz del día. No quisiera que te volvieras crujiente al calcinarte.

Separó parte del espeso follaje y se deslizó dentro, murmurando una disculpa rápida al advertir que él tenía al oído el teléfono móvil de Lex. Niko había llamado a la Orden cuando ella se marchó al pabellón para limpiarse. Las noticias de Boston eran en parte buenas y en parte malas, junto con una porción extra de algo seriamente jodido.

¿Las buenas? Uno de los números del teléfono de Lex era efectivamente el de Edgar Fabien. Usando esa información, Gideon había podido localizar los archivos sobre Fabien en la base de datos de identificación internacional. Ahora la Orden tenía la dirección de la residencia del líder de los Refugios Oscuros de Montreal, su casa de campo y también datos sobre el resto de sus propiedades, tanto de negocios como personales. Gideon tenía además acceso a los números móviles de Fabien, sus matrículas, sus archivos de ordenador e incluso al equipo electrónico de vigilancia de su Refugio Oscuro de Montreal.

Y ahora venían las malas.

Edgar Fabien no estaba en casa. Gideon había conseguido interceptar un vídeo filmado a primeras horas de esa misma noche que mostraba un grupo de siete machos de la estirpe —uno de ellos presumiblemente Fabien— saliendo del Refugio Oscuro en compañía de un grupo de escoltas armados de las fuerzas de la ley. Era difícil saber quiénes eran los visitantes de Fabien, ya que todos sus trajes eran iguales y sus rostros estaban completamente ocultos tras capuchas oscuras.

En cuanto a la parte más jodida de todas, el grupo de vampiros había partido con una niña, una niña que evidentemente no iba con ellos por propia voluntad. La descripción que Gideon había hecho de la pequeña no dejaba lugar a dudas de que se trataba de Mira.

—¿Estás ahí? —preguntó Gideon al otro lado de la línea.

—Sí, aún estoy aquí.

Lucan quiere que traigamos a Fabien a Boston para interrogarlo. Eso significa que lo necesitamos vivo, amigo.

Niko exhaló una maldición.

—Lo primero que tenemos que hacer es encontrar a ese bastardo.

—Sí, bueno, ya estoy en eso. Estoy siguiendo el rastro de los GPS de todos los teléfonos móviles de Fabien. Tengo la clave de una localización de hace alrededor de una hora al norte de la casa de Yakut: una de las propiedades que figuran registradas a nombre de Edgar Fabien. Tiene que ser él.

—¿Estás seguro?

—Tan seguro que ya he enviado refuerzos que van de camino. Mientras hablamos, Tegan, Río, Brock y Kade van rumbo al norte para encontrarse contigo.

—¿Refuerzos en camino? —preguntó Niko, echando un vistazo a un delgado rayo de sol que se asomaba a través de las hojas del refugio. La Orden contaba con trajes de protección contra la luz del día para situaciones de emergencia, pero ni siquiera un vampiro de la última generación vestido de los pies a la cabeza con ropa antirrayos ultravioletas soportaría el tipo de luz solar que se recibe en el asiento del conductor de un coche durante casi siete horas de viaje—. Dios, no puedes estar hablando en serio. ¿Quién ha sacado el palillo más corto para esa misión?

Gideon se rio.

—Las mujeres son testarudas, amigo. Por si no lo habías notado, nos hemos visto invadidos por ellas últimamente.

—Sí, lo he notado. —Niko no pudo evitar dirigir una mirada a Renata, que estaba revisando algunas de las armas que habían recogido de Lex y de los otros—. ¿Cuál es la situación entonces?

—Dylan llevará a los chicos en el Land Rover y Elise irá de copiloto con el revólver. Llegarán a la zona hacia las nueve en punto, justo después de ponerse el sol. Ya que Fabien tiene con él unos cuantos socios desconocidos tendremos que entrar y salir de allí con mucha elegancia, sin víctimas innecesarias. —Gideon hizo una pausa—. Escucha, sé que estás preocupado por la niña. Su seguridad es importante, eso no se cuestiona, pero estamos ante un asunto gordo, Niko. Si Fabien puede acercarnos de alguna manera a Dragos, tenemos que asegurarnos de regresar con él esta noche. Ésa es la misión número uno, por orden directa de Lucan.

—Sí —dijo Nikolai. Sabía su misión. También sabía que no podía fallarle a Renata, o a Mira, que era lo mismo—. Mierda... de acuerdo, Gideon. Te he oído.

—Te llamaré si Fabien hace algún movimiento antes de la

caída del sol. Mientras tanto, estoy buscando una localización para que los chicos y tú os encontréis esta noche y pongamos en marcha un plan de infiltración. Debería tener algo en una hora o dos. Te llamaré entonces.

—Bien. Hasta luego.

Nikolai cerró el teléfono y lo dejó a un lado.

—¿Gideon ha podido averiguar algo con esos números de teléfono? —preguntó Renata, observándolo cuidadosamente—. ¿Tenemos alguna pista que nos conduzca al Refugio Oscuro de Fabien?

Niko asintió.

—Tenemos su dirección...

—Gracias a Dios. —Ella suspiró. El alivio se convirtió rápidamente en determinación, más feroz que la que él había visto nunca en ella—. ¿Dónde se encuentra? ¿Ese Refugio Oscuro está cerca del centro de la ciudad o en alguna parte de las afueras? Puedo acercarme en secreto ahora mismo para ver el diseño del lugar. Diablos, por como me siento ahora mismo, sin haber sufrido el ataque y con el hombro curado, tal vez podría presentarme directamente ante la puerta principal y golpearlo con...

—Renata. —Niko puso una mano sobre las suyas y negó con un movimiento de cabeza—. Fabien se ha trasladado. Ya no está en la ciudad.

—Y entonces ¿dónde está?

Podía haberle hablado de la señal de GPS que Gideon estaba rastreando. Podía haberle contado que Fabien tenía a Mira en su custodia y que la niña estaba probablemente a tan sólo una hora al norte de donde ellos estaban sentados ahora. Pero también sabía que si le decía eso a Renata —si le daba cualquier dato preciso acerca del paradero de la niña que tanto significaba para ella—, no habría nada que pudiera impedir que se marchara a buscarla en ese mismo instante.

La promesa de Niko de obediencia a la Orden era su deber, su juramento de honor, pero... ¿y Renata? Aquella mujer era su corazón. De igual modo que no podía poner en peligro la misión de sus hermanos, tampoco podía permitir que la mujer que amaba se dirigiera sola hacia el peligro sin que él estuviera allí para protegerla. Tal vez fuera una idea muy anti-

LARA ADRIAN

cuada, sobre todo teniendo en cuenta que Renata era una mujer que sabía cómo manejarse sola prácticamente en cualquier situación. Estaba bien entrenada y era muy capaz, sin duda alguna valiente, pero maldita sea... significaba demasiado para él como para poder permitir que tomara ese tipo de riesgo. Descartado, ésa no era una opción.

—Estamos esperando tener una pista sólida de dónde se ha ido Fabien —dijo él, sintiendo el sabor amargo de la mentira en la lengua, a pesar de sus buenas intenciones—. Mientras tanto, la Orden está enviando refuerzos. Nos encontraremos con ellos esta noche.

Renata lo escuchó, y sin duda confió en su palabra.

—¿Y la Orden tiene alguna idea de si Mira se encuentra ahora con Fabien, allí donde él esté?

—Estamos trabajando en ello. —A Nikolai le resultó difícil sostenerle la mirada—. Cuando encontremos a Fabien, encontraremos también a Mira. Ella estará bien. Te lo prometí, ¿no lo recuerdas?

Él pensó que ella se limitaría a asentir con la cabeza o apartar la vista, pero en lugar de eso Renata le cogió el rostro con las manos.

—Gracias... por estar conmigo en todo esto. No sé si seré capaz de devolverte esta deuda alguna vez, Nikolai.

Él le cogió las manos y le dio un tierno beso en la palma. Iba a decir algo ingenioso, una de esas habituales ocurrencias vacías que usaba a menudo cuando las cosas a su alrededor estaban demasiado cargadas de emoción o se volvían demasiado sinceras. Tenía sus métodos para salir del paso: desviar con humor; desarmar con indiferencia; salir corriendo como alma llevada por el diablo ante el primer indicio de su propia vulnerabilidad.

Pero todas esas viejas y fieles armas que tenía tan bien afiladas le fallaron ahora.

Pasó el pulgar por encima de la mano de Renata y se extravió en el refugio verde de sus ojos.

—No soy muy bueno en esto —murmuró—. Quiero decirte algo... Mierda, probablemente estoy haciendo el capullo, pero necesito que sepas que me importas mucho. Yo... me importas muchísimo, Renata.

Ella lo miró fijamente, tan quieta y tan callada que ni siquiera se le notaba respirar.

—Te quiero —le soltó, frustrado por tartamudear al pronunciar palabras que quisiera que sonaran perfectas para ella—. No sé cómo ha sucedido, o si significa algo para ti... pero necesito decírtelo de todas formas, porque es real. Es real, y nunca había sentido antes algo así. Nunca, por nadie.

Ella esbozó una pequeña sonrisa mientras él divagaba torpemente, intentando encontrar una forma de expresarle la profundidad de lo que había en su corazón. Intentándolo y fallando miserablemente.

—Lo que trato de decir es... —Sacudió la cabeza, sintiéndose como un completo idiota, pero una caricia suave de Renata en su rostro lo calmó. Su mirada clara lo ayudó a centrarse—. Lo que estoy tratando de decirte es que me estoy colgando de ti... me estoy colgando mucho. Yo no estaba buscando que me pasara esto. Nunca creí que lo quisiera, pero... Ah, Dios, Renata... cada vez que te miro a los ojos me viene a la mente la misma palabra: para siempre.

Ella soltó el aire lentamente y su pequeña sonrisa se convirtió en una radiante expresión de alegría.

Niko pasó las manos sobre su piel suave y su pelo húmedo.

—Estoy enamorado de ti, Renata. Sé que no soy un poeta... mierda, ni siquiera me acerco. No tengo todas las palabras sofisticadas que desearía decirte... pero quiero que sepas que lo que siento por ti es real. Te amo.

Ella se rio débilmente.

—¿Qué te hace pensar que yo quiero poesía o palabras sofisticadas? Acabas de decir exactamente lo que quiero oír, Nikolai. —Le pasó la mano por la nuca y lo atrajo hacia ella para darle un largo y apasionado beso—. Yo también te amo —susurró junto a su boca—. Me aterra reconocerlo, pero es verdad. Te amo, Nikolai.

Él recorrió los labios de ella con los suyos y la sostuvo cerca, deseando no dejarla marchar nunca. Pero pronto anochecería, y había todavía algo que necesitaba hacer.

—Tienes que hacer algo por mí.

Renata se acurrucó contra él.

—Cualquier cosa.

—No sé qué va a pasar esta noche, pero necesito saber que estarás lo más fuerte posible para enfrentarte a ello. Quiero que bebas más sangre.

Ella se liberó de su abrazo y lo miró arqueando una ceja con actitud juguetona.

—¿Estás seguro de que no estás tratando de quitarme las braguitas otra vez?

Niko se rio y una sacudida de calor fue directa hacia su miembro con la sola mención de la idea.

—No digo que no. Pero en serio... quiero que bebas de mí otra vez. ¿Harás eso por mí?

—Sí. Por supuesto.

Él le apartó un mechón oscuro de la frente.

—Hay una cosa más, Renata. Cuando vayamos en busca de Fabien esta noche, me moriría si... no puedo arriesgarme a separarme de ti. Voy a necesitar estar seguro todo el tiempo de que estás bien, porque si no mi concentración se va a ir a la mierda. Necesito tener un vínculo contigo. Sé cómo te sentías cuando Yakut usaba tu sangre como un modo de atarte a él, y te prometo que no es eso lo que...

—Sí, Nikolai —dijo ella, interrumpiéndolo con una caricia suave en los labios—. Sí... puedes beber de mí.

Él le respondió con gravedad y a la vez alivio.

—Es para siempre —le recordó con firmeza—. Debes entender eso. Tú tienes un lazo de sangre conmigo ahora, y si yo bebo de ti jamás podremos deshacerlo.

—Lo entiendo —dijo ella, sin ningún tipo de vacilación. Se acercó a él y lo besó, larga y profundamente—. Entiendo que el lazo será para siempre... y estoy diciendo que sí.

Niko gimió, sintiendo crecer el fuego dentro de sus venas. Sus colmillos se alargaron y su sexo se alzó reclamando atención; todo su ser estaba ansioso por hacer suya a Renata. La besó, sintiendo que su corazón latía con fuerza dentro de su pecho cuando ella deslizó la lengua por sus labios para jugar con las puntas afiladas de sus colmillos.

—Te quiero desnuda para esto —dijo él, incapaz de refrenar el tono imperativo que se coló en su voz. Él tenía una parte humana, pero había también otra parte más salvaje, menos paciente de lo que él quisiera.

Niko contemplaba a Renata con los ojos ambarinos encendidos mientras ella se apresuraba a obedecerle, quitándose la ropa y tumbándose con la espalda apoyada sobre el suelo de césped del refugio, con las piernas abiertas, ofreciéndose a él sin un asomo de inhibición.

—Oh, sí —gruñó Niko—. Eso está mucho mejor.

El deseo que sentía por ella era desenfrenado. Se arrancó sus propias ropas y las arrojó a un lado, y se colocó a horcajadas encima de las caderas de ella. Su miembro empujó hacia delante, agitándose mientras ella lo mimaba con caricias juguetonas y suaves como plumas. Él le sostuvo la mirada provocativa mientras se llevaba a los labios su propia muñeca y la mordía.

—Déjame saborearte otra vez —dijo ella, incorporándose para ir al encuentro de su vena. Él le colocó los pinchazos sangrantes en la boca y unas gotas color carmesí le salpicaron los pechos, de un color intenso contra su piel cremosa. Ella gimió, cerrando los ojos mientras lo chupaba y lo saboreaba.

Niko contempló cómo bebía y observó cómo su cuerpo comenzaba a retorcerse de excitación. Con su mano libre, la acarició, incapaz de resistirse al deseo de pasar la mano por la sangre que se había derramado sobre ella. La visión de la sangre marcando su piel era lo más erótico que había visto nunca. La mano de él se aventuró más lejos, dentro del centro líquido que estaba dispuesto para él. Ella apretó la muñeca de él entre los muslos, sosteniéndolo contra ella mientras el primer orgasmo se disparaba.

Nikolai rugió con pura adoración masculina mientras alimentaba con su cuerpo a aquella mujer y sentía que ella clamaba por tenerle. La dejó beber durante varios minutos, hasta que su cuerpo se encendió de nuevo debajo del suyo.

Y él también estaba encendido.

Suavemente apartó la muñeca de su boca y selló los pinchazos pasando la lengua. Renata seguía arqueándose y retorciéndose, todavía gimiendo por él, mientras lo abrazaba y se sumergía en él. Dejó escapar un grito cuando él la penetró, y clavó las uñas en sus hombros causándole un delicioso dolor.

Nikolai le hizo el amor lo más lentamente que pudo... con la mayor lentitud que su cuerpo afiebrado le permitió. Ella volvió a correrse, aferrándose a él y retorciéndose furiosamente al liberarse, al mismo tiempo que él. Difícilmente eso podía calmarlo. Todavía estaba duro dentro de ella, y todavía estaba hambriento por esa mujer... su mujer.

Con una mano temblorosa, Nikolai apartó suavemente los mechones de cabello color ébano de un lado de su hermoso cuello.

—¿Estás segura? —le preguntó, con dificultad para reconocer su propia voz, de tan cruda y desesperada—. Renata... quiero que estés segura.

—Sí. —Ella se arqueó hacia arriba para recibir su embestida, mientras él la contemplaba con una mirada fija y suplicante—. Sí.

Con un fiero rugido, Nikolai se enroscó en torno a su garganta, sacó los colmillos y descendió sobre ella.

El dulce sabor de la sangre de Renata inundando su boca fue completamente arrasador. Ah, Dios... ahora sabía lo que era. ¿Cuántas veces se había burlado de otros guerreros por unirse a una mujer y volverse ciego a todas las demás? Cientos de veces. O miles, probablemente.

Había sido un estúpido que no tenía ni idea.

Ahora sabía lo que era. Renata le pertenecía, incluso antes de que él se hubiera entregado a ella a través de su sangre. Estaba de rodillas ante aquella mujer, y estaría encantado de quedarse así durante el resto de su vida.

Niko bebió más profundamente, ahogándose en el placer del lazo que estaban forjando a través de la mezcla de sangres y del ardiente ritmo de sus cuerpos unidos. Con los dientes todavía clavados en ella mientras tomaba el último sorbo, Nikolai se corrió de nuevo, esta vez con más fuerza, con un asombroso estallido de liberación que lo arrastró como un tren de carga. Se quedó dentro de ella, estremeciéndose con intensa satisfacción. Aunque hubiera podido beber de su vena durante toda la noche, Nikolai se obligó a apartarse y selló las heridas con un amoroso lametazo de su lengua.

Se quedó contemplándola, con el brillo de la mirada reflejándose en su piel.

—Te amo —dijo con voz áspera, necesitando que ella lo oyera y lo creyera. Quería que lo recordara más tarde, esa misma noche, cuando llegaran al lugar donde estaba Fabien y Nikolai le explicaría por qué había sentido la necesidad de mentirle. Le besó la barbilla, las mejillas, la frente—. Te amo, Renata.

Ella le sonrió soñolienta.

—Mmmm... Realmente me gusta cómo suena eso.

—Entonces me aseguraré de que lo oigas a menudo.

—De acuerdo —murmuró ella, dejando que sus dedos jugaran con la dulce humedad del pelo de su nuca—. Ha sido increíble. ¿Siempre va a ser así de fantástico?

Él gruñó.

—Tengo la sensación de que sólo puede ir a mejor.

Ella se rio, y ese sonido vibrante consiguió que el miembro de él se pusiera duro otra vez.

—Si sigues así voy a tener que volver a entrar a darme otra ducha.

Él hizo un movimiento significativo con la pelvis que aumentó su erección.

—Oh, puedo seguir así todo el tiempo que quieras. No te preocupes, eso nunca va a ser un problema cuando estés cerca.

—Será mejor que tengas cuidado, porque podría atacarte otra vez.

Niko soltó una risita a pesar de su estado de excitación.

—Cariño, puedes atacarme siempre que quieras.

La besó de nuevo y gruñó con deleite cuando ella envolvió sus piernas alrededor de las de él, obligándolo a girar sobre su espalda para montarlo de una manera lenta y torturante.

Capítulo veintisiete

*E*n la vida de Andreas Reichen, que llevaba casi trescientos años caminando por la Tierra, había habido una época en que la muerte llovía sobre él como un diluvio. Una vez hubo una ola de matanzas brutales y sin sentido que visitaron su propiedad, normalmente pacífica.

Volviendo atrás, a aquel verano de 1809, había sido un grupo de vampiros renegados que forzaron la entrada al Refugio Oscuro para violar y matar a varios de su raza. El ataque había sido una cuestión de azar, la mansión y sus residentes tuvieron la mala suerte de estar en el recorrido de una banda de renegados adictos a la sangre. Éstos abandonaron su camino para atravesar las puertas y ventanas sin protección y alimentarse y asesinar a tantos inocentes... sin embargo, había habido supervivientes. Los renegados habían sembrado el terror y fueron eliminados como la plaga que eran, siendo finalmente cazados y destruidos por un miembro de la Orden que acudió en ayuda de Reichen.

La carnicería de entonces había sido insoportable, pero no total.

Aquello a lo que se enfrentó Reichen al regresar a casa esa noche era un ataque organizado. No habían entrado mediante la fuerza bruta, sino por traición. Un enemigo que se habría hecho pasar por amigo. Y la carnicería que había tenido lugar esta vez —probablemente en las primeras horas de la mañana, antes del amanecer— había sido una aniquilación total.

No había quedado nadie.

Ni siquiera las almas más jóvenes de la residencia.

Con un espantoso silencio que impregnaba el aire como una enfermedad, Reichen caminó a través de la sangre y la destrucción como si él mismo estuviera muerto. Sus pasos dejaron pegajosas huellas escarlata en el mármol del vestíbulo, pasó junto a su joven sobrino, que había estado tan contento semanas atrás al nombrar a Reichen padrino de su niño. El joven padre pelirrojo tumbado junto a la puerta habría sido el primero en morir, supuso Reichen, incapaz de contemplar el rostro sin vida que miraba sin ver la escalera acribillada a balazos que conducía a los dormitorios del Refugio Oscuro, en los pisos superiores.

La muerte continuaba en el salón, junto a la biblioteca, donde otro macho había sido asesinado a mitad de un paso. Cerca de las escaleras que conducían al sótano había todavía más vidas extinguidas, entre ellas la de uno de los primos de Reichen y su compañera de sangre, ambos muertos mientras trataban de esquivar las balas.

No vio el cuerpo del chico hasta que estuvo casi encima de él, un niño vampiro que había sido agarrado por el pelo cuando evidentemente trataba de esconderse en uno de los armarios del aparador del comedor. Sus asaltantes lo habían arrastrado y le habían disparado como a un perro sobre la antigua alfombra persa.

—Dios santo —dijo Reichen con un grito ahogado, cayendo de rodillas y llevándose la mano flácida del chico hasta su boca para sofocar su llanto ronco—. Por el amor de Dios... ¿por qué? ¡Por qué ellos y no yo!

—Él dijo que tú sabrías por qué.

Reichen cerró los ojos al oír el sonido acartonado de la voz de Helene. Hablaba demasiado despacio, las sílabas eran demasiado planas y sin matices.

Inhumanas.

No necesitaba volverse hacia ella para saber que sus ojos estarían extrañamente apagados. Apagados porque toda su calidez, toda su humanidad, le había sido arrebatada.

Ya no era su amante, ni su amiga. Era una secuaz.

—¿Quién te convirtió? —preguntó él, soltando la mano del niño muerto—. ¿A quién perteneces ahora?

—Tú deberías saberlo, Andreas. Después de todo, tú me enviaste hacia él.

Hijo de puta.

La mandíbula de Reichen se tensó, las muelas casi se le rompen de tanta presión.

—Wilhelm Roth. Él te envió aquí para hacerme esto. Te usó para destruirme.

Que Helene no dijera nada sólo hacía que aquella constatación lo hiriera aún más profundamente. Por muy desgarrador que pudiera ser mirar a los ojos de su antigua amante y descubrir tan sólo una cáscara sin alma de la mujer que amó, Reichen tenía que verlo por sí mismo.

Se puso en pie y lentamente se volvió.

—Oh, Dios, Helene...

Había sangre seca en su rostro y en sus ropas... prácticamente cada centímetro de ella estaba cubierta con la sangre de sus más queridos amigos y parientes. Debía de haberse quedado quieta en el centro de toda aquella matanza, sin sentir, sin afectarse, testigo de todo.

Ella no dijo nada al mirarlo fijamente, sólo inclinó un poco la cabeza hacia un lado. Sus ojos, que antes eran brillantes e inteligentes, estaban ahora tan vacíos y tan fríos como los de un tiburón. En una mano sostenía un largo cuchillo de carnicero. La ancha cuchilla brillaba a la luz de la araña de cristal del comedor.

—Lo siento —murmuró él, con el corazón encogido de dolor—. Yo no sabía... Cuando me escribiste el mensaje con el nombre de Roth, traté de avisarte. Intenté localizarte...

Dejó que las palabras salieran, aun sabiendo que las explicaciones no importaban. Ahora ya no.

—Helene, sólo quiero que sepas que lo siento. —Tragó la bilis que se le acumulaba en la garganta—. Sólo quiero que sepas que de verdad me importas. Te amaba y...

Con un grito espectral, la secuaz se abalanzó hacia él.

Reichen sintió que la afilada cuchilla le hacía un corte en el pecho y en el brazo, una raja seria y profunda. Ignorando el dolor, ignorando el repentino aroma de su propia sangre, agarró el brazo de la secuaz cuya mente era esclava de Roth y se lo dislocó. Ella gritó, resistiéndose y luchando mientras él le cogía también el brazo izquierdo y se lo mantenía inmovilizado. Ella insultaba y chillaba, llamándolo todo tipo de cosas espantosas y escupiendo con furia.

—Shhh —susurró Reichen junto a su oído—. Shhh... ahora estate quieta.

Como un animal salvaje, Helene continuó retorciéndose y dando alaridos para que él la soltara.

«No —se corrigió él mismo—, no es Helene.» Ya no era la mujer que él conocía. Ella ya no existía, había muerto para él en el momento en que hizo entrar a la brigada de la muerte de Wilhelm Roth en su Refugio Oscuro. En realidad, por muchas razones, ella no había sido nunca del todo suya. Pero que Dios la ampare, no merecía aquel final. Ninguno de los que habían caído allí merecía aquel horror.

—Todo está bien —murmuró él usando su mano derecha para acariciarle la mejilla fría y manchada de sangre—. Todo ha terminado ya, cariño.

Un grito rasgó su garganta al tiempo que sacudía su rostro para apartarlo de él.

—¡Bastardo! ¡Déjame marchar!

—Sí —dijo él. Le quitó el cuchillo de carnicero—. Todo ha terminado ya. Voy a dejarte marchar.

Asfixiado de dolor, Reichen tomó la empuñadura del cuchillo entre los dedos y le colocó la punta en el pecho.

—Perdóname, Helene...

Sujetándola con fuerza junto a él, hundió el cuchillo profundamente en su pecho. No hizo ningún ruido al morir, sólo exhaló un largo y lento suspiro mientras se dejaba caer en sus brazos y se quedaba allí, floja como una muñeca de trapo. El cuchillo cayó al suelo junto a ella y quedó cubierto del brillante carmesí de su sangre.

Reichen dirigió una larga mirada impávida a las ruinas de lo que antes había sido su hogar. Ahora que todo había acabado, quería memorizar cada mancha de sangre, cada una de las vidas que habían sido eliminadas por culpa de su falta de atención. Su fracaso. Necesitaba recordarlo, porque en poco tiempo nada de eso existiría.

No podía permitir que quedara allí nada de todo aquello, no en ese estado.

Y no dejaría que esas muertes quedaran sin respuesta.

Reichen se dio la vuelta y se alejó de la carnicería. Sus botas produjeron un eco sordo en el suelo de madera del pasillo, sus pasos eran el único sonido que se oía en aquella macabra tumba colectiva. Cuando llegó al césped de la entrada de la finca, su pecho ya no estaba tenso, sino frío.

Tan frío como una piedra.

Tan frío como la venganza que visitaría a Wilhelm Roth y a todos aquellos que estuvieran asociados con él.

Reichen se detuvo en la hierba iluminada por la luna. Miró la mansión y, por un momento, simplemente la observó en aquella inmovilidad perfecta y fantasmal. Luego susurró una oración, viejas palabras oxidadas en su lengua por culpa de su negligencia.

No es que esas oraciones le hicieran algún bien ahora. Se sentía abandonado, ahora más que nunca. Verdaderamente solo.

Reichen dejó caer la cabeza sobre el pecho, convocando su terrible talento. Éste creció en su interior, un calor que rápidamente se intensificaba, convirtiéndose en una bola líquida en sus entrañas.

La dejó crecer. Dejó que diera vueltas y ganara fuerza hasta que se sintió abrasado por su furia.

Y aún la retuvo.

La mantuvo dentro hasta que la bola de fuego explotó contra la caja de sus costillas, humo y cenizas se apilaban a la deriva para quemarle el fondo de la garganta. Hasta que la bola de fuego lo consumió, iluminando su cuerpo entero con un brillo caliente y blanco.

Se quedó allí de pie, luchando por mantener esa construcción hasta estar seguro de que sembraría una instantánea y total destrucción.

Finalmente, con un rugido lleno de dolor, Reichen liberó el poder que había en su interior.

El calor salió disparado de su cuerpo, cayendo y girando hacia delante a toda velocidad, una esfera de pura energía explosiva. Como un misil desplegándose sobre un blanco señalado por un láser, la orbe entró disparada por la puerta abierta de la mansión de los Refugios Oscuros. Un segundo más tarde, detonó con una belleza imponente e infernal.

Reichen cayó hacia atrás por el impacto del sonido de la explosión.

Se quedó tendido sobre la hierba, contemplando con distante satisfacción las llamas, las chispas y el humo que devoraban hasta las más diminutas piezas de lo que había sido su vida.

Capítulo veintiocho

— *Y*a estamos preparados para salir, Renata. ¿Necesitas más tiempo antes de marcharnos?

De pie en el camino de grava que había ante el pabellón, Renata se volvió hacia Nikolai, que se acercaba a ella desde atrás.

—No. No necesito estar más tiempo aquí. Estoy preparada para abandonar este lugar.

Él la envolvió con sus brazos, arropándola con su fuerza.

—Acabo de hablar con Gideon. Tegan, Río y los demás han hecho grandes progresos. Estarán en nuestro punto de encuentro dentro de una hora.

—De acuerdo. Está bien.

Renata se apoyó entre sus brazos, encantada de sentir aquel abrigo cálido... y su amor. Nikolai había estado junto a ella en su refugio vegetal hasta la caída del sol, calmando sus miedos con su cuerpo, transportándola lejos de la fea realidad que originalmente los había unido, y que los esperaba de nuevo aquella noche, cuando por fin tuvieran la oportunidad de enfrentarse a Edgar Fabien.

Lo cierto era que ella estaba preocupada por lo que pudieran encontrar. Preocupada hasta la médula de los huesos, y aunque Nikolai no había dicho nada que pudiera sugerir que él también tenía sus dudas, ella podía notar que su mente estaba llena de pensamientos que parecía resuelto a ocultarle.

—Puedes decírmelo, lo sabes. —Se apartó de sus brazos y lo miró de frente—. Si tienes una mala premonición sobre lo que va a ocurrir esta noche... puedes decírmelo.

Algo parpadeó en su expresión, pero no habló. Sacudió la cabeza. Le dio un casto beso en la frente.

—No sé lo que podemos encontrarnos cuando demos con Fabien. Pero puedo decirte que sea lo que sea, yo voy a estar allí contigo, ¿de acuerdo? Vamos a salir de ésta.

—Y en cuanto tengamos a Fabien iremos a buscar a Mira, ¿verdad? —dijo ella, buscando sus ojos.

—Sí —dijo él, contemplándola fijamente con una resuelta mirada de acero—. Sí, te lo prometo. Te di mi palabra sobre eso. No voy a decepcionarte.

La atrajo de nuevo hacia él, abrazándola como si no quisiera soltarla. Renata lo abrazó también, escuchando los fuertes y rítmicos latidos de su corazón cerca de su oído... y preguntándose por qué su propio pulso se parecía tanto al sonido de una campana anunciando la muerte.

En una remota parcela de cien acres situada en tierra de nadie, un par de horas al norte de Montreal, el bosque nocturno se sacudió con el gemido de sierra de una lancha motora que cruzaba a toda velocidad el lago en su mayor parte inhabitado. La tierra y el lago, al igual que el transporte utilizado para que Dragos llegara a aquel lugar, pertenecían a Edgar Fabien.

Aunque Fabien había resultado decepcionante hacía poco, Dragos suponía que el líder de los Refugios Oscuros merecía cierta medida de crédito por las dos formas que había ideado para llegar a aquella importante reunión. Mientras que el resto de participantes había llegado la pasada noche en coche, hoy una lancha motora transportaba a Dragos hasta el pequeño muelle del terreno, después de que un hidroavión lo hubiera traído desde la ciudad hasta otra zona de navegación fluvial también propiedad de Fabien. Después de la complicación surgida varias semanas atrás durante el encuentro que Dragos tuvo con la Orden se había vuelto más precavido, entre otras cosas, sobre la forma de viajar. Había llegado demasiado lejos como para arriesgarse. Y no tenía intenciones de echarlo todo a perder por culpa de la incompetencia o los descuidos de los demás.

Lanzó una mirada despectiva hacia los otros pasajeros que iban sentados en la lancha con él. La cara del cazador era impasible bajo el brillo lechoso de la luna, su enorme cuerpo permaneció completamente inmóvil mientras el conductor giró el timón y la proa del bote desplazó el agua para hacer ángulo y dirigirse hacia el muelle solitario delante de la costa.

El cazador probablemente sabía que se encaminaba hacia su propia muerte. Había fallado en su misión de matar al vampiro de la primera generación de Montreal, y eso requería un castigo. Lidiaría con él esta noche, y si Dragos podía usar dicho castigo como una demostración adicional de su poder ante los tenientes que se habían reunido ahora para recibirlo, tanto mejor.

El motor de la lancha fue deteniéndose mientras ellos bajaban al muelle de madera sencillo y sin alumbrado donde Fabien los esperaba para recibirlos. Del agua salían gases con un olor dulzón nauseabundo. La exagerada reverencia y aduladora bienvenida de Fabien tuvo un efecto similar.

—Padre, es el honor de toda una vida darle la bienvenida a mis dominios.

—Así es —dijo Dragos arrastrando las palabras mientras salía de la embarcación y pisaba las oscuras tablas de madera del muelle. Hizo un gesto para que el cazador lo siguiera, y no se le escapó la reacción de Fabien cuando vislumbró el tamaño y la inmensidad del vampiro de la primera generación que estaba bajo las órdenes de Dragos—. ¿Están todos reunidos ahí dentro?

—Sí, padre. —Fabien dejó su reverencia y se apresuró para ponerse al lado de Dragos—. Tengo buenas noticias. El guerrero que escapó del centro de rehabilitación ha sido eliminado. Él y también la mujer que lo ayudó a escapar. Uno de mis secuaces encontró su paradero y anoche envié un equipo con mis mejores agentes para solucionar el problema.

—¿Estás seguro de que el guerrero ha muerto?

La sonrisa engreída de Fabien rechinó.

—Me apostaría la vida. Envié profesionales entrenados para hacerse cargo. Confío plenamente en su destreza.

Dragos gruñó, sin mostrarse impresionado.

—Debe de ser reconfortante tener ese tipo de confianza en tus subordinados.

La confianza de Fabien flaqueó ante esa indirecta y se aclaró la garganta torpemente.

—Padre... si tiene un momento...

Dragos dispensó al cazador de estar presente con un gesto cortante.

—Ve a la casa y espérame allí. No hables con nadie.

Mientras el vampiro de la primera generación se adelantó, Dragos se detuvo para dirigir una mirada impaciente a Fabien.

—Señor, espero... pensé que un regalo podría resultar oportuno —le espetó—. Para celebrar este evento tan importante.

—¿Un regalo? —Antes de que pudiera preguntar qué era lo que Fabien creía que Dragos podía necesitar de él, el primero chasqueó los dedos y un agente de las fuerzas de la ley emergió de las sombras de los árboles de alrededor guiando a una niña por delante de él. La pequeña parecía perdida en la oscuridad; su pelo rubio brillaba como un campo de maíz y tenía la pequeña cabecita agachada—. ¿Qué significa esto?

—Es una joven compañera de sangre, padre. Mi regalo para usted.

Dragos miró a la pobre niña sin mostrarse en absoluto impresionado. Las compañeras de sangre eran escasas entre la población de los humanos, eso era cierto, pero las prefería en edad fértil. A esa niña le faltaban unos cuantos años para madurar, y probablemente eso era lo que más interesaba de ella a Fabien.

—Puedes quedártela —dijo Dragos, reanudando la marcha hacia la reunión—. Haz que tu hombre lleve el bote de vuelta al lago mientras estamos reunidos. Le avisaré por radio cuando lo necesitemos otra vez.

—Ve —ordenó Fabien en respuesta. Luego volvió a colocarse junto a Dragos, con tanto entusiasmo como un perro de caza suplicando deshechos—. Padre, respecto a la niña... de verdad, debe verlo por sí mismo. Está dotada de un talento extraordinario que sin duda usted apreciará. Es un oráculo, mi señor. Yo mismo he sido testigo.

En contra de su voluntad, la curiosidad le hizo prestar atención. Disminuyó el ritmo de sus pasos, hasta detenerse del todo.

—Tráela.

Al darse la vuelta, la sonrisa entusiasta de Fabien se ensanchó aún más.

—Sí, señor.

Le acercaron de nuevo a la niña. Sus pasos se resistían, los testarudos tobillos se hundían en las viejas hojas de pino y la arena que cubrían la pequeña pendiente del muelle. Trató de luchar contra el vampiro que la retenía, pero era un esfuerzo inútil. Él se limitó a empujarla hacia delante hasta que estuvo de pie directamente frente a Dragos. Mantuvo la barbilla baja y los ojos fijos en el suelo a sus pies.

—Levanta la cabeza —le ordenó Fabien. Y sin esperar a que obedeciera le cogió el cráneo con ambas manos y la obligó a mirar hacia arriba—. Ahora abre los ojos. ¡Hazlo!

Dragos no sabía qué esperar. No estaba en absoluto preparado para la sorprendente palidez de su mirada. Los iris de la niña eran claros como el cristal, espejos impecables que instantáneamente lo fascinaron. Era poco consciente de la excitación de Fabien, pero toda la concentración de Dragos estaba clavada en la niña y el increíble brillo de sus ojos.

Y entonces lo vio... Un parpadeo de movimiento en el plácido reflejo. Vio una forma moviéndose a través de las densas sombras... un cuerpo que creyó reconocer como el propio. La imagen se volvía más clara a medida que la contemplaba, embelesado y ansioso por saber más del don que Fabien había descrito.

Era él.

Era también su guarida. Incluso veladas por una espesa niebla, las imágenes reflejadas eran extrañamente familiares. Vio el laboratorio subterráneo, las celdas de contención... la jaula de rayos ultravioletas que contenía su mayor arma para la guerra que había estado preparando durante todos estos siglos. Todo estaba allí, y se le mostraba a través de los ojos de aquella niña compañera de sangre.

Pero de repente hubo un momento de sorprendente alarma.

Su inmaculado laboratorio, tan rigurosamente seguro y ordenado, estaba en ruinas. Las celdas de contención totalmente abiertas. Y la jaula de rayos ultravioletas... estaba vacía.

—Imposible —murmuró, luchando contra un sombrío y furioso temor.

Pestañeó con fuerza, varias veces, queriendo sacarse la

imagen de la cabeza. Cuando abrió otra vez los ojos, vio algo nuevo en aquella detestable mirada... algo todavía más insondable.

Se vio a sí mismo suplicando por su vida. Llorando, roto. Lastimoso.

Derrotado.

—¿Qué es esto? ¿Una maldita broma? —La voz le tembló... por la ira y por algo que parecía increíble. Apartó los ojos de la niña y miró fijamente a Fabien—. ¿Qué demonios significa esto?

—Es su futuro, señor. —El rostro de Fabien había palidecido. Movió la boca sin que saliera ningún sonido, y luego finalmente masculló—. La niña... verá... Es un oráculo. Ella me mostró aquí, en esta misma reunión, presentándome ante usted con una visión de su futuro que le complacería inmensamente. Cuando vi eso, supe que debía reservarla para usted, mi señor. Tenía que ofrecérsela, sin importarme cuánto costara.

La sangre de Dragos era lava ardiente en sus venas. Debería matar a ese idiota ahí mismo y en ese mismo instante, sólo por aquel insulto.

—Es evidente que interpretaste mal lo que viste.

—¡No! —gritó Fabien, agarrando a la niña y haciéndola girar. La sacudió con fuerza—. ¡Enséñamelo de nuevo! ¡Demuéstrale que no me equivoco, maldita sea!

Dragos lo observaba tan rígido como una piedra mientras él escudriñaba sus ojos. El grito aterrorizado que contuvo el líder de los Refugios Oscuros le dijo todo lo que necesitaba saber. Retrocedió, blanco como una sábana. Tan perturbado como si acabara de ser testigo de su propio asesinato.

—No lo entiendo —murmuró Fabien—. Todo ha cambiado. ¡Tiene que creerme, padre! No sé cómo ha cambiado la visión, pero la pequeña bruja nos está mintiendo. ¡Tiene que ser eso!

—Sácala de mi vista —gruñó Dragos al agente de las fuerzas de la ley que la sostenía—. Me la llevaré conmigo cuando me vaya, pero hasta entonces no quiero verle ni un pelo.

El guardia asintió con la cabeza y apartó a la niña, prácticamente arrastrándola hacia la casa.

—Señor, se lo ruego —suplicó Fabien—. Perdóneme por este... desafortunado error.

—Me ocuparé de ti más tarde —dijo Dragos, sin molestarse en ocultar la amenaza que había bajo sus palabras.

Reanudó su camino hacia la reunión, más decidido que nunca a dejar bien claro a todo el mundo su autoridad, su inigualable poder.

Capítulo veintinueve

*E*staba totalmente oscuro cuando Niko y Renata llegaron a las coordenadas proporcionadas por Gideon que revelaban la localización de Edgar Fabien en su propiedad del norte. El líder de los Refugios Oscuros evidentemente era dueño de una considerable porción del bosque, lo bastante lejos de Montreal como para que la zona permaneciera vírgen: acre tras acre de enormes coníferas de hoja perenne y ni una sola alma viva a la vista, a excepción de algún alce o algún venado que salían disparados en cuanto olían a aquel vampiro pesadamente armado que avanzaba con precaución a través de su reserva virgen.

Nikolai llevaba los últimos minutos haciendo un reconocimiento en solitario de la zona. En un espeso rincón del bosque se veía una casa de dos pisos hecha de troncos y piedras. Un camino estrecho y sin pavimentar, ancho apenas para un solo vehículo, se bifurcaba en varios senderos que serpenteaban a través de los árboles que había frente a la casa. Niko bordeó el camino camuflado entre los árboles, tomando nota de los dos agentes de las fuerzas de la ley apostados cerca de la marca que había a mitad del camino y los tres grandes Humvees aparcados en hilera justo frente a la puerta principal. Tres guardias vampiros más, armados con rifles M16, cubrían la entrada. Los lados este y oeste estaban también vigilados por centinelas armados.

Aunque se imaginaba que no habrían dejado la parte trasera sin protección, Niko se movió para ver también ese lado. Oyó el suave murmullo del agua incluso antes de ver el plácido lago y el muelle vacío en la orilla, unos trescientos metros detrás de la casa. En la parte trasera del lugar otra pareja de agentes de la ley hacía guardia.

Maldición.

Entrar a ese sitio para coger a Fabien no iba a ser fácil. A menos que él y la Orden se colaran desde arriba, si querían sacar al socio de Dragos de allí iban a tener que acribillar a balazos a unos cuantos guardias en el proceso. Y también estaba el grupo de machos de la estirpe desconocidos que habían acompañado hasta allí al líder de los Refugios Oscuros de Montreal. Atrapar a Fabien esa noche sin herir a un buen número de civiles rozaba lo imposible. Y mucho peor si se añadía el rescate de Mira. Así que básicamente, la conclusión de su inspección era que allí se iba a armar un buen alboroto, y no había muchas maneras de evitarlo.

Y estaba también la situación con Renata.

Una de las cosas más duras que había hecho nunca Nikolai había sido pasar el día entero con ella, sabiendo que la estaba engañando. Quería decírselo... después de hacer el amor, después de que ella lo honrara con el don de su sangre y completaran el vínculo que los uniría eternamente. Había querido decírselo una docena de veces, en una docena de momentos diferentes pero, egoístamente, ocultó la verdad pensando en protegerla. Todavía mantenía la esperanza de que ella comprendiera su precaución, de que estuviera incluso tal vez agradecida de que le hubiera ocultado el paradero de Mira hasta que él y los otros guerreros tuvieran la oportunidad de organizar una sólida estrategia de evacuación.

Sí, continuaría diciéndose eso a sí mismo porque no quería considerar otras alternativas.

Tratando de liberarse de la culpa que lo afligía a cada paso y de la sensación de terror que trepaba por su nuca, Nikolai avanzó hasta una posición donde tenía una visión privilegiada y estaba protegido por los árboles. Inspeccionó a través de las frondosas ramas de pino, observando cómo varios de los ocupantes de la casa pasaban junto a la ventana del segundo piso. Hizo un recuento rápido de los machos de la estirpe encapuchados mientras se dirigían en grupo a otra zona de la casa. Cinco, seis, siete... y otro... Éste sin la capucha negra cubriéndole el rostro.

Oh, Dios.

Nikolai lo conocía. Había visto a ese hijo de puta personalmente y de muy cerca hacía apenas unas semanas, cuando una misión de la Orden había enviado a Niko a encontrarse con uno de los oficiales de mayor rango de las fuerzas de la ley. Por entonces, aquel vampiro tenía un alias de hacía mucho tiempo... uno de esos nombres falsos que la Orden descubrió no mucho después. Ahora conocían al bastardo por su verdadero nombre, el mismo nombre del traidor de su padre, un vampiro de la primera generación.

«Dragos.»

«Maldita sea.»

Durante semanas la Orden había estado buscando exhaustivamente durante cada minuto una pista que condujera hacia Dragos, todo sin éxito. Y ahora estaba allí, plantado frente a él como un pez en una pecera. El hijo de puta estaba allí. Y maldita sea... acabarían con él esta noche.

Niko se apartó del matorral y se encaminó dirección sur, donde Renata lo esperaba en el todoterreno que habían robado a los de las fuerzas de la ley. No veía la hora de llamar a Tegan y a Río para darles las buenas noticias.

La confusión y consternación de Edgar Fabien por la debacle que había supuesto su maldito regalo a Dragos lo tenía embrujado como un espectro mientras él y los demás seguían a su líder recién llegado hasta la sala de conferencias del refugio del norte. Sabía que era peligroso, y generalmente mortal, contrariar a Dragos, y era algo que había logrado evitar muy bien hasta hacía muy poco. Pero además sabía —y suponía que el resto de machos de la estirpe reunidos allí lo sabían también— que Dragos los había convocado aquella noche a todos juntos con un propósito específico. Aquélla iba a ser una noche histórica. Una recompensa, había prometido Dragos, por sus años de asociación encubierta y su lealtad por una meta común.

Después de mucho tiempo y esfuerzo tratando de ganarse el favor de Dragos durante décadas, Fabien sólo imploraba que no lo hubiese echado a perder todo por aquel desafortunado instante en el muelle.

—Sentaos —ordenó Dragos mientras entraba y ocupaba

su lugar al frente de la mesa de reuniones. Observó a Fabien y a los otros seis, todos todavía ocultos detrás de sus capuchas negras, sentados en las sillas colocadas en torno a la losa de granito pulido que servía como mesa de conferencias—. Todos los que estamos reunidos en esta habitación compartimos un interés común: ser el presente y el futuro estado de nuestra raza.

Fabien asintió bajo su capucha, al igual que todos los demás.

—Compartimos el mismo resentimiento por la corrupción de nuestra sangre, manchada con la mezcla de sangre humana y por el hecho de que aquellos poderosos entre la estirpe han escogido gobernarnos teniendo respeto por el género inferior de los humanos. Desde que las primeras semillas de la raza fueron sembradas en este planeta, la raza de los vampiros ha degenerado hasta convertirse en una fracasada y displicente vergüenza. Con cada nueva generación que nace, nuestra sangre se diluye cada vez más con la de la humanidad. Nuestros líderes prefieren que nos escondamos del mundo de los *Homo sapiens*, todos temen ser descubiertos, y enmascaran esa cobardía con leyes y políticas que supuestamente funcionan para mantener en secreto nuestra propia existencia. Nos hemos debilitado por el miedo y el secreto. Ya hace tiempo que ha llegado la hora de que esto cambie, y para eso se necesita un nuevo y poderoso líder.

Los asentimientos se volvieron ahora más vigorosos y el murmullo de acuerdo más ferviente.

Dragos comenzó a caminar pausadamente por la habitación, con las manos relajadas a la espalda.

—Nadie comparte nuestro deseo de remediar los fallos del pasado y devolver a la estirpe su posición de poder. Nadie ve el futuro que construimos. Algunos dirían que el precio es demasiado alto y los riesgos demasiado grandes. Mil excusas por las que la estirpe debería mantenerse tal como está y no emprender los atrevidos pasos necesarios para alcanzar el futuro que nos merecemos.

—Oíd, oíd —interrumpió Fabien, codiciando ese futuro que brillaba ante él como una llama.

—Me complace que quienes estáis en esta habitación entendáis el hecho de que deben darse pasos atrevidos —dijo Dragos—. Cada uno de vosotros individualmente ha desempeñado un papel para acceder a nuestro siguiente nivel. Y lo habéis hecho sin cuestionar, sin conoceros los unos a los otros... hasta ahora. Nuestro tiempo de secretismo ha terminado. Por favor —dijo—, quitaos las capuchas y permitid que pasemos a la nueva fase de nuestra alianza.

Fabien tocó la tela negra que le cubría la cabeza y la inseguridad hizo que sus dedos titubearan. Se detuvo hasta que un par de vampiros se quitaron las capuchas antes de reunir el coraje para retirar la suya.

Por un momento, ninguno de los machos de la estirpe dijo ni una palabra. Intercambiaban miradas a través de la mesa, algunos orgullosos ante el reconocimiento de sus pares, otros con cautela ante aquellos extraños que, tras aquella declaración de traición voluntaria, se habían convertido en sus más íntimos aliados. Fabien conocía varios de la media docena de rostros que lo miraban, todos ellos altos cargos de los Refugios Oscuros u oficiales de las fuerzas de la ley, algunos de Estados Unidos y otros del extranjero.

—Somos un consejo de ocho —anunció Dragos—. Exactamente igual que los Antiguos que llegaron aquí hace tanto tiempo. Todos nosotros somos hijos de la segunda generación de esos poderosos seres de otro mundo. Pronto, en cuanto el último de los vampiros de la primera generación haya sido eliminado, seremos los más viejos y poderosos de nuestra raza. Cada uno de vosotros ha ayudado en ese esfuerzo, ya sea proporcionando las localizaciones de esos miembros de la primera generación que quedan o suministrando compañeras de sangre para llevar las semillas de nuestra revolución.

—¿Y qué pasa con la Orden? —preguntó uno de los europeos, con un acento alemán cortante como un cuchillo—. Quedan dos guerreros de la primera generación que todavía no hemos eliminado.

—Y lo haremos —dijo Dragos suavemente—. Planearé asaltos directos contra la Orden muy pronto. Después del reciente ataque contra mí, será un placer personal destruir sus operaciones y ver a los guerreros y sus compañeras de sangre enfrentándose a su muerte.

Un director de las fuerzas de la ley de la Costa Oeste de Estados Unidos se reclinó en su silla y arqueó las oscuras cejas.

—Lucan y sus guerreros han sobrevivido antes a otros ataques. La Orden existe desde la Edad Media. No se vendrán abajo sin luchar... y será una lucha muy dura y muy sangrienta.

Dragos se rio.

—Oh, sí, ellos sangrarán. Y si puedo hacerlo a mi manera, suplicarán piedad y no la tendrán. No por parte del poderoso ejército que estará a mi mando.

—¿Cuándo comenzaremos a construir ese ejército? —preguntó uno del grupo.

La sonrisa de Dragos se ensanchó con malicia.

—Empezamos hace cincuenta años. En realidad, esta revolución empezó antes que eso. Mucho antes.

Todos los ojos estaban fijos en él mientras se dirigía hacia el ordenador portátil que había pedido que Fabien pusiera en la habitación. Cuando usó el teclado para dar una orden, la gran pantalla de la sala de conferencias se levantó desde el suelo. Dragos introdujo más instrucciones y pronto el oscuro monitor pestañeó para pasar a mostrar lo que parecía un laboratorio de investigación.

—La conexión por satélite a una de mis fortalezas —explicó, usando el panel táctil del portátil para mover por control remoto la cámara que había en el otro extremo de la conexión—. Aquí es donde he estado poniendo las piezas en su sitio. —El ojo de la cámara se dirigió hacia una pared con bidones criogénicos codificados, luego pasó ante un conjunto de microscopios, ordenadores y depósitos de ADN alineados sobre dos filas de mesas. En medio de todo aquel equipamiento científico había varios secuaces vestidos con máscaras y batas blancas de laboratorio.

—Parece un laboratorio genético —dijo el alemán.

—Eso es —respondió Dragos.

—¿Qué tipo de experimentos se están llevando a cabo?

—Experimentos de todo tipo. —Dragos regresó al teclado y marcó otra serie de órdenes. La cámara del laboratorio se oscureció y fue reemplazada por otra visión, una panorámica de un largo pasillo con celdas a cada lado. Aunque por la posición

de la cámara era difícil distinguir más que formas rudimenta-
rias, era obvio que las celdas contenían mujeres, algunas de
ellas en avanzado estado de gestación.

—Compañeras de sangre —susurró Fabien—. Debe de haber veinte o más.

—No siempre sobreviven a los procedimientos y las pruebas, por eso el número tiende a fluctuar —dijo Dragos en un
tono de conversación—. Pero hemos tenido éxito con el sistema de procreación. Estas mujeres y muchas otras antes que
ellas están dando a luz al ejército más fabuloso que este
mundo ha conocido jamás. Un ejército de asesinos de la primera generación que están absolutamente bajo mi mando.

Un silencio tan denso como una capa de invierno se apoderó de los reunidos.

—¿Vampiros de la primera generación? —preguntó el director de la Costa Oeste—. Eso no es posible. Necesitarías a
uno de los Antiguos para reproducir una primera generación
de vampiros de la estirpe. Todos esas criaturas de otro mundo
fueron exterminadas por la Orden hace unos setecientos años.
El propio Lucan declaró la guerra a los Antiguos y se encargó
de que ninguno sobreviviera.

—¿Lo hizo? —Dragos sonrió abiertamente, mostrando las
puntas de los colmillos—. Yo diría... que no.

Tocó otras teclas y mostró la vista de otra cámara conec-
tada vía satélite. Esta vez lo que se vio fue una gran habitación, con muchas medidas de seguridad, que tenía en su centro una celda cilíndrica construida con vigas luminosas. Los
rayos ultravioletas emitidos desde esa jaula de gruesos barrotes verticales eran prácticamente cegadores, incluso a través
de la pantalla.

Y encerrada dentro de esa celda de rayos UVA estaba en
cuclillas una criatura desnuda y sin pelo que mediría fácilmente dos metros y medio. Su cuerpo desnudo era inmenso, y
cada centímetro de él estaba cubierto de dermoglifos. Miraba
a la cámara que hizo zoom sobre él desde algún lugar de la habitación. Sus ojos eran ambarinos, las pupilas devoradas por
las llamas tenían una conciencia letal. La criatura se enderezó
y se abalanzó para atacar, sólo para retroceder ante el calor
abrasador de los barrotes que lo mantenían prisionero. Abrió

la boca y dejó escapar un rugido furioso que no hacía falta oír para entender.

—Dios santo —exclamaron más de uno de los vampiros reunidos.

Dragos dirigió a todo el grupo una mirada de una gravedad mortal.

—Contemplad... nuestra revolución.

El teléfono móvil de Lex vibró en la consola del todoterreno. Renata lo cogió y miró la pantalla digital: número desconocido.

Mierda.

No podía saber con seguridad si la llamada era para Lex o para Nikolai, ya que él había estado usando el teléfono para comunicarse con la Orden. No sabía cuánto tardaría en regresar de su expedición, y ella estaba a punto de volverse loca de tanto esperar. Necesitaba hacer algo. Al menos sentir que estaban haciendo algún avance para encontrar pronto a Mira...

El teléfono móvil continuaba vibrando en su mano. Le dio al botón de responder, pero no dijo nada. Sólo abrió la línea y dejó que quien llamaba fuera el primero en revelar su identidad.

—¿Hola? Niko... ¿estás ahí, amigo? —La voz profunda tenía un fuerte acento español, tan cálido y suave como un caramelo—. Soy Río.

—Él no está aquí —dijo Renata—. Nos encontramos en la posición al norte de la ciudad, esperando que lleguéis. Nikolai ha ido a inspeccionar. No debería tardar en volver.

—Bien —dijo el guerrero—. Estamos llegando, llevamos unos cuarenta y cinco minutos en las afueras. Tú debes de ser Renata.

—Sí.

—Te estamos agradecidos por salvar a nuestro chico. Lo que has hecho ha sido..., en fin, es muy afortunado de tenerte trabajando de su lado. Todos lo somos. —Ella pudo notar la genuina preocupación y gratitud en la voz del vampiro, y se le despertó la curiosidad por conocer a esos otros guerreros que

Nikolai llamaba amigos—. ¿Todo bien por ahí? ¿Cómo estás tú? ¿Lo llevas bien, esperando ahí?

—Estoy bien. Simplemente ansiosa por acabar con todo esto esta noche.

—Lo entiendo —respondió Río—. Niko nos habló de la niña... Mira. Siento todo por lo que habéis tenido que pasar, sabiendo que un individuo tan enfermo como Fabien la tiene en sus manos. Sé que no debe de haber sido fácil para ti esperar durante todo el día a que llegara la hora de nuestra cita.

—No, no ha sido fácil. Me siento tan impotente... —confesó—. Odio esta sensación.

—Lo siento. No dejaremos que le ocurra nada esta noche cuando entremos allí, Renata. Estoy seguro de que Nikolai te habrá explicado que capturar a Edgar Fabien es prioridad de la Orden, pero haremos todo lo posible para que la niña salga con vida de la situación...

Un repentino escalofrío se extendió por su pecho al oír las palabras de Río.

—¿Qué has dicho?

—Ella estará bien.

—No... has dicho que no dejaréis que le ocurra nada esta noche... te refieres a aquí.

Al otro lado de la línea se oyó un largo silencio.

—Ah, Dios. ¿Niko no te habló del vídeo del Refugio Oscuro de Fabien que vimos anoche?

El escalofrío se hizo aún más intenso, extendiéndose de su pecho hasta sus extremidades.

—Un vídeo... anoche —repitió aturdida—. ¿Qué había en ese vídeo? ¿Visteis a Mira? Oh, Dios. ¿Le ha hecho algo Fabien? Dímelo.

—Madre de Dios —dijo exhalando un largo suspiro—. Si Niko no te lo contó... no creo que yo deba...

—Cuéntamelo, maldita sea.

Ella oyó el murmullo de una conversación rápida al otro lado antes de que Río por fin transigiera.

—La niña está con Fabien y otros vampiros que no hemos identificado aún. Captamos la imagen de una cámara de vigilancia en las puertas del Refugio Oscuro de Fabien. Salieron anoche y los hemos seguido hasta la propiedad donde os encontráis ahora.

—Anoche —murmuró Renata—. Fabien ha tenido aquí a Mira... desde anoche. Y qué pasa con Nikolai... ¿Me estás diciendo que él lo sabía? ¿Cuándo lo supo? ¿Desde cuándo?

—Tengo que pedirte que esperes ahí sólo un poco más —dijo Río—. Todo va a salir bien...

Renata sabía que el guerrero le continuaba hablando, tratando todavía de reconfortarla, pero su voz quedó apagada por la honda conciencia de su ira y de su miedo. El daño que sentía era tan profundo que creyó que iba a acabar rota en pedazos. Cerró el teléfono, cortando la llamada y tirando el aparato al suelo a sus pies.

Mira estaba allí desde anoche, con Fabien.

Todo este tiempo.

«Y Nikolai lo sabía.»

Él lo sabía, y se lo ocultó. Ella podía haber ido allí hacía horas, a la luz del día, y hacer algo, cualquier cosa para intentar salvar a Mira. Y en lugar de eso Nikolai le había ocultado deliberadamente la verdad, y como resultado ella no había hecho nada.

No era exacto que no hubiera hecho nada, reconoció, golpeada por la culpa que sintió al recordar el placer que había disfrutado con él mientras Mira se encontraba a sólo una hora de su alcance.

—Oh, Dios —susurró, sintiéndose enferma sólo de pensarlo.

Fue vagamente consciente de que unos pasos se aproximaban al vehículo, sus sentidos lo registraron antes de que su mente identificara el sonido. El vínculo de sangre que ahora compartía con Nikolai le indicó que era él bastante antes de que su silueta oscura apareciera junto a la ventanilla. Él abrió la puerta del todoterreno y se subió al coche como si lo persiguiera el diablo.

—Es Dragos —dijo, buscando el teléfono móvil en la consola, la guantera y el asiento—. Joder, no podía creérmelo, pero era él. Vi a ese hijo de puta dentro de la casa con Fabien y los otros. Dragos está aquí... directamente a nuestro alcance. ¿Dónde demonios está el móvil?

Renata lo miró fijamente, viéndolo como a un extraño mientras él se inclinaba para alcanzar el teléfono móvil, que estaba cerca de los pies de ella, en el suelo del vehículo. Ella apenas oía lo que estaba diciendo. Y apenas le importaba.

—Me mentiste.

Él se enderezó, sosteniendo en la mano el teléfono de Lex. El chisporroteo de adrenalina que había estado iluminando sus ojos se atenuó un poco cuando la miró a los ojos.

—¿Qué?

—Confié en ti. Tú me dijiste que podía confiar en ti, y lo hice. Te creí, y me traicionaste. —Tragó saliva para tratar de deshacer el terrible nudo que sentía en la garganta y se obligó a sí misma a escupir las palabras—. Mira está aquí. Ha estado aquí con Fabien desde anoche. Tú sabías eso... y me lo ocultaste.

Él se quedó callado, ni tan siquiera trató de negar lo que estaba diciendo. Miró el teléfono que sostenía en la mano como si acabara de darse cuenta de cómo había descubierto ella su engaño.

—Podría haber estado aquí desde hace horas, Nikolai. ¡Podría haber estado aquí, haciendo algo para sacar a Mira de las manos de ese monstruo!

—Y ésa es exactamente la razón por la cual no te lo dije —respondió él suavemente.

Ella dejó escapar un sonido de indignación, con el corazón roto.

—Me traicionaste.

—Lo hice para protegerte. Porque te amo...

—No —dijo ella, sacudiendo la cabeza para protegerse de ser tratada de nuevo como una tonta—. No. No me digas eso. ¿Cómo puedes decir eso cuando usaste esas mismas palabras para mantenerme distraída... para hacerme creer que yo de verdad te importaba mientras tú y tus colegas de la Orden hacíais planes a mis espaldas?

—No es así. Nada de lo que pasó hoy entre nosotros, nada de lo que te dije tiene que ver con la Orden. Lo que ocurrió hoy fue entre tú y yo... se trata de nosotros.

—¡Mentira!

Él trató de agarrarla y ella se apartó para evitarlo. Abrió la puerta y salió del todoterreno. Él también abandonó el vehículo y fue a su lado, bloqueándole el paso con su cuerpo. Todo ocurrió tan rápido que ella no pudo ni ver sus movimientos.

—Apártate de mí, Nikolai.

—¿Adónde vas? —preguntó él con delicadeza.

—No puedo quedarme más tiempo aquí sentada sin hacer nada. —Dio un paso para rodearlo, pero él volvió a interponerse. La delicadeza fue reemplazada por una firmeza que indicaba que le pondría unos grilletes si hacía falta.

—No puedo permitir que hagas esto, Renata.

—No se trata de tu elección —le gritó, temblando de miedo y de indignación—. ¡Maldita sea, nunca debió tratarse de tu elección!

Él gruñó una maldición y se precipitó hacia ella.

Renata casi no supo lo que había hecho hasta que él se quedó petrificado a mitad de un paso, llevándose las manos a la cabeza. Gimió, y sus ojos se volvieron de color ambarino cuando los clavó en ella con una mirada furiosa.

—Renata, no...

Ella le lanzó otro ataque; todo su miedo por Mira y el dolor ante la traición desbordaron de ella con una corriente punitiva de calor mental. Nikolai cayó de rodillas, gruñendo y retorciéndose por la sacudida de dolor que ella había desatado sobre él.

Renata salió corriendo hacia el bosque, antes de permitir que el arrepentimiento que ya sentía surgir en ella se lo impidiera.

Capítulo treinta

*L*a casa estaba protegida por una intensa vigilancia, armada hasta los dientes y distribuida por todas partes. Era imposible irrumpir sin ser notado al menos por uno de los agentes de la ley que estaban apostados ahí fuera como el equivalente a una brigada antiterrorista pero en el mundo de los vampiros. Cada uno de ellos tenía un aire de «primero dispara, después pregunta» que se apreciaba desde los cascos negros con viseras oscuras y los trajes de combate, hasta los escalofriantes rifles automáticos ya preparados para entrar en acción.

Gracias a los agentes que habían asaltado la casa de Jack la otra noche, Renata y Nikolai habían podido conseguir transporte, uniformes y armas. Ella no creía que fuese a tener tanta suerte como para entrar en la casa sin ser reconocida, pero a primera vista, al ir vestida con el mismo equipo, los agentes podían confundirla con uno de ellos.

Se puso el casco que había cogido del todoterreno y bajó la visera tintada. Imitando en la medida de lo posible los movimientos de un soldado, Renata salió del bosque y se acercó al guardia vampiro que estaba en el lado oeste de la casa.

El agente reaccionó inmediatamente.

—¿Henri? ¿Qué demonios estás haciendo aquí?

Renata se encogió de hombros y levantó su brazo sano haciendo un gesto de saludo muy familiar. No podía arriesgarse a hablar, igual que tampoco podía arriesgarse a usar el revólver para eliminar ese obstáculo. Si soltaba un puñado de balas al momento tendría a todos los agentes encima. No, tenía que conservar la sangre fría y continuar caminando hacia él con la esperanza de que no abriera fuego a la menor sospecha.

—¿Qué demonios te pasa, imbécil?

Renata se encogió de hombros otra vez. Siguió acercándose.

Sus dedos ansiaban hacer volar sus puñales —aquel guardia tan quieto y tan perplejo era un blanco fácil—, pero el más ligero aroma de sangre derramada llamaría la atención de todos los vampiros. Renata sabía que debía acercarse lo suficiente como para atacarlo con su mente. Su única opción era infligirle un sólido y rápido ataque.

—Serás imbécil, Henri, vuelve a tu puesto —gruñó el agente. Cogió un pequeño aparato de comunicación sujeto a su cinturón—. Voy a llamar a Fabien para informarle. Si tú quieres cabrearlo, adelante, pero yo no quiero tener nada que ver...

Empleando todo el poder a su disposición, Renata desató una salvaje sacudida de energía de su mente y la envió contra el vampiro que estaba ante ella. Sus palabras se convirtieron en un gruñido y cayó al suelo como una piedra. Ella siguió atacándolo hasta que quedó en silencio. Cuando estuvo segura de que estaba muerto se inclinó sobre él para quitarle su arma y el aparato de comunicación.

Renata abrió la puerta de entrada apenas un resquicio y echó una mirada rápida al interior. Estaba despejado. Se deslizó dentro, con el corazón martilleando en su pecho y la respiración empañando la visera oscura del casco.

A pesar de toda su furia contra Nikolai por no haberle contado que Mira estaba allí con Fabien, ahora sólo sentía gratitud hacia la Orden por tener una prueba visual del paradero de la niña. Era demasiado tarde para arrepentirse de cómo había hecho las cosas con Nikolai. Demasiado tarde para decirse que tal vez debería haber esperado a que él y sus hermanos de armas estuvieran con ella para protegerla. Una parte de ella sabía que había sido injusta, pero ya había llegado demasiado lejos para retroceder.

Había tomado una decisión de forma emocional e impulsiva basándose en sus sentimientos heridos. Era una decisión que podría costarle la relación que tenía con Nikolai, tal vez incluso su amor, pero por mucho que lo lamentase ya no podía arreglarlo. Nikolai tal vez no la perdonaría nunca por hacer peligrar su misión; ella entendería que no la perdonara.

Ahora sólo podía rezar para que Mira no acabara siendo quien pagara el precio.

Niko se despertó con el zumbido de un teléfono móvil sonando cerca de su cabeza. Estaba en el suelo junto al vehículo. No tenía ni idea de cuánto tiempo llevaba allí. El teléfono móvil vibró otra vez, sacudiéndose sobre la hierba y las hojas que cubrían el suelo del bosque. Tuvo que emplear prácticamente todas sus fuerzas para estirar la mano y coger el maldito aparato. Lo abrió con torpeza. Trató de decir algo, pero sólo consiguió emitir un ruido ronco.

—Sí —dijo de nuevo, obligando a que sus piernas lo arrastrasen y tratar así de apoyarse contra una rueda del todoterreno hasta lograr sentarse.

—¿Niko? —La voz de Río sonó a través del aparato, cargada de preocupación—. Tu voz suena fatal, amigo. Háblame. ¿Qué ha ocurrido?

—Renata —dijo, sosteniéndose la cabeza con las manos—. Se ha cabreado...

Río dejó escapar un insulto.

—Sí, me di cuenta. Ha sido culpa mía, amigo. No me percaté de que no estaba al tanto de que anoche habían trasladado a la niña...

—Se ha ido —dijo Niko. Al pensar en eso, todos sus sentidos volvieron a encenderse como si un generador se hubiera puesto en marcha en su interior—. Ah, joder, Río... la hice cabrear y ahora se ha ido a buscar a Mira por su cuenta.

—Madre de Dios.

En el otro extremo de la línea, oyó que Río hacía un resumen rápido de la situación a Tegan y a los demás.

—Eso no es lo peor, amigo —añadió Nikolai, ignorando el terrible dolor de cabeza mientras se levantaba del suelo y lograba correr hasta la parte trasera del vehículo—. La reunión de Fabien... Es mucho más importante de lo que pensábamos... Dragos está también allí.

—¿Estás seguro de eso?

—Vi a ese maldito cabrón con mis propios ojos. Está aquí.

—Nikolai agarró las armas automáticas del maletero tan rápido como le permitían sus brazos. Se colocó los rifles en el cuerpo y metió una pistola en la parte de atrás del uniforme robado de las fuerzas de la ley y otra en una funda del tobillo—. La casa está rodeada de guardias, así que cuando lleguéis acercaos a pie y separaos.

—Niko, ¿qué vas a hacer?

No respondió esa pregunta, porque no creyó que a su viejo amigo fuera a gustarle la respuesta. En lugar de eso, sacó más cargadores del vehículo y toda la munición que podía llevar encima.

—Encontraréis dos hombres a mitad del camino y tres frente a la casa. Acabad con ellos primero y tendréis el acceso despejado.

—Nikolai. —La voz de Río sonó como una advertencia—. Amigo, sea lo que sea lo que estás pensando, no lo hagas.

—Ella está allí, Río. Allí dentro con Fabien y Dragos y Dios sabe con quién más... y está sola. Voy a ir tras ella.

Río dejó escapar algún insulto en español.

—Espera. Estamos a menos de diez minutos y vamos a acelerar.

Niko cerró el maletero del todoterreno.

—Voy a probar una estrategia de distracción alrededor del perímetro...

—Maldita sea, Nikolai, si esa mujer quiere matarse no es tu problema. La ayudaremos todo lo que podamos, pero...

—Ella es mi compañera, Río. —Nikolai soltó un juramento—. Tenemos un lazo de sangre... y la amo. La amo más que a mi propia vida.

El suspiro con que respondió el guerrero sonó lleno de comprensión y derrota.

—Supongo que no tiene sentido decirte que estarás desobedeciendo las órdenes directas de Lucan si vas allí ahora. Si Dragos está allí la situación es todavía más crítica, y lo sabes. Necesitamos que te quedes ahí y esperes refuerzos.

—No puedo hacerlo —respondió Nikolai.

Cerró el teléfono y lo tiró a través de la ventanilla abierta del vehículo. Luego se dirigió al encuentro de su mujer.

Capítulo treinta y uno

*D*ragos se permitió disfrutar con la impresión de sus subordinados, que quedaron boquiabiertos al ver al Antiguo atrapado en su celda de rayos ultravioletas a través de la pantalla. Por el asombro de sus rostros —una expresión de absoluta incredulidad—, cualquiera creería que él había conseguido atrapar la luz en una botella. En realidad, lo que había logrado durante las pasadas décadas era algo todavía mayor que eso.

Los siete machos de la estirpe reunidos con él en esa habitación ahora lo miraban como a un dios, y con razón. Él era el arquitecto de una revolución que cambiaría el planeta entero. Aquella noche eran testigos de un acontecimiento histórico y del comienzo del futuro que él había diseñado personalmente.

—¿Cómo puede ser? —murmuró alguien—. ¿Es de verdad uno de los Antiguos que engendró nuestra raza? ¿Cómo sobrevivió a la guerra contra la Orden?

Dragos sonrió acercándose a la pantalla.

—Mi padre fue uno de los miembros fundadores de la Orden... pero también era, en primer lugar y principalmente, el hijo de esta criatura. Durante el derramamiento de sangre perpetrado por la Orden cuando Lucan declaró la guerra contra los Antiguos, mi padre y su padre alienígena hicieron un pacto. A cambio de compartir el poder en el futuro, mi padre lo escondería hasta que la masacre terminara. Lamentablemente, después de cumplir con su parte de la promesa, mi padre no sobrevivió a la guerra. Pero el Antiguo sí lo hizo, como podéis ver.

—Entonces... ¿tú pretendes beneficiarte del acuerdo de tu padre con... esa cosa? —preguntó Fabien, con una expresión tan alicaída como la de un perro faldero que acaba de perder su hueso frente a un lobo salvaje.

—El Antiguo está enteramente bajo mi control. Es una herramienta que puedo usar cuando quiera y como quiera, en provecho mío o de nuestra causa.

—Pero ¿cómo? —preguntó otro del grupo.

—Dejad que os lo muestre. —Dragos se dirigió hacia la puerta de la sala de conferencias. Hizo un chasquido con los dedos al cazador, que esperaba fuera, y luego se volvió hacia sus socios, al tiempo que el vampiro de la primera generación comenzó a seguirlo obedientemente—. Quítate la camisa —ordenó al cazador.

El enorme macho cumplió la Orden en silencio, dejando al descubierto unos hombros imponentes y un pecho sin vello cubierto por una densa y enredada red de dermoglifos. Más de uno dirigió la vista hacia la pantalla para comparar esas marcas hereditarias de la piel con las de la criatura encerrada en la celda de rayos ultravioletas.

—Tienen dermoglifos parecidos —dijo Fabien, ahogando un grito—. ¿Este macho es hijo del Antiguo?

—Descendiente directo, un vampiro de la primera generación, nacido con el solo propósito de servir a la causa —dijo Dragos—. Todos los cazadores de mi ejército personal constituyen las armas más poderosas y letales del mundo. Han sido criados y entrenados en condiciones especiales, bajo mi dirección. Son asesinos perfectos y me son absolutamente leales.

—¿Cómo se puede estar seguro de eso? —preguntó el líder de los Refugios Oscuros de Hamburgo, un astuto macho que sin duda apreciaría la demostración en directo que Dragos tenía en la cabeza.

—Habréis notado que el cazador lleva un collar. Es un aparato monitorizado por GPS, sólo que este collar está también dotado de rayos ultravioletas. Todos los cazadores llevan uno, desde que empiezan a caminar. Puedo seguir cada uno de sus movimientos, localizarlos al instante. Y si alguno de ellos me contraría de alguna manera —dijo Dragos mirando de forma significativa al cazador que estaba de pie firmemente junto a él con gesto estoico—, lo único que necesito es dar una simple orden por control remoto y el láser se activará, enviando una luz de rayos ultravioletas tan fina como una cuchilla a la nuca del cazador y cortándole la cabeza.

Algunos de los machos de la mesa intercambiaron miradas incómodas.

El alemán fue el primero en hablar, con la mirada brillante de interés.

—¿Qué ocurriría si el collar se manipula o se quita?

Dragos sonrió abiertamente, no al alemán, sino al mismísimo cazador.

—Vamos a averiguarlo.

Aunque todos sus instintos le decían que debería moverse sigilosamente como un ladrón que merodea, Renata caminó a través del pasillo del ala oeste de la guarida de sus enemigos como si tuviera todo el derecho de estar allí. Oyó el murmullo de voces masculinas que venía de una de las habitaciones. Por lo demás, todo en la casa permanecía en silencio, hasta que...

Oyó los suaves sollozos de una niña, desde las escaleras, procedentes del segundo piso.

«Mira.»

Renata subió corriendo las escaleras y siguió el llanto hasta el final del pasillo. Había un dormitorio cuya puerta había sido cerrada desde fuera. Pasó la mano por encima del marco, pero no encontró la llave.

—Maldita sea —susurró, sacando uno de los cuchillos de las fundas gemelas que llevaba a cada lado.

Pasó la punta de uno de los cuchillos entre la puerta y la jamba justo por encima de la cerradura e hizo palanca con fuerza. La madera crujió, cediendo tan sólo un poco. Dos veces más y finalmente tuvo suficiente espacio para soltar la cerradura haciendo palanca. Con manos ansiosas y temblorosas, Renata abrió la puerta.

Mira estaba allí, gracias a Dios.

No llevaba el velo puesto, y en cuanto vio entrar en la habitación la figura vestida de negro se fue corriendo a un rincón, completamente aterrorizada.

—Mira, soy yo —dijo Renata, levantando la visera oscura del casco—. Todo irá bien, pequeña. Estoy aquí para llevarte a casa.

—¡Rennie!

Renata se arrodilló y abrió los brazos. Con un débil llanto, Mira corrió a abrazarla.

—Oh, ratoncita —susurró Renata, dándole besos de alivio en la cabecita rubia—. He estado tan preocupada por ti... Siento mucho no haber venido antes. ¿Estás bien, cariño?

Mira asintió, apretando los brazos con fuerza alrededor del cuello de Renata.

—Yo también estaba preocupada por ti, Rennie. Tenía miedo de no volver a verte.

—Yo también, pequeña. Yo también. —Odiaba tener que soltarla, pero debían escapar de allí antes de que Fabien y sus compinches las cogieran. Renata se puso en pie y levantó a Mira en sus brazos—. Ahora tenemos que correr. Agárrate fuerte a mí, ¿vale?

Renata no había dado ni dos pasos con la niña cuando estallaron rápidos disparos de armas de fuego automáticas en todas direcciones en algún lugar de la casa.

Dragos estaba ansioso por demostrar la belleza tecnológica del collar de rayos ultravioletas del cazador cuando el infierno se desató en alguna parte fuera de la habitación. Lanzó una mirada asesina a Edgar Fabien mientras todos saltaban de los asientos completamente alarmados.

—¿Qué pasa ahí fuera? —preguntó a su anfitrión—. ¿Es otra de tus cagadas?

El rostro estrecho de Fabien adquirió una palidez nada saludable.

—No... lo sé, padre. Sea lo que sea, estoy seguro de que mis agentes...

—¡A la mierda tus agentes! —rugió Dragos. Cogió la radio y ladró una orden para que el conductor trajera el bote, luego se dirigió al cazador—. Ahora sal fuera. Encárgate de eso. Mata a todo el que se cruce en tu camino.

El cazador —aquel soldado de obediencia infalible y altamente entrenado— se quedó quieto allí, tan inmóvil como un pilar de piedra.

—Sal de aquí. ¡Te lo ordeno!

—No.

—¿Qué? —Dragos no podía creer lo que oía. Sentía las miradas de sus subordinados clavadas en él. Podía notar su incredulidad y sus dudas. Se hizo un silencio, cargado de expectación—. Te he dado una orden directa, cazador. Obedécela o terminaré contigo ahora mismo.

Mientras se oían más disparos detrás de las paredes, el cazador tuvo la audacia de mirar a Dragos directamente a los ojos y negar con la cabeza.

—De cualquier manera, estoy muerto. Si quieres que luche para que tú sobrevivas, tendrás que invalidar mi collar.

—Cómo te atreves ni tan siquiera a sugerir...

—Pierdes el tiempo —dijo él, aparentemente sin inmutarse por el caos que aumentaba fuera—. Libérame de esta cadena, maldito cabrón de mierda.

Justo entonces, uno de los enclenques guardias de Fabien irrumpió en la habitación.

—Señor, estamos recibiendo disparos alrededor de todo el perímetro. Aún no estamos seguros, pero debe de haber un ejército entero acercándose desde el bosque.

—Oh, Dios —dijo Fabien con un grito ahogado—. ¡Dios santo! ¡Vamos a morir!

Dragos rugió furioso. No confiaba ni lo más mínimo en que los guardias de Fabien pudieran salvar su propio culo, y mucho menos en que pudieran cubrir adecuadamente al grupo de altos rangos de la estirpe que ahora mismo miraban a Dragos como su líder y contaban con que los ayudara a escapar. Estaban esperando que él decretara o bien su salvación o bien el final definitivo de todos ellos y de su inminente revolución.

—Aquí hemos acabado —ladró—. Que todo el mundo vaya por la puerta de atrás hacia donde está el bote. Seguidme.

Mientras el grupo se reunía a su alrededor, Dragos lanzó una mirada al cazador por encima del hombro. Ninguno de los dos machos dijo una palabra, pero el odio mutuo era fácil de leer en sus miradas. Dragos hurgó en su bolsillo y sacó el aparato que controlaba el collar del cazador. A continuación marcó un código para deshabilitarlo.

En el instante en que el collar se volvió inofensivo, el cazador se lo quitó del cuello. Luego, con una mirada en parte de incredulidad y en parte de fría determinación, caminó hacia la puerta para dirigirse al corazón de la reyerta que había fuera.

Capítulo treinta y dos

$\mathcal{N}$ikolai sonrió para sí cuando la táctica de distracción que había ideado sembró la confusión por todo el lugar. Los agentes de vigilancia se movían por todas partes totalmente dominados por el pánico, y más de uno fue alcanzado por alguno de los disparos que procedían del bosque en todas direcciones. Niko convocó una enredadera de la maraña de ramas encima de su cabeza y atrajo el serpenteante zarcillo para envolverlo alrededor del gatillo de su última M16.

Cuando la planta cumplió su función, igual que todas las anteriores, colgó el rifle en el aire y aplicó más y más presión al gatillo a medida que la espiral verde se iba haciendo más gruesa y más fuerte. Niko corrió hacia una de las entradas a un lado de la casa.

No le fue difícil encontrar a Renata. Su lazo de sangre era un faro para él; lo guio hacia la parte posterior de la casa y lo hizo subir volando las escaleras. Renata estaba justo bajándolas, con Mira en los brazos. Sus miradas se encontraron y durante un instante interminable ninguno de los dos dijo una palabra. Nikolai quería expresarle cuánto lo sentía. Decirle lo aliviado que estaba al ver que había encontrado a la niña ilesa.

Había mil cosas que quería decirle en ese momento, y una de ellas era que la amaba y que siempre la amaría.

—Date prisa —se oyó a sí mismo murmurar—. Tienes que salir de aquí ahora mismo.

—Se oyen disparos por todas partes —dijo Renata, con expresión preocupada—. ¿Qué está pasando?

—Es sólo una estrategia de distracción. He creado la oportunidad de que las dos salgáis de aquí.

Ella pareció aliviada, pero sólo por un segundo.

—Fabien y los demás... Oí que unos hombres salían por la puerta trasera hace unos minutos.

—Yo me ocuparé de eso —dijo Nikolai—. Ahora vete. No te detengas por nada. Lleva a Mira hasta el coche. La Orden llegará en cualquier momento.

—Nikolai. —Él se detuvo, sosteniendo la mirada firme de Renata, esperando oír al menos que lo perdonaba, si no podía ser una declaración de que aún lo amaba después de todo lo que había sucedido. Ella lo siguió mirando, y apareció una arruga entre sus cejas—. Sólo... ten cuidado.

Él asintió sombrío, sin sentir la habitual subida de adrenalina que se le disparaba antes de un combate. Aquellos días parecían estar a años luz, cuando nada le importaba excepto la gloria de la batalla, el triunfo de ganar, por muy insignificante que pudiera ser la lucha.

Ahora todo importaba, especialmente en lo que se refería a Renata. Su seguridad y felicidad era todo lo que importaba, incluso si eso significaba que él no estuviera en el escenario.

—Lleva a Mira al vehículo —le dijo de nuevo—. Baja la cabeza y mantente a salvo. Os sacaremos de aquí.

Esperó a que Renata saliera corriendo, luego salió por la puerta trasera, hacia el lugar por el que habían huido sus enemigos.

La lancha motora estaba justo llegando al muelle cuando Dragos y los demás subían corriendo por la pendiente. Alrededor de ellos, por todo el bosque cercano a la casa, los agentes de la ley se dispersaban como hormigas que acabaran de ver su hormiguero pisoteado.

Los disparos iluminaban la noche, tan caprichosamente que era imposible saber qué balas eran amigas y cuáles procedían de los intrusos.

Todo lo que Dragos sabía era que no iba a quedarse allí para dejar que la Orden o quien fuese le pusiera la mano encima.

Mientras él y su grupo comenzaron a subir al bote, Dragos le impidió el paso a Edgar Fabien.

—No hay sitio a bordo para ti —le dijo al líder de los Refugios Oscuros de Montreal—. Lo has puesto todo en peligro por tu idiotez. Te quedas aquí.

—Pero... padre, yo... por favor, puedo jurarle que no volveré a decepcionarle nunca más.

Dragos sonrió, mostrando las puntas de los colmillos.

—No, no lo harás.

Al decir esto, alzó su pistola 9 milímetros y disparó un tiro mortal entre los malvados ojos de Fabien.

—¡Vámonos! —ordenó al conductor del bote, olvidándose por completo de Edgar Fabien en cuanto el motor se puso a rugir y la lancha partió a toda velocidad hacia el hidroavión que los esperaba al otro extremo del lago.

Por desgracia llegó demasiado tarde.

Niko se cargó a un par de agentes de camino al lago, pero cuando llegó allí, la lancha motora ya había partido como llevada por el diablo dejando tras de sí una estela de agua. Nikolai disparó unos tiros tras ellos, pero eran balas totalmente malgastadas. El cadáver de Fabien yacía en el muelle de madera. Dragos y los demás habían cruzado ya más de la mitad del lago.

—Maldita sea.

Impulsado por la furia y la determinación que se apoderó de él, Nikolai comenzó a correr por la orilla, convocando la velocidad sobrenatural que tenían todos los de su raza cuando la necesitaban. El bote estaba lejos, pero era un lago, por lo que en algún momento, Dragos y sus compinches tendrían que desembarcar y utilizar otro medio de huida. Con un poco de suerte, podría alcanzarlos antes de que se hubieran largado.

No sabía cuánto había corrido —fácilmente un par de kilómetros— cuando sintió en el pecho un escalofrío de terror.

«Renata.»

Algo iba mal. Muy mal. Podía sentir la emoción que ella sentía en su propia carne. Su valiente e imparable Renata estaba ahora completamente aterrorizada.

Ah, Dios.

Si algo le ocurriera...

No. Ni siquiera podía pensarlo.

Dejando de lado todos sus pensamientos sobre Dragos, Nikolai dio la vuelta y arrancó de nuevo a correr a toda velocidad, rezando para llegar a tiempo.

Ella no había visto venir al enorme vampiro.

Iba corriendo a través del bosque con Mira en sus brazos, y al momento siguiente se encontró mirando de frente el rostro incomprensivo y los ojos dorados y despiadados de un inmenso macho de la estirpe con el torso desnudo y totalmente camuflado por los dermoglifos, igual que sus hombros y sus brazos.

Era un vampiro de la primera generación; Renata lo supo instintivamente. Su instinto le dijo también que aquel macho era más letal que la mayoría y frío como una piedra.

Un asesino.

El terror la inundó como una marea negra. Sabía que si le enviaba un ataque mental más le valía estar segura de matarlo rápidamente o ella y Mira morirían al instante. No se atrevía a intentarlo sabiendo lo que le ocurriría a Mira si fallaba.

«Virgen santa, haber llegado tan lejos... tener a Mira por fin en los brazos y estar tan sólo a unos pasos de la libertad...»

—Por favor —murmuró Renata, apelando desesperadamente al menor asomo de misericordia—. La niña, no. Deja que ella se vaya... por favor.

Su silencio era aterrador. Mira trató de levantar la cabeza del hombro de Renata, pero se lo impidió suavemente, pues no quería que se asustara por aquel mensajero de la muerte que sin duda les había sido enviado por Fabien o por el mismísimo Dragos.

—Voy a dejarla en el suelo —dijo Renata, sin estar ni siquiera segura de que él la entendiera, y mucho menos de que fuera a acceder—. Simplemente... déjala marchar. Me quieres a mí, no a ella. Sólo a mí.

Los dorados ojos de lince siguieron cada uno de sus movimientos mientras Renata fue soltando cuidadosamente a Mira y la dejó en el suelo. Renata se colocó entre el asesino y la niña, rogando que su muerte fuera suficiente para satisfacer a aquel ser diabólico.

—Rennie, ¿qué pasa? —preguntó Mira por detrás de sus

piernas, agarrándose a los pantalones del traje de las fuerzas de la ley que ella llevaba y tratando de ver algo—. ¿Quién es ese hombre?

El vampiro guio su mirada de piedra hasta la fuente de esa diminuta voz. La miró fijamente. Inclinó a un lado despacio su cabeza calva. Luego frunció el ceño.

—Tú —dijo él, con una voz tan profunda que Renata la sintió retumbar en la médula de los huesos. Algo oscuro surcó su rostro—. Déjame verla.

—No —imploró Renata, sujetando a Mira detrás de ella y protegiéndola de él como un escudo—. Es sólo una niña. No ha hecho nada malo contra ti ni contra nadie. Es inocente.

Él dirigió a Renata una mirada tan feroz que la hizo tambalearse.

—Déjame... ver... sus... ojos.

Antes de que pudiera volver a negarse, antes de que pudiera siquiera pensar en coger a Mira y huir tan lejos como pudieran, Renata notó que Mira daba un paso por delante de ella.

—Mira, no...

Demasiado tarde para impedir lo que iba a ocurrir, Renata sólo pudo ver, completamente aterrada, cómo Mira daba un paso más y miraba hacia arriba, a los letales ojos de aquel vampiro de la primera generación.

—Tú —dijo de nuevo él, escudriñando el dulce rostro de Mira.

Renata pudo notar en qué momento él comenzaba a ser testigo del don de Mira. Sus ojos dorados se volvieron tormentosos, mientras contemplaba, embelesado, los sucesos futuros que la niña le mostraba. Se acercó un poco... estaba tan cerca que sus inmensos brazos podrían atacar a Mira sin ningún aviso.

—No lo... —soltó Renata, pero él ya estaba a punto de tocar a Mira.

—No pasa nada, Rennie —susurró Mira de pie ante él, tan inocente como un bebé que se ha metido en una guarida de leones.

Y entonces fue cuando Renata se dio cuenta de que algo extraordinario iba a ocurrir.

—Tú me salvaste —susurró él, poniendo sus enormes manos sobre los diminutos hombros de Mira. El vampiro dobló las rodillas, poniéndose a su misma altura. Cuando habló, aquella voz profunda y letal sonó sobrecogida y confusa—. Tú salvaste mi vida. Acabo de verlo en tus ojos. Y lo vi también esa noche...

Capítulo treinta y tres

*E*l corazón de Nikolai se heló en su pecho; se convirtió en un pedazo de hielo completamente aterrado. Con disparos todavía en la zona, hizo el camino de vuelta a través del bosque, guiándose todo el tiempo por el lazo de sangre que le indicaba dónde encontrar a su aterrorizada compañera.

Renata estaba allí. De pie en el bosque oscuro iluminado por la luna, tan inmóvil como una estatua y mirando a un inmenso vampiro de la primera generación que estaba en cuclillas delante de Mira, sujetando a la niña con sus despiadadas manos.

Dios bendito.

Niko avanzó sin hacer ruido, acercándose y tratando de encontrar una posición desde la cual pudiera disparar sin alcanzar a Renata ni a la niña en medio del tiroteo.

«Atácalo, Renata. Lánzale un ataque y luego vete corriendo con todas tus fuerzas.»

Ella no utilizaba su poder mental contra él. No hizo ni tan siquiera el menor intento de recurrir a ninguna de sus armas, ni físicas ni mentales. No; para su horror, ella ni siquiera se movió. Estaba allí de pie, en medio de lo que rápidamente podría convertirse en una infernal tormenta de sangre y violencia.

El miedo de Niko en aquel momento era inconmensurable. Sólo era capaz de sentir un terror que lo destrozaba por dentro, helándole los huesos, y una desesperación salvaje y absoluta que le hacía latir el corazón como un tambor en el pecho.

Sacó las dos pistolas 9 milímetros de sus fundas y avanzó hacia delante. Aunque se movía a una velocidad que sólo alguien de la estirpe podría captar, Renata alzó la mirada. Sentía que él estaba allí, agitando el aire a su alrededor aunque sus ojos no pudieran registrar su velocidad. Su sangre le indicaba que estaba cerca, que ya la había encontrado.

Él estaba demasiado consumido por la furia como para advertir que ella lo miraba con alarma... una alarma que tenía que ver más con él que con el vampiro enemigo al que se enfrentaba.

Nikolai cargó hacia delante como una ráfaga, totalmente preparado para matar. Se detuvo justo detrás del vampiro de la primera generación, apuntando con firmeza las dos pistolas hacia la nuca pelada.

Todo ocurrió en una fracción de segundo, pero en la conciencia enloquecida de Nikolai fueron como fotogramas a cámara lenta.

Levantó las pistolas, con los dedos en los gatillos.

Renata abrió los ojos con asombro y negó con la cabeza.

—¡Niko... espera... no lo hagas!

El vampiro de la primera generación soltó a Mira, dejando caer sus enormes manos a los lados. No reaccionó ante las pistolas que le apuntaban a la cabeza. Su pecho se expandió cuando respiró profundamente, y luego soltó el aire con un suspiro resignado.

No iba a luchar contra su muerte.

No le importaba morir.

Y entonces Mira se puso a gritar, con su voz infantil grave por el miedo.

—¡No! ¡No le hagas daño!

Nikolai observó con incredulidad total cómo Mira se echaba hacia delante y rodeaba con sus brazos los hombros del vampiro.

—¡Por favor, no le hagas daño! —gritó, dirigiendo a Nikolai una mirada suplicante mientras trataba de proteger a la inmensa criatura con su diminuto cuerpo.

—Nikolai. —Renata buscó su mirada mientras él contemplaba con estupor las dos grandes pistolas que aún apuntaban al vampiro de la primera generación directamente a la cabeza—. Nikolai, por favor, está bien. Sólo espera un segundo.

Él frunció el ceño con aire interrogante, pero su mirada de guerrero se relajó un poco.

—Levántate —ordenó al vampiro—. Apártate de la niña.

El vampiro de la primera generación obedeció sin decir nada, apartando despacio los brazos de Mira de su cuello y alejándola de él mientras se ponía en pie.

Niko se movió para ponerse frente a él, sosteniendo todavía las armas mientras hacía que Renata y Mira se colocaran detrás de él.

—¿Quién demonios eres tú?

Él clavó en el suelo los ojos sombríos e inexpresivos.

—Me llaman Cazador.

—Tú no eres de las fuerzas de la ley —dijo Nikolai con cautela.

—No, soy un cazador.

Renata atrajo a Mira cerca de ella, sujetándola mientras el caos del bosque y de la casa moría lentamente a su alrededor.

—Sus ojos, Nikolai —dijo ella, comprendiendo de repente—. Él es el asesino de ojos dorados que intentó matar a Sergei Yakut aquella noche. El que Mira vio en el pabellón.

La expresión de Nikolai se oscureció.

—¿Es eso cierto? ¿Tú eres el asesino contratado?

—Lo era. —Cazador asintió sombrío y finalmente levantó la mirada—. La niña me salvó. Algo cambió en mí cuando capté la visión en sus ojos aquella noche. La vi salvándome la vida, exactamente como ha ocurrido hace un momento.

En aquel preciso instante, el bosque de alrededor cobró vida con hombres armados que iban hacia ellos por todas direcciones. Nikolai tenía sus armas preparadas, pero no hizo ningún movimiento para disparar a la amenaza recién llegada. El pulso de Renata se aceleró.

—Oh, mierda, Niko...

—Todo está bien. —La calmó con una mirada reconfortante y palabras suaves—. Éstos son los chicos buenos, mis amigos de la Orden.

Ella observó aliviada cómo cuatro de los guerreros amigos de Nikolai se acercaban. Todos ellos eran formidables en tamaño y en postura, un equipo musculoso que imponía respeto en la atmósfera del bosque con su sola presencia.

—¿Qué tal, amigo? ¿Todo bien? —preguntó la suave voz acaramelada que ahora Renata reconocía como la de Río.

Nikolai asintió, dirigiendo todavía los ojos y las armas hacia el guerrero de la primera generación.

—Esto está controlado, pero la situación en la casa se ha jodido. Edgar Fabien está muerto, y Dragos y los demás han huido. Iban en una lancha hacia el otro lado del lago. Intenté perseguirlos, pero... —Miró a Renata—. Primero tenía que estar seguro de que todo iba bien aquí.

—Oímos el motor de un avión pequeño por encima de nuestras cabezas al llegar —dijo Río.

—Mierda —soltó Nikolai—. Tienen que ser ellos, sin duda. Se han ido, maldita sea, Dragos estaba allí y hemos perdido a ese bastardo.

—Dejad que os ayude a encontrarlo.

Todos los ojos se volvieron hacia el vampiro de la primera generación que Nikolai continuaba apuntando.

—¿Por qué deberíamos confiar en ti? —preguntó Nikolai, afilando la mirada—. ¿Por qué querrías ayudarnos a encontrar a Dragos?

—Porque él es quien me creó. —No había el menor rastro de calor en los ojos de ese asesino de la primera generación, sino sólo un helado odio—. Él me convirtió en lo que soy. A mí y a los otros cazadores que ha creado para que maten en su nombre.

—¡Oh, Dios mío! —exclamó Renata—. ¿Quieres decir que hay otros como tú?

La cabeza afeitada asintió con aire sombrío.

—No sé cuántos son ni dónde se encuentran, pero el propio Dragos me dijo que yo no era el único. Hay otros.

—¿Por qué deberíamos creerte? —preguntó otro de los guerreros, éste casi tan negro como la noche que los envolvía, con sus dientes y colmillos brillando como perlas en contraste con su piel morena.

Otro de los guerreros dio un paso, con ojos rápidos y agudos, tan astutos como los de un lobo, bajo su negro cabello de punta.

—Dejad que Tegan nos diga si podemos confiar en él.

Renata observó atónita y sin una pizca de miedo al mayor

del grupo, un guerrero que se mantenía alejado detrás del resto como un fantasma acechando en las sombras. Éste avanzó unos pasos hacia ellos. Inmenso, con el pelo rojizo asomando por debajo del gorro negro de punto que llevaba. Era una vasta e impresionante cadena de músculos y oscura energía, casi tan grande como el vampiro de la primera generación que estaba de pie ante él, esperando su veredicto.

Sin decir nada, el guerrero llamado Tegan estiró su enorme mano. El cazador se la cogió con la misma firmeza con que le sostuvo la mirada.

Después de un largo momento, Tegan asintió.

—Viene con nosotros. Registremos el lugar y salgamos de aquí.

El grupo se separó, la mayoría de los guerreros fueron a encargarse de la casa de Fabien mientras Río y Nikolai fueron con Renata, Mira y su inesperado acompañante hacia el vehículo de la Orden.

A mitad del camino, Nikolai tomó a Renata de la mano.

—Continuad vosotros, Río; enseguida os alcanzamos.

El guerrero asintió. Siguieron caminando y Renata observó sobrecogida cómo Mira deslizaba su diminuta mano en la enorme palma del cazador.

—Dios mío —le dijo a Nikolai—. ¿Qué es lo que acaba de pasar?

Él sacudió la cabeza, sin duda tan sorprendido como ella.

—Supongo que tardaré algún tiempo en comprenderlo. Pero primero quiero saber cómo están las cosas entre nosotros.

—Nikolai, lo siento...

Él la hizo callar con un largo y dulce beso, cogiéndola en sus brazos.

—Fastidié las cosas, Renata. Tenía tanto miedo de perderte que te aparté de mí por una mentira estúpida e imprudente. Jamás hubiera podido perdonármelo si hubiera ocurrido algo a ti o a Mira. Tú eres mi corazón, Renata. Eres mi vida. —Le acarició la mejilla, engulléndola con la mirada, bebiéndosela—. Te quiero tanto... No quiero vivir ni un solo momento más sin que tú estés a mi lado.

Ella cerró los ojos, sobrecogida por la emoción.

—Nunca he deseado nada con tanta fuerza —susurró, con la garganta encogida por la alegría—. Yo también te amo, Nikolai. Pero tienes que entenderlo, vengo con un añadido. Mira no es mi hija por sangre, pero sí lo es en mi corazón. La quiero como si fuera mi propia hija.

—Lo sé —dijo él muy serio—. Lo has demostrado de sobra.

Renata alzó la mirada, incapaz de contener la esperanza que se agitaba dentro de su pecho.

—¿Crees que podrás encontrar un lugar en tu vida, en tu corazón, para las dos?

—¿Qué te hace pensar que no lo he hecho ya?

La besó de nuevo, esta vez tiernamente. Al mirarla a los ojos, su mirada estaba tan llena de amor que ella se quedó sin respiración.

—Ahora vámonos de aquí. Quiero llevar a mis chicas a casa.

Capítulo treinta y cuatro

Boston. Tres noches más tarde.

*E*l recinto de la Orden le parecía a Nikolai infinitamente diferente mientras caminaba por el pasillo que conducía al laboratorio de tecnología donde iba a encontrase con los otros guerreros. La misión de desbaratar los planes de Dragos se había convertido en prioritaria desde hacía algunas noches, pero por otro lado habían avanzado muy poco en su intento de localizarlo y frustrar su operación.

Lamentablemente, a la vez que Cazador se estaba convirtiendo en alguien de gran valor, la Orden había perdido por otra parte un aliado crucial y amigo leal: Andreas Reichen había desaparecido por completo del mapa, y las noticias de Berlín eran de lo peor. Nadie sabía si el líder alemán de los Refugios Oscuros había sobrevivido al ataque en su residencia. Basándose en el informe que constataba la matanza de todos sus parientes y el fuego que había consumido la propiedad entera, la Orden tenía muy pocas esperanzas.

Personalmente, Nikolai pensaba que sería mejor que Reichen hubiera fallecido durante el asalto, pues no creía que nadie pudiera recuperarse de una pérdida así. Ciertamente ningún hombre, ni humano ni de la estirpe, sería lo bastante fuerte como para salir indemne después de recibir un golpe tan brutal en el alma. Como guerrero, Nikolai estaba acostumbrado a que en un combate hubiera víctimas. Todos los guerreros se encaminaban hacia la batalla sabiendo que sus propios compañeros podían no regresar.

Pero perder la familia...

Él ni siquiera quería plantearse lo que podía suponer aquello para un hombre. En lugar de eso, Nikolai se concentró en la bendición que tenía... esa que ahora oía hablar suavemente a medida que se acercaba a la puerta abierta de sus habitaciones privadas.

Renata estaba dentro, sentada en el sofá del salón, leyendo un libro a Mira.

Por un momento, Niko se quedó en la entrada, apoyado en el umbral, tan sólo para escuchar y recrear la vista con la bella mujer que ahora era su compañera. Le encantaba que Renata estuviera cómodamente acurrucada con un libro mientras además iba armada. Tenía una suavidad que él admiraba, una inteligencia que lo desafiaba continuamente, y una fuerza interior que lo motivaba a esforzarse para ser un hombre merecedor de su devoción.

No le molestaba que fuera también dura como el demonio, sobre todo cuando apuntaba firmemente el cañón de una nueve milímetros o entrenaba con sus queridos puñales. Kade y Brock habían hecho varias visitas a la sala de armas los últimos días, para no perderse la oportunidad de entrenar con Renata y verla en acción. Nikolai no podía culparlos. Pero si se veía tentado a sentir el menor atisbo de celos, le bastaba con una mirada maliciosa de su mujer para calmarse. Ella lo amaba, y por eso Nikolai se sentía el hombre más afortunado del planeta.

—Hola —dijo ella, levantando la vista mientras pasaba la última hoja del capítulo y hacía una pausa para saludarlo.

—Hola, Niko —replicó Mira por debajo del pequeño velo negro—. Te has perdido una parte muy buena de la historia.

—¿De verdad? Tal vez pueda conseguir que Renata me la lea más tarde —dijo él, lanzando una ardiente mirada a su compañera mientras entraba en la habitación. Se dirigió hacia el sofá y se agachó frente a Mira—. Tengo algo para ti.

—¿De verdad? —Su diminuto rostro se iluminó con una sonrisa—. ¿Qué es?

—Algo que le he pedido a Gideon que consiguiera para ti. Quítate el velo y te lo mostraré.

No le pasó inadvertida la mirada protectora de Renata cuando Mira retiró la tela de su rostro.

—¿De qué va esto?

—Todo está bien —dijo él, sacando una pequeña caja de plástico del bolsillo de sus tejanos—. Puedes confiar en mí. Las dos podéis confiar en mí.

Renata se relajó ante ese recordatorio y observó cómo Nikolai levantaba la tapa del estuche de unas lentes de contacto.

—Éstas son unas lentillas especiales; Gideon cree que servirán para tus ojos. ¿Te gustaría no tener que volver a llevar el velo nunca más?

Mira asintió entusiasmada.

—¡Déjame verlas, Niko!

—¿Qué tipo de lentes son? —preguntó Renata, esperanzada y también con prudencia.

—Opacan el iris para ocultar el efecto espejo de los ojos de Mira. Podrá ver a través de ellas, pero nadie que la mire notará nada anormal en sus ojos. Sus iris estarán cubiertos, de la misma manera que los cubría el velo. Pero creo que esto será mejor.

Renata asintió, sonriéndole cálidamente.

—Mucho mejor. Gracias.

—¿Puedo probármelas? —preguntó Mira, escudriñando ansiosamente la pequeña caja que Niko sostenía en las manos—. ¡Mira, Rennie, son de color púrpura!

—Ése es tu color favorito —dijo ella, dirigiendo a Nikolai una mirada interrogante.

Él había aprendido muchas cosas en los últimos días, desempeñando un papel que nunca hubiera imaginado y que jamás habría creído cómodo para él. Era un hombre que compartía un lazo de sangre con una compañera que lo amaba y una niña que criarían como si fuera su propia hija. Y le encantaban ambas ideas.

Él, el disidente, el temerario, tenía ahora su propia familia. Era alucinante para él, y ni que decir tiene para el resto. Era la última cosa que hubiera creído querer o necesitar, y ahora, apenas pasados unos días, no era capaz de imaginarse la vida de otra forma.

Su corazón nunca se había sentido tan completo.

—Deja que te ayude —dijo Renata, cogiendo las lentes de contacto para ponérselas cuidadosamente a Mira. Cuando las tuvo colocadas unos segundos y el don de la niña no se manifestó, Renata se tapó la boca para ahogar una débil risa—. Oh, Dios mío. Funcionan, Nikolai. Mírala. Estas lentes funcionan maravillosamente.

Él miró los grandes ojos violetas de Mira... y no vio nada. Sólo la mirada feliz y despreocupada de una niña.

Renata se arrojó a sus brazos y lo besó. Mira estaba justo detrás de ella y Niko las estrechó a las dos en un sentido abrazo.

—Aún hay más —dijo, esperando que disfrutaran el resto de la sorpresa. Se puso en pie y las cogió a las dos de la mano—. Venid conmigo.

Las guio por el pasillo hasta el ascensor que subía desde los cuarteles subterráneos hasta la gran mansión que había arriba. Podía sentir la aprensión de Renata a través de su mano y en el pico de adrenalina que notaba en su sangre.

—No te preocupes —le susurró al oído—. Disfrutarás de esto, te lo prometo.

Al menos eso esperaba él. Había estado trabajando en ello un día y medio, tratando de que todo estuviera perfecto. Guio a Renata y a Mira hacia el corazón de la finca, donde había una mesa dispuesta para cenar, muy arreglada e iluminada con cálidas velas. Los aromas de pan tostado y carne asada les dieron la bienvenida. Niko no era capaz de apreciar el olor de la comida humana, pero las compañeras de sangre que vivían en el recinto sí lo hicieron, y a juzgar por las miradas que le dirigieron las dos que iban a su lado, ellas también.

Los ojos de Renata brillaban sorprendidos.

—¿Tú has cocinado la cena?

—Demonios, no. Créeme que sería la última persona que desearías para encargarse de tus comidas. Pedí algunos favores a Savannah, Gabrielle y las otras mujeres. Tu estómago está en buenas manos.

—Pero estuve con ellas esta mañana y ninguna me dijo nada sobre esto.

—Yo quería daros una sorpresa. Y ellas también.

Renata no dijo nada más, y él notó que disminuía el ritmo de sus pasos a medida que entraban en el comedor. Mira, en cambio, estaba completamente excitada. En cuanto cruzaron el umbral de la puerta, soltó la mano de Niko y corrió hacia los reunidos allí, hablando a toda velocidad como si llevara toda la vida viviendo con ellos.

Pero Renata, no.

Ella estaba silenciosa e inmóvil. Miró la mesa llena de platos de porcelana fina y respiró con dificultad. No dijo nada mientras observaba los rostros de los guerreros y sus compañeras; cada mirada les daba la bienvenida mientras ellos permanecían de pie en el umbral de la puerta.

—Oh, Dios —susurró ella finalmente, con la voz quebrada.

Nikolai la siguió mientras retrocedía, volviendo hacia el pasillo como si quisiera salir corriendo.

Maldita sea. Había imaginado que ella disfrutaría de una bonita cena con todo el mundo, pero era evidente que se había equivocado.

Cuando ella le habló, su voz sonó completamente conmovida.

—¿Todo el mundo nos está esperando... a nosotros?

—No te preocupes por eso —dijo él, acogiéndola en sus brazos—. Quería hacer algo especial para ti, y he metido la pata. Lo siento. No tienes por qué...

—Nikolai. —Ella alzó la mirada, con los ojos llenos de lágrimas—. Jamás he visto nada tan adorable como esa mesa, con todas esas personas reunidas alrededor.

Él frunció el ceño, desconcertado.

—Entonces, ¿cuál es el problema?

Ella sacudió la cabeza, tragando saliva y dejando escapar una risa ahogada.

—No hay ningún problema. Ninguno en absoluto. Soy tan feliz... Tú me haces tan absolutamente feliz que tengo miedo de esa sensación. Jamás había conocido la felicidad, y me da un miedo terrible que no sea nada más que un sueño.

—No es un sueño —dijo él con suavidad, secándole una lágrima de la mejilla—. Y puedes apoyarte en mí si estás asustada. Voy a estar aquí a tu lado todo el tiempo que quieras.

—Para siempre —dijo ella, sonriendo satisfecha.

Nikolai asintió.

—Sí, mi amor. Para siempre.

Una risa eufórica surgió del interior de Renata. Lo besó con pasión, luego se acurrucó a su lado y caminó junto a él, arropada por su brazo, para reunirse con los demás. Para unirse al resto de su familia.

Agradecimientos

Llevo repitiendo (una y otra vez) que estoy verdaderamente agradecida a muchos por el privilegio de poder levantarme cada día y hacer algo que amo tan genuinamente. Un sinfín de gracias a: mi fabulosa agente, Karem Solem, y a mi maravillosa editora, Shauna Summers, por publicarme; a mis impresionantes lectores por conservarme ahí; a los libreros, bibliotecarios y *blogueros* que tan generosamente difunden opiniones sobre mis libros por el mundo; a mis amigos y familiares por todo el amor.

Y a mi marido, mi más querido amigo, compañero amado, dueño de mi corazón. Gracias por cada momento de esta vida juntos.

Lara Adrian

Cuando era una niña, Lara Adrian solía dormir con las sábanas liadas al cuello por miedo a convertirse en presa de algún vampiro.

Más tarde, y tras leer a Bram Stoker y Anne Rice, empezó a preguntarse si aquel miedo no significaría algo más: un deseo secreto de caminar en un mundo oscuro, de vivir un sueño sensual junto a un hombre atractivo, seductor y con poderes sobrenaturales.

Esa mezcla de miedo y deseo es la base de sus novelas fantásticas de hoy.

Es autora de *El beso carmesí*, *El despertar de la medianoche*, *El beso de medianoche*, *Rebelión a medianoche*, *Bruma de medianoche*, *Sombras de medianoche*, *Las puertas de la medianoche* y *Cenizas de medianoche*, todas ellas publicados por Terciopelo.

11/16 ∅